A CRÔNICA
DOS WAPSHOT

JOHN CHEEVER

A CRÔNICA
DOS WAPSHOT

Tradução
Alexandre Barbosa de Souza

Copyright © 1954, 1956, 1957 by John Cheever

Grafia atualizada segundo o Acordo Ortográfico da Língua Portuguesa de 1990, que entrou em vigor no Brasil em 2009.

Título original
The Wapshot Chronicle

Capa
Jeff Fisher

Preparação
Márcia Copola

Revisão
Juliane Kaori
Larissa Lino Barbosa

Dados Internacionais de Catalogação na Publicação (CIP)
(Câmara Brasileira do Livro, SP, Brasil)

Cheever, John
    A crônica dos Wapshot / John Cheever ; tradução Alexandre
Barbosa de Souza. — São Paulo : Companhia das Letras, 2011.

    Título original: The Wapshot Chronicle.
    ISBN 978-85-359-1941-7

    1. Ficção norte-americana I. Título.

11-07898	CDD-813

Índice para catálogo sistemático:
1. Ficção : literatura norte-americana 813

2011

Todos os direitos desta edição reservados à
EDITORA SCHWARCZ LTDA.
Rua Bandeira Paulista, 702, cj. 32
04532-002 — São Paulo — SP
Telefone: (11) 3707-3500
Fax: (11) 3707-3501
www.companhiadasletras.com.br
www.blogdacompanhia.com.br

Para M., com amor:
e tudo de bom para praticamente todo mundo que eu conheço

PARTE 1

1

St. Botolphs era um lugar velho, uma velha cidade à beira--rio. Havia sido porto no auge das flotilhas de Massachusetts e agora lhe restara uma fábrica de talheres e algumas poucas pequenas indústrias. Os nativos não achavam que tinha diminuído muito em tamanho ou importância, mas a longa lista dos mortos na Guerra Civil, parafusada no canhão sobre o gramado, era um lembrete de como a localidade fora populosa na década de 1860. St. Botolphs nunca mais arregimentaria tantos soldados. O gramado ficava à sombra de uns poucos olmos imensos e era cercado por prédios comerciais que davam no quadrado da praça. O edifício Cartwright, que dominava a face oeste da praça, tinha na sobreloja uma fileira de janelas ogivais, delicadas e reprovativas como as janelas de uma igreja. Detrás dessas janelas ficavam os escritórios da Eastern Star, o dr. Bulstrode, dentista, a companhia telefônica e o corretor de seguros. Os cheiros dessas salas — o cheiro de preparados dentais, cera líquida, escarradeiras e gás de carvão — mesclavam-se no corredor do térreo como um aroma do passado. Em meio à chuva forte do outono, num mundo repleto de transformações, o gramado de St. Botolphs dava a impressão de uma permanência insólita. Na manhã do Dia da Independência, quando começava a concentração do desfile, o local parecia próspero e festivo.

Os dois garotos Wapshot — Moses e Coverly — estavam sentados num gramado na Water Street vendo a chegada dos carros alegóricos. O desfile misturava livremente temas espirituais e comerciais, de modo que junto ao Espírito de 76 vinha uma velha carroça de entregas com uma placa que dizia PEIXE FRESCO É NO SR. HIRAM. As rodas da carroça, as rodas de todos

8

os veículos do desfile, tinham sido decoradas com papel crepom vermelho, branco e azul e havia bandeirolas por toda parte. A fachada do edifício Cartwright estava engalanada de bandeirolas. Pendiam em dobras sobre a fachada do banco e brotavam de todos os caminhões e carroças.

Os garotos Wapshot estavam de pé desde as quatro; sonolentos e sentados debaixo do sol quente, pareciam sobreviventes do feriado. Moses queimara a mão com os fogos. Coverly perdera as sobrancelhas em outra explosão. Moravam numa propriedade a pouco mais de três quilômetros da cidade e tinham subido o rio numa canoa, de madrugada, quando o ar da noite fazia parecer morna a água que respingava do remo na mão deles. Haviam forçado uma janela na Igreja de Cristo como sempre faziam e tocaram o sino, acordando mil passarinhos, muitos moradores e todos os cachorros dentro dos limites da cidade, inclusive o cão de caça dos Pluzinski a quilômetros de distância na Hill Street. "Devem ser os garotos Wapshot." Moses ouvira uma voz vinda da janela escura da casa paroquial. "Vai dormir." Coverly tinha dezesseis ou dezessete anos na época — claro como o irmão mas pescoçudo, com um certo jeito de padre e o péssimo costume de estalar os dedos. Mente alerta e sentimental, ele se preocupava com a saúde do cavalo da carroça do sr. Hiram e olhava com pesar para os internos do Repouso do Marujo — quinze ou vinte homens muito idosos que pareciam absurdamente exauridos sentados em bancos num caminhão. Moses fazia faculdade e atingira o ápice da maturidade física no ano anterior, quando lhe surgira o dom da autoadmiração criteriosa e tranquila. Agora, às dez horas, os garotos estavam sentados na grama esperando a mãe assumir seu lugar no carro do Clube da Mulher.

A sra. Wapshot havia fundado o Clube da Mulher de St. Botolphs e esse momento era celebrado todo ano no desfile. Coverly não se lembrava de um único Quatro de Julho em que a mãe não tivesse aparecido em seu papel de fundadora. O carro era simples. Um tapete oriental era estendido na parte de trás de um caminhão ou de uma carroça. As seis ou sete sócias fundadoras sentavam-se em cadeiras dobráveis, viradas para o fundo. A sra. Wapshot ficava de pé diante de um atril, de chapéu, bebericando vez por outra num copo de água, sorrindo melancolicamente para suas colegas ou para alguma velha amiga que reconhecia no trajeto. Assim, acima das cabeças da multidão, balançando um pouco com o movimento do caminhão ou da carroça, exatamente igual às imagens da procissão pelas ruas da zona norte de Boston no outono para acalmar as grandes tempestades no mar, a sra. Wapshot aparecia todo ano diante de seus amigos e vizinhos, e fazia sentido que ela fosse conduzida pelas ruas pois não havia ninguém naquela cidade que fizera mais por abrilhantá-la. Fora ela quem organizara o comitê para arrecadar dinheiro para a construção da nova casa paroquial da Igreja de Cristo. Fora ela quem levantara fundos para o cocho de granito na esquina e quem, quando o cocho se tornou obsoleto, nele mandara plantar gerânios e petúnias. A nova escola na colina, a nova sede dos bombeiros, os novos semáforos, o memorial da guerra — sim, sim —, até a limpeza dos banheiros públicos da estação de trem eram fruto do gênio da sra. Wapshot. Deviam agradecer a ela quando passasse pela praça.

O sr. Wapshot — comandante Leander — não estava lá. Estava na cabine de comando do S.S. *Topaze*, levando-o rio abaixo até a baía. Ele sempre saía quando amanhecia com bom tempo no verão, parava em Travertine para esperar o trem de Boston e atravessava a baía até Nangasakit, onde havia uma praia de areia branca e um parque de diversões. Fora muitas coisas na vida; sócio da fábrica de talheres, recebera uma herança de parentes da qual, no entanto, quase nada sobrara, e havia coisa de três anos a prima Honora arranjara para ele ser comandante do *Topaze* a fim de evitar que se metesse em encrenca. Adaptou-se ao posto. O *Topaze* parecia criação sua; parecia espelhar seu gosto por romance e nonsense, seu amor pelas garotas da praia e pelos dias do verão, longos, frívolos e com cheiro de maresia. Tinha uma linha-d'água de sessenta pés, um velho motor Harley de uma hélice só e espaço suficiente na cabine e no convés para quarenta passageiros. Era um gigante incapaci-

10

tado para navegação que se deslocava — Leander dizia consigo — feito um imóvel, apinhado de estudantes, prostitutas, irmãs de caridade e outros turistas, deixando um rastro de cascas de ovos cozidos e guardanapos de sanduíches, e sacolejava tanto a cada mudança de velocidade que sua pintura chegava a descascar. Mas a viagem parecia a Leander, de seu posto de comando, gloriosa e triste. As tábuas da velha embarcação pareciam unidas apenas pelo brilho e pela transitoriedade do verão com seu cheiro de restos estivais — tênis, toalhas, trajes de banho e a fragrância barata de eucalipto dos velhos balneários. Na baía navegava sobre uma água que às vezes era roxa como um olho virado para onde soprava o terral, que trazia para bordo música de carrossel, e de onde se podia ver a costa distante de Nangasakit — bandeiras de brinquedos absurdos, lanternas de papel, fritura e música que enfrentavam o Atlântico com uma confusão tão frágil que parecia a faixa de sargaço, estrelas-do-mar e cascas de laranja que chegava com as ondas. "Amarra-me ao mastro, Perímedes", Leander costumava berrar quando ouvia o carrossel. Não se importava de perder a passagem da esposa no desfile.

Houve alguns atrasos para o início do desfile aquela manhã. Aparentemente envolvendo o carro do Clube da Mulher. Uma das sócias fundadoras subiu a rua para perguntar a Moses e Coverly se sabiam onde estava sua mãe. Eles disseram que tinham saído de casa de madrugada. Estavam começando a ficar preocupados quando de repente a sra. Wapshot apareceu na frente da loja do Moody e assumiu seu lugar. O mestre de cerimônias soprou seu apito, o tocador de caixa da fanfarra, com um curativo sujo de sangue na cabeça, executou um compasso e os flautins e tambores começaram a guinchar, desalojando uma dúzia de pombos do telhado do edifício Cartwright. Uma brisa veio do rio, trazendo à praça o cheiro escuro e cru do lodo. O desfile recolheu seus restos espalhados e saiu.

Voluntários do corpo de bombeiros tinham ficado acordados até meia-noite, lavando e lustrando o equipamento da Companhia de Mangueiras Niágara. Pareciam orgulhosos de seu trabalho, mas por contrato eram obrigados a ficar sérios. Depois do caminhão dos bombeiros, veio o velho sr. Starbuck, sentado em carro aberto com o uniforme dos veteranos do Exército da União, embora todos soubessem que ele nunca tivera nada a ver com a Guerra Civil. Em seguida veio o carro da Sociedade Histórica, onde uma descendente direta — certificada — de Priscilla Alden suava sob a pesada peruca. Atrás dela, num caminhão lotado, garotas da fábrica de talheres distribuíam animadamente cupons à multidão. Só então vinha a sra. Wapshot, de pé diante de seu atril, uma mulher de quarenta anos cuja beleza, da tez e das feições, contava entre seus dotes organizacionais. Ela era bonita, mas quando provou a água do copo sobre o atril esboçou um sorriso triste, como se a sentisse amarga, pois, apesar de sua dedicação cívica, tinha um pendor melancólico — pelo aroma das cascas de laranja e pela fumaça de lenha — que era extraordinário. Era mais admirada entre as senhoras que entre os senhores e a essência de sua beleza talvez fosse a desilusão (Leander a enganara), mas ela lançara mão de todos os recursos de seu sexo diante da infidelidade dele e fora recompensada com tamanho ar de nobreza ofendida e visão luminosa que alguns de seus defensores suspiravam quando ela cruzara a praça como se vissem em seu rosto passar uma vida inteira.

Então algum baderneiro — provavelmente um dos estrangeiros que moravam do outro lado do rio — estourou um rojão debaixo da velha égua do sr. Pincher e ela saiu em disparada. Lembrando-se desse desastre muito mais tarde o povo de St. Botolphs recordaria seus aspectos positivos. Diriam que foi por milagre que as mulheres e crianças enfileiradas ao longo do trajeto não morreram pisoteadas. A carroça estava a poucos metros da esquina da Water com a Hill Street e a égua desembestou naquela direção com o velho sr. Pincher gritando eia, eia. Os que já haviam passado ficaram de costas para o acidente e, embora pudessem ouvir os gritos de excitação e o barulho dos cascos, não imaginaram a magnitude do estrago e os flautins continuaram trinando. O sr. Starbuck foi em frente acenando à direita e à esquerda, as garotas da fábrica de talheres continuaram distribuindo cupons à multidão. Quando o carro começou a subir a Hill Street, viu-se o atril de Sarah Wapshot inclinar e com ele o jarro e o copo de água; mas as senhoras do Clube da Mulher não foram covardes ou tontas e agarraram firme em alguma parte fixa do carro e confiaram no Senhor. A Hill Street era uma rua de terra e, como o verão estava seco, os cascos da égua levantaram tanta poeira que em poucos minutos o carro desapareceu.

2

Os Harcourt e os Wheelwright, os Coffin e os Slater, os Lowell e os Cabot e os Sedgewick e os Kimball — sim, até mesmo os Kimball —, todos já tiveram suas histórias familiares investigadas e publicadas e agora chegou a vez dos Wapshot, que não gostariam de ser considerados sem alguma referência ao passado. O marido de uma prima havia retraçado a origem do nome até os primórdios normandos — Vaincre-Chaud. As variações de Vaincre-Chaud em Fanshaw, Wapeshaw, Wap-shafftes, Wapshottes e Wapshot foram localizadas em registros paroquiais em Northumberland e Dorsetshire. Em St. Botolphs recebeu a pronúncia catarral "Warpshart". O ramo da família que nos interessa foi fundado por Ezekiel Wapshot, que emigrou da Inglaterra a bordo do *Arbella* em 1630. Ezekiel estabeleceu-se em Boston, onde lecionou latim, grego e hebraico e deu aulas de flauta. Um posto no Governo Real lhe foi oferecido, mas ele achou melhor recusar, originando assim a tradição familiar da recusa prudente que iria — trezentos anos mais tarde — espicaçar Leander e seus filhos. Alguém escreveu que Ezekiel "abominava perucas e tinha sempre em mente o bem-estar do Reino Unido". Ezekiel gerou David, Micabah e Aaron. Cotton Mather discursou no funeral de Ezekiel.

David gerou Lorenzo, John, Abadiah e Stephen. Stephen gerou Alpheus e Nestor. Nestor — um tenente na guerra com a

Inglaterra — foi condecorado pelo general Washington mas recusou a distinção. Isso era parte da tradição estabelecida por Ezekiel e embora tais recusas adviessem parcialmente de uma legítima consulta à própria consciência também havia aí uma astúcia ianque, pois aquela extravagância — de ser herói — podia implicar indesejáveis responsabilidades financeiras. Nenhum homem da família jamais aceitara uma honraria e mantendo a tradição do desmerecimento as mulheres da família aumentaram-na tanto que quando jantavam fora mal tocavam na comida, considerando a recusa dos sanduíches, do chá ou da galinha aos domingos — a recusa de qualquer coisa — um traço de caráter. As mulheres estavam sempre com fome quando deixavam a mesa do jantar, mas a noção de propósito delas estava sempre revigorada. Em seus domínios, é claro, elas comiam feito lobas.

Nestor gerou Lafayette, Theophilus, Darcy e James. James foi comandante do primeiro *Topaze* e mais tarde "mercador" no comércio com as Índias Ocidentais. Gerou três varões e quatro filhas, mas Benjamin é o único que nos interessa aqui. Benjamin casou-se com Elizabeth Merserve e gerou Thaddeus e Lorenzo. Elizabeth morreu quando Benjamin tinha setenta anos. Ele então se casou com Mary Hale e gerou Aaron e Ebenezer. Em St. Botolphs os dois grupos de filhos eram conhecidos por "primeira leva" e "segunda leva".

Benjamin prosperou e foi responsável pela maior parte dos acréscimos à casa da River Street. Entre suas relíquias estavam o mapa frenológico e um retrato. No mapa frenológico a circunferência de sua cabeça media cinquenta e nove centímetros e meio "do côndilo occipital até a individualidade". Ele media dezesseis centímetros e meio "do orifício da orelha até a benevolência". Calculava-se que seu cérebro fosse muito maior que o normal. Entre suas maiores propensões estavam a amorosidade, excitabilidade e autoestima. Ele era moderadamente discreto e não possuía nenhuma propensão à fantasia, piedade ou veneração. No retrato ele aparecia com costeletas muito louras e olhos azuis bem pequenos, mas seus descendentes, analisando o quadro e tentando adivinhar quem, por baixo dos ornamentos nos cabelos, aquele homem havia sido, sempre ficavam com a impressão de aspereza e desonestidade — uma sensação inquietante que era reforçada pela convicção de que Benjamin teria detestado seus descendentes e os ternos de gabardine deles. O desapreço recíproco do retrato era tamanho que o deixavam sempre no sótão. Benjamin não fora pintado com o uniforme de comandante. Longe disso. Aparecia com uma boina de veludo amarelo, coberta de peles, e uma longa capa ou roupão de veludo verde, como se ele, nascido e criado à base de feijão e bacalhau naquela costa estreita, houvesse se traduzido numa espécie de mandarim ou príncipe renascentista de nariz aquilino, atirando ossos aos mastiffs, joias às cortesãs e bebendo vinho em taças de ouro com sua braguilha ressaltada nas calças de veludo.

Ao lado do mapa frenológico e do retrato ficavam os diários da família, pois todos os Wapshot sempre foram contumazes autores de diários. Dificilmente um homem da família cuidou de um cavalo ou comprou um veleiro ou ouviu, tarde da noite, o barulho da chuva no telhado sem que depois tivesse registrado tais fatos. Acompanhavam as mudanças do vento, a chegada e a partida dos barcos, o preço do chá e da juta e a morte dos reis. Obstinavam-se em aperfeiçoar suas mentes e censuravam-se pelo ócio, preguiça, languidez, estupidez e embriaguez, pois St. Botolphs fora um porto agitado onde se dançava até o dia raiar e onde sempre havia bastante rum para beber. O sótão era um bom lugar para esses papéis, aquela cumeeira aceleirada da casa — grande como um palheiro — com suas vigas e remos e telhas e velas esgarçadas e móveis quebrados e chaminés estropiadas e marimbondos e vespas e candeeiros obsoletos espalhados pelo chão como ruínas de uma civilização extinta e com uma atmosfera extraordinariamente perfumada, como se algum Wapshot do século XVIII, bebendo vinho madeira, comendo nozes numa praia ensolarada e pensando na mudança da estação, houvesse tentado capturar o calor e a luminosidade num frasco ou num cesto e deixado seu tesouro no sótão, pois ali era o lugar do aroma do verão sem sua vitalidade; ali parecia haver luzes e sons de um verão preservado.

Benjamin era lembrado na cidade — injustamente, com certeza — por um incidente que ocorrera quando de seu retorno do Ceilão no segundo *Topaze*. Seu filho Lorenzo fez um fiel relato disso em seu diário. Havia quatro volumes dele, encadernados em capa dura com a seguinte introdução: "Eu, Lorenzo Wapshot, aos vinte e um anos de idade e considerando que para mim seria divertido fazer uma espécie de diário da minha época e condição e dos vários eventos que ocorrem enquanto prossigo ao longo da vida, resolvi registrar diariamente neste livro todas as circunstâncias que possam transpirar não apenas sobre as minhas preocupações mas sobre as de todos na cidade de St. Botolphs na medida em que eu convenientemente possa apurar". Era no segundo volume do diário que ele registrava os eventos que levaram ao famoso retorno de seu pai.

Hoje (escreveu Lorenzo) recebemos notícias do Topaze, meu pai é o comandante. Com três meses de atraso. O sr. Brackett do brigue Luna conta que o cordame estragara numa tempestade e que ficaram dois meses em Samoa aprontando o conserto, e devem chegar a qualquer momento. Mamãe e as tias Ruth e Patience tendo ouvido falar de mar agitado em Hales Point, preparei a carruagem e parti.

Hoje fomos visitados por David Marshman, primeiro imediato do brigue Luna, que pediu para falar em particular com mamãe e foi conduzido ao salão dos fundos para tal. Não lhe serviram chá e quando ele foi embora as irmãs de mamãe ficaram cochichando pelos cantos com ela. Nenhuma das mulheres jantou e comi sozinho na cozinha com o Chinês. À tarde fui a pé até a loja de Cody e me pesei. Peso oitenta quilos.

Hoje estava agradável e quente; vento sul. Durante o dia chegaram as seguintes embarcações: Resilience de Gibraltar. Comandante Tobias Moffet. Golden Doge de New Orleans. Comandante Robert Folger. Venus de Quito. Comandante Edg. Small. Unicorn de Antuérpia. Comandante Josh Kelley. Tomei banho de rio. Hoje à tarde a terra seca foi refrescada por uma deliciosa chuva forte.

Hoje por volta do meio-dia ouviu-se um grito de fogo e lá no alto da casa do sr. Dexter descobriu-se o incêndio. Mas trouxeram água imediatamente em quantidade tão copiosa que o fogo foi logo extinto. O teto ficou só chamuscado. Fui esta tarde à loja do Cody e me pesei. Peso oitenta quilos. Quando eu estava no Cody me chamou de lado Newell Henry com mais notícias do Topaze. Ele teve o maldito desplante de dizer que o atraso de meu pai se devia não aos estragos do cordame mas ao fato de ele ser adepto de práticas imorais como beber destemperadamente e se entregar à luxúria com as nativas, ao que chutei seu traseiro e fui para casa.

Encontramos esta manhã na administração o sr. Prince, presidente do Clube Vara de Bétula, organização de rapazes das redondezas para promoção da conduta viril e da moralidade do caráter. Fui levado ao clube aquela tarde em virtude da queixa do sr. Henry sobre o chute no traseiro. O primeiro imediato Marshman do brigue Luna testemunhou a veracidade da alegação de Henry e H. Prince, atuando como advogado de defesa, fez a mais elegante e comovente condenação da bisbilhotice de toda espécie havendo ou não semente de verdade envolvida e o júri ficou do meu lado e multou o autor da queixa em três dúzias de maçãs graúdas. Voltei para casa e encontrei mamãe e as irmãs bebendo ponche de rum.

Hoje acordei de madrugada. O filhinho do comandante Webb foi pisoteado por um cavalo e morreu antes do anoitecer. Fui à loja de Cody e me pesei. Peso oitenta quilos. Caminhei com as mulheres no pasto. Mamãe e as irmãs beberam ponche de rum.

Hoje passei o dia levando esterco para o jardim. Mamãe e as irmãs beberam ponche de rum. Foi a história de Marshman sobre Samoa que acabou com elas mas não deviam falar mal pelas costas nem esquecer que a carne é fraca e conspira contra o espírito. Passei parte considerável de meu tempo de lazer este ano dedicando-me ao meu aperfeiçoamento intelectual mas acho

17

que boa parcela se passou de modo extremamente tolo e ao caminhar no fim da tarde pelo pasto com moças virtuosas e amáveis e refinadas senti apenas paixões porcinas. Comecei a ler Europa Moderna de Russell em algum momento do verão passado. Li os dois primeiros volumes e achei muito interessantes e vou aproveitar a próxima oportunidade para terminar a obra completa. Com uma visão retrospectiva do passado posso encontrar sabedoria para governar e aproveitar o futuro de modo mais acertado. Nesse intuito e no aperfeiçoamento do meu caráter possa o Todo-Poderoso Regente do Universo conceder Seu auxílio e me orientar e conduzir em todas as boas coisas.

Hoje uma caravana de animais selvagens chegou ao River House e fui lá à tarde para ver as curiosidades. Às seis e meia foram abertos os portões para a tenda, quando já havia muita gente reunida ali, pares elegantes, espremendo-se como um rebanho de ovelhas diante do tosquiador. Foi absolutamente revoltante ver as moças delicadas e outras da maior respeitabilidade assim como os rapazes graciosos, altos e dignos se acotovelando e empurrando para ficar perto da entrada da tenda, tentando sentar no lugar mais perto possível. O portão afinal foi aberto e começou o alvoroço. Os enormes esforços de vários porteiros não bastaram para conter ou moderar a enxurrada de ingresso e a tenda logo ficou cheia até estufar. Por sorte consegui uma posição de onde olhando por entre várias cabeças pude ver as curiosidades, que incluíam um leão, três macacos, um leopardo e um urso adestrado e bobo que havia aprendido a dançar com música e a fazer uma soma numérica.

Hoje às oito da manhã Sam Trowbridge veio de Saul's Hill com a notícia de que o Topaze tinha sido avistado. Houve muita agitação e correria tanto em casa quanto na cidade entre seus outros proprietários. Fui na carruagem do juiz Thomas rio abaixo e John Pendleton me levou até o Topaze. Encontrei papai de bom humor e ele me trouxe de presente uma rica espada chamada cris. Bebi vinho madeira na cabine com papai e o juiz Thomas. A carga é juta. O barco foi esvaziado e preso e desceram a prancha até onde mamãe e as irmãs estavam esperando para cumprimentar papai. Elas levavam sombrinhas. Quando papai se aproximou das mulheres, tia Ruth ergueu a sombrinha bem alto e bateu com toda a força na parte de trás da cabeça dele. Tia Hope bateu nele com raiva e mamãe acertou-lhe da proa. Quando as mulheres terminaram papai foi levado diretamente de carruagem até o dr. Howland, o cirurgião, onde recebeu três pontos na orelha e onde passou a noite na minha companhia e onde bebemos vinho e comemos nozes e passamos o tempo alegremente apesar da dor que ele sentia.

Os primeiros volumes dos diários de Lorenzo eram os melhores — relatos da animação no rio e das noites de verão em que se podia ouvir a cavalaria de St. Botolphs fazendo exercícios no gramado — e isso era de certa forma surpreendente uma vez que ele conseguira aperfeiçoar seu intelecto, cumprira dois mandatos na assembleia estadual e fundara a Sociedade Filosófica de St. Botolphs, mas tudo o que aprendera de nada contribuiu para sua prosa e ele nunca mais escreveria nada tão bem como escrevera sobre a caravana de animais selvagens. Ele viveria até os oitenta anos, jamais se casaria e deixaria suas economias para a sobrinha Honora, a única filha de seu irmão mais novo, Thaddeus.

Thaddeus foi para o Pacífico no que pode ter sido uma viagem de expiação. Ele e a esposa, Alice, permaneceram por lá durante dezoito anos como missionários, distribuindo exemplares do Novo Testamento, supervisionando a construção de igrejas de blocos de coral, curando os enfermos e sepultando os mortos. Fisicamente nem Thaddeus nem Alice eram o que se pensaria de um dedicado missionário. Eles brilham nas fotos da família — um lindo casal bem-humorado. Eram dedicados, e em suas cartas Thaddeus relata a chegada de barco certa tarde a uma ilha onde belas mulheres nuas o esperavam com tiaras de flores. "Que desafio à minha piedade", escreveu ele.

19

Honora nasceu em Oahu e foi mandada para St. Botolphs, onde seu tio Lorenzo a criou. Ela não teve filhos. Ebenezer não teve filhos, mas Aaron gerou Hamlet e Leander. Hamlet não teve problemas com a lei e Leander se casou com Sarah Coverly e gerou Moses e Coverly, a quem vimos assistindo ao desfile.

3

A égua do sr. Pincher galopou cerca de cem metros pela Hill Street — talvez duzentos — e então, sem fôlego, passou a um trote pesado. O gordo Titus veio de carro atrás da carroça, pensando em resgatar as sócias fundadoras do Clube da Mulher, mas quando chegou ali o quadro era tão ameno — parecia um passeio num carroção de feno — que ele manobrou e voltou à cidade para assistir ao resto do desfile. O perigo tinha passado para todo mundo menos para a égua do sr. Pincher. Deus sabe quanta tensão já não haviam sofrido seu coração e seus pulmões — esgarçando até mesmo sua vontade de viver. Seu nome era Lady, ela mascava tabaco e valia mais para o sr. Pincher que a sra. Wapshot e todas as suas amigas juntas. Ele amava seu temperamento amável e admirava sua perseverança, e a indignidade daquele rojão estourando debaixo dela o deixara irritado e com raiva. Onde esse mundo ia parar? Seu coração parecia bater mais forte pela velha égua e seus sentimentos ternos por ela se estendiam como um cobertor sobre aquela garupa larga.

"A Lady vai para casa", ele avisou por sobre o ombro à sra. Wapshot. "Ela quer ir para casa e vou deixá-la ir."

"O senhor poderia nos tirar daqui de cima?", perguntou a sra. Wapshot.

"Eu não vou fazê-la parar agora", disse o sr. Pincher. "Ela já passou por muito mais coisa hoje do que vocês todas. Ela quer ir para casa agora e eu não vou impedir."

A sra. Wapshot e suas amigas resignaram-se à nova realidade de seu cativeiro. Afinal, nenhuma delas havia se ferido.

O jarro de água estava quebrado e o atril entortara mas estava inteiro. O estábulo da Lady era na Hewitt Street, elas sabiam, o que significava subir a colina e passar por dentro da zona rural para chegar à River Street; mas fazia um dia bonito e era uma boa oportunidade de desfrutar o ar salgado e o cenário de verão, e além do mais elas não tinham escolha.

A velha égua começara a subir a Wapshot Hill e dali, acima das árvores, elas tinham uma vista excelente da cidade lá embaixo no vale. A nordeste, as paredes de tijolo da fábrica de talheres, a ponte da ferrovia e a torre carrancuda, vitoriana, da estação. Na direção do centro havia uma torre menos sentimental — a Igreja Unitária, fundada em 1780. O relógio marcou meia hora enquanto elas fizeram o percurso. O sino havia sido fundido em Antuérpia e tinha um dobre suave, claro. Um segundo depois o sino da Igreja de Cristo (1870) deu sua meia hora com um dobre soturno que soou como uma frigideira. Este sino foi feito em Altoona. Pouco abaixo do cume da colina, a carroça passou pela encantadora casa branca da velha sra. Drinkwine com sua cerca de estacas coberta de rosas vermelhas. A brancura da casa, as plumas dos olmos, os sinos pontuais das igrejas — até o distante aroma do mar — estimularam nas passageiras uma tendência de ignorar a versatilidade da vida como se fosse apenas uma questão de senso comum esquecer que a sra. Drinkwine outrora fora camareira de Lee e J.J. Shubert e sabia mais sobre o lado obscuro da vida que Louis-Ferdinand Céline.

Mas era difícil, do cume da Wapshot Hill, não espalhar sobre a cidade o verniz profundo e escuro do decoro e da estranheza — era fazer isso ou lamentar a decadência de um porto outrora turbulento; observar que a Grande Poça de Mijo era onde hoje ficava Alder Vale e que a Caneca do Marujo era agora o Salão de Chá de Grace Louise. Havia beleza lá embaixo, indiscutível e única — muitas coisas belas construídas para contentar homens duros —, e havia decadência — mais navios em garrafas que na água —, mas por que lamentar isso? Olhando para a cidade podemos nos colocar na posição de um filho nativo (com esposa e família em Cleveland) voltando para casa por alguma razão — uma herança ou um cenário de Hawthorne ou uma camisa de time — e passeando pelas ruas com bom tempo, que importância teria se a casa do ferreiro fosse hoje uma escola de arte? Nosso amigo de Cleveland talvez reparasse, passando pela praça ao anoitecer, que esse declínio ou mudança de humor não alterou sua própria humanidade e que fosse ele o que fosse — homem atrás de herança ou marujo bêbado atrás de prostitutas — não importava se seu caminho era ou não era iluminado por velas bruxuleantes em salões de chá; isso não mudava o que ele era.

Mas nosso amigo de Cleveland era só um visitante — ele iria embora, e o sr. Pincher e suas passageiras não. Agora, passada a casa da sra. Drinkwine e o cume da colina, o oeste da cidade se estendia lá embaixo — lavouras e bosques e à distância o lago Parson, onde Parthenia Brown se matara afogando-se e onde ficava o depósito de gelo, obsoleto, com sua rampa descendo até a água azul. Elas podiam ver, daquela terra alta, que não havia muros ou barreiras ao redor da cidade e ainda assim, conforme a carroça começou a descer lentamente pelo lado oeste da Wapshot Hill e se aproximavam da casa de Reba Heaslip, podiam se perguntar como Reba teria levado sua vida num lugar que não tinha muros. Sempre que Reba era apresentada a um estranho ela exclamava: "Eu NASCI no tabernáculo do templo maçônico". O que ela queria dizer, claro, era que onde agora era o templo maçônico fora antes a casa de seu pai, mas seu estilo de solavancos e exclamações será que a levaria muito longe num lugar como Chicago? Ela era uma fervorosa antivivisseccionista e se dedicava à alteração ou supressão da celebração do Natal — um feriado que lhe parecia inculcar e perpetuar a imprudência ruinosa, falsos valores e depravação econômica. Na véspera de Natal, ela se juntava a outros entusiastas e passava entre os cantores de canções natalinas distribuindo panfletos antivivisseccionistas. Fora presa duas vezes pelo que chamava de "polícia fascista". Tinha uma casa branca como a da sra. Drinkwine, com uma placa pregada na porta. AQUI MORA UMA SENHORA MUITO IDOSA QUE DEDICOU OS ÚLTI-

MOS DEZ ANOS DE SUA VIDA À CAUSA ANTIVIVISSECCIONISTA. MUITOS DOS HOMENS DE SUA FAMÍLIA MORRERAM POR SEU PAÍS. NÃO HÁ NADA DE VALOR OU DE INTERESSE AQUI. SAÚDEM SUA BANDEIRA! LADRÕES E VÂNDALOS, PASSEM LONGE! A placa desgastada pelo tempo já estava pendurada ali havia dez anos e as senhoras mal repararam nela.

No gramado da entrada da casa de Reba havia um bote onde foram plantadas petúnias.

Descendo pelo lado oeste da Wapshot Hill com toda a carga inclinada sobre a canga a égua passou a seguir mais lentamente. Depois da casa de Reba vinha um trecho bonito de bosque, por onde o sol filtrava, e o efeito desse arvoredo sobre todas elas, e mesmo sobre o sr. Pincher, foi de felicidade, como que um lembrete do paraíso — uma autenticação feliz da beleza do interior no verão —, pois era o tipo de cena que a maioria delas tinha pintada nos quadros pendurados em suas salas e no entanto aquilo não era uma foto ou pintura que elas atravessavam com manchas de luz por cima. Era tudo de verdade e elas eram de carne e osso.

Passando o bosque chegaram às terras de Peter Covell.

Peter era um sitiante. Não tirava muito lucro da terra — milho verde, gladíolos, feijão-manteiga e batatas — e no passado fizera algum dinheiro construindo muros de pedra. Um homem influente de cerca de setenta anos com ferramentas enferrujadas, um celeiro caindo aos pedaços, galinhas na cozinha, gatos na varanda, vigoroso e às vezes embriagado e sempre articulado na fala, ele tinha arrancado pedras do chão com uma égua mais velha que a Lady e as assentara em muros que sobreviveriam à cidade, qualquer que fosse seu destino. Represado o rio e inundado para formar um açude (isso podia acontecer), nas secas de verão as pessoas viriam de carro ou de avião — se isso ocorresse no futuro — para ver o padrão nos muros de Covell conforme voltassem a emergir da água que baixava; ou se deixassem a vegetação tomar conta, seiva de bordo e salsaparrilha, pescadores e caçadores, subindo nesses muros, diriam que ali devia ter sido um pasto algum dia. Sua filha Alice jamais se casou, amava tanto o velho, e até hoje nas tardes de domingo eles subiam a colina de mãos dadas, levando uma luneta para ver os barcos na baía. Alice criava collies. Havia um letreiro na casa: VENDEM-SE COLLIES. Quem queria saber de collies? Ela teria se saído melhor fazendo filhos ou vendendo ovos.

Todos os collies não vendidos latiram quando a carroça passou.

Depois dos Covell ficava o Brown's River — um pequeno córrego ou ribeirão com uma ponte de madeira que fez barulho de falso trovão quando eles passaram. Do outro lado do rio ficava a propriedade dos Pluzinski — uma casinha marrom com enfeites de vidro nos para-raios e duas roseiras no jardim da frente. Os Pluzinski eram estrangeiros que trabalhavam duro e eram reservados embora o filho mais velho tivesse recebido uma bolsa na Academia. A terra deles, retilínea e autossuficiente, era o oposto da de Peter Covell, como se, apesar de não falarem inglês, tivessem se adaptado muito melhor ao vale do que o velho ianque.

Depois dos Pluzinski a estrada guinava à direita e elas puderam ver o lindo pórtico grego da casa de Theophilus Gates. Theophilus era presidente do banco e seguradora Pocamasset e como defensor da probidade e da parcimônia podia ser visto rachando lenha diante de sua casa toda manhã antes de ir trabalhar. Sua casa não estava exatamente caindo aos pedaços, mas precisava de pintura, e isso, assim como o fato de ele rachar lenha, era o sentido de colocar a honesta decadência acima do exibicionismo imprudente. Havia uma placa de VENDE-SE no gramado. Theophilus herdara do pai o serviço de água e luz de Travertine e St. Botolphs e lucrara bastante ao vendê-lo. No dia em que essas negociações terminaram ele voltou para casa e pôs a placa de VENDE-SE na grama. A casa, é claro, não estava à venda. A placa era só para dar origem a um rumor de que ele vendera tudo por motivo de falência e para ajudar a manter sua reputação de homem pobre, sombrio, temente a Deus e que trabalhava demais. Mais uma coisa. Quando Theophilus tinha convidados à noite, normalmente depois do jantar iam brincar de esconde-esconde no jardim.

Quando passaram a casa de Gates as senhoras conseguiram ver à distância o telhado de ardósia da casa de Honora Wapshot na Boat Street. Honora não apareceria para elas. Honora já fora apresentada ao presidente dos Estados Unidos e ao apertar sua mão teria dito: "Sou de St. Botolphs. Imagino que o senhor saiba onde fica *isso*. Dizem que St. Botolphs é como torta de abóbora. Sem crosta em cima...".

Elas viram a sra. Mortimer Jones caçando borboletas com uma rede no caminho de cascalho de seu jardim. Ela usava um volumoso vestido caseiro e um grande chapéu de palha.

Depois dos Jones vinham os Brewster e outra placa: TORTAS E BOLOS CASEIROS. O sr. Brewster era inválido e a sra. Brewster sustentava o marido e pagara a faculdade dos dois filhos com o dinheiro ganho como confeiteira. Os filhos ficaram bem de vida mas agora um morava em San Francisco e o outro em Detroit e nunca vinham visitá-la. Escreviam dizendo que estavam pensando em vir no Natal ou na Páscoa — que a próxima viagem que fariam seria para St. Botolphs — mas iam ao Parque Nacional de Yosemite, iam para a Cidade do México, até Paris visitaram, mas nunca, nunca mais voltaram para casa.

Na esquina da Hill com a River Street a carroça virou à direita, passando pela casa de George Humbolt, que morava com a mãe e era conhecido como tio Pipi Marshmallow. Tio Pipi vinha de uma linhagem de marujos durões mas não era tão viril quanto os avôs. Será que, com muita fé e fantasia, sairia assim exposto depois de enfrentar o mau tempo na passagem pelo estreito de Magalhães? De vez em quando, nas noites de verão, o pobre tio Pipi desfilava nu em pelo por entre os jardins da beira do rio. Seus vizinhos eram sempre impacientes com ele. "Vai para casa, tio Pipi, e põe uma roupa", diziam. Quase nunca era preso e jamais seria mandado embora dali, pois mandá-lo embora refletiria a peculiaridade local. O que o resto do mundo poderia fazer por ele que não pudesse ser feito em St. Botolphs mesmo?

Além da casa do tio Pipi dava para ver à distância a casa dos Wapshot, e a própria River Street, sempre uma imagem romântica, parecia ainda mais romântica naquele final de manhã de feriado. O ar cheirava a salmoura — o vento leste soprava — e conferia naquele momento ao local um propósito e um brilho e também certa tristeza, pois enquanto as senhoras admiravam casas e olmos sabiam que seus filhos iriam embora. Por que os jovens sempre queriam ir embora? Por que os jovens sempre queriam ir embora?

O sr. Pincher parou apenas o suficiente para que a sra. Wapshot descesse da carroça. "Eu não deveria agradecer a você pela carona", disse ela, "mas vou agradecer à Lady. A ideia foi dela." Esse era o estilo da sra. Wapshot, e despedindo-se com um sorriso ela graciosamente subiu os degraus até a porta de casa.

4

Rosalie Young pegou a estrada para o litoral naquela manhã, tão desconhecida para os Wapshot quanto você para mim, bem cedo, muito antes de começar o desfile em St. Botolphs, em direção ao sul. O namorado parou o velho conversível em frente à pensão na cidade onde ela morava. A sra. Shannon, dona da casa, ficou observando enquanto eles se afastavam no carro, através do vidro da porta da entrada. A juventude era um profundo mistério para a sra. Shannon mas hoje o mistério se aprofundava ainda mais graças ao casaco branco de Rosalie e ao cuidado com que ela se maquiara. Se estivessem indo nadar, pensou a senhoria, ela não teria posto o casaco branco novo, mas se não estavam indo nadar por que afinal ela levara uma toalha — uma das toalhas da sra. Shannon? Podiam estar indo a algum casamento ou a um piquenique, indo a um jogo ou visitar algum parente. O fato de não poder saber com certeza entristeceu a sra. Shannon.

Mas era sempre difícil para um estranho adivinhar o destino de Rosalie, tamanha a expectativa com que ela cercava cada passeio. Às vezes no outono o namorado dizia aos pais que ia caçar e então levava Rosalie — que não era mais vigiada quando saía da pensão — para passar a noite numa cabana para turistas no posto de pedágio da estrada, e quando ele ia buscá-la naquelas tardes de sábado ela costumava usar um crisântemo e uma folha de carvalho espetados na lapela e levava uma valise pequena com um adesivo de Amherst ou de Harvard como se os prazeres de um fim de semana de futebol — o jogo, o chá dançante, a recepção na faculdade e o baile — fossem justamente o que ela estava esperando. Ela nunca se opunha a coisa alguma nem ficava contrariada. Nunca havia um ponto, enquanto ela pendurava seu casaco branco na cabana e ele tentava acabar com a umidade acendendo o fogo, em que a diferença entre essa sua noite furtiva e a dança da cobra a deixasse deprimida, nem ela nunca parecia chegar ao ponto em que tais diferenças a incomodassem ou a fizessem mudar de ideia sobre o que esperar. A maioria de suas expectativas eram acadêmicas e então, quando eles saíram da cidade, ela começou a cantar. Músicas populares passavam diretamente do rádio e do palco da banda para uma espécie de espaço retentivo em sua memória, deixando um rastro de letras alegres ainda que repetitivas e sentimentais.

Saindo da cidade passaram por aquelas praias apinhadas que começavam ainda dentro da urbe e se estendiam, com algumas interrupções fabris, por quilômetros ao sul. Agora, no meio da manhã, a vida vibrava naquelas praias e o cheiro peculiar de fritura e pipoca na manteiga era mais forte que qualquer emanação do oceano Atlântico, que ali parecia, preso entre as ilhas de um litoral submerso, ser uma presença viril e triste. Milhares de banhistas seminus obscureciam a praia ou hesitavam com água pelos joelhos no oceano como se essa água, tal qual o Ganges, fosse tão purificadora e sagrada que aquela multidão deslocada e despida, espalhada em quilômetros de costa, conferisse ao feriado e à fachada festiva a influência profunda de uma peregrinação em que, como os milhares de banhistas pelos quais passaram, Rosalie e o namorado estavam envolvidos.

"Está com fome?", disse ele. "Quer comer alguma coisa agora? Mamãe mandou o bastante para três pessoas. E tem uísque no porta-luvas."

A ideia de uma cesta de piquenique trouxe à lembrança de Rosalie a imagem típica, de cabelos brancos, da mãe dele, que podia muito bem ter se escondido na cesta — ciosa, nunca crítica, mas entristecida pelos desfrutes do filho único. Ele era assim. Seu quarto arrumado, lúgubre e feio era o eixo da casa deles e o entendimento entre o homem e seus pais era tão intenso e tácito que para Rosalie parecia algo cifrado. Todos os cômodos estavam repletos de suvenires do crescimento do filho; armas, tacos de golfe, troféus de escolas e acampamentos e no piano alguma música que ele estudara dez anos antes. A casa fria e os pais contritos eram estranhos para Rosalie e ela achou que a camisa branca daquela manhã tinha o cheiro da cera do assoalho amarelado de onde ele levava sua vida cifrada com mamãe e papai. O namorado sempre tivera cachorro. Ao longo da vida, haviam sido quatro cachorros, e Rosalie sabia o nome de cada um, seus costumes, características e fins trágicos. Na única vez em que ela estivera com os pais dele, a conversa se encaminhara para os cachorros e ela acabou sentindo que eles viam a relação dele com ela — não por maldade ou má intenção, mas porque era a única coisa que conheciam — como algo semelhante à relação dele com um de seus cães. Eu me sinto um cão perfeito, ela disse.

Rodaram por algumas praças enfeitadas para o feriado onde os jornais ficavam empilhados do lado de fora da única mercearia aberta e onde começava a concentração para o desfile. Agora estavam no campo, poucos quilômetros interior adentro, mas a sensação não era muito diferente, pois a estrada era juncada de lojas de presentes, restaurantes, estufas de plantas e cabanas para turistas. A praia aonde ele pretendia levá-la não era muito frequentada porque a estrada era precária e a praia tinha pedras, mas ele ficou decepcionado ao ver dois outros carros na clareira onde eles estacionaram e descarregaram a cesta e seguiram por uma trilha acidentada até o mar — ali,

28

mar aberto. Roseiras mirradas brotavam ao longo da trilha e ela sentiu o ar salgado grudar em seus lábios e o provou com a língua. Havia uma praia estreita de seixos numa falha na rocha e então lá embaixo viram um casal como eles e uma família com crianças e então mais adiante o verde do mar. Evitando de propósito pensar egoisticamente na privacidade que ele tão ardentemente desejava e que os rochedos ao redor propiciavam, ele levou a cesta de piquenique, a garrafa de uísque e a bola de tênis para a praia e se ajeitou ali à vista dos outros banhistas como se esse gesto momentâneo de simplicidade de um prazer público se devesse a algo que a mãe pusera de si naqueles sanduíches. Rosalie foi para trás de uma pedra e trocou sua roupa por um traje de banho. Ele a esperava na beira do mar e depois que ela se certificou de que todo o cabelo estava embaixo da touca pegou na mão dele e entraram.

A água estava cruelmente fria, sempre era fria ali, e quando chegou aos joelhos dela ela soltou a mão dele e mergulhou. Ela aprendera nado livre mas nunca esquecera um estilo agitado, afobado, e com o rosto meio imerso naquele verdor disparou mar adentro uns três metros, voltou, submergiu ligeiramente, gritou aflita por causa do frio e então voltou correndo para a praia. A praia estava ensolarada e a água fria e o calor do sol deixaram-na acesa. Ela se enxugou rapidamente com uma toalha, arrancou a touca e ficou sob o sol, esperando o calor chegar nos ossos. Secou as mãos e acendeu um cigarro e ele então saiu do mar, secou apenas as mãos e se atirou ao lado dela.

O cabelo dela era louro e ela era clara — esguia e voluptuosa com um jeito inquieto que mesmo com a bata das meninas do coro da igreja, que já usara, fazia com que ela parecesse à vontade e nua. Ele pegou sua mão e a ergueu e roçou o braço dela, coberto de uma penugem suave, com os lábios. "Eu adoraria ir colher mirtilos", ela disse alto o bastante para os outros banhistas ouvirem. "Adoraria colher mirtilos, mas vamos levar o seu chapéu para guardar os mirtilos dentro."

Escalaram as pedras que davam na praia, de mãos dadas, mas a busca de uma privacidade que pudesse satisfazê-la demorou e foram a vários lugares até que por fim ele a deteve e ela concordou, timidamente, que provavelmente não encontrariam nada melhor. Ele começou a tirar o maiô dela pelos ombros e quando ficou nua ela se deitou feliz e contente na areia ensolarada para ensejar o único casamento entre seu corpo e as memórias de seu corpo que ela conhecia. Depois, ternura e afabilidade pairaram entre os dois e ela se deitou no ombro dele enquanto vestia de novo o maiô e voltaram de mãos dadas para a praia. Foram nadar outra vez e desembrulharam os sanduíches que a mãe preocupada fizera para eles na noite anterior.

Havia ovos picantes e coxas de frango, sanduíches, bolos, biscoitos, e quando se fartaram puseram o resto na cesta e ele correu pela praia atrás da bola de tênis e jogou-a para ela de lá. A bola leve desviou-se no vento mas ela conseguiu pegá-la e jogá-la de volta com uma intensidade, assim como seu nado afobado, mais fraca que o necessário, e ele pegou a bola com um floreio e a atirou de volta para ela. Então esse agarrar e atirar de volta, agarrar e atirar de volta foi adquirindo uma agradável monotonia e com isso ela sentiu a tarde passar. A maré estava baixando, deixando na praia séries de seixos maiores e feixes de alga cujas formas florais explodiam com um estampido quando ela as apertava entre os dedos. O grupo familiar tinha começado a recolher as coisas e a chamar as crianças. O outro casal estava deitado, conversando e rindo. Ela se deitou outra vez e ele sentou a seu lado e acendeu um cigarro, pedindo agora, agora, mas ela dizia não e ele lhe deu as costas e foi para o mar. Ela ergueu os olhos e o viu nadando entre as ondas. Então ele veio se secar ao lado dela e lhe ofereceu um gole de uísque mas ela disse não, não, ainda não, e ele bebeu sozinho e olhou para o mar.

E agora os vapores de passeio, largos, brancos, apinhados e impróprios para navegação, que tinham zarpado aquela manhã, estavam voltando. (Entre eles vinha o *Topaze*.) A agitação do mar acalmara um pouco. O namorado bebeu todo o uísque e amassou o copo de papel na mão. O casal à esquerda deles estava se levantando para ir embora e quando eles foram embora ele pediu de novo agora, agora, e ela disse não, levada por alguma vaga ideia de contenção que lhe ocorrera. Ela estava cansada de tentar separar a força da solidão da força do amor e estava sozinha. Estava sozinha e o sol sumia da praia e a noite chegando a fez sentir ternura e medo. Então ela olhou para ele, guardando ao menos um espaço na mente para essa ideia de contenção. Ele estava olhando o mar. A luxúria havia se instaurado feito preocupação no semblante dele, em seu rosto magro. Ele viu os recifes leoninos no mar como clavículas e joelhos de mulheres. Nem mesmo as nuvens no céu seriam capazes de dissuadi-lo. Os barcos de passeio pareceram-lhe prostíbulos itinerantes e ele achou que o oceano tinha cheiro de cordame. Ele se casaria com uma mulher voluptuosa, ela pensou — a filha de um colocador de papel de parede —, e cairia na estrada vendendo desinfetantes. Sim, sim, ela disse, agora sim.

Então eles beberam mais uísque e comeram de novo e agora os barcos de passeio que voltavam para casa haviam sumido e a praia e tudo exceto os rochedos mais altos estavam no escuro. Ele subiu até o carro e pegou um cobertor, mas agora a busca de privacidade não custou tanto; agora estava escuro. Apareceram estrelas e quando eles terminaram ela se lavou no mar e vestiu o casaco branco e juntos, descalços, caminharam pela praia, recolhendo cuidadosamente os guardanapos dos sanduíches, garrafas e cascas de ovo que eles e os outros tinham deixado, pois eles eram limpos, filhos educados da classe média.

Ele pendurou os trajes de banho molhados para secar na porta do carro, deu uns tapinhas afetuosos no joelho dela — um gesto mais terno que todos os outros — e ligou o motor. Assim que chegaram à estrada principal, o trânsito estava pesado e muitos dos carros que eles ultrapassaram tinham, como o dele, trajes de banho pendurados na maçaneta. Ele dirigia depressa, e ela achou que dirigia bem, embora o carro fosse velho. Os faróis eram fracos e com os faróis dos carros que vinham em sentido contrário ofuscando-lhe as pupilas ele se mantinha com dificuldade na pista, como um cego correndo. Mas ele se orgulhava de seu carro — mandara instalar um cabeçote novo e uma bateria potente —, se orgulhava de sua destreza ao manejar o veículo dilapidado e tosco nas curvas das estradas de Travertine e St. Botolphs, e quando se livraram do trânsito e pegaram uma estrada vicinal que não era, até onde ele sabia, patrulhada ele acelerou o máximo que pôde. A velocidade fez Rosalie relaxar até que o ouviu xingar e sentiu o carro tombar e bater no descampado.

5

O cerne da casa dos Wapshot fora construído antes da Guerra da Independência, mas muitos acréscimos haviam sido feitos desde então, dotando a casa de todos os atributos do sonho recorrente em que abrimos uma porta de armário e descobrimos que na nossa ausência ali brotaram um corredor e uma escada. A escada sobe e faz uma curva que dá num corredor com muitas portas entre estantes de livros, cada uma levando de um cômodo ao outro de modo que podemos perambular por ali incessantemente sem nada procurar naquele lugar que, mesmo no nosso sonho, não parece de maneira alguma uma casa, mas sim uma construção aleatória que corresponda a alguma necessidade do pensamento durante o sono. A casa fora deixada de lado durante a juventude de Leander, mas ele a restaurara em seus anos de prosperidade na fábrica de talheres. Era antiga o bastante e grande o bastante e já presenciara atividades obscuras o bastante para abrigar um fantasma, mas o único aposento assombrado era mesmo o velho banheiro no final do corredor do andar de cima. Ali um motor primitivo, feito de porcelana vitrificada e mogno, tinha vida própria. De vez em quando — talvez até uma vez por dia — o artefato resolvia funcionar. Ouvia-se o maquinário estalar e o guincho agudo das válvulas antigas. Então se ouvia, de todos os cantos da casa, o rumor da água chegando e a sucção da água indo embora. O fantasma era isso.

A casa é fácil de descrever mas como pôr no papel um dia de verão num velho jardim? Sinta o cheiro da grama, dizemos.

O cheiro das árvores! Das janelas do sótão uma bandeira hasteada e pensa sobre a fachada deixa o corredor na penumbra. A família reunida ao crepúsculo. Sarah contou sobre a volta com o sr. Pincher. Leander aportou com o *Topaze*. Moses trouxe o veleiro do clube Pocamasset e estende a vela principal na grama para secar. Coverly assistiu pela cúpula do celeiro ao jogo de beisebol da fábrica de talheres. Leander bebe seu bourbon e o papagaio está empoleirado numa gaiola na porta da cozinha. Uma nuvem passa encobrindo o sol baixo, escurecendo o vale, e eles sentem uma profunda e momentânea inquietude como se se dessem conta de que as trevas podiam se abater sobre os campos do pensamento. O vento refresca e todos se animam como se o vento os lembrasse do poder deles de recuperação. Malcolm Peavey vem trazendo seu veleiro de um mastro rio acima e tudo está tão silencioso que eles chegam a ouvir o som do barco se aproximando. Estão assando uma carpa na cozinha, e, como todo mundo sabe, a carpa deve ser aferventada com clarete e ostras em conserva, anchovas, tomilho, manjerona, manjericão e cebolas-brancas. Pode-se sentir o cheiro de tudo isso. Mas quando vemos os Wapshot, espalhados em seu jardim de roseiras rio acima, escutando um papagaio e sentindo o bálsamo daquelas brisas da tarde que, na Nova Inglaterra, têm aromas de coisas tão virginais — de bulbos de lírios e sabonetes e quartos alugados, umedecidos por uma janela aberta durante um temporal com trovoada; de penicos e sopa de azedinha e rosas e organdi e cambraia; sobrepelizes e exemplares do Novo Testamento encadernados em marroquim macio e pastagens à venda, onde agora brotam arrudas e avencas —, quando vemos as flores estaqueadas por Leander com tacos quebrados de hóquei e cabos de esfregões e vassouras, quando vemos que o espantalho no milharal está vestido com o paletó vermelho da extinta cavalaria de St. Botolphs e que a água azul do rio lá embaixo parece mesclada à nossa história, seria um equívoco dizer como disse um dia um fotógrafo de arquitetura, depois de fotografar a entrada lateral, "É igualzinho a uma cena de J.P. Marquand". Eles não são assim — são gente do interior, e no centro do grupo está a tia Adelaide Forbes, viúva de um professor de colégio. Ouçamos o que a tia Adelaide tem a dizer.

"Ontem à tarde", diz a tia Adelaide, "por volta das três horas, três, três e meia... quando já fazia sombra no jardim e eu não me queimaria ao sol, eu saí para colher algumas cenouras para o jantar. Bem, eu estava colhendo cenouras e de repente peguei uma cenoura muito esquisita." Ela espalmou a mão direita sobre o busto — pareceu faltar-lhe a capacidade de descrição, mas então todos riram dela. "Bem, eu colhi cenouras a vida inteira, mas acho que nunca vi uma cenoura como essa. Ali crescendo num canteiro de cenouras normal. Sem pedra nem nada que explicasse o formato. Bem, essa cenoura era a imagem cuspida e escarrada das partes do sr. Forbes." O sangue enrubesceu-lhe as faces mas o pudor não impediria nem deteria sua fala. Sarah Wapshot sorriu seraficamente ao lusco-fusco. "Bem, levei as outras cenouras comigo para fazer o jantar", disse a tia Adelaide, "e embrulhei essa cenoura esquisita num papel e levei logo para Reba Heaslip. Ela é solteirona, achei que se interessaria. Ela estava na cozinha e dei a cenoura para ela. Era bem assim, Reba, falei. Idêntico."

Então Lulu chamou para o jantar, cujo aroma de clarete, peixe e temperos na sala estava de enlouquecer. Leander fez a oração e serviu a todos e quando todos provaram a carpa disseram que tinha gosto de lago. Leander pegara a carpa com um aparelho que ele mesmo tinha inventado, usando bolo mofado como isca. Falaram sobre outras carpas pescadas na enseada do rio. Eram seis no total — seis ou sete. Adelaide se lembraria de outra que ninguém mais se lembrava. Leander pescara três e o sr. Dexter pescara duas e um empregado do moinho que morava do outro lado do rio — um polaco — pescara uma. O peixe viera da China até St. Botolphs para ser usado em lagos ornamentais de jardins. Na década de 1890 tinham sido despejadas no rio para se virarem sozinhas e até que se viraram bem. Leander estava dizendo que decerto antigamente havia mais carpas quando eles ouviram a batida que, considerando o estrago no veículo, soou extraordinariamente forte como se um ca-

34

nalha houvesse batido com um machado na tampa de uma caixa de joias. Leander e os filhos se levantaram da mesa e saíram pela porta lateral.

Fazia uma noite aberta de verão. O ar estava estranhamente brando e a luz difusa das estrelas e a estranha densidade da escuridão eram tais que até mesmo em sua propriedade Leander teve que se deslocar com cuidado para não tropeçar em alguma pedra ou topar numa roseira-brava. O carro saíra da estrada na curva e batera num olmo no velho campo. A luz vermelha da lanterna traseira e um dos faróis ainda estavam acesos e nessa luz a relva e as folhas do olmo brilharam com um verde-claro. Vapor, conforme se aproximaram do carro, saía pelo radiador com um cicio, mas enquanto atravessavam o descampado o cicio foi diminuindo e quando chegaram ao carro cessou, embora o aroma dos vapores ainda estivesse no ar.

"Ele morreu", disse Leander. "Morreu. Santo Deus, que estrago. Fique aqui, Moses. Vou até em casa ligar para a polícia. Você vem comigo, Coverly. Preciso que leve Adelaide de carro para a casa dela. Já teremos muitos problemas sem ela por perto. Ele morreu", murmurou, e Coverly foi atrás do pai pelo campo e atravessaram a estrada até a casa onde todas as janelas começavam a ser acesas, uma por uma.

Moses estava atônito. Não havia nada que ele pudesse fazer e então um estalido — achou que Leander ou alguém tivesse voltado e pisado num arbusto ao atravessar o campo — fez com que ele virasse a cabeça, mas o campo e a estrada estavam vazios e ele se virou de novo para o carro e viu fogo nas aberturas do capô. Ao mesmo tempo o cheiro viscoso de vapor sujo e borracha juntou-se ao cheiro do metal aquecido e da tinta queimando e enquanto o capô continha o fogo sua pintura começou a borbulhar. Então ele segurou o morto pelos ombros e tentou puxá-lo para fora do carro enquanto o fogo estalava com a alegria de uma lareira numa casa úmida no fim do dia e começou a lançar uma luz dourada sobre as árvores. O temor de uma explosão que poderia levar Moses a se juntar ao morto apressou e conteve seus movimentos e mesmo desejando se afastar do fogo

35

ele não podia deixar o homem ali naquela pira e puxou e tornou a puxar até que o corpo, liberado, derrubou os dois de costas no campo. Havia areia por ali na beira do caminho e então ele com as mãos em concha pegou a areia e despejou sobre o fogo. A areia controlou o fogo e agora ele despejava areia sobre o capô e então escancarou o capô com um pedaço de pau e despejou mais areia no cabeçote até que o fogo apagou e seu temor de uma explosão passou e ele ficou sozinho no campo, pensou, com o carro destruído e o homem morto. Sentou-se, exaurido, e viu que todas as janelas da casa do outro lado da estrada estavam acesas e então ouviu, vinda do norte, uma sirene e viu que Leander tinha chamado a polícia. Ele ficaria sentado ali e retomaria o fôlego e as forças, pensou, até eles chegarem, quando ouviu a garota dizer de algum ponto da escuridão: Estou ferida, Charlie, eu me machuquei. Cadê você? Estou ferida, Charlie. Por um momento Moses pensou: Vou deixá-la aí também; mas quando ela voltou a falar ele se levantou e deu a volta no carro, procurando-a. Charlie, ela disse, eu me machuquei, e então ele a encontrou e achando que Moses fosse o morto ela disse: Charlie, oh, Charlie, que lugar é esse? e começou a chorar e ele se ajoelhou ao lado de onde ela estava deitada no chão. A essa altura o som da sirene havia passado pela propriedade e vinha descendo pela estrada e então ele ouviu, vindas da escuridão, a voz de Leander e as vozes dos policiais e viu suas lanternas dançando pelo campo — sem direção e inquisitivas —, ouviu seus suspiros enquanto suas lanternas sem direção e inquisitivas iluminaram o morto e ouviu um deles dizer ao outro para ir até a casa e trazer um cobertor. Então começaram, sem razão, a argumentar sobre o fogo, e Moses os chamou e eles vieram com suas lanternas inquisitivas até onde ele estava ajoelhado ao lado da garota. Agora eles jogaram suas lanternas sobre a garota, que continuava soluçando um pouco amargurada e que, com seu cabelo claro, parecia muito jovem. "Não mexam nela, não a mudem de posição", disse um policial, com autoridade. "Ela pode ter sofrido algum ferimento interno." Então um deles disse ao outro para trazer uma maca e a colocaram na maca

— ela ainda soluçava — e levaram-na, para longe do carro destruído e do morto que agora estava debaixo de um cobertor voltado para as várias luzes da casa.

Lembra aquele acidente na 7B — disse um deles, mas a pergunta foi feita com nervosismo e os outros não responderam. A estranheza da noite, as lanternas insidiosas, o som distante de fogos de artifício e o morto que deixaram no campo puseram todos em polvorosa e desencorajaram ao menos um deles e agora eles seguiam à risca o único procedimento possível para eles: levar a garota até a casa iluminada. A sra. Wapshot estava na porta, o rosto composto num sorriso compungido — uma escolha involuntária de expressão com que ela sempre encarava o desconhecido. Ela achava que a garota estava morta; mais que isso ela achava que se tratava da filha única de um casal dedicado, que ela estava noiva e se casaria com um homem esplêndido e que estava prestes a começar uma vida valiosa e proveitosa. Porém mais que tudo ela pensou que aquela moça havia sido criança um dia, pois sempre que a sra. Wapshot via um bêbado deitado na rua ou uma prostituta batendo na janela a profunda tristeza que ela sentia se devia à lembrança de que aqueles desgraçados um dia foram crianças perfumadas. Ela estava inquieta, mas se recompôs com uma espécie de altivez ao falar com os policiais quando passaram com a maca pela porta aberta. "Levem-na para o quarto de hóspedes", ela disse, e quando eles hesitaram, uma vez que nunca tinham estado naquela casa antes e não faziam ideia de onde poderia ficar o quarto de hóspedes, ela falou como se eles fossem estúpidos e fizessem parte daquela tragédia. "Levem-na para o quarto vazio lá de cima", ela ordenou, pois para a sra. Wapshot todo mundo conhecia, ou deveria conhecer, a planta baixa de West Farm. O "lá de cima" ajudou-os e com isso eles subiram a escada.

O médico foi chamado e veio e a garota foi colocada na cama do quarto de hóspedes. Pequenas pedras e areia haviam escoriado a pele dos seus braços e ombros e quando o médico chegou houve certa indecisão sobre se ele deveria primeiro declarar o homem morto ou olhar a garota mas ele se decidiu pela garota e

37

todos ficaram esperando lá embaixo na entrada. "Traga alguma coisa quente, alguma bebida quente", ouviram-no dizer à sra. Wapshot, e ela desceu e preparou um chá na cozinha. "Está doendo?", ouviram-no perguntar à garota. "Está doendo, você sente alguma coisa?", e a todas essas perguntas a resposta foi não. "Bem, e qual é o seu nome?", ele perguntou a ela, e ela disse: "Rosalie Young", e deu um endereço na cidade. "É uma pensão", ela disse. "Minha família é da Filadélfia." "Você quer que eu avise seus pais?", disse o médico, e ela disse cordialmente: "Não, por favor, não há nenhum motivo para eles ficarem sabendo". Então ela voltou a chorar e Sarah Wapshot lhe deu o chá e a porta da frente se abriu lentamente e entrou Emmet Cavis, o dono da funerária.

Emmet Cavis chegara a St. Botolphs como caixeiro-viajante da fábrica de contas de ouro. Impressionara o local com sua urbanidade e suas roupas arrojadas pois aquele era um tempo em que cabia ao caixeiro-viajante da cidade apresentar aos moradores de lugares isolados a turbulência e o colorido da vida urbana. Ele fizera algumas poucas viagens e então voltara com diploma de agente funerário e abrira uma funerária e uma loja de móveis. Se isso havia ou não entrado em seus cálculos, tal transformação de vendedor de joias em agente funerário de fato funcionara a seu favor, pois tudo aquilo com que era associado como caixeiro — joias, promiscuidade, viagens e dinheiro fácil — destacava-o do resto da população e parecia ser, ao menos para as mulheres do interior, apropriado ao Anjo da Morte.

Em seus acertos com as famílias perplexas ele acabava, ao trocar móveis e propriedades por seus serviços, sendo culpado de quando em quando de práticas trapaceiras e desonestas; mas é costume do interior tratar habilidades e desonestidades com respeito. Sua astúcia fez com que ele parecesse formidável e inteligente e como bom ianque ele jamais se dirigira aos enlutados sem comentar A Inconstância de Todas as Coisas Terrenas. Ele acumulara e prosperara com todos os seus dons de comerciante e era a vida da praça da cidade. Fofocava brilhantemente, contava histórias no dialeto local e confortava uma pobre mulher cujo único filho morrera afogado no mar. Suportava, contrariado, os vícios de pensamento que sua profissão criara e quando falou com Leander considerou-o em boa forma para ainda mais quinze anos, mas desconfiou que suas apólices de seguro talvez houvessem expirado e que seu funeral seria modesto se os rapazes não interviessem, como soía acontecer, e insistissem na cremação. Como seria o Dia do Juízo se houvesse apenas cinzas para mostrar? Ele apertou a mão de todos — nem com vigor que parecesse ofensivo, nem timidamente que soasse dissimulado — e então saiu da casa com dois policiais.

Ele lhes disse o que fazer. Além de abrir as portas do carro funerário, ele não moveu um dedo. "Ele vai aí dentro, rapazes, bem aí em cima do estrado. É só empurrar. Só o empurrem para dentro." Ele bateu as portas e verificou a maçaneta. Ele tinha o maior carro de St. Botolphs, como se o primeiro entre os poderes da morte fosse a riqueza, e sentou no banco do motorista e foi-se embora lentamente.

6

Pela manhã a notícia do acidente já havia chegado a quase todo mundo em St. Botolphs. A morte do rapaz encheu-os de tristeza; e todos se perguntaram o que Honora Wapshot diria do estranho na propriedade. Agora era simplesmente natural que pensassem em Honora, pois a matriarca sem filhos fizera muito mais pela família do que dar a Leander o *Topaze*. Ela dispunha, como se dizia, dos recursos, e Moses e Coverly eram, por contingência, seus herdeiros. Não é culpa minha que a Nova Inglaterra esteja repleta de senhoras excêntricas e daremos a Honora meramente o que lhe cabe.

Ela nascera, como sabemos, na Polinésia, e fora criada por seu tio Lorenzo em St. Botolphs. Frequentara a academia da srta. Wilbur. "Ah, eu era uma moleca terrível", ela costumava dizer sobre sua juventude, encobrindo um sorriso com a mão e

39

pensando, provavelmente, em bagunças no banheiro, latas amarradas no rabo do cachorro e outras travessuras da província. Talvez tenha lhe faltado o amor dos pais, que morreram na Polinésia, ou tenha sido oprimida por seu tio idoso ou forçada por algo como a solidão a seu estilo independente, mas afinal ela era assim mesmo. Podia-se dizer de Honora que jamais precisara se sujeitar à disciplina da continuidade; mas não estamos aqui tratando de grandes cidades e civilizações e sim da sociedade de um antigo porto cuja população diminuía ano após ano.

Depois da formatura na academia da srta. Wilbur, Honora mudou-se com Lorenzo para a cidade, onde ele cumpria mandato na assembleia estadual e onde ela se ocuparia de um serviço social que parecia ser eminentemente de natureza médica. Ela afirmava que esses foram os anos em que mais se orgulhara de si e como uma senhora de idade costumava dizer que jamais deveria ter abandonado o serviço social, embora fosse difícil imaginar por que ela teria tanta saudade, em meio a tantos resmungos e amargura, dos cortiços. Ela gostava, às vezes, de lembrar suas experiências como samaritana. Eram histórias capazes de tirar o apetite e eriçar os pelos do corpo, mas podia ser apenas a morbidez que se abate sobre tantas mulheres generosas de idade avançada. Mulheres que ouvimos em ônibus e trens, cozinhas e restaurantes, falando de gangrenas com voz tão triste e musical que parecem apenas expressar seu pesar ao descobrir que o corpo, apesar de todos os sinais evidentes do contrário, é de fato mortal. A prima Honora não achava que devia usar vocabulário médico e assim optava por um meio-termo. O que ela fazia era pronunciar as primeiras sílabas da palavra em questão e murmurar o resto. Assim histerectomia virava histereblablablá, supuração virava supurablablablá e testículos viravam testiblablablás.

Quando Lorenzo morreu, deixou Honora com um patrimônio muito maior do que ela poderia ter imaginado. A família Wapshot nunca havia — jamais, nem na mais negra noite com pios de coruja — conversado sobre o montante. Um mês ou dois depois da morte de Lorenzo, Honora se casou com um certo sr. de Sastago que se dizia marquês e dono de um castelo na Espanha. Ela foi de navio para a Europa como noiva mas retornou em menos de oito meses. Dessa parte de sua vida ela só dizia: "Fui casada com um estrangeiro e fiquei muito decepcionada nas minhas expectativas...". Retomou o nome de solteira e voltou a morar na antiga casa de Lorenzo na Boat Street. A melhor maneira de entendê-la é observá-la ao longo de um dia inteiro.

O quarto de Honora é agradável. As paredes são pintadas de azul-claro. Os postes altos e torneados de sua cama sustentam uma estrutura simples de madeira feita para receber um dossel. A família insistiu para que ela removesse a estrutura porque já caíra várias vezes e podia desabar durante a noite e esmagar o crânio da velha senhora no meio do sonho. Ela não atendeu às instâncias dos parentes e dorme pacificamente na antiguidade damocliana. Isso não significa que sua mobília seja tão pouco confiável quanto os móveis de West Farm mas há três ou quatro cadeiras na casa que, se um estranho resolver sentar-se nelas, fatalmente vão se quebrar e derrubar o sujeito no chão. A maior parte de seus móveis pertencia a Lorenzo e boa parcela deles foi comprada durante suas viagens pela Itália pois ele achava que aquele Novo Mundo onde vivia brotara da mente de homens da Renascença. O pó que tudo encobre é a poeira do mundo, mas o aroma de mangues salinos, tapetes de palha e fumaça de lenha é o hálito de St. Botolphs.

Honora é acordada de manhã pelo apito do trem das sete e dezoito quando chega na estação e, ainda sonolenta, ela toma esse apito pela trombeta de um anjo. É uma pessoa muito religiosa e participou com entusiasmo de praticamente todas as organizações religiosas de Travertine e St. Botolphs e as abandonou com amargura. Ao ouvir o trem ela vê em pensamento um anjo numa túnica branca como a neve com uma fina trombeta. Ela foi chamada, pensa com fervor. Foi convocada para uma tarefa incomum. Sempre esperou por isso. Ela levanta a cabeça dos travesseiros para escutar a mensagem e o trem volta a apitar. A imagem de uma locomotiva substitui

41

a do anjo, mas ela não fica muito decepcionada. Sai da cama, veste-se e fareja o ar, que parece ter cheiro de costeletas de cordeiro. Ela desce com apetite para o café da manhã. Caminha com uma bengala.

A lareira está acesa em sua sala de jantar nesta manhã de julho e ela aquece ali as mãos para espantar dos ossos o frio da idade. Maggie, sua cozinheira, traz para a mesa um prato coberto e Honora, esperando as costeletas de cordeiro, fica decepcionada ao descobrir uma perca. Isso a deixa muito irritadiça, pois ela costuma ter sérios ataques de irritabilidade, suores noturnos e outras formas de nervosismo. Ela não precisa admitir tais debilidades pois caso se sinta mal pode muito bem atirar o prato em sua cozinheira. Agora ela bate a tampa de metal na travessa, como um címbalo, e quando Maggie entra na sala ela exclama: "Perca. O que fez você pensar que eu ia querer perca no café da manhã? Perca. Leve isso embora e me faça ovos com bacon se não for muito trabalho para você". Maggie retira o peixe e suspira, mas sem desespero. Ela está acostumada a ser tratada assim. As pessoas sempre perguntam por que Maggie continua com Honora. Maggie não depende de Honora — conseguiria um emprego melhor no dia seguinte — e tampouco ama a patroa. O que ela parece reconhecer na velha senhora é uma espécie de força humana indefesa, algo muito distinto de dependência ou amor.

Maggie prepara os ovos com bacon e traz para a mesa. Então avisa que houve um acidente perto de West Farm. Um homem morreu e uma moça foi levada para a propriedade. "Pobre alma", diz Honora sobre o morto, mas não diz mais nada. Maggie ouve os passos do carteiro na entrada e as cartas caem pela fenda de latão e se espalham pelo assoalho. Ela recolhe a correspondência — há dezenas de cartas — e põe tudo na mesa ao lado do prato de Honora. Honora mal repara nas cartas. Pode haver ali cartas de velhos amigos, cheques da administradora de finanças Appleton, contas, solicitações e convites. Ninguém jamais saberá. Honora passa os olhos pela pilha de envelopes, pega-os com uma das mãos e atira-os na lareira. Então nos perguntamos por que ela queima sua correspondência sem ler, mas quando ela dá as costas para a lareira de volta à sua cadeira a luz de uma clara emoção parece percorrer seu rosto e talvez isso explique o bastante. Admirando o que é mais facilmente compreensível poderíamos sentir falta da imagem de uma amável senhora de idade, bondosa com sua empregada e abrindo suas cartas com uma espátula de prata, mas há muito mais poesia em Honora jogando fora as reivindicações da vida no instante em que são feitas. Quando já abandonou o café da manhã, ela se levanta e chama Maggie por sobre o ombro. "Estarei no jardim se alguém me procurar."

Mark, seu jardineiro, já está trabalhando. Ele chega às sete. "Bom dia, Mark", diz Honora alegremente, mas Mark é surdo-mudo. Antes de contratar Mark, Honora testou todos os jardineiros da cidade. O último antes de Mark era um italiano muito mal-educado. Ele jogara longe o rastelo e berrara: "Dona Honora, assim non presta, trabalhar para a senhora. Non presta. É planta isso, arranca aquilo, a dona muda de ideia a cada cinco minutti, non presta". Quando terminou, saiu do jardim deixando Honora aos prantos. Maggie veio correndo da cozinha e abraçou a velha senhora, dizendo: "A senhora não leve em conta o que ele diz, não dê ouvidos a ele, srta. Wapshot. Todo mundo sabe que a senhora é uma mulher maravilhosa". Mark, sendo surdo, era imune à sua interferência e quando ela lhe pedia que mudasse as roseiras de lugar era como se estivesse falando com uma pedra.

É difícil para Honora ficar de joelhos, mas ela se ajoelha assim mesmo e trabalha em seu jardim até a metade da manhã. Então ela volta para a casa, lava calmamente as mãos, põe um chapéu, luvas, pega uma bolsa e sai pelo jardim indo até o cruzamento onde toma um ônibus para Travertine. Se essa partida furtiva é calculada ou não, ninguém jamais saberá. Se Honora convida pessoas para o chá e não está em casa quando elas, vestindo suas melhores roupas, chegam, não fez nada conscientemente que as deixará incomodadas, mas agiu tipicamente a seu

43

modo. De qualquer forma minutos depois de ela sair pelo jardim um funcionário do banco Appleton toca a campainha da frente. Durante todos os anos em que viveu da renda do patrimônio de Lorenzo, Honora jamais assinou um único papel nomeando o banco como seu gestor. Agora disseram ao empregado do banco que não fosse embora de St. Botolphs sem a assinatura dela. Ele toca a campainha algumas vezes até que Maggie escancare uma janela e diga que a srta. Wapshot está no jardim. Conversar com Mark não adianta, é claro, e quando ele toca outra vez a campainha Maggie grita para ele: "Se ela não está no jardim, não sei onde ela está mas pode ser que esteja na propriedade onde moram os outros Wapshot. Fica na Rota 40. Uma casa grande na beira do rio". O empregado do banco parte para a Rota 40 assim que Honora sobe no ônibus para Travertine.

Honora não coloca uma moeda na caixa como os demais passageiros. Como ela diz, não se pode exigir isso dela. Ela envia todo Natal um cheque de vinte dólares para a empresa de transportes. Eles já escreveram, telefonaram e mandaram um funcionário até sua casa, mas nunca conseguiram sua atenção. O ônibus é decrépito e os bancos e as janelas estão remendados com fita adesiva. Chacoalhando e aos solavancos, dá a impressão, para um veículo, de uma estranha fragilidade. É uma daquelas linhas que parecem levar os limítrofes do mundo — mulheres bem-humoradas mas abatidas indo às compras, corcundas e bêbados. Honora olha pela janela para o rio e para as casas — paisagens pungentes onde ela passou a maior parte de sua vida e onde é conhecida como a Maravilhosa Honora, a Esplêndida Honora, a Grandiosa Honora Wapshot. Quando o ônibus para na esquina em Travertine ela sobe a rua até a peixaria do sr. Hiram. O sr. Hiram está nos fundos, abrindo um engradado de peixe salgado. Honora dá a volta por trás do balcão até onde fica um pequeno tanque de água do mar para as lagostas. Ela larga a bengala e a bolsa, arregaça uma manga e enfia a mão no tanque, tirando uma bela lagosta de quase dois quilos no momento em que o sr. Hiram volta dos fundos. "Largue isso, dona

Honora", ele berra. "Ainda não foram etiquetadas, ainda estão sem etiqueta."

"Bem, não estão me fazendo nenhum mal", diz Honora. "Só me dê um saco de papel."

"George Wolf acabou de me trazer", diz o sr. Hiram, correndo em busca de um saco de papel, "e se uma dessas graúdas agarrar a senhora a senhora fica sem o dedo."

Ele segura o saco de papel aberto e Honora solta a lagosta lá dentro, vira-se e enfia a mão no tanque outra vez. O sr. Hiram suspira, mas Honora logo tira outra lagosta e a coloca no saco. Depois de pagar o sr. Hiram ela vai com suas lagostas para a rua e caminha até a esquina onde o ônibus está esperando para levar os passageiros a St. Botolphs. Ela entrega o saco das lagostas ao motorista. "Toma", ela diz. "Volto em poucos minutos."

Ela vai na direção do armazém de secos e molhados mas, ao passar pela loja de conveniência, o cheiro de salsicha a atrai. Ela toma um lugar junto ao balcão. "As suas salsichas estão com um cheiro tão delicioso", ela diz à funcionária, "que não vou resistir a provar uma. Nossa prima Justina costumava tocar piano aqui, você sabe. Oh, se ela soubesse que eu lembrei disso, aposto que ela morreria..." Come duas salsichas e uma tigela de sorvete. "Estava uma delícia", ela diz à moça no caixa, e pegando suas coisas começa a descer a rua em direção ao ponto de ônibus quando repara na placa no cine Netuno: ROSA DO OESTE. Não haveria nenhum problema, ela pensa, em uma velha senhora indo assistir a um filme, mas quando compra o ingresso e adentra o cinema escuro e fedorento ela é acometida pelas abrasivas sensações de uma pessoa forçada à imundície moral. Ela não tem a coragem para seus vícios. É errado, ela sabe, entrar num lugar escuro quando o mundo lá fora brilha iluminado. É errado e ela é uma pecadora miserável. Compra pipoca e pega um lugar próximo ao corredor na última fila — uma posição não comprometedora que parece aliviar seu fardo de culpa. Ela devora a pipoca e assiste ao filme desconfiada.

Nesse ínterim Maggie deixa o almoço aquecido no forno e as lagostas, lutando para sobreviver no saco de papel, completaram o trajeto até St. Botolphs e agora estão voltando para Travertine. O sr. Burstyn, o empregado do banco, foi de carro até West Farm. Sarah mostrou-se gentil e prestativa. "Eu não vi Honora hoje", ela diz, "mas ela deve vir. Está interessada em alguns móveis que estão no celeiro. Talvez ela esteja lá." Ele desce pela entrada de carros e vai até o celeiro. O sr. Burstyn é um moço da cidade e o tamanho do celeiro e seus aromas poderosos fazem-no sentir saudade de casa. Uma imensa aranha amarela no chão do celeiro vem na direção dele e ele recua e dá uma volta ao redor do bicho. Há uma escada para o mezanino. Dois degraus estão quebrados e um terceiro está prestes a rachar e quando ele chega no mezanino não tem ninguém ali embora seja difícil afirmar com certeza, pois o mezanino é iluminado por uma única janela quase toda coberta de teias de aranha incrustadas de sementes de capim.

Honora assiste ao filme duas vezes. Quando sai do cinema ela se sente exausta e tristonha como qualquer pecadora. O saguão do cinema dá numa rampa que desce como uma espécie de túnel até a calçada. Ali há uma pequena faixa de granito escorregadio com uma poça de água ou umidade de quando o caminhão de gelo descarregou ou do refrigerante de alguma criança. Talvez até alguém tenha cuspido ali. Honora escorrega na poça e desaba sobre a pedra. Sua bolsa voa para um lado e sua bengala para outro e seu chapéu de três pontas cai sobre o nariz dela. A garota, a mulher, a bruxa, na verdade, da bilheteria vê tudo isso e seu coração parece parar pois ela enxerga ali, na queda da velha senhora, a brutalidade do tempo. Ela se atrapalha em busca da chave da caixa registradora e tranca o dinheiro. Então abre a porta de sua pequena torre, santuário ou fortaleza e corre até onde jaz Honora. Ajoelha-se ao lado dela. "Oh, srta. Wapshot", ela diz. "Querida srta. Wapshot."

Honora se levanta sozinha apoiando-se nos braços e nos joelhos. Então lentamente gira a cabeça para aquela samaritana. "Me deixe em paz", ela diz. "Por favor, me deixe." A voz não é dura ou imperiosa. Soa fraca, plangente, a voz de uma criança com algum problema íntimo; um apelo por dignidade. Agora cada vez mais pessoas se aproximam. Honora ainda está apoiada nas mãos e nos joelhos. "Por favor, me deixem em paz", ela diz ao grupo. "Por favor, vão cuidar da vida de vocês. Por favor, vão embora e me deixem." As pessoas entendem que o que ela está expressando é a privacidade da dor e recuam. "Por favor, me deixem em paz", ela diz, "por favor, vão cuidar das próprias vidas." Ela ajeita o chapéu e, usando a bengala para se apoiar, põe-se de pé. Alguém lhe dá sua bolsa. Seu vestido está amarrotado e sujo mas ela passa reto pelo grupo e vai até a esquina onde o ônibus para St. Botolphs está esperando. O motorista que a trouxera antes a Travertine tinha ido jantar em casa e fora substituído por um rapaz. "O que", pergunta-lhe Honora, "você fez com as minhas lagostas?"

O motorista explica que as lagostas já foram entregues e tem o bom senso de não lhe cobrar a passagem. Então eles pegam a River Road até St. Botolphs e Honora desce no cruzamento e entra em seu jardim pelo portão dos fundos.

Mark fez um bom trabalho. O caminho e os canteiros de flores parecem caprichados ao crepúsculo — pois está quase escuro. O dia foi agradável e ela gostou do filme. Entrecerrando os olhos ela ainda consegue vislumbrar as planícies coloridas e os índios cavalgando morro abaixo. As janelas da cozinha estão iluminadas e abertas na noite de verão e ao se aproximar ela vê Maggie sentada à mesa da cozinha com a irmã mais nova. Ela escuta a voz de Maggie. "Perca", diz Maggie. "Perca, ela falou, batendo a tampa da travessa e soltando fumaça e fogo pelas ventas. O que fez você pensar que eu ia querer perca no café da manhã? Ela ficou semanas me falando que queria perca e eu comprei do menino dos Townsend ontem com o meu próprio dinheiro e fiz direitinho para ela e ela me agradece desse jeito. Perca, ela falou. O que fez você pensar que eu ia querer perca no café da manhã!"

Maggie não está triste. Longe disso; ela e a irmã estão rindo alto ao se lembrar de Honora que agora está do lado de fora das janelas iluminadas de sua própria casa ao anoitecer. "Bem", diz Maggie, "então escutei o sr. Macgrath colocando a correspondência na fenda e me abaixei para pegar as cartas para ela e levei para ela e adivinha o que ela fez." Maggie se balança de rir na cadeira. "Ela pegou as cartas — devia ter uma dúzia — e jogou tudo no fogo. Meu Deus, ela é melhor que um circo de três picadeiros."

Honora passa pela janela pisando a grama macia mas elas não ouvem; estão rindo muito alto. Quase entrando em casa ela para e se apoia, com as duas mãos, na bengala, absorta numa emoção tão violenta e anônima que ela imagina se essa sensação de solidão e perplexidade não seria o mistério da vida. Tal pungência parece inundá-la até que seus joelhos ficam bambos e ela anseia tão ardentemente por compreensão que ergue a cabeça e faz como que uma prece. Então junta suas forças, entra pela porta da frente e diz vigorosamente pelo corredor: "Sou eu, Maggie". Lá em cima em seu quarto ela bebe um copo de água cheio de vinho do Porto e enquanto está tirando os sapatos o telefone toca. É o pobre do sr. Burstyn, que alugou um quarto na Viaduct House, que não é lugar para um homem de respeito. "Bem, se você quer me ver, venha me ver", diz Honora. "Não sou tão difícil de achar. Com exceção de minhas visitas a Travertine não saio de St. Botolphs há quase sete anos. Você pode dizer para os senhores do banco que se eles querem que alguém converse comigo eles que arranjem alguém mais safo que consiga encontrar uma senhora de idade." Então ela desliga o telefone e desce para jantar com bastante apetite.

7

A luz da manhã e a bulha da família andando pelo corredor do andar de cima acordaram a garota. Ela sentiu a princípio a estranheza do lugar, embora não houvesse mais muitos lugares com que estivesse familiarizada. O ar tinha cheiro de salsichas e até mesmo a luz matinal — dourada e com sombras azuis — parecia estranha de um modo que lhe era doloroso e ela se lembrou de quando acordara na primeira noite de acampamento e percebera que havia molhado a cama. Então se lembrou do acidente — de tudo — mas não em detalhes; tudo surgiu como miragem em seu pensamento, como um rochedo, grande demais para ser removido e resistente demais para ser partido e ter seu conteúdo revelado. Os lençóis — brancos e úmidos — trouxeram-lhe de volta a dor da estranheza e ela se perguntou por que se sentia, no mundo onde devia viver, tão infeliz e ferida. Ela se levantou da cama e descobriu que todo o seu corpo estava claudicante e machucado. No armário, ela encontrou seu casaco e alguns cigarros no bolso. O gosto da fumaça diminuiu um pouco a dolorosa sensação de estranheza e ela levou uma concha marinha até a cama para usar como cinzeiro e voltou a se deitar. Sentiu calafrios, estava tremendo, tentou chorar, não conseguiu.

Agora a casa, ou a parte onde estava deitada, estava tranquila. Ela ouviu um homem se despedindo. Na parede ela notou que atrás do quadro de uma menininha holandesa havia algumas folhas do Domingo de Ramos e ela torceu para não estar na casa de um padre. Então, no corredor lá embaixo, ela ouviu o telefone tocar e alguém berrar: "Alô, Mabel. Acho que hoje eu não vou conseguir. Não, ela ainda não me pagou. Está sem dinheiro. O dinheiro deles vem todo da Honora. Ela está sem dinheiro. Não, não posso mais tirar do meu seguro. Eu já falei, eu já falei, pedi pra eles, pedi, sim. Bem, eu é que preciso de sapatos, do jeito que ela me pede pra subir e descer essa escada cinquenta vezes por dia. Estão com hóspede aqui hoje. Você soube do acidente? Teve um acidente aqui em frente ontem à noite. Um carro saiu da estrada e um homem morreu. Terrível. Bem, ele estava com uma garota e eles trouxeram ela pra cá e ela está aqui agora. Depois eu conto tudo. *Eu disse que depois eu conto.* Eles trouxeram ela pra cá, o que significa mais trabalho pra mim. Como está o Charlie? O que você vai fazer no jantar? Não tem bolo de carne. Você está quase sem. Eu falei que não tem bolo de carne. Abre uma lata de salmão e faz uma boa salada pro Charlie. Não tem bolo de carne suficiente. Eu acabei de falar. Abre uma lata de salmão e compra aqueles pãezinhos na

49

padaria. Faz uma torta de sobremesa pra ele. Estão com umas maçãs de torta muito boas agora. Ele ainda está com prisão de ventre? Tem maçã para torta lá, eles têm maçã para torta no Tituses. Vai até o Tituses e compra maçã de torta, eu vi antes de ontem que tem lá, tem, sim, maçã de torta no Tituses. Vai no Tituses e compra umas maçãs de torta e faz uma torta de maçã pra ele. Vai por mim. Depois eu conto sobre o acidente, quando a gente se encontrar. Não sei até quando ela vai ficar aqui. Não sei. Preciso ir arrumar as camas agora. Até...".

Depois disso a casa voltou a ficar tranquila e então ela ouviu alguém subindo a escada e o agradável barulho de louça sendo colocada numa bandeja. Ela apagou o cigarro. "Bom dia", disse a sra. Wapshot. "Bom dia, Rosalie. Vou chamá-la de Rosalie. Aqui nós não fazemos cerimônia."

"Bom dia."

"A primeira coisa que eu quero que você faça é me deixar telefonar para os seus pais. Eles devem estar preocupados. Mas o que é que eu estou dizendo? Não é a primeira coisa que eu quero que você faça. A primeira coisa que eu quero que você faça é tomar um bom café da manhã. Deixe-me arrumar esses travesseiros."

"Oh, desculpe, mas acho que não vou conseguir comer nada", disse a garota. "É muita bondade sua, mas acho que não vou conseguir."

"Bem, você não precisa comer tudo da bandeja", disse bondosamente a sra. Wapshot, "mas você tem que comer um pouco. Por que não experimenta só os ovos? Só isso; mas você tem que tentar comer pelo menos os ovos."

Então a garota começou a chorar. Deitou a cabeça de lado no travesseiro e olhou fixamente para o canto do quarto onde parecia ver uma cadeia de altas montanhas de tão distante e comovente estava seu olhar. As lágrimas escorreram-lhe pelas faces. "Oh, eu sinto muito", disse a sra. Wapshot. "Eu sinto muitíssimo. Você devia estar noiva dele. Imagino que..."

"Não é isso", soluçou a garota. "São esses ovos. Eu não *suporto* ovos. Quando eu morava com meus pais eles me davam

50

ovos no café da manhã e se eu não comesse ovos de manhã, bem, aí eu tinha que comê-los no jantar. Quer dizer, o que eu devia comer e não conseguia eles sempre punham no meu prato no jantar e os ovos já estavam intragáveis."

"Bem, tem alguma coisa que você gostaria de comer no café da manhã?", perguntou a sra. Wapshot.

"Eu adoraria pasta de amendoim. Se eu pudesse comer um sanduíche de pasta de amendoim com um copo de leite..."

"Bem, acho que podemos dar um jeito", disse a sra. Wapshot, e levando a bandeja e sorrindo saiu do quarto e desceu as escadas.

Ela não levou a mal o fracasso da tentativa e estava feliz por ter a garota em sua casa, como se fosse, no fundo, uma mulher solitária, grata por alguma companhia. Ela quisera uma filha, ansiara por ter uma menina; uma garotinha sentada em seu colo, aprendendo a costurar ou fazendo biscoitos de açúcar na cozinha numa noite em que estivesse nevando. Enquanto fazia o sanduíche de Rosalie pareceu-lhe ter uma visão da vida que gostaria de apresentar à forasteira. Elas podiam colher mirtilos juntas, fazer longas caminhadas na beira do rio e sentar-se juntas no banco da igreja no domingo. Quando ela subiu de novo a escada com o sanduíche Rosalie disse que queria se levantar. A sra. Wapshot protestou mas o pedido de Rosalie fazia sentido. "É que eu acho que me sentiria muito melhor se pudesse levantar e caminhar um pouco e me sentar ao sol; só para sentir o sol."

Rosalie se vestiu depois do café da manhã e juntou-se à sra. Wapshot no jardim onde ficavam as velhas espreguiçadeiras. "O sol está tão gostoso", ela disse, dobrando as mangas do vestido e jogando os cabelos para trás.

"Agora você tem que me deixar telefonar para os seus pais", disse Sarah.

"É que eu não queria telefonar para eles hoje", disse a garota. "Talvez amanhã. Sabe, eles sempre ficam chateados quando eu arrumo alguma confusão. É que eu não gosto de incomodá-los quando me meto em confusão. E eles iriam querer que eu voltasse para casa e tudo o mais. Sabe, o papai é pastor — dire-

51

tor de seminário, na verdade, quer dizer, comunhão sete dias por semana e tudo o mais."

"Não somos muito de igreja por aqui", disse a sra. Wapshot, "mas certas pessoas bem que gostariam que isso mudasse."

"E ele é com certeza o homem mais nervoso que eu já conheci", disse Rosalie. "O papai. Ele está sempre coçando a barriga. É um distúrbio nervoso. A maioria das camisas de homem gasta no colarinho, imagino eu, mas as camisas do papai acabam primeiro onde ele se coça."

"Oh, mas eu acho que você devia ligar para eles", disse a sra. Wapshot.

"É só porque eu estou nessa enrascada. Eles sempre acham que eu sou uma criadora de problemas. Eu fui para esse acampamento — Annamatapoiset — e ganhei uma blusa com um A por ser uma ótima campista e quando o papai viu a blusa ele disse que achava que o A era de Arranjando Problemas. Não quero incomodá-los."

"Não me parece certo."

"Por favor, *por favor*." Ela mordeu o lábio; estava prestes a chorar e a sra. Wapshot rapidamente mudou de assunto. "Sinta o cheiro dessas peônias", ela disse. "Eu adoro o perfume das peônias e agora elas estão quase murchando."

"O sol está uma delícia."

"Você tem emprego na cidade?", perguntou a sra. Wapshot.

"Bem, eu estava fazendo curso de secretariado", disse Rosalie.

"Você quer ser secretária?"

"Bem, querer eu não quero. O que eu queria era ser pintora ou psicóloga, mas antes eu estudei na escola Allendale e não me dei bem com o orientador vocacional e então não cheguei a decidir. Quer dizer, ele estava sempre passando a mão em mim e arrumando o meu colarinho e eu não aguentava mais falar com ele."

"Então você resolveu fazer o curso de secretariado?"

"Bem, primeiro eu fui para a Europa, fui para a Europa no verão passado com outras garotas."

"Você gostou?"

"Da Europa?"

"Sim."

"Ah, achei uma lindeza. Quer dizer, fiquei decepcionada com algumas coisas, como Stratford. Quer dizer, é só mais uma cidadezinha. E odiei Londres mas adorei a Holanda com todos aqueles anõezinhos. Foi incrivelmente fantástico."

"Você não tem que telefonar para o seu curso de secretariado e avisar onde você está?"

"Ah, não", disse Rosalie. "Eu abandonei o curso no mês passado. Fui reprovada nos exames. Eu tinha estudado tudo e tal mas não conhecia as palavras. As únicas palavras que eu conheço são palavras como *lindeza* e é claro que eles não usam essas palavras nos exames e então eu não entendi as perguntas. Bem que eu queria conhecer mais palavras."

"Entendo", disse a sra. Wapshot.

Rosalie podia ter continuado a lhe contar o resto da história e teria sido algo mais ou menos assim: Quer dizer, parece que a única coisa que eu ouço falar desde pequena é de sexo. Quer dizer, todo mundo dizia que era uma coisa maravilhosa e que seria o fim de todos os meus problemas e da solidão e tudo o mais e fui naturalmente atrás disso e então quando eu estudava na Allendale fui a um baile com um garoto muito simpático e fizemos e não adiantou e continuei me sentindo sozinha porque eu sempre fui uma pessoa muito solitária e então continuamos fazendo e fazendo e fiquei grávida, o que foi terrível, claro, com o papai sendo pastor e tão cheio de virtude e famoso, e eles quase morreram quando descobriram e eles me mandaram para um lugar onde eu tive um bebezinho lindo embora eles tenham dito para todo mundo que eu tinha ido fazer uma operação no nariz e depois me mandaram para a Europa com uma senhora...

Então Coverly saiu da casa e veio descendo pelo gramado. "A prima Honora ligou", ele disse, "e ela vem para o chá ou depois do jantar, talvez."

"Você não vai ficar conosco?", perguntou a sra. Wapshot. "Coverly, esta é Rosalie Young."

"Como vai?", ele disse.

"Olá." Ele tinha aquela voz grave fantasmagórica que devia indicar que havia adentrado o reino da maturidade, mas Rosalie sabia que ele com certeza ainda estava do lado de fora dos portões, pois enquanto continuava ali sorrindo para ela levou a mão direita à boca e começou a morder um calo que se formara na base do polegar.

"E Moses?"

"Está em Travertine."

"Moses tem velejado todo dia durante as férias", explicou a sra. Wapshot a Rosalie. "É como se eu não tivesse o meu filho mais velho."

"Ele quer ganhar uma regata", disse Coverly. Ficaram no jardim até Lulu chamar para o almoço.

Depois do almoço Rosalie subiu a escada e se deitando na casa tranquila pegou no sono. Quando acordou as sombras na relva estavam compridas, e lá embaixo podia ouvir vozes masculinas. Ela desceu e encontrou todos no jardim, mais uma vez, todos ali. "É a nossa sala ao ar livre", disse a sra. Wapshot. "Este é o sr. Wapshot e este é Moses. Rosalie Young."

"Boa tarde, mocinha", disse Leander, encantado com sua beleza, mas sem malícia alguma. Ele falou com ela com um desinteresse triunfante e claro como se fosse a filha de um velho amigo e companheiro de copo. Moses é que foi grosseiro — mal olhou para ela, embora fosse bastante educado. A sra. Wapshot ficou triste ao perceber um obstáculo na relação entre os jovens. Comeram carpa fria na rústica sala de jantar, iluminada em parte pelo crepúsculo de verão e em parte pelo que parecia ser uma bacia de vidro manchado virada, composta sobretudo de cores soturnas. "Esses guardanapos são mais antigos que o Santo Sudário", disse a sra. Wapshot, e quase tudo o que ela dizia à mesa eram essas piadas sem graça, provérbios e velhos trocadilhos. Era uma dessas mulheres que pareciam ter aprendido a falar automaticamente. "Vocês me dão licença", murmurou Moses assim que terminou o prato, e já estava saindo da sala de jantar e com um pé na noite quando sua mãe falou.

"Não vai querer sobremesa, Moses?"

"Não, obrigado."

"Aonde você vai?"

"À casa dos Pendleton."

"Quero você aqui cedo. Honora está vindo."

"Certo."

"Eu gostaria que Honora viesse", disse a sra. Wapshot.

Honora não virá — ficou terminando de bordar um tapete — mas eles não sabem e em vez de ficarmos ali esperando as delongas tchekhovianas da família vendo a noite chegar podemos subir as escadas e espiar coisas mais pertinentes. Lá estão as gavetas de Leander, onde encontramos uma rosa seca — outrora amarela — e uma tiara de cabelo amarela, o toco de uma vela romana acesa na virada do século, uma camisa engomada em que a figura explícita de uma mulher nua está desenhada em tinta vermelha, um colar feito de rolhas de champanhe e um revólver carregado. Ou podemos olhar a estante de livros de Coverly — *Guerra e paz*, a *Poesia completa de Robert Frost*, *Madame Bovary*, *La Tulipe Noire*. Ou, ainda melhor, podemos ir ao banco Pocamasset na cidade onde o testamento de Honora está trancado num cofre.

8

O testamento de Honora não era nenhum segredo. "Lorenzo me deixou alguma coisa", ela dissera à família, "e preciso levar em conta a vontade dele assim como a minha. Lorenzo era um homem muito apegado à família e quanto mais velha eu fico mais importância dou à família. Tenho a impressão de que a maioria das pessoas em quem eu confio e a quem eu admiro vem da boa cepa da Nova Inglaterra." E não parava por aí; e então ela disse que como Moses e Coverly eram os últimos Wapshot ela dividiria a fortuna entre os dois, contanto que eles tivessem herdeiros homens. "Ah, esse dinheiro vai fazer tanto bem", exclamara a sra. Wapshot, enquanto instituições para cegos e deficientes, lares de mães solteiras e orfanatos dançavam em sua cabeça. A notícia da herança não inspirou os rapazes — a princípio não pareceu penetrar ou alterar seus sentimentos com relação à vida, e para Leander a decisão de Honora pareceu normal. Que mais ela faria com o dinheiro? Mas, tendo em vista a naturalidade de sua escolha, foi uma surpresa para todo mundo que provocasse neles uma espécie nada natural de angústia.

No inverno seguinte a Honora ter feito seu testamento Moses apareceu com uma caxumba grave. "Ele está bem?", Honora sempre perguntava. "Ele vai ficar bem?" Moses se recuperou mas naquele verão um fogareiro a gasolina na cozinha do veleiro da família explodiu, queimando Coverly na virilha. Ficaram todos em palpos de aranha outra vez. No entanto, tais ataques diretos à virilidade dos filhos não preocuparam tanto Leander quanto ameaças à continuidade da família que espreitavam além de sua compreensão. Isso aconteceu quando Coverly tinha onze ou doze anos e foi com a mãe assistir a uma apresentação de *Sonho de uma noite de verão*. Ele ficou fascinado. Quando voltou à propriedade ele queria ser Oberon. Vestindo apenas uma guirlanda frouxa de gravatas, tentou sair voando da escada dos fundos até a varanda, onde o pai fazia as contas do mês. Ele não sabia voar, claro, e despencou com tudo no chão — os nós das gravatas desfeitos — e embora Leander não tenha falado com ele sentiu raiva, de pé diante de seu filho nu, na presença de algo misterioso e irrequieto — Ícaro! Ícaro! — como se o filho tivesse saído muito diferente do pai.

Leander jamais chamaria seus filhos de lado para conversar sobre os fatos da vida, ainda que a continuidade das inúmeras caridades de Honora dependesse da virilidade deles. Se olhassem pela janela por um minuto poderiam ver o fluxo das coisas. A sensação dele era de que amor, morte e fornicação isolados do farto caldo verde da vida não passavam de meias verdades, e o curso de Leander seguia uma orientação geral. Ele gostaria que eles entendessem que o cerimonial anônimo da vida dele era um gesto ou sacramento voltado para a excelência e continuidade das coisas. Ele ia patinar no Natal — bêbado ou sóbrio, saudável ou doente — sentindo que era sua responsabilidade ir à cidade e ser visto no lago Parson. "Lá vai o velho Leander Wapshot", as pessoas diziam — ele podia ouvi-las —, uma imagem esplêndida de contínua e inocente esportividade que ele esperava que seus filhos levassem adiante. O banho frio que ele tomava toda manhã era cerimonial — às vezes não era nada de especial já que ele quase nunca usava sabão e saía da banheira com o cheiro forte de sal marinho das esponjas velhas que usava. O paletó que ele vestia no jantar, a oração que dizia à mesa, a viagem de pescaria que fazia toda primavera, o bourbon que bebia ao anoitecer e a flor em sua lapela, tudo eram formas que ele esperava que os filhos pudessem entender e talvez imitar. Ele lhes ensinara a derrubar uma árvore, depenar e temperar um frango, plantar, cultivar e colher, pescar um peixe, economizar dinheiro, arrancar um prego, fazer sidra com uma prensa manual, limpar uma arma, velejar etc.

Ele não ficou surpreso ao ver seu caminho cruzado e contestado pela esposa, que tinha os próprios rituais secretos de como fazer arranjos de flores e limpar os armários. Nem sempre olhava nos olhos de Sarah, mas isso lhe parecia muito natural, e a própria vida parecia regular suas diferenças. Ele era impulsivo e difícil de acompanhar — não havia como saber quando resolveria que tinha chegado a hora de os meninos nadarem no rio ou fatiarem a carne assada. Ele ia pescar trutas toda primavera num acampamento na mata perto da fronteira do Canadá e resolvera certa primavera que chegara a hora de Moses acompanhá-lo. Dessa vez Sarah se mostrou irritada e teimosa. Ela não queria que Moses fosse para o norte com o pai e na noite anterior à partida disse que Moses havia ficado doente. Seus modos eram seráficos.

"O pobrezinho está muito doente para sair de casa."

"Nós vamos sair para pescar amanhã cedo", disse Leander.

"Leander, se você tirar o pobre do menino da cama e viajar para as florestas do norte eu jamais o perdoarei."

"Não tem nada que perdoar."

"Leander, venha cá."

Eles continuaram discutindo ou brigando a portas fechadas no quarto de Sarah mas os meninos — e Lulu — podiam ouvir suas vozes irritadas e amargas. Leander tirou Moses da cama antes do amanhecer no dia seguinte. Ele já havia arrumado as iscas e varas e partiram para os lagos de Langely com a luz das estrelas enquanto Sarah ainda dormia.

Era maio quando eles foram — o vale do West River estava todo florido — e eles tiveram um punhado ou dois daqueles dias em que a terra recende a calças de roceiro — toda capim--rabo-de-gato, esterco e erva-doce. Estavam ao norte de Concord quando o sol nasceu e pararam em alguma cidade de New Hampshire para almoçar. Estavam então bem ao norte do exuberante vale do rio. As árvores estavam nuas e a taverna onde pararam ainda parecia estar sob o jugo de um rigoroso inverno. O local cheirava a querosene e a garçonete estava com o nariz escorrendo.

Estavam agora nas montanhas, os rios pedregosos cheios de água negra — neve fundida — e o resplendor do azul refletido do céu não contribuía para amenizar a impressão de frio. Ao chegar a um desfiladeiro Moses ergueu euforicamente a cabeça olhando para a voluptuosa linha das montanhas, para o azul ilusório, tonitruante e profundo, mas o som do vento alto nas árvores nuas lembrou-o do vale delicado que haviam deixado aquela manhã — sorveiras e lilases e já alguns arbustos no caminho. Estavam então se aproximando da fronteira do Canadá francês — fazendas e cidades que pareciam, graças ao frio e ao tédio do inverno, bastante desamparadas: St. Evariste, St. Methode, o interior desolado do Espírito Santo, exposto ao flagelo do inverno. Agora o vento norte era triste, as nuvens de um branco sem vida e aqui e ali no chão ele via blocos de neve antiga. Chegaram ao vilarejo de Langely mais tarde naquele dia onde a velha lancha — a *Cygnet* — que os levaria lago adentro e até o meio da mata estava ancorada no cais e Moses então começou a carregá-la com seus sacos de lona e o equipamento de pesca.

Não havia nada em Langely além do correio e uma loja. Estava tarde; logo escureceria. As janelas do correio estavam iluminadas mas não havia ninguém nas margens do lago às escuras. Moses olhou para a velha lancha, presa ao ancoradouro, a proa comprida e o leme em forma de timão. Ele reconheceu na extensão da proa em mogno, com sua chaminé de latão e latão também no acabamento da antepara, que se tratava de um daqueles barcos construídos anos antes, para passeios de lazer de outra geração de veranistas. Havia quatro cadeiras de vime emparelhadas no comprido convés da popa. Desbotadas, desfiadas e esfarrapadas, tinham suportado — havia quanto tempo? — mulheres em vestidos de verão e homens em camisas de flanela que zarpavam para ver o sol se pôr. Agora a pintura estava suja e o verniz estava opaco e a lancha lamentava seu abandono esfregando-se no cais ao vento norte.

Seu pai veio pela trilha trazendo os mantimentos e um velho vinha atrás dele. Foi o velho quem soltou as amarras e empurrou o barco para as águas profundas com um gancho. Devia ter seus oitenta anos. Já não tinha dentes e a boca era chupada, acentuando a protuberância de seu queixo. Piscava os olhos por trás dos óculos sujos e enfiava a língua por entre os lábios e quando avançou com a lancha e atingiram a velocidade máxima aprumou-se todo rigidamente. Era uma viagem de pouco mais de dez quilômetros até o acampamento. Levaram todas as coisas até um lugar caindo aos pedaços com uma chaminé feita de latas de sopa e acenderam o fogo e um candeeiro. Os esquilos tinham invadido o colchão. Ratos e camundongos e ouriços haviam passado por ali. Lá embaixo Moses ouviu o velho ligar o motor da *Cygnet* e voltar para o correio. A luz gélida do arrebol, o som da lancha sumindo e as exalações do fogão eram tão distintos do início daquela manhã em St. Botolphs que o mundo pareceu se rachar em dois pedaços ou metades.

Aqui nesta metade havia o lago profundo, o velho com sua *Cygnet* aposentada e o imundo acampamento. Aqui havia sal e ketchup e cobertores remendados e espaguete em lata e meias sujas. Aqui havia uma pilha de latas enferrujadas nos degraus;

aqui havia as capas do *Saturday Evening Post* pregadas às paredes nuas ao lado de "A oração do pescador", "Dicionário de pesca", "O lamento da viúva do pescador", "O lenço das lágrimas do pescador" e todo o lixo irrelevante e semicômico já publicado sobre pescaria. Aqui havia o cheiro das barrigadas e das minhocas, querosene e panquecas queimadas, cheiro azedo de cobertores, fumaça impregnada, sapatos molhados, desinfetante e estranheza. Na mesa perto de onde ele estava agora alguém enfiara uma vela numa base e ao lado disso havia um romance policial, com os primeiros capítulos roídos por camundongos.

Na outra metade havia a propriedade em St. Botolphs, o vale delicado e o rio vagaroso e os quartos que agora recendiam a lilases e jacintos e a gravura colorida da catedral de São Marcos e todos os móveis com pés de garras. Tigelas chinesas cheias de miosótis, os lençóis brancos e úmidos, a prataria no bufê e o tique-taque alto do relógio no corredor. A diferença parecia ainda mais árdua do que se ele houvesse cruzado a fronteira de um país montanhoso para outro, mais árdua para ele porque até então ele não tinha se dado conta da profundidade de seu vínculo com o cordial provincianismo do vale — o vento leste e os xales indianos — e jamais percebera como aquele interior fora salvaguardado por sua boa mãe e por outras como ela — as mulheres de ferro em seus vestidos de verão. Ele estava, pela primeira vez na vida, num lugar onde a ausência delas era evidente e sorriu, pensando como elas teriam atacado aquele acampamento; como teriam queimado todos os móveis, enterrado as latas vazias, esfregado zorra nas tábuas do assoalho, limpado as cúpulas dos candeeiros e colocado num sapatinho de cristal (ou em alguma outra antiguidade encantadora) ramalhetes de violetas e selos-de-salomão. Sob a administração delas haveria grama do acampamento até o lago, ervas e hortaliças floresceriam nos fundos e haveria cortinas e tapetes, banheiros químicos e relógios de carrilhão.

O pai se serviu de uísque e quando o fogão estava quente ele pegou alguns hambúrgueres e os preparou na chapa, virando-os com uma colher enferrujada como se seguisse algum ritual em que devia ignorar o excelente conceito de sua esposa a respeito de higiene e ordem. Quando o jantar ficou pronto os mergulhões começaram a gritar e esses gritos pareceram trazer à cabana, então superaquecida pelo fogão, uma agradável sensação de isolamento. Moses desceu até o lago, urinou na mata e lavou as mãos e o rosto na água que estava tão fria que sua pele ainda doía quando ele se despiu e se enfiou entre dois cobertores sujos. O pai apagou o candeeiro com um sopro e também entrou na cama e os dois adormeceram.

A pescaria não era em Langely, era nos lagos mais fundos no meio da mata, e eles partiram para o lago de Folger às seis da manhã. Ainda soprava o vento norte e o céu estava carregado. Cruzaram o lago num bote com motor de dois cilindros, em direção ao pântano de Kenton. No meio do lago o velho bote começou a fazer água. Moses sentou-se na popa, tirando a água com uma lata de iscas. Em Lovell's Point o pai desligou o motor e conduziu o bote na direção de um grande pântano. Era um lugar feio e ardiloso mas Moses achou a paisagem fascinante. Fileiras e mais fileiras de árvores mortas debruavam as margens — altas, catatônicas e cinzentas, pareciam a estatuaria de um desastre humano. Quando a água ficou rasa Leander inclinou o motor para dentro do bote e Moses pegou os remos. O som de encaixá-los nas toleteiras despertou uma revoada de gansos. "Um pouco mais a bombordo", disse o pai, "um pouco mais a bombordo..." Olhando por sobre o ombro, Moses viu onde o pântano se estreitava transformando-se num córrego e escutou o rumor de cascatas. Então viu o formato das rochas através da água, seus remos bateram e a proa roçou a margem.

Ele puxou o bote e o amarrou a uma árvore enquanto o pai examinava o raspão na pintura numa pedra próxima de onde haviam aportado. Aparentemente a pintura estava velha. Então Moses viu como seu pai estava aflito para ser o primeiro a entrar na mata e enquanto descarregava o equipamento Leander ficou procurando pegadas na trilha. Encontrou algumas mas quando as raspou com um canivete percebeu que estavam cobertas de mofo e eram de caçadores. Então bruscamente penetrou a trilha. Estava tudo morto; folhas mortas, ramos mortos, samambaias mortas, relva morta, toda a obscenidade da morte da mata, fétida e bolorenta, jazia pesadamente na trilha. Uma luzinha branca escapou das nuvens e passou furtiva sobre a mata, por tempo suficiente para que Moses visse sua própria sombra, e então essa luzinha sumiu.

A trilha seguia colina acima. Ele ficou com calor. Suava. Observava a cabeça e os ombros do pai sentindo admiração e amor. A manhã estava na metade quando viram a clareira defronte através das árvores. Venceram o último aclive e então lá estava o lago e foram eles os primeiros a vê-lo desde os caçadores do outono. O lugar era feio mas tinha a feiura estimulante do pântano. Leander procurou entre os arbustos e encontrou o que desejava — um velho bote para caçar patos. Disse a Moses que apanhasse lenha para fazer uma fogueira e quando o fogo estava aceso ele pegou uma lata de piche de sua mochila, colocou a lata na ponta de um galho verde sobre o fogo e aqueceu o piche. Então esfregou as rachaduras do bote com o piche quente, que endureceu rapidamente no frio. Puseram o bote para flutuar e remaram dentro da água contra o vento norte. Apesar do piche o bote começou a fazer água mas eles conseguiram pôr as iscas nos anzóis e passaram a dar linha.

Cinco minutos depois a vara de pescar de Leander se dobrou, e com um grunhido ele puxou e com Moses mantendo o barco em movimento ele pescou uma truta grande que deu um salto, a uns trinta metros da popa, e então mergulhou novamente e lutou, refugiando-se na sombra turva do bote. Então Moses fisgou um peixe e ao longo de uma hora eles haviam pescado juntos uma dúzia de trutas. Então começou a nevar. Durante três horas eles ficaram sob a neve e o vento sem pescar nada, comendo seus sanduíches secos ao meio-dia. Foi uma provação e Moses teve o bom senso de entender que isso fazia parte da viagem. No meio da tarde a ventania apertou e então Leander sentiu algo fisgar a isca. Então os peixes voltaram a fisgar a isca e antes que o céu começasse a escurecer ambos estavam esgotados. Puxaram o bote para a margem — debilitados e brutalmente exaustos — e cambalearam trilha abaixo até o lago, chegando ali pouco antes de anoitecer. O vento tinha se desviado para nordeste e além da boca do pântano eles podiam ouvir o rumorejar da água mas conseguiram atravessar a salvo, com Moses tirando a água que se infiltrava, e amarraram o bote pela popa e pela proa. Moses fez uma fogueira enquanto seu pai limpou quatro trutas que depois fritou na chapa do fogão e quando terminaram de jantar resmungaram seus boas-noites, apagaram o candeeiro e foram dormir.

Foi uma boa viagem e voltaram a St. Botolphs com peixe suficiente para todos os amigos e parentes. No ano seguinte foi a vez de Coverly ir com o pai. Coverly estava resfriado, na verdade, mas Sarah não disse nada. Contudo, na véspera da viagem, tarde da noite, ela entrou no quarto dele com um livro de receitas e colocou-o em sua mochila. "O seu pai não sabe cozinhar", ela disse, "e não sei o que vocês vão comer durante quatro dias de modo que vou lhe dar isso." Ele agradeceu, deu-lhe um beijo de boa-noite e partiu com o pai antes de amanhecer. A viagem foi idêntica — a parada para o almoço e o uísque, e a longa jornada lago acima na *Cygnet*. No acampamento Leander jogou alguns hambúrgueres na chapa e quando haviam terminado de jantar foram dormir. Coverly perguntou se podia ler.

"Que livro você trouxe, filho?"

"É um livro de culinária", disse Coverly, olhando para a capa. "Trezentas maneiras de preparar peixe."

"Ah, Deus me perdoe, Coverly", rugiu Leander. "Maldito seja." Ele tirou o livro das mãos do filho, abriu a porta e atirou o livro na noite escura. Então apagou o candeeiro, sentindo outra vez — Ícaro, Ícaro — que o filho tinha saído muito diferente dele.

Coverly sabia que tinha ofendido o pai mas *culpa* seria uma palavra seca demais para a dor e a inquietude que ele sentia e essa dor talvez ainda fosse agravada por seu conhecimento das condições do testamento de Honora. A sensação era não só de que havia decepcionado a si mesmo e ao pai trazendo um livro de receitas a uma pescaria; ele profanara os misteriosos ritos da virilidade e decepcionara gerações inteiras de futuros Wapshot assim como os beneficiários da prodigalidade de Honora — o Repouso do Marujo e o Instituto Hutchens para Cegos. Estava infeliz, e se tornaria novamente infeliz por causa da sensação de que suas responsabilidades humanas haviam aumentado absurdamente com o testamento de Honora. Isso foi algum tempo depois, um ano, talvez, e de todo modo mais para o final do ano, e a questão era simples, mais simples que uma pescaria — a feira da cidade à qual ele compareceu no fim de agosto com o pai como sempre fazia. (Moses tinha pensado em ir, mas encalhara com o *Tern* num banco de areia e só chegou em casa às dez.) Coverly jantara mais cedo na cozinha. Vestira sua melhor calça branca e uma camisa limpa e estava com a mesada no bolso. Leander soou o apito para ele quando o *Topaze* fez a curva na chegada ao cais, reduzindo para velocidade média e depois ponto morto, mas só o bastante para encostar no cais e dar tempo a Coverly para saltar a bordo.

Havia apenas um punhado de passageiros. Coverly embarcou e foi direto para a cabine e Leander deixou-o assumir o leme. A maré estava baixando e eles partiram lentamente no contrafluxo. Fizera um dia quente e agora havia cúmulos ou cúmulos-nimbos sobre o mar com uma luz tão clara e brilhante que pareciam destoar do rio e da cidadezinha. Coverly trouxe o barco até o cais com tranquilidade e ajudou Bentley, o ajudante de convés, a amarrá-lo, e agrupou as velhas cadeiras, estofadas com pedaços de tapete, e estendeu um linóleo sobre elas. Pararam na padaria do Grimes, onde Leander comeu uma pratada de feijão. "Feijão é prato sonoro", disse a velha garçonete. "Quanto mais se come, mais se peida." Ela não viu problema na ligeira grosseria da piada. Caminhando pela Water Street em direção à feira Leander soltou vários traques altos. Era uma noite de verão tão esplêndida que a força exercida sobre os sentidos era como o poder da memória e quase pularam de alegria quando viram na frente deles a cerca de madeira e dentro e acima da cerca as luzes da feira, ardendo altivas contra nuvens de tempestade onde se podiam ver relâmpagos dançando.

Coverly ficou animado com a visão de tantas luzes acesas depois que escureceu e com os aparatos de funambulismo — um poste alto preso por cabos e, no topo, plataformas franjadas e pedestais, tudo exposto ao clarão de dois holofotes inclinados em cujos fachos empoeirados mariposas podiam ser vistas flutuando como pedaços de fita-crepe. Ali uma garota com a pele empoada e cabelos muito louros e um umbigo (Leander achou) tão fundo que nele se podia enfiar o polegar inteiro, e zircônias reluzindo azuis e vermelhas nas orelhas e nos seios, caminhava e andava de bicicleta sobre a corda bamba, jogando vez por outra o cabelo para trás e aparentemente se apressando um pouco, pois o trovão estava cada vez mais perto e o vento tempestuoso vinha com um cheiro evidente de chuva e de vez em quando pessoas que eram mais ansiosas ou idosas ou estavam com suas melhores roupas deixavam as arquibancadas e procuravam abrigo embora nenhuma gota de chuva houvesse caído ainda. Quando o número da corda bamba terminou Leander levou-o ao final da feira, onde o show de garotas havia começado.

Burlymaque, burlymaque, venham vê-las se despindo, dançando para todas as idades. Se você é velho vai voltar pra casa se sentindo mais jovem e mais forte para a esposa e se é novo vai ficar feliz e todo animado como um rapaz deve se sentir, dizia um homem cujo rosto impetuoso e voz impetuosa pareciam inteiramente dedicados à tramoia e à luxúria e que falava à multidão de um pequeno púlpito vermelho embora as pessoas se mantivessem a uma distância segura dele como se ele fosse o próprio diabo ou ao menos seu advogado, uma serpente. Presas aos postes atrás dele e tremulando ao vento de chuva como velas soltas havia quatro grandes pinturas de mulheres em roupas de odaliscas, tão obscurecidas pelo tempo e pelas intempéries que pouco adiantavam as luzes que as iluminavam, de modo que podiam muito bem ser anúncios de xarope para tosse ou panaceias. No centro havia uma entrada onde algumas lâmpadas soletravam PARIS ALEGRE — uma porta gasta e esbatida pelas longas viagens de verão por toda a Nova Inglaterra. Burlymaque, burlymaque, sexy e fácil, sexy e fácil, disse o diabo, batendo em seu pequeno púlpito vermelho com o rolo de ingressos não vendidos. Vou chamar as garotas que estão lá atrás só mais uma vez, só mais essa vez, para vocês terem uma ideia, uma pequena ideia do que vocês vão ver lá dentro.

Relutantemente, conversando entre si, timidamente, timidamente, tal qual crianças chamadas para recitar poemas como "Hiawatha" ou "Village Blacksmith", duas garotas, vestindo saias baratas de tecido transparente, como os panos pendurados nas janelas de casas de campo, uma ao lado da outra, uma desinibida e outra não muito, com os seios soltos sob o tecido de modo que se podia ver o começo da curva, subiram numa plataforma bamba, cujas tábuas cederam com o peso, e olharam destemidas e animadas para a multidão, uma delas segurando os cabelos para impedir que voassem na ventania chuvosa e com a outra mão a abertura da saia. Elas ficaram ali até que o gigolô as liberou dizendo que o show ia começar, ia começar, última chamada, última chamada para você ver essas lindas garotas dançando, e Coverly foi com o pai até o estande e depois entrou na tenda onde havia talvez uns trinta homens apáticos em torno de um praticável não muito diferente do palco onde vira sua adorada Judy acertar Punch na cabeça quando ele era mais novo. O teto da tenda estava tão esburacado que as luzes do parquinho ali entravam feito estrelas de uma galáxia — uma ilusão que fascinou Coverly até ele se lembrar por que estavam lá. Fosse pelo que fosse, a plateia parecia taciturna. Leander cumprimentou um amigo e deixou Coverly sozinho ouvindo o gigolô lá fora. "Burlymaque, sexy e fácil — vou chamar só mais uma última vez as garotas aqui antes de começar o show..."

Ali ficaram esperando, esperando, as garotas subirem na plataforma e descerem outra vez — subirem e descerem enquanto a noite e a feira passavam lá fora. Começou a garoar e o vento enfunou as paredes da tenda mas a água não refrescou e só fez trazer à memória de Coverly lembranças de uma floresta cheirando a cogumelos onde ele desejou estar. Então as garotas saíram, uma foi dar corda num fonógrafo e a outra se pôs a dançar. Ela era nova — uma criança perto de Leander —, não exatamente bonita mas tão na flor da idade que isso não fazia diferença. Seu cabelo era castanho e liso como uma pata de vaca com exceção dos lados da cabeça onde ela fizera dois cachos. Xingou quando espetou o dedo no alfinete que usava para fechar a saia e foi dançar com uma gota de sangue no polegar. Quando deixou cair a saia, estava nua por baixo.

Então, na tenda devorada por mariposas, repleta da fragrância da grama pisoteada, procedeu-se aos ritos de Dioniso. Um poste da tenda bamba servia de símbolo do prato — o tal do santo tabernáculo — mas essa saudação ao poço profundo do poder erótico se dava passo a passo como no caso de um velho. Mugidos do gado e vozes de crianças chegavam através das paredes de lona fina que os escondia. Coverly ficou extasiado. Então a garota tirou o boné de um lavrador da primeira fila e fez algo muito sujo. Coverly saiu da tenda.

A feira perseverava apesar da chuva, que deixara um aroma agradável, amargo no ar. O carrossel e a roda-gigante ainda estavam girando. Às suas costas Coverly podia ouvir o disco arranhado do show de garotas onde estava seu pai. Para escapar da chuva ele vagou pela feira agropecuária. Não havia ninguém além de um velho, e nada que lhe interessasse ver. Abóboras, tomates, milho e feijões-verdes dispostos em pratos de papel com prêmios e rótulos. A ironia de ficar admirando abóboras, naquelas circunstâncias, não lhe escapou. "Segundo lugar. Olga Pluzinski", ele leu, encarando com pesar um vidro de tomates em conserva. "Milho verde. Cultivado por Peter Covell. Segundo lugar, girassol-batateiro..." Ele ainda conseguia distinguir, além dos sons do carrossel e da chuva, a música de onde a garota estava dançando. Quando a música parou ele voltou e esperou pelo pai. Se Leander tinha visto Coverly saindo da tenda não fez nenhum comentário, mas foram andando até o carro na cidade em silêncio. Coverly lembrou como se sentira em Langely. Comprometera não só seus próprios direitos — gerações de Wapshot não nascidos estavam ameaçadas assim como velhos e cegos. Comprometera até mesmo a velhice digna e adequada a que seus pais tinham direito e pusera em risco o estilo de vida de West Farm. Estavam todos dormindo quando eles chegaram em casa e beberam um pouco de leite, murmuraram boa-noite e foram dormir.

Mas os problemas de Coverly ainda não tinham terminado. Ele sonhou com a garota. Fazia um dia úmido quando acordou com um nevoeiro salgado subindo o rio e enganchando-se, como pedaços de lã cardada, nos abetos. Não havia nada naquela manhã para onde ele pudesse fugir. Os trapos de neblina pareciam direcionar sua mente e seu corpo de volta para ele mesmo e para seus problemas. Ele tateou por entre as pilhas de roupas no chão atrás de seu calção de banho de lã penteada. Estava molhado e com cheiro de mar morto — a lã úmida parecia ferir sua pele e, pensando piedosamente em santos e outros que praticavam mortificação, Coverly puxou-o para cima da virilha e desceu pela escada dos fundos. Mas até a cozinha naquela manhã — o único aposento da casa com que podia contar para gerar luz e razão naquele tempo fechado — parecia um casco de navio abandonado, frio e sujo, e Coverly saiu pela porta de trás, desceu pelo jardim e foi até o rio. A maré estava baixa, e os bancos de lama, expostos e malcheirosos, mas não tão fedorentos, pareceu a Coverly, quanto a lã úmida ao redor dos seus quadris que, a cada movimento que ele fazia, agora aquecida pela sua própria carne infeliz, liberava novos odores de água do mar em decomposição. Ele foi até a ponta da prancha e ali ficou sobre um trapo de saco de batatas, aquecendo a pele do peito com a pele dos braços e olhando para cima e para baixo do vale frio e enevoado onde uma leve garoa mortificante começara a se formar e cair como a condensação da umidade numa prisão subterrânea. Ele mergulhou e nadou, tremendo, até o meio do rio e então voltou correndo pelo jardim molhado, se perguntando se a alegria de viver estava dentro dele.

Os garotos levaram a mãe à igreja às onze e Coverly ajoelhou-se com veemência mas não estava nem na metade da primeira oração quando o perfume da mulher no banco logo em frente desfez todo o seu trabalho de mortificação e mostrou-lhe que o verdadeiro corpo da Igreja de Cristo não era nenhuma fortaleza indevassável, pois, embora o porteiro houvesse fechado as portas de carvalho e as únicas janelas abertas não fossem grandes o bastante para uma criança passar, o diabo, até onde Coverly sabia, entrava e saía, e pousou em seu ombro, incitando-o a perscrutar a parte de cima do vestido da sra. Harper, a admirar os tornozelos da senhora em sua frente e a se perguntar se havia alguma verdade nos rumores sobre o pastor e o menino com voz de soprano. Sua mãe cutucou-o com o cotovelo quando chegou a hora de comungar mas ele olhou palidamente para ela e balançou a cabeça. O sermão foi exaustivo e o tempo todo a cabeça de Coverly girava incessantemente em torno das palavras de um limerique obsceno de duplo sentido sobre um certo bispo.

Mais tarde naquele mesmo dia, quando a família estava tomando chá, Coverly foi até os fundos da casa. Sentiu o cheiro de um vento que abriria o tempo e ouviu as árvores balançando e viu as nuvens passando, a infelicidade daquele dia se desfez e uma faixa de luz amarela espalhou-se pelo ocaso. Então ele descobriu o que devia fazer e se preparou; lavou as axilas e resgatou suas economias. Tinha dinheiro suficiente para pagar pelos favores dela. Ele se juntaria à bendita companhia masculina, tão diafanamente protegida por uma lona dos mugidos do gado e do alvoroço das crianças. Ele caminhou, correu, voltou a caminhar, pegou um atalho pelo pasto dos Waylands até a estrada de terra que dava no terreno da feira, perguntando-se por que a simplicidade da vida não lhe ocorrera antes.

Estava escuro quando ele chegou à estrada de terra e, em vez do vento que abriria o tempo, pareceu encontrar uma noite sem estrelas. Ele não parou nem hesitou até ver os portões da feira com todas as luzes apagadas. A feira terminara, é claro, e o parquinho fora desmontado. Os portões estavam escancarados e por que não, afinal, depois de as tortas e abóboras, as bonequinhas de biscuit e os estandes de bordados terem sido retirados, o que havia ali para proteger? Com tantas alamedas escuras e sombras de árvores nem mesmo os amantes mais discretos procurariam abrigo no terreno da feira que nessa época era arrendado apenas três ou quatro dias por ano e era tão velho quanto Leander, e exalava no ar da noite um cheiro de madeira apodrecida. Mas Coverly seguiu em frente, adentrando o local onde o cheiro de grama pisoteada permanecia no ar, até o fim do caminho onde, ou ao menos onde ele conseguia enxergar melhor na escuridão, ela fizera seu ritual. Oh, que fazer com um garoto assim?

Quanto a Moses, era mero acaso ele ainda não ser pai.

9

Henry Parker trouxe as roupas de Rosalie da cidade em seu caminhão de hortaliças e ela resolveu ficar, embora falasse de ir a Chicago visitar uma garota que conhecera em Allendale. Mas seus planos de partir, sempre que os fazia, pareciam mergulhar a velha casa conservadora e o próprio vale numa luminosidade tão bela e dourada e despertar-lhe tamanha ternura por tudo o que tinha diante dos olhos que ela resolvia continuar ali. Às vezes, caminhando numa praia e quando não há nenhuma casa por perto, sentimos no fim do dia um aroma, vindo no vento leste, de limões, fumaça de lenha, rosas e pó; a fragrância de uma casa grande que talvez tenhamos visitado na infância, nossas lembranças são tão turvas e agradáveis — algum lugar onde quisemos ficar e não pudemos — e a propriedade acabou se tornando algo assim para Rosalie.

Ela gostava ainda mais da casa velha quando chovia. Quando acordava de manhã e ouvia o barulho da chuva nos vários telhados e claraboias tinha uma grande sensação de conforto. Ela fazia planos de ficar lendo nos dias de chuva — retomar minhas leituras, dizia. Todos os livros que escolhia eram ambiciosos, mas ela jamais passava do primeiro capítulo. Sarah tentou delicadamente orientá-la. *Middlemarch* é um livro muito bonito ou você já experimentou ler *A morte do arcebispo*? Depois do café da manhã Rosalie se instalava na sala dos fundos com algum livro e pegava as velhas seções de quadrinhos na caixa de lenha e era isso que lia. Às vezes ia para a cidade, onde gostava de descobrir que não havia nenhuma dúvida sobre sua identidade. Você deve ser a mocinha que está hospedada na casa dos Wapshot, diziam todos. Ela tentava se fazer útil na casa, varrendo a sala de estar e vagando com uma flanela, mas ela estava naquele ponto da vida em que enfeites e mobília medieval pareciam espinhos e pedras em seu caminho e estava sempre topando com alguma coisa. No fundo não compreendia por que a sra. Wapshot trazia tantas flores para dentro de casa e as colocava em vasos e jarros que sempre acabavam tombando. Sua risada era alta e suave e quase todo mundo ficava contente de ouvir a voz dela; até mesmo seus passos à distância. Ela encarava tudo com boa vontade, inclusive a bomba de água, que enguiçou várias vezes. Quando isso acontecia, Coverly tirava água do poço perto do depósito de lenha para Rosalie e a sra. Wapshot se lavarem mas os homens tomavam banho no riacho mesmo.

Honora nunca viera avaliá-la. Era uma piada da família. "Você não pode ir para Chicago até conhecer a prima Honora", disse Leander. O impacto e a agitação da chuva no telhado garantiam-lhe que sua vida ociosa na propriedade era algo natural — que ela estava encarregada de simplesmente deixar o tempo escorrer pelas mãos. Quando pensava em seu amigo tentava racionalizar sua morte como faremos, tropeçando em conclusões como a de que chegara a hora dele; ele estava fadado a morrer moço; e outras sentimentalidades persuasivas e consoladoras. Um dia sonhou com ele. Acordou de um sono profundo, sentindo que ele estava em apuros. Era tarde e a casa estava às escuras. Ela ouvia o riacho e uma coruja na mata — um canto suave e breve. Ele está em apuros, pensou então, acendendo um cigarro, e pareceu-lhe vê-lo, de costas para ela, nu e indefeso, e perdido, ela conseguiu ver, pelo modo como sustentava a cabeça e os ombros — perdido ou cego, e vagando por um caos ou labirinto, sentindo muita dor. Ela não podia ajudá-lo — ela viu que não — embora sentisse a dor de seu desamparo pelo modo como ele movia as mãos feito um nadador. Imaginou que ele estivesse sendo punido embora ela não soubesse quais pecados ele cometera. Então voltou para a cama e para o sono mas o sonho tinha acabado como se ele houvesse vagado para fora de seu alcance ou como se a perambulação tivesse terminado.

Leander levou-a um dia para passear no *Topaze*. Estava um tempo adorável no litoral e ela ficou no convés da proa enquanto Leander a observava da cabine. Um desconhecido se aproximou dela quando começaram a travessia da baía e Leander ficou feliz ao ver que ela prestava pouquíssima atenção nele e quando ele insistiu ela reagiu com um sorriso desencorajador e entrou na cabine. "Este é com certeza o barco velho mais divertido que eu já vi", disse ela.

Ora, Leander não gostava que as pessoas falassem criticamente do *Topaze*. Aquelas palavras levianas deixaram-no irritado. Seu respeito pelo velho barco podia ser uma fraqueza, mas ele achava que as pessoas que não gostavam do *Topaze* eram fúteis. "Estou faminta", disse Rosalie. "Com toda essa *maresia*. Seria capaz de comer um boi inteiro e ainda não são nem dez horas." Os sentimentos de Leander ainda estavam sob o impacto daquelas primeiras palavras. "No lago, nesse acampamento onde eu estive", ela disse, "tinha uma espécie de barco que levava as pessoas para passear, mas não era tão divertido quanto este. Quero dizer, eu nem conhecia o comandante e tal." Sentira a gafe que cometera ao falar de modo leviano do *Topaze* e agora tentava consertar. "E o outro barco não podia navegar em alto-mar", ela disse. "Imagino que este seja excelente em alto-mar. Quero dizer, imagino que tenha sido feito na época em que as pessoas sabiam fazer bons barcos para alto-mar."

"Este aqui completará trinta e dois anos na primavera", disse Leander todo orgulhoso. "Honora não gasta mais que duzentos ou trezentos dólares por ano com o barco e já levei passageiros com bom ou mau tempo sem que nunca ninguém se ferisse."

Desembarcaram juntos em Nangasakit e Leander ficou olhando enquanto ela devorou quatro cachorros-quentes engolidos com tônica. Ela não quis passear na montanha-russa e ele imaginou que suas ideias de diversão fossem mais sofisticadas. Ficou imaginando-a com um coquetel num salão. Ao falar sobre sua casa, ela já falara tanto de riqueza quanto de mesquinhez, e Leander imaginou que sua vida tivesse um pouco de ambas as coisas. "A mamãe faz todo verão uma festa enorme no jardim", dissera, "com uma orquestra meio escondida nos arbustos e milhões de doces deliciosos", e uma hora depois contara, comentando sua própria inépcia como dona de casa, que "o papai mesmo lava os banheiros lá em casa. Ele põe uma roupa velha e fica de quatro e esfrega os ladrilhos e as banheiras e tudo o mais..." A orquestra contratada e o pastor limpando o chão soaram igualmente estranhos aos ouvidos de Leander e despertaram o interesse dele, sobretudo porque os antecedentes de Rosalie pareciam se interpor entre ela e seu desfrute de Nangasakit. Ele queria ter passeado na montanha-russa e ficara decepcionado quando ela se recusou. Mas passearam pelo quebra-mar acima da areia branca e da água verde e ele ficou feliz na companhia dela. Pensou — tal qual Sarah — como gostaria de ter tido uma filha, e imagens da carreira dela rapidamente se formaram em sua cabeça. Ela se casaria, é claro. Chegou até mesmo a se ver jogando arroz no momento em que ela saía correndo pela escadaria da Igreja de Cristo. Mas de algum modo o casamento teria dado errado. O marido talvez viesse a morrer na guerra ou se revelaria um bêbado ou um crápula. De qualquer forma ela teria voltado para casa para cuidar da velhice de Leander — para lhe trazer seu bourbon e preparar suas refeições e escutar-lhe as histórias nas noites de tempestade. Às três horas voltaram para o barco.

Todo mundo gostava de Rosalie, menos Moses, que se mantinha distante dela e havia sido grosseiro quando se conheceram. A sra. Wapshot insistia que ele a levasse para velejar e ele sempre se recusava. Talvez ele a associasse àquela primeira noite no pasto e ao fogo ou talvez — o que era mais provável — lhe parecesse que ela era criação de sua mãe, que saíra diretamente da cabeça de Sarah. Ele passava a maior parte do tempo no clube náutico Pocamasset, onde competia com seu veleiro, o

Tern, e às vezes ia pescar no riacho que vinha do lago Parson, corria por trás do celeiro e desaguava no West River.

Ele havia planejado justamente pescar naquela manhã e se levantara antes do amanhecer, embora suas chances de pescar qualquer coisa no fim do verão fossem exíguas. Estava escuro quando preparou o próprio café e calçou as galochas na cozinha, com a cabeça povoada de agradáveis lembranças de outras, semelhantes, manhãzinhas; o acampamento em Langely e esquiar — o calor sufocante das cabanas de esqui e a comida ruim e a correria. Beber café na cozinha escura (as janelas já filtravam alguma luz) lembrou-o de todas essas coisas. Ele pegou o equipamento no armário do corredor, prendeu as galochas no cinto e partiu para o campo, pensando em caminhar até o lago Parson e então descer pescando com moscas, que foram o único tipo de isca que conseguira encontrar.

Ele penetrou na mata pouco depois do lago Parson. Outros pescadores haviam feito a trilha. Estava muito úmido na floresta e o cheiro de vegetação era inebriante e seu coração bateu mais rápido quando ele ouviu o som da água — como as vozes distorcidas dos profetas — e vislumbrou a primeira lagoa. Sua bexiga estava cheia, mas ele guardaria aquilo em troca de boa sorte quando precisasse. Estava tão aflito para jogar uma isca dentro da água que teve de censurar a si mesmo pela pressa. Ele precisava ainda colocar a chumbada e dar alguns bons nós. Enquanto fazia isso viu uma truta nadando contra a corrente — não durou mais que um piscar de olhos — e de algum modo obstinada como um cão à noite com o jornal na boca.

Havia trapos de neblina sobre a água naquela manhãzinha e que cheiro era aquele, ele se perguntava, forte como tanino e muito mais sutil? Deixou-se ficar no riacho, certificando-se de que lhe dava pé, e fez um belo arremesso. Ao menos estava satisfeito consigo mesmo e se ele fosse uma truta teria mordido a isca, seu suco gástrico fluindo aos borbotões até sentir o anzol na mandíbula. Ele puxou a linha e fez outro arremesso, afundando tanto na água que molhou a virilha, que alívio, pensou, torcendo para que a água fria desestimulasse seus pensamentos de um dia vir a abandonar os prazeres simples, pois com a maturidade Moses descobrira em si um gosto pelos aspectos corriqueiros da vida. Ele pegou outra mosca e então, prendendo-a, vadeou pela água ligeira e rasa até outra lagoa, a mais bonita de todas mas onde nunca pescara um peixe. As pedras ao redor da lagoa eram retas, como paralelepípedos, a água era negra e lenta, e acima dela aqui e ali pendiam abetos e macieiras silvestres, e embora Moses soubesse que aquela lagoa era uma perda de tempo ele não conseguia se convencer de que ali não moravam trutas — famílias inteiras de trutas perspicazes de quase um quilo com suas mandíbulas prognatas. Dessa lagoa ele seguiu novamente atravessando águas claras até um lugar com bancos relvados onde cresciam lírios cor de laranja e rosas-silvestres e onde era mais fácil arremessar. Enquanto ele pescava nessa lagoa o sol se ergueu e apareceu — uma torrente de luz dourada, que se espalhou por toda a mata e mergulhou na água deixando ver cada pedra azul e seixo branco, inundou a água de luz até torná-la dourada como uísque bourbon — e no instante em que isso ocorreu ele fisgou alguma coisa. Seus pés estavam mal apoiados. Ele quase tropeçou, xingando em voz alta, mas sua vara de pescar tinha se curvado e então a truta saltou com alarde e foi em direção às toras na boca da lagoa, mas Moses a manteve longe dali, o peixe zunindo de um lado para outro e a emoção da vida do peixe se lançando pelos braços e ombros de Moses. Então, o peixe se cansou e ele sacou sua rede, e pensou: Que vida; que vida magnífica! Admirou as manchas róseas do peixe, quebrou sua espinha e embrulhou-o em folhas de samambaia, pronto para um grande dia, um dia em que pescaria até seu limite ou mais além. Mas ficou ali naquela lagoa por uma hora sem pescar mais nada e então vadeou até a lagoa seguinte e até outra, reflexivo como um apostador de cavalos, mas atento à quietude da mata a seu redor, ao som alto e profético da água e então, olhando para baixo na lagoa, ao fato de que não estava sozinho. Rosalie estava lá.

Ela viera tomar banho; estava realmente se lavando, passando o sabonete entre os dedos do pé e sentada nua debaixo do sol quente sobre uma pedra. Ele recolheu a linha para que ela não o ouvisse e vadeou com cuidado, para não fazer nenhum barulho, até as margens da lagoa onde ela não poderia vê-lo mas de onde ele a podia ver por entre as folhas. Ele ficou olhando sua Susana reluzente, acanhada, seu sonho de prazer simples substituído por uma espécie de tristeza, de peso que parecia trazer-lhe à boca um gosto de sangue e fazia doer seus dentes. Ela não lavou muito mais que os pés. A água estava fria demais ou o sol muito quente. Ela se levantou, tirou uma folha que se grudara nas nádegas e adentrou a mata verdejante; sumiu. As roupas continuaram lá. A cabeça dele ficou confusa e o cheiro da truta morta no alforje parecia algo remoto em seu passado. Ele desembrulhou o peixe e lavou-o na água corrente, mas o peixe parecia um brinquedo. Depois de algum tempo ele voltou à propriedade, onde sua mãe aguardava para lhe pedir que trouxesse água do poço, e depois do almoço ele convidou Rosalie para ir velejar. "Eu adoraria", ela disse.

Eles foram até Travertine no velho automóvel e ela sabia mais sobre velejar do que ele esperava. Enquanto ele tirava água do barco com a bomba ela foi colocando as sarretas e não o atrapalhou. Soprava um fresco vento sudeste e ele pegou o trajeto das regatas, em direção à primeira boia com o vento pela popa, erguendo a bolina. E então o vento voltou a soprar para leste e o dia escureceu tão rapidamente quanto o hálito obscurece um vidro. Ele deu uma forte guinada na segunda boia mas a água estava agitada e de repente tudo ficou tenso, furioso e arriscado, e ele pôde sentir a correnteza do velho mar — a maré baixa — em pleno casco. As ondas começaram a quebrar contra a proa e a cada onda Rosalie se encharcava.

Ela esperava que ele voltasse para o clube mas sabia que ele não o faria. Ela começara a tremer de frio e desejou não ter aceitado o convite. Quisera conquistar a atenção dele, sua amizade, mas conforme o barco se erguia atabalhoadamente e se chocava de modo sinistro e as ondas quebravam sobre os ombros dela ocorreram-lhe pensamentos intimidadores sobre seu passado e suas aspirações. Sem o amor da família, sem muitos amigos, praticamente dependente dos homens para obter conhecimento e orientação, todos que encontrara estavam envolvidos com alguma peregrinação misteriosa que muitas vezes arriscava a vida dela. Conhecera um homem que gostava de escalar montanhas e quando o *Tern* adernava e enfrentava outra onda ela se lembrou de seu amante alpinista; as feridas de fadiga em sua boca, os machucados nos pés, os sanduíches secos e a visão azul e nebulosa dos cumes que só fizeram brotar em sua mente a pergunta sobre o que estava fazendo ali. Fora atrás de observadores de pássaros e esperara em casa por pescadores e caçadores e ali estava ela a bordo do *Tern*, meio congelada, meio náufraga.

Contornaram a segunda boia e começaram a voltar para o clube e quando se aproximaram do ancoradouro Rosalie foi até a proa. O que aconteceu não foi culpa dela embora Moses talvez a culpasse se não tivesse visto. Quando ela puxou o bote para si a corda frágil se partiu. O bote pousou ponderadamente, ao que pareceu, nas marolas por um ou dois segundos e então virou a proa para o mar aberto e foi naquela direção, meneando e dançando ao sabor das ondas. Moses tirou os tênis e mergulhou atrás do bote, e nadou atrás dele por algum tempo até perceber que o bote ia mais depressa na maré baixa e com aquele vento do que ele era capaz de nadar. Então virou a cabeça e teve a dimensão exata de seu equívoco. Quando a corda se partira não teria mais como ancorar e agora, com as velas baixadas e Rosalie chamando por ele, o *Tern* navegava rumo ao mar aberto.

Formara-se um nevoeiro. Ele mal enxergava a costa e as luzes do clube Pocamasset e nadou até elas, mas sem pressa, pois a maré baixa estava puxando e havia limites para suas forças. Viu alguém saindo na varanda do clube e acenou e gritou mas não podia ser ouvido nem visto e depois de boiar por um minuto para descansar começou a longa arremetida até a praia. Quando sentiu areia sob os pés foi uma doce sensação. O velho barco do comitê estava ancorado e ele jogou as cordas e levou-o nevoeiro adentro, tentando adivinhar o trajeto que o *Tern* podia ter feito. Então deixou o motor em ponto morto e se pôs a gritar: "Rosalie, Rosalie, Rosalie, Rosalie...".

Logo ela respondeu e ele vislumbrou a silhueta do *Tern* e disse a ela qual corda lançar para ele, e içou-a, em seus braços, pela popa. Ela estava rindo e ele estivera tão aflito que a alegria dela lhe pareceu uma espécie de bondade que ele não suspeitara que ela tivesse. Então resgataram o bote e foram até a costa e quando o *Tern* ancorou entraram na velha sede do clube que parecia ter sido arrumada por velhas senhoras e camundongos e ter vindo, de fato, flutuando pelo rio desde St. Botolphs. Moses acendeu o fogo e eles se secaram lá mesmo e teriam ficado ali se o velho sr. Sturgis não tivesse entrado no salão de bilhar para treinar suas tacadas.

Honora terminou de bordar seu tapete naquela tarde — um campo de rosas vermelhas — e com isso e a mudança soturna do mar ela resolveu por fim ir até West Farm e ser apresentada à estranha. Cortou caminho pelo campo em plena chuva da Boat Street até a River Street e se postou junto à entrada lateral chamando: "Olá. Olá. Tem alguém em casa?". Não houve resposta. A casa estava vazia. Ela não era intrometida, mas subiu até o quarto de hóspedes porque talvez a garota estivesse ali. A cama feita às pressas, as roupas espalhadas nas cadeiras e o cinzeiro cheio provocaram-lhe antipatia e desconfiança e então ela abriu a porta do closet. Ela estava dentro do closet quando ouviu Moses e Rosalie subindo a escada, Moses dizendo: "Não vejo problema se é uma coisa que faria tão bem a nós dois". Honora fechou a porta do closet assim que eles entraram no quarto.

O que mais Honora ouviu — e ela ouviu o bastante — não nos interessa aqui. Isto não é um relato de caso clínico. Consideremos apenas o dilema de uma velha senhora — nascida na Polinésia, educada na academia da srta. Wilbur, filantropa e samaritana — guiada exclusivamente pela busca da verdade até o interior de um closet apertado numa tarde chuvosa.

10

Ninguém viu Honora sair da casa naquele dia e se tivessem visto não saberiam dizer se ela estava ou não chorando com a chuva escorrendo pelo rosto quando ela atravessou o pasto dos Waylands até a Boat Street. A violência de sua emoção talvez adviesse de suas lembranças do sr. de Sastago, cujos títulos e castelos se revelaram fantasias. A vida dela sempre havia sido virtuosa, sua dedicação à inocência sempre inabalável e ela fora recompensada com uma visão da vida que parecia tão frágil quanto um fósforo de papel numa ventania forte. Ela não entendia. Ela, como seria de esperar, não descontou sua perplexidade em Maggie. Vestiu roupas secas, bebeu seu vinho do Porto e depois do jantar leu a Bíblia.

Às dez horas Honora fez suas orações, apagou a luz e foi dormir. Assim que apagou a luz sentiu-se acordada e alerta. Era a escuridão que a deixava assim alerta. Ela estava com medo do escuro. Olhou corajosamente para a treva a fim de garantir a si mesma que não havia nada a temer ali, mas pareceu distinguir, no escuro, certa agitação, um movimento como se vultos ou espíritos chegassem e lá se reunissem. Pigarreou. Tentou fechar os olhos, mas isso apenas aumentou a ilusão de que a treva estava povoada. Abriu de novo os olhos, decidida a olhar diretamente para a fantasia já que não conseguiria evitar.

Os vultos, embora ela não conseguisse ver claramente, não eram muitos. Parecia haver doze ou catorze deles — o bastante para rodearem a cama. Pareciam dançar. Seus movimentos eram feios e obscenos e apertando os olhos no escuro ela conseguiu reconhecer suas formas. Eram cabeças de abóbora com dentes recortados; máscaras de entretela de gatos e piratas que são vendidas para crianças no Dia das Bruxas; esqueletos, carrascos encapuzados, toucas pesadas de feiticeiros que ela vira em fotografias na *National Geographic*; tudo o que um dia já achara estranho e incomum. "Eu sou Honora Wapshot!", ela disse em voz alta. "Sou uma Wapshot. Sempre fomos uma família forte."

79

Ela se levantou da cama, acendeu a luz e o fogo na lareira do quarto, esticando os braços para se aquecer. A luz e o fogo aparentemente espantaram as grotescas figuras. "Sou uma Wapshot", ela disse outra vez. "Eu sou Honora Wapshot." Ela sentou junto ao fogo até meia-noite e então se deitou na cama e adormeceu.

Logo cedo ela se vestiu e depois do café da manhã atravessou às pressas o jardim para tomar o ônibus até Travertine. A chuva tinha passado mas o dia estava feio; rastros da tempestade. Havia apenas alguns poucos passageiros no ônibus. Um desses, uma mulher, saiu de seu assento nos fundos após alguns minutos de viagem e sentou-se ao lado de Honora. "Eu sou a sra. Kissel", disse ela. "Você não deve se lembrar de mim, mas eu a reconheci. Você é Honora Wapshot. Tenho uma coisa muito constrangedora para lhe dizer mas reparei assim que você entrou no ônibus..." A sra. Kissel baixou a voz e disse num sussurro: "... que o seu vestido está aberto na frente. É muito constrangedor mas eu sempre acho melhor dizer à pessoa".

"Obrigada", disse Honora. Ela apertou o casaco sobre o vestido.

"Acho sempre melhor avisar", continuou a sra. Kissel. "Sempre que me avisam eu agradeço. Não importa quem seja. E isso me lembrou de uma coisa que aconteceu comigo. Há alguns anos o sr. Kissel e eu fomos ao Maine passar férias. O sr. Kissel é do Maine. Ele se formou no Bowdoin College. E fomos no vagão-leito. O trem chegou à estação de manhã bem cedinho e eu passei o maior apuro para me vestir naqueles beliches. Nunca viajara em vagão-leito. Bem, quando descemos do trem havia um bocado de gente na plataforma. O chefe da estação estava lá, esperando a mala postal, imagino, ou coisa do gênero. Bem, ele veio na minha direção. Nunca tinha visto o sujeito na vida e nem podia imaginar o que ele queria. Bem, ele veio até mim e disse: 'Dona', ele falou em voz baixa, 'dona, o seu espartilho está aberto'." A sra. Kissel ergueu a cabeça e riu por um instante feito uma jovem, uma mulher jovem. "Oh, eu nunca tinha visto o sujeito antes", ela disse, "e nunca mais voltei a ver, mas ele veio até mim e me disse isso e eu não levei a mal. Oh, não levei a mal mesmo. Agradeci e fui ao toalete e fechei o espartilho e então pegamos uma carruagem para o nosso hotel. Naquele tempo havia carruagens, sim."

Honora se virou e encarou a sra. Kissel, tomada de inveja, sua vizinha de assento parecia tão singela e bondosa e com tão poucos problemas na cabeça. Chegaram então a Travertine e quando o ônibus parou Honora desceu e foi andando rua acima até o pintor de letreiros.

11

Bem cedo na manhã seguinte Leander veio pela trilha com cheiro de peixe que dava no cais onde ficava o *Topaze*. Uma dúzia de passageiros estava esperando para comprar bilhetes e embarcar. Então ele reparou numa placa que havia sido pendurada em sua cabine. Então pensou logo em Honora e se perguntou qual seria o truque dessa vez. O letreiro era pintado em madeira e devia ter custado cinco dólares. ENTRADA PROIBIDA, dizia. BARCO À VENDA. TRATAR COM HONORA WAPSHOT. BOAT STREET 27. Por um segundo aquilo partiu seu coração; seu espírito pareceu definhar. Então ele ficou irritado. A placa estava pendurada, não pregada, em sua cabine, e ele a agarrou e estava prestes a atirá-la no rio quando se deu conta de que se tratava de um bom pedaço de madeira e podia servir para alguma coisa. "Hoje não haverá passeios", ele disse aos passageiros. Então pôs a placa debaixo do braço e foi a passos largos na direção do grupo e cruzou a praça. Obviamente a maioria dos comerciantes da cidade já sabia da placa e quase todos estavam olhando para Leander. Não viu ninguém e foi difícil para ele evitar de falar sozinho em voz alta. Ele estava, como sabemos, na casa dos sessenta; um tanto arqueado, um tanto curvado sobre os pés chatos, mas ainda assim um senhor bonito com bastante cabelo e aspecto jovial. A placa era pesada e cansou seu braço e ele teve que trocar de lado algumas vezes antes de chegar à Boat Street. Nesse momento ele estava explodindo. Não havia lhe sobrado muito bom senso. Ele bateu com força na porta de Honora com a quina da placa.

Honora estava costurando. Não se apressou a atender. Primeiro foi buscar a bengala e passou pela saleta recolhendo todas as fotografias de Moses e Coverly. Jogou-as no chão atrás do sofá. A razão disso era que, embora gostasse de ter sempre fotos dos garotos por perto, não queria que ninguém da família a flagrasse em tamanha demonstração de afeto. Então ajeitou a roupa e foi até a porta. Leander batia com força. "Se você estragar a pintura da minha porta", ela gritou para ele, "vai ter que pagar." Assim que ela abriu ele invadiu o vestíbulo e rugiu: "Em nome de Deus, o que significa isto?".

"Não blasfeme", ela disse. Tapou os ouvidos com as mãos. "Não quero ouvir blasfêmias."

"O que você quer que eu faça, Honora?"

"Não estou escutando nada", ela disse. "Não quero ouvir seus xingamentos."

"Não estou xingando", ele berrou. "Eu parei."

"O barco é meu", disse Honora, tirando as mãos dos ouvidos. "Eu posso fazer o que quiser com ele."

"Você não pode vender."

"Posso, sim", disse Honora. "Os rapazes D'Agostino querem comprar para transformar em barco de pesca."

"Quero dizer, o *Topaze* é meu meio de vida, Honora." Não havia súplica na sua voz. Ele ainda berrava. "Você me deu. Estou acostumado. É o meu barco."

"Eu só emprestei para você."

"Inferno, Honora, parentes não deviam ser assim tão cruéis."

"Não quero ouvir xingamentos", disse Honora. E tapou outra vez os ouvidos.

"O que você quer?"

"Quero que você pare de falar assim."

"Por que você fez isso? Por que você fez isso pelas minhas costas? Por que não me contou o que tinha em mente?"

"O barco é meu, eu posso fazer o que quiser com ele."

"Nós sempre dividimos tudo, Honora. Esse tapete aí é meu. Esse tapete é meu." Ele se referia ao enorme tapete do vestíbulo.

"A sua querida mãe me deu esse tapete", disse Honora.

"Ela só emprestou para você."

"Ela queria que ele ficasse para mim."

"Esse tapete é meu."

"Não é a mesma coisa."

"Se você quer assim, assim seja." Leander deixou a placa no chão e pegou uma ponta do tapete.

"Deixe esse tapete aí, Leander Wapshot", berrou Honora.

"É meu."

"Solte já esse tapete. Está me ouvindo?"

"É meu. Esse tapete é meu." Ele puxou o tapete, que era grande e estava tão sujo que a poeira da franja provocou-lhe espirros, até a porta. Então Honora foi até a outra ponta do tapete, segurou firme e chamou Maggie. Quando Maggie veio da cozinha ela agarrou a ponta do tapete do lado de Honora — estavam todos espirrando — e elas começaram a puxar. Foi uma cena deveras lamentável, mas se levarmos em conta as peculiaridades de St. Botolphs era o caso de admitir que se tratava de uma terra de disputas odiosas e embates letais e onde os gêmeos Pinchot viveram até a morte numa casa dividida ao meio por uma linha de giz. Leander perdeu, é claro. Como um homem poderia vencer tal competição? Deixando Honora e Maggie com o tapete ele saiu esbaforido da casa, tão alvoroçado que não sabia para onde ir, e desceu a Boat Street até chegar a um campo onde sentou na relva fresca e mascou as pontas de alguns talos suculentos para tirar o amargo da boca.

Durante sua vida Leander vira desaparecer na cidade inúmeros refúgios para homens, até restar um único. A guarda montada fora desfeita; o clube Atlântico fora fechado; até o iate clube fora transferido para Travertine. O único local que sobrara fora o corpo de bombeiros, e assim ele voltou a pé para a cidade e subiu a escada que ficava ao lado dos caminhões da corporação e chegou à sala de reuniões. Sentiu no ar o aroma dos bifes dos jantares divertidos, mas não havia ninguém ali exceto o velho Perley Sturgis e Perley estava dormindo. Nas paredes havia muitas fotografias de membros da família Wapshot: Leander quando moço; Leander e Hamlet; Benjamin, Ebenezer, Lorenzo e Thaddeus. As fotos dele quando moço deixaram-no infeliz e ele foi sentar numa das poltronas Morris junto à janela.

Sua raiva de Honora havia se transformado numa disseminada sensação de contrariedade. Honora tinha algo em mente e bem que ele queria saber o que era. Ficou se perguntando o que ela poderia fazer e então se deu conta de que ela poderia fazer o que bem entendesse. O *Topaze* e a propriedade eram dela. Ela pagava a faculdade e os juros da hipoteca. Até enchera o celeiro de carvão. Ela se oferecera para fazer tudo isso com a maior generosidade que se possa imaginar. Eu disponho de recursos, Leander, ela dissera. Por que eu não poderia ajudar minha própria família? Era culpa dele — ele não podia culpá-la — não ter esperado nunca nenhuma consequência de tamanha dádiva. Ele sabia que ela era intrometida mas relevara esse fato, amparado em sua convicção da fartura da vida — carpas da baía, trutas dos córregos, tetrazes do pomar e dinheiro da bolsa de Honora —, na sensação de que o mundo era feito para alegrá-lo e deliciá-lo. Uma imagem turva da esposa e dos filhos lhe apareceu então — malvestidos e em meio a uma nevasca —, imagem que, afinal, não era tão absurda já que Honora poderia, se quisesse, deixá-los passar fome. Essa imagem despertou nele um sentimento apaixonado. Ele os defenderia e protegeria. Defenderia com paus e pedras; com os próprios punhos. Mas isso em nada alterava o direito de posse. Tudo pertencia a Honora. Até o cavalo de balanço no sótão. Ele devia ter conduzido sua vida de outro modo.

Mas pela janela ele conseguia enxergar o céu azul acima das árvores da praça e ficou logo enlevado com a aparência do mundo. Como algo poderia dar errado num paraíso daqueles? "Acorde, Perley, acorde e vamos jogar gamão", ele berrou. Perley acordou e eles jogaram gamão valendo palitos até o meio--dia. Comeram alguma coisa na padaria e jogaram gamão mais um pouco. No meio da tarde de repente ocorreu a Leander que ele só precisava mesmo era de dinheiro. Pobre Leander! Não podemos atribuir-lhe a sabedoria e o poder de invenção de que não dispõe e dotá-lo da capacidade mental de um primeiro-ministro. Eis o que ele fez.

Atravessou a praça, foi até o edifício Cartwright e subiu a escada. No escritório da companhia telefônica deu boa-tarde à sra. Marston — uma simpática viúva de cabelos brancos cercada de vasos de plantas que pareciam vicejar e florescer no clima fértil de sua boa disposição. Leander falou com ela sobre a chuva e então seguiu pelo corredor até o consultório do médico, onde uma placa de ENTRE estava pendurada na maçaneta feito um babador. Na sala de espera havia uma garotinha com a mão enfaixada, cabeça apoiada no colo da mãe, e o velho Billy Tompkins com um frasco de pílulas vazio. A mobília parecia ter sido trazida de alguma varanda, e a cadeira de vime em que Leander sentou guinchou alto como se ele tivesse sentado num ninho de camundongos. A matilha, as cercas e os cavalos saltadores de uma caça à raposa apareciam no papel de parede e naquelas imagens repetidas Leander viu um reflexo do vigor da cidade — uma tendência a acolher modos de vida estranhos e diferentes. Abriu-se a porta interna do consultório e uma moça de pele escura que estava grávida saiu. Então a criança com a mão enfaixada foi levada para dentro com a mãe. Não fazia muito tempo que ela estava esperando. Então Billy Tompkins entrou com seu frasco de pílulas vazio. Ele saiu com uma receita e foi a vez de Leander entrar.

"Que posso fazer por você, comandante Wapshot?", perguntou o médico.

"Eu estava jogando gamão com Perley Sturgis ali no corpo de bombeiros", disse Leander, "e tive uma ideia. Gostaria de saber se você pode me arranjar um emprego."

"Oh, acho que não", disse o médico com ar divertido. "Não tenho como pagar nem uma enfermeira."

"Não era esse tipo de serviço que eu tinha em mente", disse Leander. "Tem alguém nos ouvindo?"

"Acredito que não", disse o médico.

"Quero que você me use num experimento", disse Leander. "Por favor, pode me usar. Resolvi que é o que eu quero fazer. Eu assino qualquer coisa. Não vou contar para ninguém. Pode me operar. Faça o que você quiser. Só me dê algum dinheiro."

"Você não tem ideia do que está falando, comandante Wapshot."

"Use-me", disse Leander. "Eu sou um espécime muito interessante. Pura cepa ianque. Pense no sangue em minhas veias. Senadores. Acadêmicos. Comandantes. Heróis. Professores. Você fará história na medicina. Ganhará reputação. Ficará famoso. Eu lhe contarei a história da família. Eu lhe mostrarei toda a nossa linhagem. Não me importa o que você fará comigo. Só me dê algum dinheiro."

"Por favor, retire-se, comandante Wapshot."

"Isso ajudaria a humanidade, não é?", Leander perguntou. "Isso seria bom para a humanidade. Ninguém precisa saber. Não vou contar a ninguém. Juro que não conto. Juro sobre a Bíblia. Você pode usar um laboratório que ninguém conheça. Não vou contar a ninguém. Vou aonde você quiser. Posso ir à noite, se você quiser. Direi à sra. Wapshot que estou viajando."

"Por favor, retire-se, comandante Wapshot."

Leander pegou o chapéu e foi embora. Na praça uma mulher, moradora do outro lado do rio, chamava o filho em italiano. "Fale inglês", Leander disse a ela. "Fale inglês. Estamos nos Estados Unidos." Ele retornou à propriedade dirigindo o velho Buick.

Ele estava cansado, e ficou contente de ver as luzes da propriedade. Estava com fome e com sede e seu apetite parecia abarcar a paisagem e a casa. Lulu tinha deixado algo queimar. Havia cheiro de comida queimada no corredor. Sarah estava na sala dos fundos.

"Você viu a placa?", ela perguntou.

"Vi", disse Leander. "Ela veio aqui hoje?"

"Veio. Esteve aqui à tarde."

"Ela pendurou a placa na minha cabine", disse Leander. "Acho que foi ela mesma que pendurou."

"Mas do que é que você está falando?"

"Da placa."

"Mas a placa está lá no portão."

"Como assim?"

"A placa está lá na entrada. Ela colocou hoje à tarde."

"Ela quer vender a propriedade?"

"Oh, não."

"O que é que ela quer então? Que diabos está acontecendo afinal?"

"Leander. Por favor."

"Não posso mais falar com ninguém."

"Não precisa falar desse jeito."

"Bem, o que ela quer então? Diga-me, Sarah, o que ela quer?"

"Ela acha que devíamos hospedar turistas. Ela conversou com os Patterson e eles ganham bastante dinheiro hospedando turistas que vão para Daytona todo ano."

"Eu não quero ir para Daytona."

"Nós temos três quartos sobrando", Sarah disse. "Ela acha que devemos alugá-los."

"Aquela velha não tem um pingo de juízo no que lhe restou na cabeça", berrou Leander. "Ela quer vender o meu barco para uns estrangeiros e encher a minha casa de estranhos. Ela não percebe que isso não tem cabimento."

"Ela só quer..."

"Ela só quer me enlouquecer. Isso não tem pé nem cabeça. Eu não quero ir para Daytona. Por que ela acha que eu quero ir para Daytona?"

"Leander. Por favor. Psiu..." Ao crepúsculo ela viu os faróis de um carro que subia pela entrada da casa. Ela seguiu pelo corredor, saiu pela porta lateral e parou na varanda.

"Vocês têm vagas?", perguntou animadamente o homem.

"Bem, creio que sim", disse Sarah. Leander vinha atrás dela

no corredor mas ao ouvir o desconhecido, velado pelo escuro, bater a porta do carro voltou para dentro de casa.

"Quanto vocês cobram?", o homem perguntou.

"O de praxe", disse Sarah. "Vocês gostariam de ver os quartos?" Um homem e uma mulher subiram os degraus.

"Só queremos camas confortáveis e um banheiro", disse o homem.

"Bem, a cama tem um colchão de crina", disse Sarah, solícita, "mas o tanque do aquecedor está com um pouco de ferrugem e tivemos um problema terrível com a bomba de água este mês, mas eu gostaria de lhes mostrar os quartos."

Ela abriu a porta de tela e entrou para que os forasteiros a seguissem pelo corredor e Leander, encurralado, abriu a porta do closet do vestíbulo e se escondeu ali no escuro com uma coleção de velhos sobretudos e equipamento esportivo. Ele ouviu os desconhecidos entrarem em sua casa e subirem atrás de Sarah. Foi então que a velha privada resolveu soar as notas de abertura de uma performance de insólita veemência. Quando o barulho começou Leander escutou o sujeito perguntar: "Quer dizer que vocês não têm um quarto com banheiro privativo?".

"Oh, não", disse Sarah, "sinto muito", e havia tristeza em sua voz. "Sabe, esta é uma das casas mais antigas de St. Botolphs e o nosso banheiro é o mais antigo do condado."

"Bem, estávamos procurando um lugar com um banheiro privativo", disse o sujeito, "e..."

"Nós sempre gostamos de banheiro privativo", disse a mulher, amavelmente. "Mesmo quando viajamos de trem preferimos ficar naqueles compartimentos."

"*De gustibus non est disputandum*", disse gentilmente Sarah, mas sua gentileza foi forçada.

"Agradecemos por nos mostrar os quartos."

"Estamos à disposição de vocês."

A porta de tela bateu e quando o carro foi embora Leander saiu do closet. Foi a passos largos até a entrada onde a placa, POUSADA PARA TURISTAS, estava pendurada no portão. Tinha praticamente o mesmo tamanho e acabamento da placa do *To-*

paze e, erguendo-a no ar com toda a força, ele a atirou contra as pedras, rachando o letreiro ao meio e machucando a mão. Mais tarde naquela noite ele foi a pé até a Boat Street.

A casa estava às escuras mas Leander postou-se exatamente diante da fachada e chamou Honora. Deu-lhe tempo para que vestisse um penhoar e então gritou seu nome outra vez.

"Que foi, Leander?", ela perguntou. Ele não conseguia vê-la, mas a voz era clara o bastante e ele sabia que ela aparecera na janela. "O que você quer?"

"Ah, você anda muito altiva e poderosa nestes últimos dias, Honora. Não se esqueça que eu sei quem você é. Eu me lembro de você dando lavagem para os porcos e voltando dos Waylands com baldes de leite. Eu tenho uma coisa para lhe contar, Honora. Tenho uma coisa muito importante para lhe contar. Foi há muito tempo. Foi logo que você voltou da Espanha. Eu estava em frente ao Moodys com Mitch Emerson. Quando você passou pela praça Mitch disse uma coisa sobre você. Eu não poderia repetir o que ele disse. Bem, eu o levei para trás do depósito de madeira, Honora, e bati nele até ele chorar. Ele tinha uns vinte quilos mais que eu e todos os Emerson eram durões, mas eu o fiz chorar. Isso eu nunca lhe contei."

"Obrigada, Leander."

"E tem mais. Eu sempre fui prestativo. Eu teria ido à Espanha e teria matado Sastago se você tivesse me pedido. Não existe um único pelo do meu corpo que não tenha ficado branco por sua causa. Então, por que você está me infernizando?"

"Moses precisa sair de casa", disse Honora.

"Quê?"

"Moses precisa conhecer o mundo e ser testado. Oh, como é difícil para mim dizer isso, Leander, mas eu acho que é o certo. Ele não moveu um dedo o verão inteiro senão para seu próprio prazer, e todos os homens da nossa família foram homens do mundo desde muito cedo; todos os Wapshot. Eu já pensei bastante no assunto e acho que ele vai querer ir, mas receio que fique com saudade de casa. Oh, como senti saudade na Espanha. Jamais vou esquecer."

"Moses é um bom garoto", disse Leander. "Ele se sairia bem em qualquer lugar." Ele se empertigou, pensando no filho com orgulho. "O que você tem em mente?"

"Pensei que ele poderia ir para algum lugar como Nova York ou Washington, algum lugar diferente e distante."

"É uma boa ideia, Honora. E toda essa confusão foi por causa disso?"

"Que confusão?"

"Você vai vender o *Topaze*?"

"Os rapazes D'Agostino mudaram de ideia."

"Eu vou conversar com a Sarah."

"Não vai ser fácil para ninguém", disse Honora, e então suspirou. Leander escutou aquele som trêmulo, alquebrado e frágil como a fumaça e que parecia vir das profundezas do espírito da velha senhora, cuja ternura e pureza não pareciam ter sido alteradas pela idade, e aquilo teve sobre ele o efeito de um suspiro de criança.

"Boa noite, Honora querida", ele disse.

"Você está sentindo essa brisa deliciosa?"

"Estou. Boa noite."

"Boa noite, Leander."

12

Até então a vida de estudante de Moses transcorrera sem nada de excepcional e — com exceção de umas poucas amizades — ele não iria sentir falta de nada; nem do leite magro no mingau de aveia nem de seu quarto na Dunster House, imponente feito uma porca por sobre as águas batidas do Charles River. Ele queria conhecer o mundo. Para Leander o mundo significava um lugar onde Moses poderia revelar sua natureza forte, amável e inteligente; seu brilhantismo. Quando pensava na partida do filho era sempre com sentimento de orgulho e ansiedade. Como Moses se sairia bem! Honora dava continuidade a uma tradição, pois todos os homens da família tinham feito uma viagem de amadurecimento — inclusive o pai de Leander — contornando o cabo Horn ainda imberbes, alguns deles, e na viagem de volta para casa afastaram lascivamente as pernas das beldades de Samoa, que já deviam exibir sinais de desgaste. O costume de Sarah de sempre contar com consequências desastrosas — a vida era uma constante despedida e só se vive um dia depois do outro — ajudou-a a suportar a dor de ter seu primogênito arrancado de casa. Mas quais seriam os efeitos disso tudo sobre o pobre Coverly?

A relação entre os dois irmãos fora tempestuosa até cerca de um ano antes. Haviam brigado aos socos, e com paus, pedras e bolas de neve. Haviam se vilipendiado mutuamente e ambos achavam que o mundo era um lugar onde o outro seria fatalmente exposto como uma fraude de maus bofes. Então todos esses sentimentos vis se transformaram em ternura e florescera entre eles uma fraternidade que tinha todos os sintomas do amor — o prazer da intimidade e a dor da separação. Chegaram até a fazer longas caminhadas pela praia em Travertine, contando seus planos mais secretos e improváveis. Saber que o irmão estava de partida mostrou a Coverly pela primeira vez o lado obscuro do amor; a amargura. Ele não conseguia imaginar como poderia viver sem Moses. Honora mexera seus pauzinhos. Moses iria a Washington e trabalharia para um certo sr. Boynton que de algum modo devia um favor a ela. Se Moses tinha qualquer arrependimento ou traços de arrependimento, tudo se perdeu na confusão de seus sentimentos e foi suplantado por seu desejo apaixonado de ir embora de St. Botolphs e provar seu valor no mundo lá fora.

Sarah reuniu as coisas que achava que pudessem ser úteis a Moses quando ele começasse sua vida longe de casa — seu certificado de crisma, uma colher de suvenir que ele comprara em Plymouth Rock, um desenho de um navio de guerra que ele fizera aos seis anos, seu uniforme de futebol, seu livro de orações, um cachecol e dois boletins da escola — mas, ouvindo-o berrar do alto da escada para Coverly, ela percebeu, no tom de sua voz, que ele deixaria aquelas coisas para trás e guardou

91

tudo de novo. A iminência da partida de Moses aproximou Sarah e Leander e renovou os encantadores disfarces que são a espinha dorsal de muitos casamentos duradouros. Leander achou que Sarah estava fragilizada e noites antes de Moses partir ele lhe trouxe um xale para que se protegesse da friagem da noite. Sarah achava que Leander tinha uma bela voz de barítono e agora com a partida de Moses ela desejou que ele retomasse sua música. Sarah não era frágil — tinha a força de dez pessoas — e Leander mal conseguia terminar uma canção simples. "Não se esqueça da friagem da noite", diria Leander trazendo-lhe o xale, e, olhando para ele com admiração, Sarah diria: "É uma pena que os meninos nunca tenham ouvido você cantar".

Houve uma festa de despedida. Os homens tomaram bourbon, e as mulheres, gengibirra e sorvete. "Eu vim pelo pasto dos Waylands", disse a tia Adelaide Forbes, "e o pasto está tomado de estrume. Nunca vi tanto estrume na vida. Só tem estrume. A gente não dá um passo sem pisar no estrume." Estava todo mundo lá e Reba Heaslip foi até Rosalie e disse: "Eu *nasci* no tabernáculo do templo maçônico". Todo mundo falou sobre viagens. O sr. e a sra. Gates tinham ido a Nova York e pagaram a diária de dezoito dólares por um quarto onde não cabiam os dois. Tia Adelaide tinha ido a Buffalo quando menina. Honora tinha ido a Washington. Mildred Harper, a organista da igreja, tocou piano, e todos cantaram velhos hinos e músicas do cancioneiro — "Silver threads among the gold", "Beulah Land" e "In the gloaming". No meio da cantoria Sarah viu o rosto do tio Pipi Marshmallow na janela mas quando ela apareceu na varanda para convidá-lo a entrar ele já havia saído correndo. Moses foi buscar uma bebida na cozinha e encontrou Lulu chorando. "Não tô chorando porque você tá indo embora, Moses", ela disse. "Tô chorando porque tive um pesadelo ontem à noite. Sonhei que te dava um relógio de ouro e você quebrava ele numa pedra. Olha que besteira. Claro que eu não tenho dinheiro pra te dar um relógio de ouro e você nem é do tipo de menino que faria uma coisa dessas, mas mesmo assim eu sonhei, olha só, que eu te dava esse relógio de ouro e você quebrava ele na pedra."

Moses foi embora na noite seguinte no trem das nove e dezoito, mas não havia ninguém para se despedir dele além dos pais. Rosalie ficou em seu quarto, chorando. "Não vou à estação", Honora dissera com o mesmo tom de voz que usava nos funerais da família quando dizia que não iria até o túmulo. Ninguém sabia onde Coverly estava mas Sarah desconfiava que ele estivesse caminhando na praia em Travertine. Na plataforma eles ouviram à distância o barulho do trem chegando pela margem leste do rio, um som que fez Sarah tremer, pois ela estava numa idade em que os trens lhe pareciam simplesmente motores da separação e da morte. Leander pôs a mão no ombro de Moses e lhe deu um dólar de prata.

Os sentimentos de Moses eram persistentes mas não eram tristes e ele não se lembrou da espuma fugidia ao sinal de dez minutos antes da regata nem dos pomares abandonados onde caçava tetrazes nem do lago Parson nem do canhão no gramado nem da água cintilante do rio entre a loja de ferramentas e a loja de conveniência onde a prima Justina um dia tocou piano. Já estamos acostumados àquelas listas poéticas em que orquídeas e galochas aparecem lado a lado; em que o fedor de velhas plumagens se mescla ao cheiro do mar. Todos já partimos de lugares singelos num trem ou num barco no fim da temporada com gerações de folhas amarelecidas espalhando-se no vento norte enquanto espalhamos nossos antepassados e os cães e as crianças no banco de trás do carro, mas não é verdade que no momento da separação um tumulto de imagens brilhantes e precisas — como se nos afogássemos — jorre em nossa mente. De fato já retornamos a casas iluminadas, sentindo no vento norte o aroma de macieiras em brasa, e vimos uma condessa polonesa untando o rosto numa cabana de estação de esqui e escutamos o pio da coruja no cio e sentimos o cheiro de uma baleia morta trazido pelo vento sul que traz também o toque suave do sino de Antuérpia e o dobre de bacia de lavar louça do sino de Altoona mas não nos lembramos de nada disso quando embarcamos no trem.

Sarah começou a chorar quando Moses a beijou. Leander pôs o braço em seu ombro mas ela não queria saber de nada disso e assim eles ficaram separados quando Moses disse adeus. Logo que o trem se pôs em movimento, Coverly, que embarcara em Travertine, saiu do banheiro onde estava escondido e se juntou ao irmão e passaram pela fábrica de talheres, pelo celeiro do velho sr. Larkin em que uma frase pintada à mão dizia NÃO MALTRATE OS ANIMAIS, pelas terras dos Remsen e pelo depósito de lixo do barqueiro, pelo lago que congelava e pela fábrica de tônico capilar, pela sra. Trimble, a lavadeira, pelo sr. Brown, que comia um pedaço de bolo de carne e bebia um copo de leite quando o trem das nove e dezoito sacolejava as janelas, pelos Howard e pelos Townsend e pela encruzilhada e pelo cemitério e pela casa do velho que afiava serrotes e cujas janelas eram as últimas da cidade.

13

A desgraça nunca vem sozinha. Depois de dizer adeus a Moses, Leander e Sarah voltaram para casa e encontraram esta carta de Coverly na mesa da entrada.

"Queridos mãe e pai, fui embora com Moses. Sei que devia ter contado a vocês e que não contar foi como mentir mas esta é a segunda vez que eu minto na vida e nunca mais vou mentir de novo. A outra mentira que eu contei foi sobre aquela chave de fenda de cabo preto. Eu roubei na loja de ferramentas Tinicum. Eu amo muito o Moses e não conseguiria ficar em St. Botolphs sem ele. Mas não vamos ficar juntos porque achamos que se nos separarmos teremos mais chance de provar nossa autoconfiança para a prima Honora. Vou para Nova York e vou trabalhar com o marido da prima Mildred em sua fábrica de tapetes e assim que tiver um lugar para morar escrevo dizendo meu endereço. Tenho vinte e cinco dólares.

"Amo vocês dois e não queria magoar ninguém e sei que não existe nenhum lugar no mundo melhor que St. Botolphs e a nossa casa e que quando eu tiver deixado minha marca vou voltar. Não seria feliz em nenhum outro lugar. Mas agora estou maduro o bastante para sair pelo mundo e tentar a sorte sozinho. Isso eu posso dizer porque já estou com muitas ideias sobre a vida e nunca tive nenhuma ideia antes. Levei o quadro com SE, o poema de Kipling, emoldurado, e vou ficar pensando nele e em todos os grandes homens sobre os quais eu li e continuarei indo à igreja.

"Seu filho que os adora, Coverly."

E dois dias depois os pais de Rosalie telefonaram dizendo que iriam passar para buscá-la dali a uma hora. Estavam indo para Oysterville. Pouco depois disso um enorme carro preto que teria deixado Emerson Cavis boquiaberto subiu pela rampa de West Farm e Rosalie desceu correndo para cumprimentar os pais. "Onde você arranjou esse vestido verde?", Sarah ouviu a sra. Young perguntar à filha. Foi a primeira ou ao menos a segunda coisa que ela disse. Então eles desceram do carro e Rosalie, vermelha e confusa e constrangida como uma criança, apresentou-os a Sarah. Depois que a sra. Young apertou a mão de Sarah, virou-se para Rosalie e disse: "Adivinhe o que eu achei ontem. Achei a sua pulseira de escaravelho. Estava na primeira gaveta da minha cômoda. Ontem de manhã antes de decidirmos ir a Oysterville resolvi arrumar essa gaveta. Tirei a gaveta inteira e virei tudo na cama — foi eu espalhar tudo na cama e pronto, lá estava a sua pulseira de escaravelho".

"Vou subir para terminar de arrumar minhas coisas", disse Rosalie, ficando cada vez mais vermelha, e entrou, deixando Sarah com seus pais. O pastor era um sujeito obeso com trajes clericais e, como era de esperar, enquanto permaneceram ali, começou a coçar a barriga. Sarah não era afeita a julgamentos apressados e maldosos e no entanto parecia haver uma rigidez latente e uma secura naquele homem e ao mesmo tempo algo tão pomposo, monótono e ranzinza em seu tom de voz que ela achou irritante. A sra. Young era uma mulher de baixa estatura, um tanto rechonchuda, que estava usando peles, luvas e um chapéu bordado com pérolas — uma daquelas mulheres de meia-

95

-idade ricas, aparentemente, cuja futilidade recende a tragédia. "O engraçado dessa pulseira", disse ela, "é que eu achava que Rosalie havia perdido na Europa. Sabe, ela viajou no ano passado. Oito países. Bem, eu achava que ela havia perdido a pulseira na Europa e fiquei surpresa de encontrá-la na minha gaveta."

"Não querem entrar um pouco?", Sarah perguntou.

"Não, obrigada, não, obrigada. É uma casa antiga e diferente, dá para perceber. Eu adoro coisas antigas e diferentes. E um dia quando eu estiver velha e James tiver se aposentado vou comprar uma casa antiga, diferente e arruinada como essa e vou reformar tudo sozinha. Eu adoro lugares arruinados, antigos e diferentes."

O pastor pigarreou e apalpou-se em busca da carteira. "Temos uma pequena questão financeira para acertar", ele disse, "antes que Rosalie desça. Eu já conversei com a sra. Young. Concordamos que vinte dólares podem ajudar a pagar pelo..." Então Sarah desatou a chorar, a chorar por todos eles — Coverly, Rosalie e Moses e o pastor estúpido — e sentiu uma dor tão aguda no peito que parecia que estava desmamando seus meninos. "Oh, vocês me perdoem por chorar", ela soluçou. "Eu sinto muitíssimo. Vocês me perdoem."

"Bem, tome então trinta dólares", disse o pastor, estendendo-lhe as cédulas.

"Oh, não, não sei o que me deu", soluçou Sarah. "Oh, amor. Oh, amor." Ela jogou o dinheiro no jardim. "Nunca fui tão insultada em toda a minha vida", ela soluçou, e entrou na casa.

Lá em cima no quarto de hóspedes Rosalie, como a sra. Wapshot, estava chorando. Suas malas estavam prontas mas Sarah a encontrou deitada de bruços e sentou-se ao lado dela e pôs delicadamente a mão em suas costas. "Pobre criança", ela disse. "Receio que eles não sejam muito agradáveis."

Então Rosalie ergueu a cabeça e falou, para perplexidade de Sarah, furiosa. "Oh, acho que você não devia falar assim sobre os pais dos outros", ela disse. "Quer dizer, eles são meus pais, afinal, e não acho muito agradável é você falar que não gostou deles. Quer dizer, não acho que seja justo. Afinal eles fizeram tudo por mim, me mandaram para Allendale e para a Europa e todo mundo diz que ele vai ser bispo e..." Ela se virou então e olhou para Sarah por entre as lágrimas e beijou-a no rosto e disse adeus. A mãe estava chamando da escada. "Adeus, sra. Wapshot", ela disse, "e, por favor, diga adeus por mim a Lulu e ao sr. Wapshot. Passei dias perfeitamente lindos aqui..." E então, dirigindo-se à mãe, gritou: "Estou indo, estou indo, estou indo, estou indo", e foi descendo a escada, com estrondo, batendo as malas nos degraus.

PARTE 2

14

Estilo epistolar de escritor (Leander escreveu) formado na tradição de lorde Timothy Dexter, que colocou todos os sinais de pontuação, preposições, advérbios, artigos etc. no final de um texto e instou o leitor a redistribuí-los da forma que achasse melhor. West Farm. Dia de outono. Três da tarde. Boa brisa para velejar vindo do quadrante noroeste. Luz dourada. Corredeira reluzente. Marimbondos na viga. Uma casa velha. Telhados de St. Botolphs à distância. Velho burgo no vale do rio hoje em dia. Família outrora proeminente ali. Nome lembrado em muitas coisas nas redondezas; lagos, estradas, até colinas. Wapshot Avenue, hoje travessa em condomínio de má fama mais ao sul. Cheiro de cachorro-quente, pipoca, também de maresia e música maçante do órgão de um velho carrossel. Chalés de madeira alugados por dia, semana ou temporada. Uma rua dessas com o nome de um antepassado que navegou pelo mar de Java por três dias, chutando tubarões com os pés descalços.

Não há senão sangue de comandantes de navios e de professores nas veias do escritor. Todos grandes homens! Um verdadeiro simplório comedor de carne de porco com feijão já é uma coisa rara hoje em dia. Lembranças importantes ou sem importância conforme o caso, mas tente em retrospecto ver se há algum sentido no que aconteceu. Muitos esqueletos no armário da família. Segredos obscuros, sobretudo carnais. Crueldade, amor ilícito, franqueza, mas nunca um lençol sujo. Questões de gosto envolvidas. Bexiga esvaziada tantas vezes; dentes escovados tantas vezes; a afamada casa da Chardon Street tantas vezes visitada. Quem se importa? Boa parte da ficção moderna desagrada ao escritor devido ao supracitado.

Pode ter havido uma literatura do porto da Nova Inglaterra — também da cidade fabril — no período da década de 1870 em diante, mas se existiu desconheço. Os estaleiros prosperaram na primeira juventude do escritor. Cunhas de carvalho marcam cerca de um metro de profundidade nos terrenos ao pé da River Street. Toras transportadas por carro de boi. Sons de enxós, martelos, entreouvidos todo o verão. Sons estimulantes. Sons de fendas sendo calafetadas no fim de agosto. Logo vinha o frio do inverno. Lançamento na água em setembro. Barcos outrora tripulados pela fina flor da juventude local, depois tripulados por lascarins, canacas ou coisa pior. Maus bocados em alto- -mar. Vovô no leito de morte exclamou: "A marinha mercante morreu!". Próspero comandante. O escritor foi criado entre lembranças de riquezas marinhas. Almofadas de veludo nas janelas profundas; hoje inóspitas. Houve um dia imenso jardim nos fundos da casa. Vasos geométricos. Caminhos em ângulos retos. Sebes baixas e quadradas. Dez centímetros de altura. As aves exóticas do papai. Pombos-de-leque. Pombos-correio. Pombos volteadores. Sem titica. Um homem vinha cuidar do jardim e das aves nos tempos idos. Personagem da região. Bom sujeito. Foi marujo. Histórias maravilhosas. Peixes-voadores. Toninhas. Pérolas. Tubarões. Garotas samoanas. Seis meses de praia em Samoa. Paraíso. Não vestiu as calças nenhuma vez em seis meses. Soltava os pombos toda tarde. Cada espécime de uma vez. Os volteadores interessavam mais ao escritor.

Ora tempos de tristeza; ora de alegria. Trovoadas. Natal. Toques de chifre com cabeça de peixe com os quais o escritor era chamado em casa para jantar. Velejara com papai numa pequena escuna. Zoe. Ancorávamos no rio ao pé do jardim nos meses de verão. Quilha alta; com almeida pequena. Projeção curta de proa. Boa cabine com espelho de popa e uma pequena cozinha. Trinta pés de linha-d'água. Velame modesto. Vela grande, traquete, duas gibas no estai. Uma de bom tamanho. Sempre seca mesmo no tempo ruim. Ia muito bem com vento a favor, de alheta e mesmo com as vergas cruzadas, mas "contra o vento" ou "no vento" como dizem hoje em dia se deslocava feito um imóvel. Não se mantinha firme a barlavento e derivava fácil. Escuna tripulada por Daniel Knight. Marujo aposentado. Velho na época. Mais de um metro e setenta. Quase oitenta quilos. Sujeito animado e com um vasto traseiro. Lembrava-se dos veleiros redondos, Calcutá, Bombaim, China, Java. Chegou à Zoe de escaler. A primeira experiência a bordo foi encontrar papai e a tripulação na cabine. Libação com rum Barkham e melaço. Eu não estava quando se amarrou a carraspana; mas sinto o cheiro até hoje. Um mundo mais saboroso então, do que agora. Cheiro de biscoitos de marinheiro. Grãos verdes de café torrados uma vez por semana. Aroma de café torrado flutuando por quilômetros rio abaixo. Fumaça de candeeiro. Cheiro de água de cisterna. Desinfetante de banheiro. Fogo de lenha.

A família éramos eu e meu irmão, dez anos mais velho. Diferença de idade parece um abismo nos primeiros anos. Depois diminui. Meu irmão se chamava Hamlet em homenagem ao príncipe da Dinamarca. Por conta da devoção de papai a Shakespeare. Diferente em tudo, todavia, do príncipe tristonho. Todo prosa. Jogou beisebol pelo corpo de bombeiros; e lacrosse. Venceu muitas provas de longa distância. Muito amado por mamãe. Mais tarde o favorito das prostitutas da Chardon Street. Conhecido no bar Narragansett House. Bom com os punhos tanto com luvas no ginásio como sem, nas ruas, quando necessário.

Nos meses de calor o escritor dormia no sótão, cercado por um museu infantil de minerais e curiosidades. Além de uma réplica de um junco chinês em marfim. De uns sessenta centímetros. Três bolas de marfim, uma dentro da outra. Do tamanho de uma maçã. Corais em forma de cérebro. Conchas grandes como melões. Outras do tamanho de ervilhas. Perto do ouvido humano soavam como onda quebrando na praia. Algumas conchas com espinhos. Dois corvos de estimação entre seus bens mais caros. Tirados do ninho na ilha Hale em abril. Maxilar e órbita de peixe-espada. Ambos de cheiro forte. Sótão com luz de claraboia, chegando a vários degraus. Bela vista do rio desaguando no mar.

Nesse tempo havia esturjões no rio. Cerca de um metro de comprimento. Cobertos de saliências. Saltando eretos no ar e caindo de volta na água. Vistos do bonde a cavalo que corria entre St. Botolphs e Travertine. Um bonde pequeno. Subia-se nele por trás. Dingey Graves era o condutor. Fora marujo. Esteve em Calcutá. Sempre me dava carona e às vezes me deixava conduzir o cavalo. Mãos nas rédeas e olho no pulo do esturjão. Uma felicidade infantil. Dingey estava apaixonado. Harriet Atkinson era o objeto de sua paixão. Ela vinha de uma das principais famílias mas a cotação financeira e acadêmica de Dingey era nula. Amavam-se mas jamais se casaram. Num lugar como aquele havia muitas alamedas escuras para encontros de namorados. Matas e bosques nas margens do rio. Criança adorada e criada pela velha irmã solteirona. Harriet foi mandada para Dedham. Dingey viveu disfarçando o desespero, como condutor de bonde a cavalo.

Dingey era sobrinho de Jim Graves, dono do velho River House no porto. Jogador honesto. Ombros largos. Um metro e oitenta. Noventa quilos. Cabelos escuros. O bar River House era muito popular. Vendiam boas bebidas ou ao menos foi o que me contaram. Dez centavos a dose. Coisa forte. Você ficava com a garrafa. O próprio freguês se servia. Tinham cerveja lager. Lager gelada. Tinham cerveja stock ale. E também bebidas locais. Rum Barkham. Feito aqui há muitos anos. Nada de coquetéis; serviam-se bebidas misturadas. O tio Jim Graves nunca andou a pé na vida. Sempre de carruagem ou de caleche. Dois cavalos. Nunca um só. Sempre com um ou mais companheiros. Calado. Muita dignidade. Usava um diamante graúdo espetado na gravata e colarinho engomado. Além de um grande anel de rubi com a pedra virada para baixo. Sempre teve muito dinheiro mas nunca foi de se exibir. Roupas de excelente qualidade no estilo da época. Casaco príncipe Albert e coletes de abotoamento duplo e fraque. Cabelo levemente comprido como se usa hoje em dia. Bigode. Não de morsa. Chapéu de seda. Baralho. Jogava faraó. Pôquer aberto. Roleta. Tabuleiro de números. Mas nada de dados de aposta. Fui com o tio Jim e Dingey mais velho na casa da Chardon Street, vizinha da sulfurosa e profunda Igreja Batista. Prostituta com sotaque interiorano. De Lowell. Coxas grossas. Hálito de violeta. Dava para ouvir o coro da igreja. Tio Jim pedia champanhe aos baldes. Adorado em todo lugar. Medalhão. Grandes apostas. Bom copo. Nunca perdeu a cabeça nem o rebolado. Nunca nenhum alarde. Morreu falido. No terceiro andar do River House. Quarto de hóspedes. Gelado. Fui vê-lo. Esquecido por todos. Como Tímon. Todos os amigos do tempo da bonança sumiram. Nunca se amargurou. Um cavalheiro até o fim. Camada de gelo no jarro de água. Tímidos flocos de neve caindo.

No último verão da juventude passado no vale J.G. Blaine, candidato a presidente, veio jantar. Domingo. A prima Juliana veio visitar. Parente pobre. Vivia com uma régua de osso no bolso do avental e fez um corte no pulso do escritor porque assobiei no domingo, subia os degraus de dois em dois e dizia "um horror" em vez de "bom". "Este pudim está um horror." Supimpa! Havia cardumes de pargos naquele tempo. Marraxos — de quatro metros ou mais — caçavam pargos até o cais da cidade no meio da tarde. Era uma atração. Correr pela margem do rio até a cidade. Aquela espuma branca na água. Mistérios das profundezas. Uma grande tempestade desabou da serra. Chuva violenta. Fiquei embaixo de uma macieira. Depois abriu um grande pôr do sol. Os tubarões desceram o rio com a maré. Um momento bonito. O céu todo cor de brasa. Buzinas de diligência e apitos de trem. (Naquele tempo os trens não atrasavam.) Sinos de igreja. Todo mundo, até minha avó, foi ver os tubarões indo embora. Voltamos para casa a pé ao cair da noite. Pedi à estrela da tarde um relógio de ouro com corrente. Vênus? A casa toda incandescia de luz. Carruagens. Lembro do sr. Blaine no jantar. Falecido. Medo da régua de Juliana.

O candeeiro da sala da frente aceso pela primeira vez em dois anos. Mariposas em volta da luz. O tapete do vestíbulo quase nunca pisado. Feltro áspero para os pés descalços. O verão quase inteiro descalço. Cinco ou seis candeeiros acesos na saleta. Uma iluminação grandiosa para a época. Excelentes

companhias. O sr. Blaine. Sujeito de peso. Mamãe de vermelho-
-granada, que depois virou cortina. Algo deu errado. Juliana em
seu melhor vestido preto, contas douradas, touca rendada etc.,
agachada no chão. Charuto na mão esquerda. Falando absurdos
incompreensíveis. O escritor subiu sem ser notado. Espírito
atormentado. A cama do sótão tinha cheiro de baús, também de
peixe-espada. Mandavam ir lá fora na chuva. Urinar no vidro.
Sem banheiro. Limpava na água de chuva coletada em grandes
banheiras nos fundos da casa. Atormentado com o espetáculo
de Juliana. Depois ouvi vozes na entrada de carros. Homens
conversando; acendendo as lanternas da carruagem. Ouvi latidos por quilômetros rio acima.

De manhã perguntei a Bedelia. Empregada. Nunca pergunte aos pais. As crianças são vistas, não ouvidas. Toda solene,
a Bedelia. "A dona Juliana é uma vidente famosa. Ela fala com
os mortos através do espírito de um índio. Ontem à noite ela
falou com a mãe do sr. Blaine e com o menino Hardwich que
morreu afogado no rio." Nunca entendi isso daquela velha
senhora piedosa falar com os mortos. Mesmo agora não consigo
pensar claramente a respeito. Esperei Juliana o dia inteiro. Não
veio comer ao meio-dia. Ficava exausta de conversar com os
mortos. Apareceu no jantar. Mesmo uniforme. Vestido preto.
Cabelo grisalho em pequenos cachos. Touca rendada. Rezava
em voz alta. "Senhor Deus, agradecemos a Vossa graça." Tinha
um bom apetite. Juliana, sempre com cheiro de comida. De
canela, da despensa. Tempero, sálvia e outras especiarias. Nada
desagradável. Procurei sinais da vidente, mas vi apenas a rígida
velha senhora. A papada. Prima pobre.

Outro índio. Joe Thrum. Morava nos arrabaldes. Pintava o
rosto de laranja. Tenda fedorenta. Camisa de seda. Argolas
grossas de latão nas orelhas. Sujo. Comia ratos, ou era o que o
escritor achava. Último selvagem. Odeio índio, mesmo nos
shows de Velho Oeste. Meu bisavô foi morto por eles no Fort
Duquesne. Pobre ianque! Longe de casa. Águas estranhas. Árvores estranhas. Levado à clareira na beira do rio sem roupa às
quatro da tarde. Começaram a torturar com fogo. Oito da noi-

105

te, ele ainda vivia. Chorou de dar pena. Odeio índios, chineses, a maioria dos estrangeiros. Põem carvão na banheira. Comem muito alho. Cheiro de terra polaca, italiana, russa, terra estranha em toda parte. Muda tudo. Acaba com tudo.

Este era o primeiro capítulo da autobiografia ou confissão de Leander, projeto que o manteve ocupado depois que o *Topaze* foi posto à venda no ano em que seus filhos foram embora.

15

Você chega, como fez Moses, às nove da noite em Washington, uma cidade estranha. Espera sua vez de sair do trem, levando uma valise, e caminha pela plataforma até a sala de espera. Ali você descansa a valise e levanta a cabeça, perguntando-se o que o arquiteto tinha em mente. Há deuses na penumbra do teto e, salvo engano, o chão que você pisa foi palmilhado por presidentes e reis. Você vai atrás da multidão e do rumorejar de uma fonte e, deixando para trás a penumbra, avança noite afora. Descansa outra vez a valise e olha embasbacado. À sua esquerda está o Capitólio, inundado de luz. Você já o viu tantas vezes em medalhas e postais que ele parece incrustado em sua memória, só que agora há uma diferença. Esse é o de verdade.

Você tem dezoito dólares e trinta e sete centavos no bolso. Não prendeu o dinheiro na cueca como seu pai sugeriu mas está sempre se apalpando para confirmar se não bateram sua carteira. Você quer um lugar para ficar e, achando que não encontrará nada perto do Capitólio, vai na outra direção. Você se sente forte e jovem — seus sapatos são confortáveis e suas meias de lã, boas e confortáveis, foram feitas por sua querida mãe. Sua cueca está limpa caso seja atropelado por um táxi e tenha que ser despido por estranhos.

Você anda, anda, anda e anda, trocando de mão a valise. Passa por vitrines iluminadas, monumentos, cinemas e salões. Ouve música dançante e o estrondo dos pinos de um boliche numa sobreloja e se pergunta quanto tempo falta para que você comece a desempenhar um papel nesse novo cenário. Você terá um emprego, talvez no edifício de mármore à sua esquerda. Terá uma mesa, secretária, telefone, deveres, preocupações, sucessos e promoções. Nesse meio-tempo você terá uma amante. Conhecerá uma garota perto daquele monumento da esquina, a convidará para jantar no restaurante do outro lado da rua e por ela será levado ao apartamento dela logo ali. Terá amigos e desfrutará da companhia deles como esses dois homens, descendo a rua saltitantes em mangas de camisa, desfrutam um da companhia do outro. Talvez venha a fazer parte de um clube de boliche e jogue justamente na pista cujo estrondo você está ouvindo. Terá dinheiro para gastar e talvez venha a comprar a capa da vitrine à sua direita. Você pode vir — quem sabe? — a comprar um conversível vermelho como o que está dobrando a esquina. Talvez venha a ser um passageiro naquele avião, indo para sudeste por sobre as árvores, e pode até mesmo ser pai como aquele sujeito de cabelos ralos, que espera o sinal abrir segurando uma garotinha pela mão e um copo grande de sorvete de morango na outra. É uma questão de dias até começar o seu papel, você pensa, embora talvez já tenha começado quando você entrou em cena com sua valise.

Você anda e anda e chega por fim a um bairro cuja atmosfera é quase rural e familiar e onde há placas por toda parte anunciando pensões e quartos. Você sobe uma escada e uma mulher grisalha atende a porta e pergunta o que você quer, quem é você e de onde você vem. Ela tem uma vaga, mas não consegue mais subir a escada porque sofre do coração ou tem alguma outra doença e então você sobe sozinho até o terceiro andar onde há um quarto bastante razoável com uma janela dando para uns quintais. Então você assina o registro e pendura seu melhor terno no armário; o terno que vestirá na entrevista de manhã.

Ou você acorda — como Coverly — um menino do interior na maior cidade do mundo. É a hora em que Leander costuma começar a fazer suas abluções e o lugar é um quarto mobiliado de três dólares, tão pequeno ou ainda menor que os closets da sua casa. Você repara que as paredes são pintadas de um verde terrível que não pode ter sido escolhido por seu efeito sobre o espírito — sempre deprimente — de modo que deve ter sido escolhido por ser barato. As paredes parecem transpirar mas quando você toca a umidade tem a consistência de uma cola. Você se levanta da cama e olha pela janela para a rua larga onde passam os caminhões, trazendo hortaliças das feiras e hortas da beira da ferrovia — uma imagem feliz mas que você, vindo de uma cidadezinha da Nova Inglaterra, vê com certo ceticismo, até compaixão, pois embora tenha vindo para cá na esperança de fazer fortuna você considera a cidade o último recurso das pessoas desprovidas de fibra e caráter necessários para suportar a monotonia de lugares como St. Botolphs. É uma cidade, disseram-lhe, onde o valor da permanência nunca foi compreendido e isso, mesmo de manhã tão cedo, parecia uma situação lamentável.

No corredor você encontra uma bacia onde você faz a barba e enquanto você está se barbeando um sujeito grandalhão se junta a você e observa criticamente. "Olha só. Deixa eu mostrar." Ele pega uma dobra da própria pele e puxa, deixando a pele esticada. "Assim", ele diz. "Tem que esticar, puxa a pele." Você agradece o conselho e estica o lábio inferior, que é só o que lhe falta barbear. "É assim que se faz", diz o desconhecido. "É assim mesmo. Se você estica a pele, fica bom e limpo. Dura o dia inteiro." Ele se apodera da bacia quando você termina e você volta para o quarto e se veste. Então você desce a escada até uma rua cheia de sobressaltos e alumbramentos, pois apesar da Sociedade Filosófica sua cidade natal era um lugar muito pequeno e você nunca viu um prédio alto ou um dachshund; você nunca viu um homem com sapatos de camurça ou uma mulher assoando o nariz num lenço Kleenex; você nunca viu um parquímetro ou o metrô fazer o chão tremer sob seus pés, mas a primeira coisa que você nota é a beleza do céu. Você veio a sentir — talvez tenham lhe dito isso — que as belezas do céu se concentram sobre a sua casa, e agora se surpreende ao encontrar, estendida de ponta a ponta da metrópole dissoluta, uma faixa ou campo do mais belo azul.

108

É cedo. O ar cheira a fritura barata, e o barulho dos caminhões — portas de metal sendo batidas — é alto e animado. Você entra numa padaria para tomar café da manhã. A garçonete sorri para você e você pensa: Quem sabe. Pode ser. Mais tarde. Então você sai para a rua de novo e fica embasbacado. O barulho do trânsito aumentou e você se pergunta como as pessoas suportam viver nesse turbilhão: como elas aguentam? Um homem de pés chatos passa por você com um casaco que parece feito de retalhos e você pensa como um casaco daqueles seria inaceitável em St. Botolphs. As pessoas dariam risada. Na janela de um apartamento você vê um velho de camiseta comendo alguma coisa direto de um saco pardo. Ele parece ter sido impiedosamente ultrapassado pela vida e você fica triste. Então, ao atravessar a rua, você é quase atropelado por um caminhão. A salvo na calçada outra vez você se pergunta sobre o ritmo da vida nessa cidade grande. Como eles conseguem manter esse ritmo? Em todo lugar para onde você olha você vê sinais de demolição e criação. A mente da cidade parece dividida em termos de propósito e gosto. Não só estão destruindo edifícios bons; estão estraçalhando boas ruas; e o barulho é tão alto que se você gritasse pedindo ajuda ninguém ouviria.

Você anda. Sente o cheiro da comida de um restaurante espanhol, pão fresco, restos de cerveja, café torrado e a fumaça exausta de um ônibus. Perplexo diante de um arranha-céu você tropeça num hidrante e quase cai para trás. Olha para os lados, torcendo para que ninguém tenha reparado em seu lapso. Ninguém parece ter se importado. Na outra esquina uma moça, esperando o sinal abrir, está cantando uma canção de amor. Mal se ouve a canção com o barulho do trânsito, mas ela não se importa. Você nunca viu uma mulher cantando na rua antes e ela parece tão bem e tão feliz que você abre um sorriso para ela. O sinal fecha mas você perde a chance de atravessar a rua porque fica estarrecido com as hostes de moças vindo na direção contrária. Devem estar indo trabalhar mas não se parecem em nada com as garotas da fábrica de talheres em St. Botolphs. Nenhuma delas parece sob o jugo da modéstia que estorva as beldades da sua Nova Inglaterra natal. Rosas vermelhas nas faces, cabelos soltos em cachos delicados, pérolas e diamantes cintilam em seus pulsos e pescoços e uma delas — sua cabeça rodopia — colocou uma rosa de tecido na valiosa penumbra que lhe separa os seios. Você atravessa a rua e quase morre outra vez.

Você lembra então que precisa telefonar para a prima Mildred que vai lhe arranjar um emprego na fábrica de tapetes mas quando você entra na loja de conveniência descobre que todos os telefones possuem discos com os números e você nunca usou um desses antes. Você pensa em pedir ajuda mas o pedido seria uma exposição — de modo horrível — da sua inexperiência, da sua inadequação à vida na cidade, como se a sua origem provinciana fosse vergonhosa. Você supera esses temores e o desconhecido que você aborda é bom e prestativo. Com a força despendida nessa pequena gentileza o sol parece brilhar e você se emociona com a visão da fraternidade dos homens. Você liga para a prima Mildred mas uma empregada diz que ela está dormindo. A voz da criada faz você especular sobre as circunstâncias da vida de sua prima. Você repara em sua calça de flanela amarrotada e entra numa alfaiataria para mandar passar. Você espera num provador úmido e minúsculo revestido de espelhos, e, sem calça, a imagem que você vê é incontornavelmente íntima e desabonadora. Imagine se a cidade fosse bombardeada nesse exato momento? As mãos do alfaiate na sua calça, vapor quente e aconchegante, e você sai outra vez.

Agora você está numa avenida principal e se dirige, instintivamente, para o norte. Você nunca viu multidões assim ou tanta pressa antes. Estão todos atrasados. Assoberbados por seus propósitos, o discurso interno que passa por trás de suas frontes parece muito mais veemente do que qualquer outra coisa em St. Botolphs. Tão veemente que vez por outra entra em erupção e fala. Então na sua frente você vê uma garota com uma caixa de chapéu — uma menina tão linda, tão adorável, tão cheia de graça e que contudo franze tanto a testa como se duvidasse da própria beleza e utilidade que você tem vontade de

correr até ela e lhe oferecer dinheiro ou ao menos reconfortá-
-la. A garota se perde na multidão. Agora você passa, diante
das vitrines das lojas, por gerações de mulheres de gesso, que
passaram por um ciclo de estações particular e posam em seus
elegantes closets de roupa branca, suas galerias de arte, casamentos e desfiles, cruzeiros e coquetéis, desde muito antes de
você chegar à cidade e que continuarão ali muito depois de você
ter virado pó.

Você vai com a multidão para o norte e aquela miríade de
rostos parece um texto, um texto divertido. Você nunca viu
coisas tão caras e tanta elegância e pensa que até a mulher de
Theophilus Gates pareceria pobre num lugar daqueles. No
parque você sai da avenida e perambula pelo zoológico. Parece
um paraíso; verde, água e inocência ameaçados, vozes de
crianças e rugidos de leões e nas passagens sob as pontes inde-
cências escritas nas paredes. Saindo do parque você fica surpreso ao ver anúncios de apartamentos e se pergunta quem
conseguiria morar naquilo e pode ser que você tenha confun-
dido o ar-condicionado com uma pequena geladeira que as
pessoas usam para deixar um pouco de leite e um naco de
manteiga. Você se pergunta se um dia entraria num apartamento daqueles — para tomar chá ou jantar ou ter alguma
outra relação humana ali dentro. Uma ninfa de cimento com
seios enormes e segurando uma viga de concreto na cabeça
deixa você consternado. Você cora de vergonha. Passa por uma
mulher sentada numa pedra, com um volume de sonatas de
Beethoven no colo. Seu pé direito está doendo. Deve ser um
furo na meia.

Ao norte do parque você chega a um bairro que parece
maldito — não perseguido, mas apenas impopular, como se
sofresse de acne ou mau hálito, com uma pele ruim —, sem cor,
com rachaduras e ao qual faltam atrativos aqui e ali. Você come
um sanduíche numa daquelas tavernas escuras com cheiro de
pissoir e onde a garçonete sonolenta usa tênis de corrida. Você
sobe a escadaria da horrenda catedral de São João Evangelista,
e faz suas orações, embora as paredes nuas da basílica inacabada

lembrem uma estação ferroviária desolada. Você sai da catedral no meio de um jogo de beisebol de rua e à distância alguém sopra um trombone. Você vê uma mulher de meia elástica esperando um ônibus e na janela de um apartamento uma menina de franja loura.

Agora as pessoas são quase todas de cor e o ar vibra com o jazz. Até as pílulas e elixires na farmácia popular sacodem com o boogie-woogie e na rua alguém escreveu com giz: JESUS CRISTO DESPERTOU DOS MORTOS. Uma velha num banco dobrável canta um hino de um hinário em braille e quando você põe uma moeda na mão dela ela diz: Deus te abençoe, Deus te abençoe. Uma porta é escancarada e uma mulher sai correndo para a rua com uma carta na mão. Enfia a carta na caixa do correio e parece tão apressada e aturdida que você se pergunta quem será o filho ou amante, para que concurso com prêmio em dinheiro ou para que amiga ela escrevera. Do outro lado da rua você vê uma bela negra com um casaco bordado em fios dourados. "O John Mortadela e o Torresmo morreram", diz um homem, "e eu fiquei casado cinco anos e não tenho nem onde cair morto. Cinco anos." "Por que você está sempre me comparando com as outras?", uma garota pergunta delicadamente. "Por que está sempre dizendo que fulana ou sicrana é melhor que eu? Às vezes eu acho que você quer que eu me sinta mal, me comparando com fulana ou sicrana. Por que você está sempre me comparando com outra?"

Agora está ficando escuro e você está cansado. Sua meia certamente está furada e uma bolha se formou no seu calcanhar. Você resolve ir para casa de metrô. Desce a escada e embarca no trem, acreditando que vai acabar saindo perto de onde veio, mas não vai pedir informação a ninguém. O medo de passar por ridículo — chucro — é soberano. E assim, prisioneiro do próprio orgulho, você observa os nomes dos lugares passando: Nevins Street, Franklin Avenue, New Lots Avenue.

16

O escritor foi empreendedor embora talvez lhe falte modéstia ao dizê-lo (escreveu Leander). Comprou gado doente na primavera por dois dólares. Tratou. Cevou. Vendeu no outono por dez. Mandou dinheiro para Boston em troca de enciclopédia em dois volumes. Foi até o correio buscar. Descalço pela noite de outono. Coração batendo. Lembra cada passo descalço. Areia, cardos. Áspera e sedosa relva. Ostras vazias e terra macia. Desembrulhou livros fora da cidade no caminho do rio. Leu à penumbra. Crepúsculo. Aalborg. Sede de um bispado. Aardwolf. Aaron. Nunca esqueceu. Nunca esquecerá. Alegria de aprender. Decidido a ler toda a enciclopédia. Decorá-la. Hora memorável. Fogueiras se apagando a oeste. Fogos acesos na lua. Adorados vale, árvores, águas. Rio com cheiro de mofo de igreja. Encanece os cabelos. Grandiosa noite. Volta triste para casa.

A derrocada de papai. Homem bonito. Rígido. Cabelos negros. Diziam que era mimado e vadio mas nunca acreditei. Amava-o. Fez quatro viagens às Índias Orientais. Orgulho. Primas arranjaram-lhe trabalho na fábrica de contas de ouro mas ele recusou. Por que não? Era um homem orgulhoso, incompatível com contas de ouro. Muitas reuniões de família. Terreno obscuro de parentes em visita. Sussurros na saleta. Sem dinheiro, sem jantar, sem lenha para o fogo. Papai triste.

E aquele foi também um outono grandioso, glorioso. Folhas caindo feito um velho tecido; velhos velames; velhas flâmulas. Sólida cortina verdejante do verão. Que o vento norte vem e, cada pedaço, leva embora. Telhados e campanários soterrados de folhas desde junho. Ouro em tudo. Toque de Midas. Pobre papai! Embotado de tristeza. Árvores cobertas de douradas cédulas do banco. Tudo em ouro. Ouro até os joelhos no quintal. Os bolsos dele cheios de pó. Pedaços de barbante. Só isso. Tio Moses veio para o resgate. Irmão de mamãe. Grande, gordo. Grosso. Atacadista em Boston. Vendia novidades em lojas de quatro estados. Linhas e agulhas. Botões. Xadrez vermelho. Voz forte de pastor. Calças lustrosas. Surradas. Fazia a pé os mais de seis quilômetros entre Travertine e St. Botolphs para economizar oito centavos da charrete. Famoso andarilho. Uma vez foi a pé de Boston a Salem para fugir de um credor. Dormiu em estábulo. Voltou a pé. Ofereceu a casa do pai em Boston. Trabalho. "A cidade é onde está o dinheiro, Aaron!" Papai odiava Moses. Não teve escolha. Moses só falava de derrotas. Triste. Perdera quatro mil dólares em um ano. Seis mil dólares no ano seguinte. Morava numa casa imensa em Dorchester com uma placa de Vende-se. A esposa fazia roupas de baixo com sacos de farinha. Dois filhos; ambos mortos.

Então adeus, St. Botolphs. Deixe que os corvos abandonem o ninho. Colocou uns poucos pertences na carroça inclusive um piano Hallet & Davis de jacarandá. Sem espaço para peixe-espada, conchas, corais. Casa à venda sem compradores. Grande demais. Antiquada. Sem banheiro. Mobília embarcada na carroça do Tingley uma noite antes da partida. Cavalos no celeiro. Última noite dormida no sótão. Acordou com o som da chuva às quatro da manhã. Música suave. Saída de casa na primeira luz da madrugada. Para sempre? Quem sabe? O irmão e o escritor foram na boleia. Mamãe e papai na frente. Ventinho antes de amanhecer. A caixa da bússola. Não basta para enfunar as velas. Balanço das folhas. Adeus. Chegamos à casa da Pinckney Street depois de escurecer. Lugar arruinado. Degraus podres. Janelas quebradas. Moses lá. Calças lustrosas. Vozeirão de pastor. "A casa não está em boas condições, Aaron, mas você com certeza não se intimida com trabalho duro." Dormi no chão a primeira noite.

Fomos visitar Moses em Dorchester no domingo seguinte. A pé todo o caminho. Carroças passando correndo mas mamãe achou que se ele conseguia ir e voltar de Salem a pé nós conseguiríamos andar até Dorchester. Fardo de parentes pobres para servir de exemplo. Manhã do final do inverno. Nuvens carregadas. Vento norte, nordeste. Frio. Na zona rural cachorros latiam atrás de nós. Figuras estranhas no caminho. Vestidas para ir à igreja, caminhando na estrada de terra. Chegamos no tio Moses às duas. Casa grande mas tio Moses e tia Rebecca moravam na cozinha. Filhos, os dois mortos. Moses levando lenha da cabana para o porão. "Vou pagá-los, rapazes, se me ajudarem." Hamlet, papai e eu carregamos lenha a tarde inteira. Sujamos de cortiça nossas melhores roupas. Mamãe ficou na cozinha costurando. A noite veio. Ventos frios. Moses nos levou todos ao poço. "Agora vamos beber a cerveja de Adão, garotos. Não há nada mais refrescante." Esse foi nosso pagamento. Um gole de água fria. Quando resolvemos voltar para casa já era noite. Quilômetros a pé. Sem comer nada desde o café da manhã. Sentamos no caminho para descansar. "É um bom cristão, Sarah", disse papai. "Aaron", disse mamãe. "Ele é um príncipe do comércio", disse papai, "mas me paga e aos meus filhos com um copo de água por carregar sua lenha cristã a tarde inteira." "Ele conta fazer dez mil e quando só ganha cinco diz que perdeu cinco. Tudo o que ele vende é fajuto ou estragado. Quando os filhos ficavam doentes ele era avarento até para comprar remédio e quando eles morreram ele os enterrou em caixões de pinho e colocou uma lápide em cima." Mamãe e Hamlet continuaram andando. Papai pôs a mão em meu ombro; me abraçou forte. Sentimentos contraditórios, todos profundos, todos bons. Amor e consolação.

Papai. Como descrever? Expressão austera, coração triste. Muito amado, jamais favorecido. Despertava pena, ternura, solicitude, admiração dos colegas. Nunca amizade partidária. Filho de ousados marinheiros. Provou primeiro o amor em Samoa. Honesto como o dia é longo. Talvez infeliz no casamento. Eram outros padrões naquele tempo. Fatalista. Jamais processado. Apenas irlandês. Princípios talvez muito exigentes. Aprofundou-se o ódio a Moses. Trabalhava duro mas reclamava quando agiam de má-fé. As irmãs de mamãe viviam em casa. Sussurrando. Papai reclamava de tanta visita. "Minha porta está sempre aberta para os meus parentes", dizia mamãe. Papai jogava damas com o escritor. Astuto jogador de damas. Olhar sonhador.

O escritor começou aulas de latim. Primeiro aluno da classe de quarenta. (Boletim anexo.) Menino do interior de calças curtas. No inverno entregava jornais de madrugada. Lua ainda no

115

céu. Jogou pelo time da cidade. Lacrosse. Guerras de bolas de neve. Patins no gelo. Um pouco de beisebol. Regras vagas. Não havia o dique do rio na época. A praça Copley era um pântano. Com gaiolas de crinolina. Na maré baixa do rio vinha um cheiro de metano. O confiante escritor se entusiasmava. Feliz. Com exceção do pai, nenhuma lembrança infeliz. Difícil reconstruir hoje em dia. Doença epizoótica. (1873.) Todos os cavalos da cidade morreram. Alguns bois importados mas pouquíssimos sons de carroças, ferraduras. Apenas pregões. O vendedor de carvão e combustível. O afiador de facas. Eu jogava damas com papai até tarde. Ouvia os sinos. Sinos, mas nada de igreja. Alto. De todos os lados do quadrante. Oração, Louvor e Honra. Sons de gente correndo entre os toques de sinos. Um alvoroço crescente. Ouvi do telhado os sinos tocando mais alto. Glória a Deus nas alturas. Clamor. Vi um grande incêndio no porto; o Grande Incêndio de Boston.

Desci a escada correndo, fui com papai pela Pinckney Street. Boston em chamas! Juntamo-nos aos bombeiros na Charles Street. Corri ao lado de papai o tempo todo até o porto. Primeiro era mais fumaça que fogo. Cheiro infernal de coisas queimando. Sapatos, papel de parede, roupas, plumas. Juntei-me à brigada com baldes. Olhos irritados de fumaça. Tosse. Papai fez o escritor ficar atrás do cordão de segurança, mas voltei depois à brigada. Trabalhei quase a noite inteira. Voltei a pé para casa de madrugada. Morto de cansaço. Cidade defumada. Dava para ver da Washington e da Winter Street até o porto. A velha Igreja do Sul carbonizada. Por toda Fort Hill havia ruínas com fumaça. A alvorada avermelhada em meio à fumaça. Fedor. Barracas armadas na praça para os desabrigados. Estranha paisagem. Bebês chorando. Fogueiras para cozinhar. O badalar dos baldes de água era como de cincerros fantasmagóricos. Cenas de levantes, sofridas e apaixonadas. Saqueadores rapinavam a Charles Street. Pior que índios. Exércitos de bandidos. Máquinas de costura, pratos, colarinhos de celuloide, duas dúzias de pés esquerdos de sapatos, chapéus femininos. Todos eram bárbaros. Fui deitar com o sol nascendo.

Moses faliu com o incêndio. Seguro altíssimo. Conseguiu dez mil. Esperava ganhar vinte. Alegou ter perdido dez. Lágrimas de crocodilo. Rematado avarento. Menos de dois meses depois abriu outro comércio em outro endereço. Continuou trapaceiro. Papai reclamava. Tias e primos entrando e saindo de casa. Aos sussurros. Papai não jantava em casa. Nem depois. Sem perguntas. Nenhum sinal de papai por três dias. Missa de domingo. Fui caminhar. Grandioso, glorioso dia de primavera depois das chuvas da Nova Inglaterra. Jovial. Passei pela casa de tijolos perto da esquina da Pinckney com a Cedar. Ouvi a voz de uma mulher chamando. "Garoto, ei, você!" Olhei para a janela lá em cima. Vi uma mulher nua. Grisalho pente de pelos que pareciam barba. Rosto comum. Homem em cena. Bate na mulher. Fecha cortina. Fui caminhar perto do rio. Resolvi nunca mais passar perto da casa para ver a mulher. Resolvi manter os pensamentos puros, o corpo são. Corri mais de um quilômetro sobre o dique. Tive pensamentos puros. Admirei o céu. Água. Criações de Deus. Andei de volta à esquina da Pinckney com a Cedar. Rompi com todas as resoluções. Vergonha na cara. Olhei para a janela e vi outra vez a mulher. Agora vestida com um volumoso vestido à vontade. Arrancando folhas dos gerânios na janela. Depois descobri que era a sra. Trexler. Membro proeminente da igreja. Pobre alma.

Voltei para casa ao crepúsculo. Papai, ainda nada. Tio Jared tocando flauta. Mamãe ao piano de jacarandá. Legítima flauta de prata. *Faite en France*. Ácis e Galateia. O escritor ouvia a música da sala. Últimas despedidas de Jared. Fui chamado então à cozinha onde mamãe e o irmão confabulavam. Farejando problemas. Mamãe, uma santa, já senhora. Deus a abençoe! Nunca admitiu a infelicidade ou a dor. Chorava com música, ocasos. Jamais com coisas humanas. Lembro-me dela junto ao West River, enxugando as lágrimas. Olhos secos em qualquer funeral. Pediu que eu sentasse. "O seu pai nos abandonou", ela disse. "Deixou um bilhete para mim. Queimei na lareira. Moses já sabe. Disse que podemos ficar aqui se nos esforçarmos. Você vai parar de estudar. Vai trabalhar. Hamlet vai para a Califórnia. Nós não vamos falar sobre o seu pai nunca mais."

Primeira vez que o escritor experimentou a tristeza. Perplexidade. O primeiro de muitos golpes duros. Reparei na cozinha. Bomba de Dartmouth. Mancha no teto era um mapa da América do Sul. O cesto de costura de mamãe era feito de retalhos de um velho vestido de seda que usara nos verões felizes em St. Botolphs. Impressos saídos do forno; Orgulho da União. Vi tudo. Cãs na cabeça de mamãe. Rachaduras no assoalho. Fumaça no candeeiro. Um traço de pobreza ianque. O escritor se lembra do ponto de inflexão da vida através de pratos trincados, fuligem nos vidros, fogão a carvão e bomba de água.

O escritor foi procurar emprego na manhã seguinte. Planos em andamento para a viagem de Hamlet. Entrou em empresa. Prima Minerva conseguiu o dinheiro, zarpou em junho. Hamlet, o favorito de mamãe. Planejava começar a mandar dinheiro para casa dali a sete meses. Salvar a todos nós. Grande festa de despedida para Hamlet. Moses, entediado. Todo mundo também. Jared, Minerva, Eben, Rebecca, Juliana, muitos outros. Jared fez truques com cartas. Tirou camafeu do coque de Minerva. Fez relógio sumir. Fez o mesmo aparecer no vaso feito de lava do Vesúvio. Hidromel para beber. Caseiro. Delícia. Mamãe tocou piano. Hamlet cantou. Simpática voz de tenor:

> *Juventude combina com prazer,*
> *Breve virá o frio do inverno.*

Todos na casa com olhos marejados. Noite escura. Muitos candeeiros. Tão doce a tristeza da despedida. Não para mim.

Papai se foi. Hamlet fez-se ao mar. O escritor ficou só com a velha e querida mãe. Deus a abençoe! Todavia uma companhia austera. O escritor levou uma vida pura. Banhos frios toda manhã. Iate clube de Stone Hills. Embarcações de um só remo. Ginásio duas vezes por semana. Saudade do pai, irmão. Sobretudo do pai. Lugares solitários. Corredor do quarto. Curva da escada. Procurava o pai nas multidões. Costas eretas. Casaco preto. Voltando a pé do serviço. Sempre procurei papai nas multidões. Olhava na estação para os dois lados. Olhava na orla. Observava todo tipo de desembarque. De passageiros. De pescadores. Fantasmas arrastam correntes. Vivem em castelos. Coisas diáfanas quase sempre com vozes bondosas. Surgindo na aurora. Sumindo ao cantar do galo. Deus me dê um fantasma, gritei.

Perguntei uma vez a mamãe sobre papai mas não obtive resposta. Depois falou dos velhos tempos. Perguntou se eu me lembrava de St. Botolphs. Reminiscências. Ameixas em Hales Island. Colhia um cesto por ano. Lembrou do famoso piquenique da igreja com vinte e uma variedades de tortas. Veleiros. Todas as coisas boas. Nossa casa ainda vazia. Desabando. Os olhos da velha mãe se acenderam. Primeira vez que ela pareceu alegre. Rindo, falando de um lugar remoto na beira do velho rio. Abandonado. Aproveitei o bom humor e perguntei outra vez sobre papai. "Ele está vivo ou morreu?"

"Lembra uma noite no outono passado quando jantamos bife e tomates?", ela disse. "A polícia de Boston me avisou um dia antes enquanto você estava trabalhando que seu pai tinha sido encontrado morto num quarto na Charles Street. Tomei todas as providências sem ajuda de ninguém. De manhã cedo levei o corpo de carroça até St. Botolphs. O sr. Frisbee fez a oração. Não havia mais ninguém no enterro. Então voltei de carroça para casa e fiz um bom jantar para você não achar que havia alguma coisa errada."

O impacto sobre meus sentimentos não passou quando recebi uma carta de Hamlet: "Olá, velho escoteiro. Chegamos a esta terra feliz depois de viajar sete meses e nove dias. Suportei bem a viagem embora as dificuldades tenham superado minhas expectativas. Do grupo de trinta, sete de nossos irmãos argonautas foram levados pela velha ceifadora. Minha pele está saudável e viçosa e formamos uma fraternidade empedernida, barbada e crestada de sol, obstinados atrás do nosso milhão ou em ir para o I___.

"Fizemos a passagem do istmo até San Francisco na companhia de muitas mulheres e crianças, que voltavam para seus entes queridos. Não existe nada no mundo que mexa tanto com o coração quanto a chegada de um navio a San Francisco. Queria que você um dia viesse para cá e visse tudo. Sinto pena de você aí nesse velho burgo bolorento, que se comparado a San Francisco juro por D——s é uma colmeia. No entanto o custo de vida é alto — pensão de quatro dólares por dia e ficamos em San Francisco só uma semana e então voltamos para o norte onde gastei mais dois dólares por dia em mantimentos. Quando você encontrar a prima Minerva, não deixe de contar esses fatos mais duros.

"Conosco veio um irlandês chamado Clancy que é de Dedham. Ele veio para cá atrás de um dote para sua filha poder se casar com alguém das classes 'abestadas'. Temos também três carpinteiros, dois sapateiros, um ferreiro e muitos outros ofícios representados, inclusive a bela arte da música, pois um membro da companhia trouxe seu violino e nos entretém à noite com melodias de sinfonias. Assim que aportamos aqui Howie Cockaigne e eu começamos a trabalhar com nossas picaretas no leito do rio e quando fazia menos de uma hora que estávamos cavando dois mexicanos vieram e se ofereceram para comprar o que encontrássemos por uma onça de ouro em pó e aceitamos a oferta e conseguimos nosso primeiro ouro mais rápido do que consigo lhe contar e saiba que vendendo o ouro a cinco dólares e sessenta a onça e se nossa sorte continuar estaremos logo fazendo quarenta ou cinquenta dólares por dia. Agora sob a direção do comandante Marsons estamos fazendo um desvio no curso do rio para conseguirmos tirar o ouro do leito seco.

"Não espere muitas cartas minhas, Velho Escoteiro, porque esta terra feliz ainda é selvagem e agora mesmo estou lhe escrevendo sentado no chão e tendo a noite aberta sobre a cabeça. Mas, oh, que sensação grandiosa estar aqui ao relento e enquanto o professor toca melodias de sinfonias em seu violino e traz de volta à minha lembrança todos os dias passados não

existe um rei ou príncipe mercador no mundo inteiro que eu
inveje pois sempre soube que nasci para ser um filho do destino
e que nunca seria subserviente à riqueza, à fama, ao poder etc.
dos outros, nem associaria minha vida a negócios odiosos, baixos, degradantes, cruéis e comuns."

17

Criar ou construir alguma espécie de ponte entre o mundo
de Leander e o mundo onde ele tentava sua sorte parecia a Coverly uma tarefa que demandaria força e perseverança. A diferença entre a perfumada propriedade da família e o quarto onde
vivia agora era abissal. Pareciam locais vindos das mãos de
criadores diferentes que se negavam mutuamente. Coverly pensava sobre isso numa noite chuvosa a caminho do apartamento
da prima Mildred, usando um smoking alugado. "Venha para o
jantar", ela convidara, "e depois vamos à ópera. Você vai se divertir. Como será segunda-feira, você vai precisar de smoking.
Todo mundo usa smoking às segundas-feiras." O apartamento
da prima Mildred ficava num daqueles imensos edifícios que
Coverly, em seu primeiro dia, se perguntara se chegaria a fre-
quentar. Olhando para o alto do prédio, Coverly se deu conta de
que pelos padrões de St. Botolphs aquele seria considerado um
lugar caro, pretensioso, barulhento e inseguro. Não se podia
compará-lo com uma bela casa de fazenda. Ele pegou um dos
elevadores até o décimo oitavo andar. Jamais chegara perto de
tamanha altitude e se divertiu ao pensar num retorno imaginário a St. Botolphs onde ofereceria a Pete Meacham uma descrição daquela cidade de torreões. Sentia-se afásico e saturnal
como um personagem num filme. Uma linda empregada o recebeu e conduziu até um vestíbulo para o qual ele estava completamente despreparado. As paredes eram revestidas até a
metade como a sala de jantar em West Farm. A maior parte da
mobília ele reconheceu pois boa parcela daquilo estivera arma-
zenada no paiol quando ele era garoto. Ali, acima da lareira,

121

estava pendurado o próprio velho Benjamin, em seu roupão ou fantasia renascentista, encarando a todos na sala com seu olhar seco e descarado de desonestidade que o tornara tão impopular dentro da família. A maioria das luminárias vinha do celeiro ou do sótão e o bordado comido por traças ("Um Menino nos Nasceu") da avó Wapshot estava na parede. Coverly analisava o olhar fixo do velho Benjamin quando a prima Mildred surgiu — uma mulher alta, esguia, num vestido de noite vermelho que parecia ter sido feito para mostrar seus ombros ossudos. "Coverly!", ela exclamou. "Querido. Que bom que você veio. Você parece mesmo um Wapshot. Harry vai adorar. Ele adora um Wapshot. Sente-se. Vamos beber alguma coisa. Onde você está hospedado? Quem era a mulher que atendeu o telefone? Conte tudo sobre Honora. Oh, você parece mesmo um Wapshot. Eu seria capaz de reconhecê-lo na multidão. Não é uma delícia poder reconhecer as pessoas? Temos outra Wapshot em Nova York. Justina. Dizem que ela tocava piano numa loja de conveniência mas que hoje é muito rica. A gente mandou limpar o Benjamin. Não acha que ele ficou melhor? Você reparou? Claro, ele ainda tem essa cara de canalha. Beba um coquetel."

O mordomo passou a Coverly um coquetel numa bandeja. Ele nunca havia bebido um martíni antes e para disfarçar sua inexperiência ergueu a taça até os lábios e esvaziou-a de um gole. Não engasgou nem cuspiu, mas seus olhos se encheram de lágrimas, o gim lhe desceu feito fogo e uma certa palpitação ou um mecanismo de defesa de sua garganta entrou em ação de tal modo que ele se viu incapaz de falar. Preparou-se para um paroxismo de deglutição. "É claro, este não é nem de longe meu ideal de uma sala decente", continuou a prima Mildred. "É tudo ideia do Harry. Eu teria chamado um decorador e escolhido algo mais aconchegante, mas Harry é louco pela Nova Inglaterra. Ele é um homem adorável e um mago do ramo dos tapetes, mas veio do nada. Quero dizer, ele não tem nada de bom para lembrar e então pega emprestada a memória dos outros. Na verdade ele é mais Wapshot do que você ou eu."

"Ele sabe da orelha do Benjamin?", perguntou Coverly, rouco. Ainda estava difícil para ele falar.

"Querido, ele sabe a história da família de trás para a frente", disse a prima Mildred. "Ele foi para a Inglaterra e pesquisou a origem do sobrenome até os Vaincre-Chaud e localizou o brasão da família. Tenho certeza que ele sabe mais sobre Lorenzo do que a própria Honora jamais soube. Ele comprou todas essas coisas da sua mãe e devo dizer que foi bastante generoso no pagamento e não tenho certeza se a sua mãe... não quero dizer com isso que ela não agiu de boa-fé... mas você sabe aquela velha escrivaninha de viagem que vivia infestada de camundongos? Bem, a sua mãe escreveu dizendo que tinha sido de Benjamin Franklin e não me lembro de ter ouvido isso antes."

Tal insinuação ou calúnia contra a boa-fé de sua mãe fez Coverly se sentir triste e com saudade de casa e irritado com o estilo tagarela da conversa da prima e com a pretensão de simplicidade e de um ar caseiro de sua sala e talvez ele tenha dito algo a respeito, mas o mordomo tornou a encher seu copo e quando ele tomou outro gole de gim as palpitações em sua garganta voltaram a atacar e ele mal conseguiu formular alguma coisa. Então apareceu o sr. Brewer — era muito mais baixo que a esposa —, um homem rubicundo e alegre com uma tranquilidade que podia ter se desenvolvido para compensar todo o alarde que ela fazia. "Então você é um Wapshot", disse ele a Coverly quando apertaram as mãos. "Bem, como a Mildred deve ter lhe dito, eu tenho um grande interesse na família. A maioria dessas coisas vem da propriedade em St. Botolphs. Aquele berço embalou quatro gerações da família Wapshot. Foi construído pelo dono da funerária da cidade. Aquela mesa de tulipeiro foi feita da árvore que ficava no jardim em West Farm. Lafayette passou debaixo dessa árvore em 1815. O retrato sobre a lareira é de Benjamin Wapshot. Esta cadeira pertenceu a Lorenzo Wapshot. Ele a usou em seus dois mandatos na legislatura estadual." Dito isso, o sr. Brewer sentou-se na cadeira de Lorenzo e ao sentir aquela antiguidade sob o corpo exibiu um sorriso de tamanha satisfação sensual que era como se tivesse sido espremido por duas mulheres bonitas num sofá. "Coverly tem o nosso nariz", disse a prima Mildred. "Eu disse que o reconheceria em meio a uma multidão. Quero dizer, eu saberia que ele era um Wapshot. Vai ser ótimo tê-lo trabalhando para você. Quero dizer, seria ótimo ter um Wapshot na firma."

Só depois de algum tempo o sr. Brewer reagiu a isso, mas deu um sorriso tão aberto para Coverly durante essa pausa que não foi um silêncio aflito e nesse ínterim Coverly decidiu que gostava imensamente do sr. Brewer. "É claro, você terá de começar de baixo", disse o sr. Brewer.

"Ah, sim, senhor", exclamou Coverly; filho de seu pai. "Eu faria qualquer coisa, senhor. Estou disposto a fazer qualquer coisa."

"Bem, eu não espero que você faça qualquer coisa", disse o sr. Brewer, matizando a franqueza de Coverly, "mas acho que podemos arranjar algum tipo de estágio, digamos assim — algo que lhe permita descobrir se gosta do ramo de tapetes e se o ramo de tapetes gosta de você. Acho que podemos arranjar alguma coisa, sim. Você terá que passar pelo departamento pessoal. Fazemos isso com todo mundo. A Grafley e Harmer cuida disso para nós e vou marcar uma hora para você amanhã. Se eles terminarem tudo na segunda-feira você pode se apresentar no meu escritório e então começar logo a trabalhar."

Coverly não estava acostumado às formalidades do serviço de jantar, mas observando a prima Mildred ele viu como se servir sozinho dos pratos que a empregada passava e só se achou em apuros quando estava prestes a colocar sua sobremesa na tigela de lavanda para os dedos, mas a empregada, sorrindo e sinalizando para ele, o fez afastar a lavanda e tudo saiu a contento. Quando o jantar terminou eles desceram de elevador e foram de carro pela chuva até a ópera.

Talvez seja o tamanho das coisas o que mais frequentemente nos causa frustração e pode ser que seja pelo fato de a mente em si mesma ser uma câmara tão imensa e labiríntica que o Panteão e a Acrópole se revelem menores do que esperávamos. De todo modo, Coverly, que esperava ficar impressionado com

124

o teatro da ópera, achou-o esplêndido mas aconchegante. Os lugares deles eram na orquestra, bem na frente. Coverly ficou sem libreto e não conseguiu acompanhar o que estava acontecendo. De quando em quando o enredo parecia se revelar para ele mas ele sempre se confundia e no final se viu mais aturdido que nunca. Pegou no sono duas vezes. Quando a ópera terminou ele disse boa-noite e obrigado à prima Mildred e ao marido dela no saguão, sentindo que seria pior se eles o levassem de carro até a espelunca onde estava morando.

Bem cedo na manhã seguinte Coverly se apresentou na Grafley e Harmer, onde foi submetido a um teste comum de quociente de inteligência. Eram problemas simples de aritmética, contagem de blocos e testes de vocabulário, e ele os resolveu sem nenhuma dificuldade embora tenham lhe tomado boa parte da manhã. Disseram-lhe que voltasse às duas horas. Ele comeu um sanduíche e vagou pelas ruas. A vitrine de uma sapataria no East Side estava cheia de plantas e lembrou-lhe a janela da cozinha da sra. Pluzinski. Quando ele voltou à Grafley e Harmer, mostraram-lhe cerca de uma dúzia de cartões com desenhos ou borrões — alguns deles coloridos — e um desconhecido foi perguntando o que as figuras lhe sugeriam. Aquilo pareceu fácil, pois como ele vivera a vida toda entre o rio e o mar os desenhos lhe lembravam ossos de peixe, algas, conchas e outras coisas simples de águas. O rosto do médico era inexpressivo e ele não saberia dizer se havia se saído bem ou não. A reserva do médico parecia tão impenetrável que Coverly se irritou com o fato de que dois desconhecidos pudessem ficar trancados num escritório cultivando tal atmosfera de desumanidade. Quando saiu disseram a ele que voltasse de manhã para mais dois exames e uma entrevista.

De manhã ele se viu em águas ainda mais estranhas. Outro cavalheiro — Coverly supôs que fossem todos médicos — mostrou-lhe uma série de figuras e desenhos. Se pareciam com alguma coisa, era com ilustrações de uma revista embora fossem feitos sem capricho e sem talento ou imaginação. Apresentaram um problema a Coverly, pois quando pôs os olhos nas primeiras só lhe vieram lembranças de coisas muito mórbidas e repugnantes. Ele se perguntou a princípio se aquilo era apenas um influxo furtivo de morbidez dentro dele e se não poria em risco suas chances de emprego na fábrica de tapetes se falasse abertamente. Hesitou apenas por um segundo. A honestidade era a melhor política. Todas as figuras tratavam de frustrações repulsivas e quando ele terminou se sentiu irritadiço e infeliz. À tarde lhe pediram que completasse uma sequência de frases. Todas apresentavam um problema ou buscavam uma atitude e como Coverly estava preocupado com dinheiro — praticamente gastara todos os seus vinte e cinco dólares — ele completou a maior parte das frases com referências a dinheiro. No dia seguinte, à tarde, ele ainda seria entrevistado por um psicólogo.

A ideia dessa entrevista deixou-o um pouco nervoso. Um psicólogo parecia algo tão estranho e formidável para ele quanto um curandeiro. Ele sentia que algum segredo pernicioso de sua vida podia ser exposto, mas o pior que já fizera fora se masturbar e olhando para sua vida em retrospecto e ciente de que ninguém da idade dele evitara praticar tal esporte resolveu que isso não tinha o estatuto de um segredo. Resolveu que seria honesto com o psicólogo na medida do possível. Essa decisão confortou-lhe um pouco e pareceu debelar seu nervosismo. O compromisso estava marcado para as três da tarde e pediram-lhe que esperasse numa sala externa onde diversas orquídeas floresciam em vasos. Perguntou-se se não estaria sendo observado através de algum buraco na parede. Então o psicólogo abriu uma porta dupla ou à prova de som e convidou Coverly a entrar. O psicólogo era um jovem sem os modos inexpressivos dos outros. Ele tentou ser amistoso, embora a amizade fosse um sentimento difícil de alcançar uma vez que Coverly nunca o vira antes nem jamais voltaria a ver novamente e só estava ali trancado com ele porque queria trabalhar na fábrica de tapetes. Não havia clima para amizade. Ele ofereceu a Coverly uma poltrona confortável, mas este estalava os dedos nervosamente. "Agora, que tal você me contar um pouco sobre você?", disse o psicólogo. Ele era bastante gentil e tinha um bloco e uma caneta para tomar notas.

"Bem, meu nome é Coverly Wapshot", disse Coverly, "e venho de St. Botolphs. Acho que o senhor deve saber onde fica. Todos os Wapshot vivem lá. Meu bisavô era Benjamin Wapshot. Meu avô era Aaron. A família de minha mãe são os Coverly e..."

"Bem, não estou interessado na sua genealogia", disse o psicólogo, "mas no seu estado emocional." Foi uma interrupção, mas uma interrupção bastante cortês e amistosa. "Você sabe o que é angústia? Você tem alguma angústia? Existe alguma coisa na sua família ou na sua formação que o inclinariam para a angústia?"

"Sim, senhor", disse Coverly. "Meu pai é muito angustiado com fogo. Ele vive angustiado com medo de morrer queimado."

"Como você sabe disso?"

"Bem, ele deixa tudo sempre pronto no quarto dele", disse Coverly. "Ele deixa sempre uma muda de roupa — cuecas e tudo — pendurada do lado da cama para no caso de um incêndio ele se vestir e sair de casa em um minuto. E ele deixa baldes de areia e água nos corredores e o número dos bombeiros escrito na parede perto do telefone e quando chove ele não vai trabalhar — às vezes ele não trabalha quando chove —, ele passa o dia em casa farejando. Ele acha que sente cheiro de fumaça e às vezes eu acho que ele passa o dia inteiro de quarto em quarto farejando fumaça."

"A sua mãe sofre dessa mesma angústia?", perguntou o psicólogo.

"Não, senhor", disse Coverly. "A minha mãe adora fogo. Mas ela sofre de outra angústia. Ela tem medo de multidões. Quero dizer, ela tem medo de ficar presa. Uma vez no Natal eu fui à cidade com ela e quando ela se viu no meio de uma multidão numa daquelas lojas grandes ela quase teve um ataque. Ela ficou pálida e sem ar. Ofegante. Foi terrível. Bem, depois ela agarrou a minha mão e me arrastou para fora dali e entramos numa ruazinha onde não tinha ninguém e às vezes demora uns cinco ou dez minutos para ela voltar a respirar direito. Onde quer que a minha mãe se sinta confinada ela fica muito inquieta. No cinema, por exemplo — se alguém no filme vai para a cadeia ou fica trancado num lugar pequeno, bem, a minha mãe pega o chapéu e a bolsa e sai correndo do cinema antes que a gente consiga dizer Jack Robinson. Eu tinha que correr para conseguir alcançá-la."

"Você diria que os seus pais são felizes no casamento?"

"Bem, na verdade eu nunca pensei nisso", disse Coverly. "Eles são casados e são meus pais e acho que eles passam por épocas de vacas gordas ou de vacas magras como todo mundo mas tem uma coisa que ela costumava me contar que eu nunca esqueci."

"E o que era?"

"Bem, toda vez que eu estava bem com o papai — sempre que ele me levava para passear de barco ou coisa assim — ela sempre parecia estar esperando eu voltar para casa e me contava essa história. Bem, era sobre como eu, sobre como eu vim a nascer, acho que o senhor diria assim. Meu pai estava trabalhando na fábrica de talheres na época e eles foram à cidade para uma espécie de banquete. Bem, minha mãe bebeu alguns coquetéis e estava nevando e eles tiveram que passar a noite num hotel e uma coisa puxa a outra, mas parece que depois disso meu pai não quis mais que eu nascesse."

"A sua mãe lhe contou isso?"

"Ah, sim. Ela me contou isso várias vezes. Ela me disse que eu não devia confiar nele porque ele quis me matar. Ela disse que ele chegou a chamar lá em casa uma pessoa que fazia abortos e que se não fosse a coragem dela eu estaria morto. Ela me contou essa história várias vezes."

"Você acha que isso teve algum efeito na sua atitude fundamental com relação ao seu pai?"

"Bem, senhor, nunca pensei nisso antes mas acho que deve ter tido, sim. Às vezes eu tinha a sensação de que ele podia me machucar. Nunca me acostumei com acordar e ouvir ele andando pela casa tarde da noite. Mas isso era besteira porque eu sei que ele não me machucaria. Ele nunca me castigou."

"E ela castigou você alguma vez?"

"Bem, não muitas vezes, mas uma vez ela lanhou as minhas costas. Acho que talvez tenha sido culpa minha. A gente foi nadar em Travertine — eu e o Pete Meacham — e eu resolvi subir no telhado onde dava para ver as mulheres tirando a roupa. Foi uma coisa suja que eu fiz mas a gente nem tinha começado a fazer nada e o zelador nos pegou. Bem, minha mãe me levou para casa e me mandou tirar a roupa e ela pegou o chicote de charrete do meu bisavô — que era o Benjamin — e desceu o chicote nas minhas costas. Espirrou até sangue na parede. As minhas costas ficaram um horror e ela ficou apavorada, mas é claro que ela não ousou chamar um médico porque seria vergonhoso, mas o pior foi que eu não pude nadar o resto do verão. Se eu fosse nadar as pessoas veriam aquelas feridas enormes nas minhas costas. Eu não consegui nadar mais aquele verão inteiro."

"Você acha que isso teve algum efeito na sua atitude fundamental com relação às mulheres?"

"Bem, senhor, lá de onde eu venho, acho que é difícil alguém ter muito orgulho de ser homem. Quero dizer, as mulheres lá são muito poderosas. Elas são boas e não querem fazer mal, mas às vezes elas se tornam muito opressoras. Às vezes você sente como se não fosse certo ser homem. Agora, tem a história que contam lá sobre Howie Pritchard. Na noite do casamento dele dizem que ele pôs o pé no penico e mijou na perna para a mulher não ouvir o barulho. Não acho que ele devia ter feito isso. Se você é homem acho que você deve ter orgulho e ser feliz por isso."

"Você já teve experiências sexuais?"

"Duas vezes", disse Coverly. "A primeira vez foi com a sra. Maddern. Acho que eu não devia dizer o nome dela mas todo mundo na cidade sabe como ela é e ela era viúva."

"E a outra experiência?"

"Essa outra vez foi com a sra. Maddern também."

129

"Você já teve alguma experiência homossexual?"

"Bem, acho que sei o que o senhor quer dizer", disse Coverly. "Eu fiz muito isso quando era garoto mas parei faz tempo. Mas acho que ainda tem muita gente fazendo por aí. Mais até do que eu esperava. Tem um no lugar onde eu estou morando agora. Ele está sempre me chamando para ir ver os quadros dele. Queria que ele me deixasse em paz. Sabe, senhor, se existe uma coisa no mundo que eu não gostaria de ser é um frutinha."

"Agora, você gostaria de me contar sobre os seus sonhos?"

"Eu sonho com várias coisas", disse Coverly. "Sonho que estou velejando, viajando e pescando, mas acho que o que o senhor quer saber mesmo é dos pesadelos, não é?"

"O que você entende por pesadelo?"

"Bem, eu sonho que faço com essa mulher", disse Coverly. "Eu nunca vi essa mulher na vida real. Ela é uma dessas mulheres bonitas que a gente vê nos calendários na barbearia. E às vezes", disse Coverly, corando e levando a mão à cabeça, "sonho que estou fazendo com homens. Uma vez sonhei que fazia com um cavalo."

"Os seus sonhos são coloridos?"

"Nunca reparei", disse Coverly.

"Bem, acho que o nosso tempo acabou", disse o psicólogo.

"Bem, sabe, senhor", disse Coverly, "não quero que o senhor pense que eu tive uma infância infeliz. Acho que o que eu contei não dá essa impressão, mas eu já ouvi falar algumas coisas sobre psicologia e achei que o senhor queria saber era sobre esse tipo de coisas. Na verdade eu me diverti muito. A gente mora numa fazenda e temos um barco e caçamos e pescamos um bocado e acho que temos a melhor comida do mundo. Eu tive uma infância muito feliz."

"Bem, obrigado, sr. Wapshot", disse o psicólogo, "e adeus."

Na segunda-feira de manhã Coverly acordou cedo e mandou passar suas calças assim que o alfaiate abriu. Então foi caminhando até o escritório de seu primo no centro. Uma recepcionista perguntou se ele tinha hora marcada e quando ele disse que não ela disse que podia marcar para quinta-feira.

130

"Mas eu sou primo do sr. Brewer", disse Coverly. "Meu nome é Coverly Wapshot." A secretária apenas sorriu e disse que ele voltasse na quinta de manhã. Coverly não se abalou. Sabia que seu primo estava ocupado com vários detalhes e cercado de executivos e secretárias e que podia ter se esquecido dos problemas daquele distante contraparente Wapshot. Seu único problema era dinheiro. Não lhe restava muito mais. Pedira um hambúrguer e um copo de leite no jantar e dera o dinheiro à senhoria na noite em que chegara. Na terça comera uma caixa de uvas--passas no café da manhã, tendo ouvido falar em algum lugar que uvas-passas eram saudáveis e satisfaziam. No jantar comera um pãozinho e tomara um copo de leite. Na quarta-feira de manhã ele comprou um jornal, o que o deixou com sessenta centavos. Nos anúncios de emprego havia algumas vagas para expedição de estoque e ele foi a uma agência de empregos e depois atravessou a cidade até uma loja de departamentos e lhe disseram que voltasse no fim da semana. Comprou uma garrafa de leite e riscando o vidro em três seções bebeu um terço no café, um no almoço e um no jantar.

As dores de fome de um rapaz são excruciantes e quando Coverly foi para a cama na noite de quarta-feira estava se contorcendo de dor. Na quinta de manhã não tinha nada para comer e havia gastado o resto do dinheiro mandando passar as calças. Foi a pé até o escritório do primo e disse à moça que tinha hora marcada. Ela foi gentil e educada e lhe pediu que sentasse e esperasse. Ele esperou por uma hora. Estava tão faminto àquela altura que era quase impossível sentar-se ereto. Então a recepcionista disse que ninguém no escritório do sr. Brewer sabia sobre sua hora marcada mas que se ele voltasse mais tarde ela podia ver se conseguiria ajudá-lo. Ele cochilou num banco de parque até as quatro e voltou ao escritório e apesar de os modos da recepcionista continuarem joviais dessa vez sua recusa foi definitiva. O sr. Brewer estava fora da cidade. Dali Coverly foi ao apartamento da prima Mildred mas o porteiro o interpelou e interfonou e lhe disseram que a sra. Brewer não podia receber ninguém; ela estava de saída para um compromisso.

131

Coverly saiu do prédio e aguardou e depois de alguns minutos a prima Mildred apareceu e Coverly foi até ela. "Ah, sim, sim", ela disse, quando ele contou o que acontecera. "Sim, é claro. Achei que o pessoal do escritório de Harry tivesse lhe contado. Foi alguma coisa relacionada ao seu estado emocional. Eles consideraram você inapto para o cargo. Sinto muito, mas não há nada que eu possa fazer, não é mesmo? Claro que o seu avô foi a segunda geração." Ela abriu a bolsa e tirou uma cédula e a estendeu a Coverly e entrou num táxi e foi-se embora. Coverly vagou pelo parque.

Estava escuro e ele estava exausto, perdido e desamparado — ninguém na cidade sabia seu nome — e onde era sua casa — os xales da Índia e os corvos voejando rio acima como executivos com suas pastas pretas estariam indo pegar um ônibus? Isso era no Centro Comercial, as luzes da cidade ardendo através das árvores e iluminando difusamente o ar com cores de reflexos de labaredas, e ele viu as estátuas alinhadas ao longo do passeio feito tumbas de reis — Colombo, Sir Walter Scott, Burns, Halleck e Morse — e ele tirou daquelas formas escuras algum consolo e esperança. Não eram suas mentes ou suas obras que ele adorava mas a bondade e o calor que deviam ter possuído em vida e tão solitário e amargo ele estava então que tomou aqueles bronzes e pedras por companhia. Sir Walter Scott seria seu amigo, seu Moses e Leander.

Então ele jantou alguma coisa — aquele amigo de Sir Walter Scott — e de manhã foi trabalhar no estoque da loja de departamentos Warburton's.

18

O trabalho de Moses em Washington era altamente confidencial — tão confidencial que não poderá ser discutido aqui. Ele fora designado para um cargo no dia seguinte à sua chegada — talvez reflexo da dívida do sr. Boynton com Honora ou de um reconhecimento da adequação de Moses, pois com seu rosto comum e bonito e seu parentesco com alguém a quem o general Washington oferecera uma condecoração ele se encaixava na situação bem o bastante. Ele não era discreto — os Wapshot jamais seriam — e comparado ao sr. Boynton às vezes se sentia como um homem que come ervilhas com a faca. Seu chefe era um sujeito que parecia ter sido concebido para a carreira diplomática. Suas roupas, modos, fala e jeito de pensar, tudo parecia tão bem orientado, tão intrincadamente articulado, que sugeria um sistema de conduta. Não seria, imaginava Moses, um sistema nascido das faculdades do leste e talvez tivesse se formado em alguma escola de diplomacia. Suas regras jamais eram apresentadas a Moses, de modo que ele não podia obedecer a elas, mas ele sabia que devia haver regras subjacentes àquela timidez indumentária e intelectual.

Moses estava feliz na pensão que escolhera ao acaso, e descobriu que era habitada sobretudo por pessoas da sua idade: filhos e filhas de prefeitos e de outros políticos; a progênie de respeitáveis asseclas do serviço público que estavam em Washington, assim como ele, como resultado de alguma dívida. Ele não passava muito tempo na pensão pois descobrira que boa parte de sua vida social, atlética e espiritual era determinada pela agência onde trabalhava. Isso incluía partidas de vôlei, participar da Eucaristia e ir a festas na embaixada X e na missão diplomática Z. Ele estava disposto a tudo isso embora não tivesse permissão para mais de três coquetéis em cada festa e tomasse cuidado para não crescer os olhos para nenhuma mulher que estivesse a serviço do governo ou no serviço diplomático, pois regulamentações de segurança tinham fechado o cerco à natural concupiscência de uma cidade com enorme população flutuante. Nos fins de semana do outono ele às vezes ia de carro com o sr. Boynton até Clark County, onde cavalgavam e às vezes ficavam para jantar com os amigos do sr. Boynton. Moses sabia montar um cavalo, mas esse não era seu esporte favorito. Era uma oportunidade de ver o campo e o frustrante outono do sul com seus vaga-lumes e neblinas, o que só fazia despertar nele uma saudade do brilho do outono em West Farm. Os ami-

133

gos do sr. Boynton eram pessoas hospitaleiras que viviam em casas magníficas e que, sem exceção, haviam feito seu dinheiro ou o haviam herdado de alguma fonte remota como antissépticos bucais, motores de avião ou cervejarias; mas não cabia a Moses sentar-se naquelas varandas amplas e observar que as contas daquele belo quadro eram pagas por algum cervejeiro falecido; e por falar em bebida nunca na vida ele tinha provado um bourbon tão saboroso. Era verdade que, vindo de uma cidade pequena onde o conhecimento dos vizinhos era íntimo e pleno, Moses às vezes sentia a tristeza do desarraigado. Seu conhecimento dos colegas não era maior do que o que viajantes têm uns dos outros e ele entendia, já então, o bastante sobre a cidade para saber que, esperando ônibus de manhã, o homem moreno de barba e turbante podia ser um príncipe indiano bem colocado na vida ou um excêntrico de pensão. Essa atmosfera teatral de impermanência — tamanha complacência com a impostura — deixou-o impressionado certa noite durante um concerto numa embaixada. Ele estava sozinho e havia ido, no intervalo, até a escadaria do edifício para tomar um pouco de ar. Assim que empurrou as portas reparou em três senhoras nos degraus. Uma delas era muito gorda, outra, muito magra e intratável, e a terceira mantinha uma pose tão tola que as três pareciam uma representação da loucura humana. Suas roupas de noite lembraram-lhe a elegância estrambótica das crianças no Dia das Bruxas. Usavam xales, leques e mantilhas e brilhantes e seus sapatos pareciam estar acabando com elas. Quando Moses abriu a porta elas passaram logo para o interior da embaixada — a gorda, a magra e a tola — tão desconfiadas, tão assustadiças e com tal aparência de transgressão que Moses ficou observando-as. Assim que entraram no prédio elas se espalharam e cada uma pegou um programa do concerto esquecido numa cadeira ou caído no chão. Nisso um segurança as viu e assim que foram descobertas rumaram para a porta e fugiram, mas não pareciam decepcionadas, pelo que Moses pôde notar. O propósito da expedição parecia ser mesmo conseguir programas de concerto e elas foram se arrastan-

134

do pela calçada em suas melhores roupas. Não havia nada disso em St. Botolphs.

O homem do quarto ao lado do de Moses na pensão era filho de um político de algum lugar no oeste. Era competente e elegante e um ideal de perseverança e contenção. Não fumava nem bebia e economizava cada centavo de seu salário para comprar metade de um cavalo de montaria que ficava num estábulo na Virgínia. Já estava em Washington havia dois anos e convidara Moses para ir ao seu quarto uma noite e mostrara um mapa ou gráfico em que registrava seu progresso social. Já fora jantar em Georgetown dezoito vezes. Seus anfitriões estavam listados e graduados segundo a importância no governo. Estivera na Organização dos Estados Americanos quatro vezes: na embaixada X três vezes: na embaixada B uma vez (uma recepção ao ar livre) e na Casa Branca uma vez (uma festa para a imprensa). Não havia nada disso em St. Botolphs.

A preocupação intensa e disseminada com a lealdade na época em que Moses chegou a Washington permitia que homens e mulheres fossem dispensados e caíssem em desgraça diante da menor evidência de uma sugestão de escândalo. Os veteranos gostavam de falar sobre um passado em que até mesmo as garotas da Biblioteca do Congresso — até mesmo as arquivistas — podiam ser convidadas para um fim de semana clandestino em Virginia Beach, mas eram outros tempos que ao menos estavam suspensos para os servidores federais. A embriaguez pública era imperdoável e a promiscuidade significava morte. Já a iniciativa privada tinha seus próprios métodos e um amigo de Moses que trabalhava na indústria da carne um dia lhe fez a seguinte proposta: "Estou com quatro safadas da fábrica de camisas de Baltimore chegando no sábado e vou levá-las para o meu chalé em Maryland. Que tal? Só você e eu e as quatro. Elas são porcas mas não são feias". Moses disse que não, obrigado — ele teria recusado de todo modo —, mas invejou a libertinagem do industrial da carne. Essa nova moralidade estava sempre em seus pensamentos e dedicando um pouco mais de tempo ao assunto ele chegou a fazer difusas mas legítimas conexões entre

135

a luxúria e a espionagem, mas tal compreensão não contribuiu para diminuir sua solidão em particular. Chegou até a escrever para Rosalie, convidando-a para vir visitá-lo durante um fim de semana, mas ela jamais respondeu. O governo estava cheio de mulheres convidativas mas todas evitavam o escuro.

Sentindo-se só uma noite e não tendo nada de melhor para fazer ele saiu para caminhar. Foi em direção ao centro da cidade e entrou no saguão do Mayflower para comprar um maço de cigarros e dar uma olhada no lugar que, com toda aquela intencionada elegância, só lhe fez lembrar a vastidão de sua terra natal. Moses adorou o saguão do Mayflower. Havia uma convenção e caipiras e senhores respeitáveis de cidades do interior estavam aglomerados no saguão. Ouvi-los conversar fez com que se sentisse mais perto de St. Botolphs. Então ele saiu do Mayflower e andou mais para dentro da cidade, e ao ouvir música e estando à toa ele parou num lugar chamado Marine Room e deu uma espiada. Havia uma banda tocando e uma pista de dança e uma garota cantando. Sentada sozinha a uma mesa havia uma loura que parecia bonita àquela distância e que não parecia trabalhar para o governo. Moses sentou-se à mesa ao lado e pediu uísque. Ela não reparou nele a princípio porque estava se olhando no espelho da parede. Ela ficava virando a cabeça, para um lado, depois para o outro, levantando o queixo e empurrando as faces com a ponta dos dedos até a posição mais firme que devia ter tido uns cinco ou seis anos antes. Quando ela terminou de se examinar, Moses perguntou se podia se juntar a ela e pagar-lhe uma bebida. Ela pareceu amigável — um tanto aturdida — mas contente. "Bem, seria muito bom ter a sua companhia", ela disse, "mas o único motivo de eu estar aqui é porque Chucky Ewing, o líder da banda, é meu marido e quando eu não tenho nada melhor para fazer eu simplesmente venho para cá e fico passando o tempo." Moses se juntou a ela e pagou-lhe uma bebida e depois de alguns olhares de despedida para si mesma no espelho ela começou a lhe falar sobre seu passado. "Eu também fui vocalista da banda", ela disse, "mas a minha formação é mais operística. Já cantei em casas noturnas no mun-

136

do todo. Paris. Londres. Nova York..." Ela falava, não exatamente ciciando, mas com uma articulação excessiva que parecia infantil. O cabelo era bonito e a pele branca mas basicamente por conta do pó de arroz. Moses imaginou que ela talvez pudesse ter sido considerada bonita cinco ou seis anos antes, mas como ela parecia decidida a se ater ao que tinha sido, ele se viu disposto a continuar com aquilo mais um pouco. "Claro, eu não sou uma profissional do show business", ela retomou a conversa. "Estudei num internato de moças e minha família quase morreu quando eu comecei a me apresentar. Eles são muito conservadores. Família tradicional e tal e coisa. Moram no mesmo apartamento enorme até hoje." Então a banda fez uma pausa e o marido veio juntar-se a eles e foi apresentado a Moses e sentou-se.

"Como está o faturamento, boneca?", ele perguntou à esposa.

"A mesa do canto está bebendo champanhe", ela disse, "e os seis senhores do lado do palco estão bebendo uísque de centeio com água. Cada um já pediu quatro. Temos duas mesas no uísque escocês e cinco mesas de bourbon e ali, do outro lado do palco, alguns que estão na cerveja." Ela fazia a contagem das mesas nos dedos com uma voz muito amável. "Não se preocupe", ela disse ao marido. "Você vai fazer trezentos hoje."

"Cadê a convenção?", ele disse. "Tem uma convenção."

"Eu sei", ela disse. "Lençóis e fronhas. Não se preocupe."

"Você tem lixo quente aí?", ele perguntou a um garçom que viera até a mesa deles.

"Sim, senhor, temos, sim", disse o garçom. "Temos um delicioso lixo quente. Posso lhe trazer restos de pó de café com gordura de linguiça ou que tal umas belas cascas de limão com serragem?"

"Parece ótimo", disse o líder da banda. "Traga então as cascas de limão com serragem." Ele parecia aflito e infeliz ao chegar à mesa mas essa brincadeira com o garçom o animou um pouco. "Vocês têm água de louça suja?", ele perguntou.

"Trabalhamos com todo tipo de água de louça", disse o garçom. "Temos gordurenta, temos com coisas boiando e servimos ainda naftalina e jornal molhado."

137

"Bem, então eu vou querer uma porção de jornal molhado junto com a minha serragem", disse o líder da banda, "e um copo de água de louça suja gordurenta." Então ele se virou para a esposa. "Você está indo para casa?"

"Acho que sim", ela disse amavelmente.

"Ok, ok", ele disse. "Se o pessoal da convenção vier, eu vou mais tarde. Bom te ver." Acenou com a cabeça para Moses e voltou ao palco, pois os outros músicos começavam a tomar suas posições vindos da viela onde fumavam.

"Posso levá-la para casa?", perguntou Moses.

"Bem, eu não sei", ela disse. "Moramos num pequeno apartamento aqui perto e eu costumo voltar a pé mas acho que não tem problema se você quiser andar comigo."

"Vamos?"

Ela pegou um casaco com a garota da chapelaria e conversou com ela sobre uma menina de quatro anos que tinha sumido nas matas do Wisconsin. O nome da menina era Pamela e ela estava desaparecida fazia quatro dias. Grupos de busca haviam sido organizados e as duas mulheres especularam com profunda aflição se Pamela já não teria morrido de frio ou de fome. Quando a conversa terminou, Beatrice — que era o nome dela — desceu pelo corredor, mas a garota da chapelaria chamou-a de volta e lhe deu um saco de papel. "São dois batons e alguns grampos de cabelo", ela disse. Beatrice explicou que a garota da chapelaria ficava de olho no banheiro feminino e dava a Beatrice tudo o que esqueciam por lá. Ela pareceu envergonhada dessa combinação das duas, mas recuperou-se num segundo e aceitou o braço de Moses.

O apartamento era perto do Marine Room — um quarto no segundo andar dominado por um grande guarda-roupa de papelão que parecia prestes a desabar. Ela lutou para conseguir abrir as portas abauladas e exibiu um armário de ladra — cerca de cem vestidos de todos os tipos. Ela entrou no banheiro e voltou, vestindo uma espécie de robe chinês com um dragão bordado nas costas com linhas que pareceram espetar as mãos de Moses. Ela cedeu com facilidade mas quando terminaram ela soluçou um pouco no escuro e perguntou: "Oh, querido, que foi que nós fizemos?". A voz dela soou amável como sempre. "Todo mundo só gosta de mim desse jeito", ela disse, "mas acho que é porque eu tive uma criação muito rígida. Fui criada por uma governanta. O nome dela era Clancy. Ah, ela era tão austera. Nunca me deixava brincar com outras crianças..." Moses se vestiu, deu-lhe um beijo de boa-noite e saiu do prédio sem ser notado.

19

De volta à propriedade Leander aterrara as fundações da velha casa com algas marinhas e contratara o sr. Pluzinski para limpar o jardim. Seus filhos escreviam uma ou duas vezes por mês e ele escrevia para os dois toda semana. Sentia saudade deles e sempre pensava, quando bebia seu bourbon, em ir a Nova York e Washington, mas na claridade da manhã ele não encontrava mais a coragem para sair de St. Botolphs outra vez. Afinal, ele já vira o mundo. Ficava muito tempo sozinho, pois Lulu vinha passando três dias por semana com a filha na cidade e a sra. Wapshot trabalhava três dias por semana na loja de presentes de Anna Marie Louise em Travertine. Deixaram claro para todo mundo, segundo a expressão de Sarah, que ela não estava fazendo aquilo porque os Wapshot precisassem do dinheiro. Ela estava fazendo aquilo porque adorava, e isso era verdade. Todas as energias de que dispunha — e que usara tão bem fazendo melhorias na cidade — pareciam finalmente convergir para um interesse em lojas de presentes. Ela queria abrir uma loja de presentes na sala da frente de casa. Chegou até a sonhar com esse projeto, mas era algo que Leander não queria nem discutir.

Era difícil explicar por que o assunto loja de presentes suscitava, por um lado, a vontade de viver de Sarah e, por outro, o mais amargo desprezo de Leander. Quando a sra. Wapshot ficava parada junto a uma mesa repleta de vasos de vidro colorido e abria um sorriso eclesiástico para suas amigas e vizinhas que vinham gastar um dinheirinho e passar o tempo, seu equilíbrio parecia maravilhosamente assegurado. Esse amor por lojas de presentes — esse gosto pelo ornamental — pode ter se depurado em contraste com a superfície incolor daquele litoral inóspito ou devido a um compreensível e natural anseio por bagatelas atraentes. Quando exclamava — diante de um garfo de salada entalhado ou um copo pintado à mão — "Não é uma graça?", ela estava sendo totalmente sincera. As fofocas e a companhia das clientes permitiam que ela fosse gregária como sempre fora no Clube da Mulher; e as pessoas sempre iam procurá-la. O prazer de vender coisas e colocar moedas e cédulas na velha latinha que usava com esse propósito a deixava imensamente satisfeita, pois ela nunca vendera nada na vida antes senão a mobília do celeiro para a prima Mildred. Ela gostava de conversar com os vendedores e Anna Marie Louise pedia sua opinião sobre a compra de uns cisnes de vidro, cinzeiros e cigarreiras. Com algum dinheiro do próprio bolso ela comprou duas dúzias de vasos de flores em botão que Anna Marie Louise não quisera comprar. Quando os vasos chegaram ela desempacotou sozinha o tubo do correio, rasgando o vestido num prego e ficando entusiasmadíssima. Então lavou os vasos e, pondo uma rosa de papel num deles, colocou-o na vitrine. (A vida toda tivera aversão a rosas de papel, mas o que ela podia fazer depois de uma geada?) Dez minutos depois que o vaso fora posto na vitrine foi vendido e depois de três dias todos tinham sido vendidos. Ela ficou muito animada, mas não podia falar sobre isso com Leander e só podia contar a Lulu na cozinha.

Ter a esposa trabalhando com qualquer coisa que fosse tinha para Leander também o aspecto de suas prerrogativas sexuais e, havendo cometido o grande erro de endividar-se com Honora, ele não queria cometer outro. Quando Sarah anunciou que queria trabalhar para Anna Marie Louise ele pensou com cuidado no assunto e resolveu se opor. "Não quero que você trabalhe, Sarah", disse ele. "Você não tem nada a ver com isso", disse Sarah. E foi isso. A questão não dizia respeito

140

apenas a prerrogativas sexuais, mas à tradição, pois boa parte do que Sarah vendia era enfeitada com navios no mar e supunha-se que despertasse lembranças românticas dos velhos tempos de St. Botolphs como cidade portuária. Agora, ainda em vida, Leander era testemunha, erguendo-se das ruínas daquela costa e daquele porto, de outra costa e outro porto de presentes e lojas de antiguidades, restaurantes, casas de chá e bares onde as pessoas bebiam gim à luz de velas, cercadas às vezes por arados, redes de pesca, bússolas e outras relíquias de um modo de vida árduo e ordenado do qual nada sabiam. Leander achava que um bote com petúnias plantadas era uma bela imagem, mas quando entrou num bar recém-inaugurado em Travertine e descobriu que o próprio balcão era feito com um desses botes foi como se tivesse visto um fantasma.

Ele passava boa parte do tempo em seu agradável quarto no canto sudoeste da casa, com vista para o rio e para os telhados da cidade, escrevendo em seu diário. Tinha intenção de ser honesto e parecia, ao recordar seu passado, que era capaz de alcançar um nível de sinceridade que só conhecera em suas mais afortunadas amizades. Jovem ou velho, ele sempre fora rápido em livrar-se de suas roupas, e agora se lembrava dos prazeres ambíguos da nudez.

O escritor foi trabalhar no dia seguinte à confabulação sobre o pobre pai (escreveu). Levantou antes do amanhecer como de costume. Pegou os jornais da manhã para entregar e procurou por anúncios de auxiliar. Vagas com J.B. Whittier. Grande fabricante de sapatos. Terminou o trajeto dos jornais. Lavou o rosto. Passou água nos cabelos. Disfarçou um furo na meia. Correu o caminho todo até o escritório de Whittier. Ficava no segundo andar de um edifício. Centro da cidade. Primeiro a chegar. Só um pouco de luz no céu. Amanhecer de primavera. Dois outros garotos chegaram, atrás do mesmo emprego. Pássaros cantando nas árvores do passeio público. Hora gloriosa. O funcionário — Grimes — abriu às oito. Deixou os candidatos entrarem. Levou-me ao escritório de Whittier. Oito e meia. Cova do leão. Grandalhão, sentado atrás da escrivaninha de costas para a porta. Nem se virou. Falou por sobre o ombro. "Sabe escrever uma carta? Vá para casa e escreva uma carta. Traga amanhã de manhã. Na mesma hora." Fim da entrevista. Esperei na sala externa e observei os dois candidatos entrarem e saírem com o mesmo resultado. Observei outros candidatos indo embora. Pedi ao funcionário — rosto chupado — uma folha de papel e uma caneta. Grato. Papel timbrado de J.B. Whittier. Escrevi para um credor imaginário. Pedi para ver o chefe de novo. Funcionário prestativo. Cova do leão, uma segunda vez. "Escrevi minha carta, senhor." Pegou a carta sem se virar. Leu a carta. Passou um envelope pardo por sobre o ombro. Endereçado a uma corretora. Brewster, Basset & Co. "Entregue isso e espere pelo recibo." Corri todo o caminho até a corretora. Retomei o fôlego enquanto esperava pelo recibo. Corri o caminho de volta. Dei o recibo a Whittier. "Sente aí no canto", ele disse. Fiquei ali sentado por duas horas sem ser notado. Mais despotismo nos negócios naquela época. Comerciantes muitas vezes esquisitos. Tiranos. Sem sindicato. Finalmente falou depois de duas horas. "Quero você ali." Apontou para a sala externa. "Limpe as escarradeiras e depois pergunte a Grimes o que fazer. Ele vai manter você ocupado."

Lembranças agradáveis, mesmo as escarradeiras. Começo da vida profissional. Cheio de autoconfiança. Decidido a ter sucesso. Fiz um diário com máximas. Sempre correr. Nunca caminhar. Nunca caminhei na presença de Whittier. Sempre sorrir. Nunca franzir o cenho. Evitar pensamentos impuros. Comprar vestido de seda cinza para mamãe. Virada do século se aproximando. Progresso em toda parte. Novo Mundo. Dirigível no Music Hall. Fonógrafo no Horticultural Hall. Primeira lâmpada de arco voltaico na Summer Street. Precisavam trocar o bastão de carbono todo dia. Primeiras demonstrações de telefonia nos festivais de Concord e Lexington. Frio. Grandes multidões. Sem comida. Fui a Boston no teto do vagão do trem. Whittier, príncipe do comércio de boa-fé. Fábrica em Lynn. Escritório em Boston. Sapatos de sessenta e sete centavos até um dólar e vinte. Tudo vendido a atacadistas do oeste.

Sul. Negócios rendendo um milhão por ano. Trabalhava das sete às seis. Sorrindo. Correndo. Aprendendo.

Grimes era o braço direito. Melhor amigo no escritório. Esquálido. Cabelos sedosos. Habilidoso, safado, triste. Às vezes cansativo. Falava muito da esposa. Paraíso conjugal. A cor dos olhos se aprofundou. Lambeu os lábios. Sabia costumes turcos. Costumes franceses. Costumes armênios etc. Às vezes cansativo, como já disse acima. Escritor cativado pelo pensamento da esposa. Cabeleira loura. Prostituta talvez? Fui para a casa de Grimes jantar e conhecer a dita-cuja. Excitado. Grimes abriu a porta. A mulher falou lá de dentro. Voz grossa. Excitação passada. Mulher de ombros largos. Faces coradas. Botas pesadas sujas de lama. "Tem costeletas de porco e salada para o jantar", disse ela. "Quero estar na reunião às oito." Grimes veste o avental. Prepara o jantar. Corre entre a mesa e o fogão. A esposa devora a refeição; glutona. Sem muito que dizer. Põe um casaco grosso e sai pisando firme para sua reunião com as botas enlameadas. Uma feminista. Grimes lava a louça. Habilidoso. Triste.

Descobri a mim mesmo, ainda antes da idade legal, poderosamente atraído pelo sexo oposto. Peguei uma prostituta na beira do rio. Chapelão. Lençóis sujos. Ar de menina, mas não era jovem. Tanto faz. Escritor à toa. Ruiva. Olhos verdes. Conversou. "Que céu lindo", ela disse. "Nossa, que cheiro bom vem do rio", ela disse. Como uma dama. O rio tinha cheiro de lama. Mau hálito do mar. Maré baixa. Beijos de língua. Púbis com púbis. Pus a mão na frente do vestido. Garotinhos rindo nos arbustos. Tontos. Caminhamos ao crepúsculo, quadril com quadril. "Tenho um quartinho na Belmont Street", ela disse. Não, obrigado. Levei-a ao aterro da ferrovia. Cinzas. Centáureas. Estrelas. Ervas viçosas como plantas tropicais. Samoa. C——a ali mesmo. Grandiosa e gloriosa sensação. Esqueci por uma hora todas as coisas pequenas. Venalidades. Preocupações pecuniárias. Ambições. Senti-me refeito, generoso com a sagrada e velha mãe. O nome da puta era Beatrice. Encontrei várias vezes depois. Depois foi para Nova York. Balançar suas bijuterias nas vitrines da rua 23. Noites de inverno. Tentei encontrá-la depois.

143

Sumiu. O supracitado talvez seja de mau gosto. Caso seja, o escritor pede desculpas. O homem nasceu para as atribulações, assim como as fagulhas voam para cima.

Cheiros. Calor. Frio. Todas essas coisas assim lembradas com toda a clareza. O ar no escritório fedia no inverno. Carvão ardendo. Caminhadas para jantar em casa através do frio. Júbilo. O ar nas ruas vinha direto das montanhas nevadas. Washington. Jefferson. Lafayette. Franconia. Etc. Como uma cidade montanhosa no inverno. Inspirei o aroma das folhas mortas no passeio público. Inspirei o vento norte. Mais doce que todas as rosas. Nunca me cansei do sol e da lua. Sempre triste ao fechar a porta. Tirei uma semana de férias em julho. Grimes informou o escritor da intenção de dar a outro garoto — parente de Whittier — uma oportunidade no emprego. Péssimo. Fui a St. Botolphs com mamãe. Ficamos com as primas. Casa ainda vazia. Varanda caindo aos pedaços. Jardim sem cuidados. Poucas rosas. Nadei no rio. Velejei. Peguei truta de quase um quilo e meio no lago Parson. Muito gostoso caminhar nas praias desertas. Horas felizes. Rumor das ondas, rumor de Nova York, New Haven & Hartford. Arraias mortas sob os pés. Algas em forma de chicotes, flores e anáguas. Conchas, pedras, restos do mar. Tudo coisas simples. Na luz dourada da lembrança do paraíso talvez; juventude, certeza, inocência. Nas praias a alegria e a tristeza da perpétua juventude. Até hoje. Senti o cheiro do vento leste. Ouvi o corno de Netuno. Sempre ávido para partir. Embrulhar sanduíches. Traje de banho. Pegar o ônibus sacolejante até a praia. Irresistível. Talvez esteja no sangue. Papai lia Shakespeare para as ondas. Boca cheia de seixos. Demóstenes?

Planejei a vida com prudência. Ginástica. Velejar no verão. Li Plutarco. Nunca faltei no escritório. Nenhuma vez. Aumento no salário. Aumento da responsabilidade. Outros sinais de sucesso. Uma noite de inverno. Funcionários indo para casa. Limpando as penas. Mantive o fogo aceso. Whittier me chamou lá dentro do sanctum sanctorum. Homem de rosto rude. Forte. Sofria de flatulência. Guardava um barrilete de uísque no canto do escritório. Bebia do buraco com um canudo. Fez--me esperar meia hora. Passos do último funcionário — Grimes — descendo a escada. "Você gosta do trabalho, Leander?", ele disse. "Sim, senhor." "Maldição, não seja tão ávido", ele disse. "Você parece um negro doméstico." Pigarro. Escarradeira. Desaba de repente na poltrona. Triste? Doente? Más notícias? Bancarrota? Falência? Pior? "Eu não tenho filho", ele disse. "Sinto muito, sr. Whittier." "Não tenho filho", ele repetiu. Levanta o rosto volumoso. Lágrimas nas faces. Lágrimas escorrendo-lhe dos olhos. "Trabalhe duro", ele disse. "Confie em mim. Vou tratá-lo como a um filho. Agora boa noite, meu menino." Tapinha nas costas. Mandou-me para casa.

Sentimentos misturados de ambição e ternura. Meu coração estava no serviço. Whittier e Wapshot. Wapshot & Cia. Apaixonei-me pelo ramo de sapatos. Faria qualquer coisa pelo patrão. Visões de salvá-lo do prédio em chamas, naufrágio. Herdeiros furiosos na leitura do testamento. Sucesso decretado. Jantei às pressas. Li Plutarco no quarto frio. Fiquei de luvas. Chapéu. Fumaça do hálito. Cheguei meia hora antes no dia seguinte. Corri. Sorri. Escrevi cartas. Dividi a marmita com Grimes no almoço. "Como você está se dando com o J.B.?", ele perguntou. "Tudo bem", falei. "Ele já chamou você lá dentro e disse que não tem filho?", disse Grimes. "Não", falei. "Bem, ele vai chamar", disse Grimes. "Um dia ele vai chamá-lo no escritório bem tarde e vai dizer para você trabalhar duro e confiar nele que ele vai tratar você como a um filho. Ele faz isso com todo mundo. Até com o velho Thomas. Ele tem setenta e três anos. É velho para ser filho de alguém."

O escritor tentou disfarçar a mágoa. Grimes percebeu. Tentou transformar a experiência em algo de útil. Continuei fazendo o papel do filho ávido. Insincero, mas são as regras do negócio. Disfarçar a independência natural. Parecer dedicado. Obediente. Como resultado obtive muitas dessas conversas de pai para filho. Conselho típico dos comerciantes da época. "Nunca aumente o crédito para homens de cabelos compridos. Nunca confie em fumantes; homens de sapato baixo." O negócio é uma religião. Cheio de sagacidades. Superstições também. Sonhando acordado comecei a pensar em me casar com a filha de Whittier. Filha única. Harriet. Tentei desestimular ideias supracitadas mas fui encorajado pelo próprio velho. Convidado para jantar com os Whittier.

Comprei terno preto. Vesti na noite histórica e fui à cozinha dar boa-noite a mamãe. Hamlet não dera notícias. Aflita com o filho favorito. "Lembre-se de limpar a boca com o guardanapo", ela disse. "Acho que você sabe que precisa se levantar quando alguma senhora ou pessoa de idade entrar no ambiente. Somos de uma família educada. Nem sempre fomos pobres. Lembre-se disso e use o guardanapo."

Fui a pé à casa dos Whittier no extremo da zona sul. Mordomo abriu a porta e pegou meu casaco. A casa ainda de pé. Hoje é um cortiço. Casa de bom tamanho mas não suntuosa como pareceu na hora. Flores de estufa. Papel de parede. Relógio de pêndulo. Contei as badaladas. Catorze. A sra. Whittier recebeu-me na porta da saleta, sala de estar. Esguia, graciosa. Dois colares. Quatro pulseiras. Três anéis. Cumprimentei o patrão, depois a filha. Um colar. Duas pulseiras. Dois anéis. Corpulenta. Cara de cavalo. Esperanças esvaídas. Sem chance para o amor, casamento. As necessidades humanas não são tão simples. Também esqueci de esvaziar a bexiga. Infeliz. Estragou tudo. Contei os quadros nas paredes. Catorze. Todos bonitos. Naturezas-mortas. Tempestades marítimas. Italianas ou egípcias junto a um poço. Padres franceses jogando dominó. Paisagens estrangeiras. Papel de parede até no teto.

Comi bem no jantar. Ambiente elegante mas modos não tão bons quanto em West Farm. Whittier peidou duas vezes. Ambas sonoramente. Depois da refeição a sra. Whittier cantou. Pôs os óculos. Acendeu luzes fortes na mesa. Canções de amor. Voz estridente. Óculos. As luzes fortes faziam a anfitriã parecer velha, emaciada. Depois do concerto, o escritor disse boa-noite. A pé para casa. Encontrei mamãe ainda na cozinha. Costurando à luz do candeeiro. Velha agora. Saudosa de Hamlet. "Você aproveitou? Lembrou do guardanapo? A nossa casa agora lhe parece feia e escura? Quando eu era menina, mais nova do que você, fui visitar os primos Brewster em Newburyport. Eles tinham carruagens, empregados, uma casa grande. Quando voltei para St. Botolphs achei minha casa feia e escura. Fiquei pensativa."

Conversa de pai para filho quatro semanas depois, às escuras, como de costume. Funcionários indo embora. O fogo apagando. "Sente-se, Leander, sente-se", ele disse. "Eu lhe disse que se você confiasse em mim e trabalhasse duro eu o trataria como a um filho, não foi isso? Nunca falei isso a mais ninguém. Você sabe disso, não é? Acredita em mim, não é? Agora vou mostrar o que eu quis dizer. O negócio está mudando. Vou mandar um vendedor para a praça. Quero que você seja esse vendedor. Quero que você vá a Nova York para mim, como meu representante. Quero que visite os meus clientes, como se fosse o meu filho. Pegue os pedidos. Comporte-se como um cavalheiro. Quando você for a Nova York quero que se dê conta do que está fazendo. Quero que se dê conta de que a J.B. Whittier é mais que um negócio. Quero que pense na firma como se fosse a sua mãe; a nossa mãe. Quero que pense nela como se essa velha senhora querida precisasse de dinheiro e você fosse a Nova York para fazer dinheiro para ela. Quero que se comporte e se vista e fale como se representasse essa velha senhora adorada. Quando você for pedir uma refeição e ficar num hotel quero que gaste o dinheiro pensando que é tudo dessa senhora querida." Profuso extravasamento das comportas. Nós estávamos entendidos.

Canto dos barcos noturnos. Tudo o que o escritor conhece. Fall River, Bangor, Portland, Cape May, Baltimore, lago Erie, lago Huron, Saint Louis, Memphis, New Orleans. Palácios flutuantes. Colchão de palha de milho. Música sobre a água. Jogos de cartas de uma noite, amizades de uma noite, garotas de uma noite. Tudo se foi com as primeiras luzes da madrugada. Primeira travessia calma. Oceano liso como vidro. Muitas luzes brilhando na água. Luzes esparsas na costa. Pessoas observando o palácio flutuante de suas varandas, gramados, pontes, cúpulas.

Acertando o relógio pelo barco. Dividi a cabine com um desconhecido. Coloquei o relógio, o dinheiro e os cheques na meia, calcei a meia. Dormi no colchão de palha de milho sonhando com as ninfas do barco noturno. Indo à cidade grande fazer fortuna para a velha e adorada senhora. J.B. Whittier & Cia. Compareci à Hoffman House conforme as ordens. O primeiro cliente fez pedido de oitocentos dólares. O segundo, um pouco mais. Vendi cinco mil dólares em três dias. Telegrafei para confirmar os últimos pedidos. Dormi todas as noites com relógio, dinheiro etc. na meia. Voltei de trem, cansado mas contente. Fui direto para o escritório. J.B. esperava. Abraçou o escritor. Volta do filho pródigo. Herói conquistador. Levou o filho favorito para jantar na Parker House. Uísque, vinho, peixe, carne e ave. Mais tarde na afamada casa da Chardon Street. Segunda vez. Primeira com Jim Graves. Morto em St. Botolphs conforme supracitado. Batistas ainda cantam. "Lead, kindly light." Parece que era seu hino favorito.

Garoto de cabelos brancos. Procurava orientação sobre manufaturas, propaganda etc. Por fim surgiu assunto de casamento. Mesmo lugar, mesma hora do dia como as outras conversas confidenciais. "Você pensa em casar, meu menino", disse ele, "ou vai continuar solteiro pelo resto da vida?" "Penso em me casar e constituir família, senhor", falei. "Feche a porta e sente-se aí", ele disse. "Você já tem uma garota?", ele perguntou. "Não, senhor", falei. "Bem, eu arranjei a garota certa para você", ele disse. "Ela mora com os pais em Cambridge. É professora de uma escola dominical. Não tem mais de dezoito anos. Tome um gole desse uísque." Ele foi até o barrilete no canto. Chupou algumas vezes do canudo. Sentou-se de novo. "O homem nasce da mulher", ele disse, "dá uns poucos passos e já está cheio de angústia." Comportas abertas de novo. Profusa exibição de lágrimas. "Eu fiz mal a essa senhorita, Leander. Obriguei-a. Mas ela seria uma boa esposa para você." Soluços. "Ela não é frívola nem leviana. Fui o primeiro. Você se casa com ela que eu lhe dou mil dólares. Você não casa e garanto que não vai conseguir emprego em Boston nem em qualquer outro lugar onde meu nome for conhecido. Quero uma resposta na segunda-feira. Vá para casa e pense no assunto." Levantou-se. Sujeito pesado. A mola da cadeira giratória estalou. "Boa noite, meu menino", ele disse. Desci a escada curva lentamente. O ar da noite tinha aroma de montanha, mas não era para mim. Odiosa cidade nortista, incolor. Tudo negro exceto a iluminação a gás; cobertores cor de mostarda nas baias dos estábulos. Neve suja sob os pés. Mingau de neve; estrume de cavalo. Cinco anos desperdiçados naquele negócio. Papai morto. Hamlet nunca que voltava para casa. Único arrimo da velha e sagrada mamãe. Que fazer? Jantei com mamãe. Subi para o quarto frio. Pus meu casaco Mackinaw. Folheei um livro de resoluções. Evitar pensamentos impuros. Correr, nunca andar. Sorrir. Nunca franzir o cenho. Ginástica duas vezes por semana. Comprar um vestido de seda cinza para mamãe. Nenhum consolo. Pensei em Albany. Procurar trabalho por lá. Moradia. Começar a vida de novo. Escolhi Albany. Fazer as malas no domingo. Partir na segunda-feira. Nunca mais encontrar Whittier. Desci a escada. Mamãe junto ao fogão na cozinha. Costurando. Mencionei Albany. "Espero que você não esteja pensando em ir para lá", ela disse. "Você tem sido um bom menino, Leander, mas está saindo ao seu pai. Ele sempre achava que se fosse para algum lugar onde ninguém o conhecia ficaria rico e feliz. Era uma grande fraqueza dele. Ele era um homem fraco. Se você quer ir embora, pelo menos espere até eu morrer. Espere até Hamlet voltar para casa. Lembre que eu já estou velha. Sofro com o frio. Boston é meu único lar."

Fui à igreja no domingo. Deus seria meu juiz. Ajoelhei-me. Rezei pela primeira vez com todo o coração. Festa de são Marcos. Sermão de são João. Corri os olhos pela igreja me perguntando qual seria o símbolo que me revelaria a escolha certa. Nós górdios, cordeiros e cabeças de leão, pombas, suásticas, cruzes, espinhos e rodas. Atento durante todo o serviço. Nada. Pedi à pedra. "Rezei por você", disse mamãe. Pegou no meu braço. "Albany está cheia de irlandeses e outros estrangeiros. Para lá você não vai." Jared veio mais tarde. Tocaram Ácis e Galateia.

149

Odiava música. Ácis estava com fome? Galateia era arrimo de família da mãe idosa? Os mortais passavam atribulações piores.

Acordei antes de amanhecer na segunda-feira. Duas, três da manhã. Irresoluto e insone. Sentei-me à janela para tentar tomar uma decisão. A cidade dormia. Poucas luzes. Perspectiva aparentemente inocente. Lembrei de West Farm. Belos verões de outrora! Lembrei de papai. Vida tornada insuportável pela falta do vil metal. A moral de toda uma carreira parecia ser: ganhe dinheiro. Nenhum fogo do inferno arde como a necessidade. A pobreza é a raiz de todo mal. Quem é o ladrão? O pobre. Quem é o bêbado? Também o pobre. Quem faz a filha abrir as pernas na Chardon Street? O pobre. Quem deixa o filho sem pai? O pobre.

Tais considerações acalmaram de alguma forma os escrúpulos morais embora a decisão fosse contrária a meus instintos mais profundos. Românticos talvez. Sonhava sempre com uma bela esposa, esperando-me à sombra no final do dia. Uma casinha branca. Pássaros do amor em árvores floridas. Nellie Melba estava *embonpoint*. Tudo se perdeu. Não vi outra saída, contudo. Luz suave aparecendo no céu. Crepúsculo. Som do primeiro trem subindo a Joy Street. Primeira coisa que fiz foi procurar Whittier. "Estou dentro, senhor", disse eu. Contei-lhe meus planos. Visitar a garota naquela tarde. Casar-me com ela dali a uma ou duas semanas. Quando chegasse a hora do parto, levaria ao endereço em Nahant. Deixaria o bebê ali. Infanticídio? Depois do nascimento do bebê mil dólares seriam depositados no National Trust de Nova York, na conta do escritor.

Vesti o melhor terno preto depois do jantar e fui andando até o endereço em Cambridge. Noite de primavera. Mais de quinze graus. Vento sul soando como tímpanos nas árvores ainda nuas. Muitas estrelas. Luz suave. Diferentes das constelações do inverno. Casa dos arrabaldes de Cambridge. Cães famintos latindo nos calcanhares do escritor. Sem calçada. Tábuas simples sobre o barro. Casinha entre árvores. Bati com tristeza na porta. Um homem alto abriu. Cabelos brancos. Costeletas.

Rosto exaurido. Talvez doente? Esposa pálida ao fundo, segurando um candeeiro. Pavio boiando em óleo de carvão amarelo. Encerrados os cumprimentos, segui o velho casal até a sala, vi a futura esposa.

Bela criança. Cabelos como as asas do corvo. Pele branca como a neve. Pulsos finos. Senti pena, simpatia também. Levada pelo velho bode flatulento para a moita depois do piquenique da escola dominical. O patrão não era popular, nem mesmo entre as beldades da Chardon Street. Crianças no bosque; ela e eu. "O pai estava lendo a Bíblia", disse a mãe. "Lucas", disse o velho. "Capítulo sete, versículo trinta e um." Leu a Bíblia durante uma hora. Terminou com uma oração. Todos ajoelhados. Disse adeus então. "Adeus, sr. Wapshot", foram as únicas palavras da futura esposa. Fui a pé para casa, pensando: será que ela é idiota? Saberia cozinhar?

Levei Clarissa à igreja no domingo seguinte. Em companhia dos pais dela. No caminho fiz a proposta de casamento. "Eu gostaria de me casar com você, sr. Wapshot", ela disse. Então houve alguma felicidade. Tempestade, sim, mas por que não bonança em seguida? A igreja era profundamente batista. Dia de sol. Cochilei durante o sermão. Mais tarde naquela noite contei meus planos a mamãe. A bendita senhora não pregou o olho. Não contei dos fatos em questão. O laconismo, como a cegueira, parece desenvolver outras faculdades. Casei-me no domingo seguinte na Igreja da Ascensão. Padre Masterson oficiou a cerimônia. Velho simpático. Mamãe foi a única testemunha. Fomos de trem até Franconia.

Viagem tediosa no trem. Parando a cada quintal. Foi o que pareceu. Os fundos de todos os celeiros no caminho estavam pintados com propagandas. Elixires. Pílulas de óleo de fígado. Velhos cartazes circenses. Bacalhau defumado. Chá. Café. O fundo do celeiro em St. Botolphs também pintado: Loja de Boston. Preços mais baixos que pedra de rio.

Jovem esposa de cabelos negros, em seu melhor vestido. Fazia todas as suas roupas. Grandiosa delicadeza; graça. Lembrava a delicadeza dos pulsos, dos tornozelos. Alegria passageira, tristeza marcada no rosto. Muita franqueza. Todo o real significado da beleza brota de uma mulher adorável. Poesia. Música. Faz tudo o que ela toca parecer uma revelação. A mão do escritor. O feio vagão do trem. "Uma vez fui a Swamscott de trem", ela disse. Voz musical que fez a viagem parecer um poema. Cisnes. Harpas. Fontes. Swamscott não lhe pareceu grande coisa e os trens de lá pareciam os trens de qualquer parte. Criança perfumada, flexuosa, carregando a semente de um troll. Profunda piedade. Além de forte ereção.

Chegada em Franconia. Fomos direto para a pensão. Oito dólares por semana. Planície americana. Terra nortista. Noites frias mesmo no verão. Serviam o jantar numa sala escura. Não importava. O amor é cego para o pudim frio, para a senhoria pálida, para as manchas no teto. O leito nupcial foi um grande quarto de fazenda. Cabeceira incômoda pintada com uvas roxas. O fogão de ferro ardia. Despidos com a luz acesa, calor de fogo.

Não se pescava nas redondezas. Caminhei com a noiva pelas colinas. Belo cenário. Colinas de um azul leitoso na distância. Velhos lagos. Velhas montanhas. Lugar pungente, ao norte das cidades têxteis. Então prósperas. Depois arruinadas. (Incapaz de enfrentar a competição do sul e do oeste.) Chamada produção marginal. Sam Scat. Campos pedregosos. A maioria das cidades já estavam abandonadas. Buracos de fundação, edifícios arruinados no meio do mato. Casas de fazenda, escolas, até mesmo igrejas. Bosques nos arredores ainda selvagens. Cervos, ursos, linces. A jovem esposa fez um ramalhete de flores dos jardins das esposas dos sitiantes. Então fomos embora. Rosas inglesas. Cravinas. Hemerocales. Flocos e prímulas. Trouxe algumas para o leito nupcial. Colocou num jarro de água. Tinha verdadeiro amor pelas flores. Clima perfeito para preparar o feno. O escritor trabalhou nos campos com o dono da terra, filhos. Trovoadas no final do dia. Nuvens negras se formando. Cantar do galo. Som profundo de colinas de pedra desmoronando. Busquei feno no paiol antes da chuva. Relâmpago em zigue-zague. Uma carroça lotada chega em segurança assim que caem as primeiras gotas. Som circundante. Bem depois que a noite cai, a chuva para, o abraço da esposa traz de volta ao escritor todas as coisas boas. Magia do clima para preparar o feno. Calor do sol. Calafrio de tempestade.

As férias terminam cedo demais. Adeus às colinas, campos, pastagens de gado, campos elísios com verdadeiro pesar. Pinckney Street, Whittier, Grimes etc. Bendita mamãe foi boa com a esposa, nunca fora tão terna com ninguém além de Hamlet. Não chegou a comentar mas parece que sentiu a situação do bebê por vir. Nada de casar por conveniência, no entanto. Casamentos são feitos no céu; era o que parecia. A doce criatura acordava com o escritor de manhã bem cedo. Cerzia meias, arrumava delicadamente o leito nupcial, limpava candeeiros, encerava o piano de jacarandá. Pensava sempre no futuro. Descartar o filho troll e criar a própria família. Morar numa casinha coberta de roseiras depois da morte da bendita mamãe. Na igreja o escritor sempre agradecia a Deus pela doçura da esposa. Rezava do fundo do coração. Nunca teve oportunidade de agradecer a ela por nada. A esposa às vezes cantava ao anoitecer, acompanhada pela mamãe bendita ao piano Hallet & Davis de jacarandá. Voz modesta em alcance mas verdadeiramente aguda e, oh, tão cristalina. Suave, boa, amorosa, agradável, espiritual.

O pequeno troll estava agitado. O abdômen inchou, mas sem desfigurá-la. Cansava-se facilmente no auge do verão. O parto era esperado para outubro. Mandei recado ao escritório certa tarde. Saí do escritório às três. Encontrei as malas prontas, da esposa e do escritor. Peguei o último trem para Nahant. Aluguei charrete até a fazenda Rutherford. Cheguei lá às nove ou mais. Casa escura. Cheiro de sal no vento. Ouvia o som bravio e regular das ondas. Usei tanto o sino quanto a aldrava. A porta foi aberta por uma mulher de rosto emaciado de camisola, penhoar. Cabelos desgrenhados. "Não sei o nome de vocês", ela disse. "Não quero saber. Quanto antes forem embora daqui melhor." Acendi o candeeiro. Desfiz as malas. Fui para a cama. A esposa dormiu mal. Falou durante o sono. Palavras imprecisas. Escutei sua fala atordoada a noite inteira; além do trabalho

153

do mar. Parecia pelo som das ondas se tratar de uma praia plana e pedregosa. Pancadas distintas, sons de batidas em pedras. Baldes de ordenha, som do gado antes do amanhecer. Trabalho cedo. Banho de água fria. "Vocês farão as refeições na cozinha", disse a senhoria pálida. "Assim que você conseguir, também vai trabalhar. Não vou ficar paparicando ninguém."

O marido dela se apresentou durante o café da manhã. Um metro e sessenta e oito. Cinquenta e seis quilos. Nanico. Pobre espécime. Parecia pau-mandado da mulher. Fora dono de estábulo ou ao menos assim se dizia. Histórias de prosperidade. Outrora tivera o maior guarda-roupa de Nahant. Sessenta e quatro cavalos. Sete cavalariços empregados. Todos mortos de epidemia. Documentos do esplendor exibidos. Recibo de alimentos de mil dólares. Contas também de alfaiate, açougue, mercearia etc. Tudo perdido. Caminhada com Clarissa na praia. Querida esposa coletou pedras coloridas, conchas, na saia. O dia custou a passar. A situação parecia um nó górdio, e cortá-lo, um sonho do futuro. Pintei com tintas róseas a imagem da casinha no campo, crianças à volta, vida aprazível. O resultado líquido desse mar de rosas foi fazer a esposa chorar.

As dores do parto começaram às sete. Cama molhada. Bolsa rompida ou outro desses termos. O escritor não está familiarizado, até hoje, com o jargão obstétrico. "Pai nosso que estais no céu", disse Clarissa. Não parou mais de rezar. Dores difíceis. Primeira experiência com tais coisas. Segurei a esposa nos braços quando as contrações começaram. A senhoria pálida esperou no quarto ao lado. Som de cadeira de balanço. "Coloque um cobertor na boca dela", disse ela. "Desse jeito vão escutá-la na casa dos Dexter." Contração mais violenta às onze. De repente vi sangue, a cabeça do bebê. A senhoria entrou apressada. Tirou-me dali. Chamou o marido pau-mandado para trazer água, panos etc. Muito entra e sai. A senhoria pálida saiu às duas da manhã. "Você teve uma menina", ela disse. Transformação mágica! Uma indiferença total. Entrei para ver a bebê. Dormindo numa caixa de sabão. Clarissa também dormia. Beijei-lhe a testa. Sentei-me na cadeira ao lado até amanhecer.

154

Fui caminhar na praia. Nuvens com a forma recurva da borda da vieira. Luz filtrando-se no mar. Forma do céu ainda vívida na lembrança. Voltei ao quarto na ponta dos pés. Abri a porta. Clarissa na cama, sorria. Mechas de cabelo escuro. Bebê no peito, inchado de leite. O escritor chorou pela primeira vez desde que saiu do West River. "Não chore", disse Clarissa. "Estou feliz."

Passos pesados da pálida senhoria. Transformação ainda em curso. "Deus te abençoe, querida, garotinha querida", ela disse à bebê. Voz aguda, esganiçada. "Olha só esses dedinhos lindos", ela disse. "Olha só que dedinhos lindos. Vou levá-la agora." "Deixe ela mamar mais um pouco", disse Clarissa. "Deixe ela terminar o jantar", falei. "Bem, vocês não vão levar a bebê com vocês", ela disse, "e como vocês não vão levar a bebê e como ela não vai ser a filha de vocês não faz sentido você amamentar." "Deixe ela mamar só mais um pouco", disse Clarissa. "Quem sou eu para julgar", ela disse, "nem sou de me meter nos negócios dos outros, mas se vocês não tivessem feito pecado não teriam vindo aqui para esse fim de mundo para ter a bebê e quando uma criança mama o leite de uma mãe que fez pecado toda a maldade e imoralidade e luxúria passa direto para a criança através do leite da mãe", ela falou. "Você tem uma língua venenosa", falei, "e gostaríamos que nos deixasse em paz agora." "Deixe ela mamar mais um pouquinho", disse Clarissa. "Só estou fazendo o que me pagaram para fazer", ela falou, "e tem mais, ela é uma criatura de Deus e não é justo deixá-la beber toda a fraqueza de outra pessoa logo ao nascer." "Deixe-nos em paz", falei. "Ela tem razão, Leander", disse Clarissa e tirou a criança de seu belo seio e entregou à intrusa. Então virou o rosto para o lado e chorou.

Ela chorou o dia inteiro; a noite inteira ela chorou. Ela inundou um leito de lágrimas. Pela manhã ajudei-a a se vestir. Estava fraca demais para se vestir sozinha, fraca demais até para levantar os cabelos escuros, e levantei-lhe os cabelos e segurei-os até que ela os prendesse com grampos. Havia um trem às nove da manhã para Boston e enviei um recado ao cocheiro para nos buscar a tempo de embarcarmos. Então fiz nossas malas e levei-as até a beira da estrada. Então escutei a senhoria berrar: "Seus... seus... onde ela está?". Oh, então ela nos fitou feito uma harpia. "Ela fugiu. Vá até os Dexter, vá pelo caminho dos Dexter. Eu vou pela trilha de conchas. Precisamos alcançá-la." E lá se foi ela com suas botas enlameadas. Lá se foi o ex-dono de estábulo com seu gadanho de estrume. A perseguição foi além do horizonte. Ouviu-se a bebê chorando no jardim. Choramingos, na verdade. Ela fugira, mas não conseguira ir muito longe.

A pereira no jardim podada para parecer uma fonte, talvez pela sombra. Graciosa tenda de folhas. Ali debaixo ela estava. Espartilho desabotoado. Camisola aberta. Criança no peito. Choro irritado. Não falamos; ela e eu. Olhares apenas. Sem explicações nem nomes. Criança mamando, mas também chorando. Uma garoa começou a cair; mas não sobre nós. A pereira serviu-nos de abrigo. A bebê adormeceu. Quanto tempo ficamos ali sentados, não sei. Talvez meia hora. Observei a trilha de conchas de ostras escurecer com a chuva. Ainda assim nenhuma gota nos atingiu. "Tenho mais lágrimas do que leite", ela disse. "Tenho mais lágrimas do que leite. Chorei até meus seios secarem." Levei a bebê adormecida, protegida pela minha cabeça, pelos meus ombros, da chuva, de volta até a caixa de sabão na cozinha junto ao fogão. Peguei a charrete até a estação.

Não desejo insistir em assuntos sórdidos, tristezas etc. A bestialidade do luto. Momentos na vida em que só podemos contar com a vontade bruta para viver. Esquecer. Esquecer. (Com isso Leander quis dizer que Clarissa morreu afogada no Charles River naquela mesma noite.) Peguei o trem até St. Botolphs na manhã seguinte com a velha mãe e a pobre Clarissa.

Dia nublado. Não frio. Ventos variáveis. Sul, sudoeste. Carro fúnebre na estação. Uns poucos curiosos observando. Padre Frisbee oficiou. Já velho na época; velho amigo. Rosto arroxeado. Batina enfunada pelo vento. Exibindo as botinas fora de moda. Meias grossas. Jazigo da família na colina depois do rio.

Água, colinas, campos restauraram um primeiro lampejo de razão. Jamais casar novamente. Telhado da velha casa visível à distância. Morada de ratos, esquilos, ouriços. Casa mal-assombrada para crianças. O vento parou no meio da oração. Distante, elétrico aroma de chuva. Som por entre as folhas; restolho. É breve, disse o padre Frisbee. Cheio de angústia. A chuva é mais eloquente, encorajadora e misericordiosa. O som mais antigo a chegar à varanda do ouvido do homem.

20

O gordo que dera dicas a Coverly de como se barbear havia começado a entrar no quarto de Coverly à noite depois do jantar e aconselhá-lo sobre como se dar bem na vida. Era um viúvo que tinha uma casa em algum lugar mais para o norte aonde ia nos fins de semana e que contava trocados vivendo na pensão para um dia poder se aposentar com conforto. Ele tinha um emprego no serviço público e tinha o palpite de que Coverly também devia tentar um emprego público. Ele trouxe aqueles jornais de vagas no serviço público e ficava lhe mostrando oportunidades para pessoas com segundo grau completo ou oportunidades para especialistas formados em escolas do serviço público da cidade. Naquele ano havia procura por compiladores e ele sugeriu a Coverly que era a melhor chance que ele teria. O governo pagaria metade da formação de Coverly no Instituto MacIlhenney. Era um curso de quatro meses e se ele passasse nos exames seria levado para trabalhar no governo recebendo setenta e cinco dólares por semana. Aconselhado e estimulado por seu amigo, Coverly inscreveu-se num curso noturno de compilação. O curso consistia na tradução de experimentos de física em símbolos — ou fitas — que podiam alimentar uma máquina de computação.

A rotina de Coverly era a seguinte. Ele batia ponto na Warburton's às oito e meia e descia a escada dos fundos até o porão. O ar era espetacularmente carregado: o fedor e o abarrotamento dos bastidores de uma loja de departamentos. Os outros rapazes do estoque tinham idades variadas — um deles estava na casa dos sessenta — e todos se impressionavam com o sotaque arrastado de Coverly e suas referências à vida em St. Botolphs. Eles desembrulhavam a mercadoria assim que chegava e a enviavam pelos elevadores de carga até os departamentos lá em cima. Quando havia liquidações às vezes trabalhavam até meia-noite, descarregando prateleiras de casacos de pele ou pacotes de lençóis. Três noites por semana, quando Coverly tinha terminado o serviço na Warburton's, ele assinava a lista do monitor no Instituto MacIlhenney. Ficava no quarto andar de um prédio de escritórios que parecia abrigar muitas outras escolas — instituto de retratos fotográficos, jornalismo e música. O único elevador que funcionava à noite era um elevador de carga, operado por um velho de macacão que fazia, franzindo os lábios, uma ótima imitação de uma trompa. Ele executava a abertura de *Guilherme Tell* enquanto subia e descia com seus passageiros e gostava que o elogiassem. Havia vinte e quatro alunos na sala de Coverly e o instrutor era um rapaz que já parecia ter tido um dia duríssimo quando chegava para o curso. A primeira aula foi uma conversa vocacional sobre cibernética e automação, e se Coverly, com sua disposição ligeiramente pesarosa, estivera inclinado a encontrar alguma ironia em sua futura relação com uma máquina pensante, foi prontamente desencorajado. Então começaram a decorar o código.

Era como aprender uma língua e uma das mais rudimentares. Tudo era feito mediante rotinas. Esperava-se que decorassem cinquenta símbolos por semana. Eram testados durante quinze minutos no início de cada aula e faziam testes de velocidade após as duas horas de curso. Depois de um mês esses símbolos — como no estudo de qualquer língua — haviam começado a dominar os pensamentos de Coverly, e ao caminhar pela rua ele adquirira o hábito de agrupar números ou placas de carros, preços nas vitrines e algarismos de relógios de modo que pudessem alimentar uma máquina. Quando acabava a aula ele às vezes bebia uma xícara de café com um amigo que

158

frequentava a escola cinco noites por semana. O nome dele era Mittler e seu outro emprego era na Dale Carnegie e Coverly ficou muito impressionado com o modo como Mittler conseguia se fazer simpático. Moses veio um domingo visitar Coverly e passaram o dia passeando pelas ruas e tomando cerveja mas quando chegou a hora de Moses retornar a separação foi tão dolorosa para ambos que Moses nunca mais voltou. Coverly planejava ir a St. Botolphs no Natal mas teve uma oportunidade de fazer hora extra na véspera de Natal e aceitou, pois estava na cidade, afinal, para ganhar a vida.

Todas as coisas marinhas pertencem a Vênus; pérolas e conchas e o ouro dos alquimistas e as algas e o aroma lascivo das marés baixas, o verde da água da costa, e o púrpura mais além e a alegria das distâncias e o fragor das construções desabando, tudo isso é dela, mas ela não sai do mar por qualquer um de nós. Ela saiu por Coverly através da porta giratória de uma lanchonete nos anos 40 aonde ele fora comer alguma coisa depois da aula no MacIlhenney. Ela era magra, morena e se chamava Betsey MacCaffery — criada no agreste do norte da Geórgia —, órfã, com os olhos vermelhos naquela noite de tanto chorar. Coverly era o único freguês da lanchonete. Ela trouxe para ele um copo de leite e um sanduíche num saquinho e então foi até o final do balcão e começou a lavar copos. De quando em quando ela respirava profundamente, trêmula — com um som que a fazia parecer a Coverly, quando ela se inclinava sobre a pia, terna e nua. Depois de comer metade do sanduíche ele falou com ela:

"Por que você está chorando?"

"Oh, Jesus", ela disse. "Eu sei que não devia ficar aqui chorando na frente de estranhos, mas o patrão acabou de chegar e me viu fumando e me deu uma bronca. Não tinha ninguém. É sempre fraco o movimento a essa hora quando está chovendo, mas a culpa não é minha, é? Eu não tenho culpa que está chovendo e não aguento ficar lá fora chamando as pessoas para dentro. Bem, estava parado e não entrou ninguém durante qua-

159

se vinte — vinte e cinco ou trinta minutos — e então eu fui lá atrás e acendi um cigarro e então ele entrou bem nessa hora, fungando feito um porco, e me xingou. Ele falou coisas horríveis para mim."

"Você não devia ligar para o que ele diz."

"Você é inglês?"

"Não", disse Coverly. "Sou de um lugar chamado St. Botolphs. É uma cidadezinha, ao norte."

"Eu perguntei porque você não fala como as outras pessoas. Eu também sou de uma cidade pequena. Sou uma garota do interior. Acho que esse é o meu problema. Não tenho essa carapaça que é preciso ter para viver na cidade. Tive tanto problema essa semana. Acabei de mudar para um apartamento com a minha amiga. Eu tenho, ou melhor dizendo, eu tinha uma amiga, a Helen Bent. Eu achava que ela era a minha melhor amiga; amiga de verdade. Ela me fez acreditar que era minha melhor amiga. Bem, como a gente era melhor amiga uma da outra achei que seria bom alugar um apartamento junto com ela. A gente era inseparável. Era o que as pessoas diziam de nós. Se você convida Betsey, convida Helen também, as pessoas falavam. Essas duas são grudadas. Bem, a gente alugou juntas esse apartamento, minha amiga e eu. Isso há coisa de um mês; um mês ou seis semanas. Bem, assim que nos mudamos para lá e arrumamos tudo e começamos a aproveitar descobri que era tudo uma armação. Ela só queria dividir o lugar comigo para poder levar homem para lá. Antes ela morava com os pais no Queens. Bem, eu não tenho nada contra ter um namorado de vez em quando mas era um apartamento de um cômodo e ela levava homem toda noite e naturalmente eu ficava constrangida. Era tanto homem entrando e saindo que nem parecia mais minha casa. Bem, às vezes quando chegava a hora de voltar para o meu próprio apartamento, onde eu pagava aluguel e tinha todos os meus móveis, eu me sentia tão chateada de encontrar com ela e algum de seus namorados que eu saía à noite e entrava num cinema. Bem, finalmente falei com ela. Helen, falei, esse lugar não está mais parecendo a minha casa. Não faz

160

sentido eu pagar aluguel, falei, se tenho que ficar fazendo hora num cinema. Bem, aí ela mostrou quem era na verdade. Oh, que coisas horrorosas ela me disse. Quando voltei para o apartamento no dia seguinte ela havia ido embora, levou a televisão e tudo o mais. Fiquei contente de não encontrar mais com ela, claro, mas acabei tendo que arcar com o apartamento sem ninguém para dividir o aluguel e com um emprego desses não tenho chance de fazer outras amizades."

Ela perguntou se Coverly queria pedir mais alguma coisa. Estava quase na hora de fechar e Coverly perguntou se podia acompanhá-la.

"Você realmente vem de uma cidade pequena, sem dúvida", ela disse. "Dá para ver que você é de uma cidade pequena quando pergunta se pode me acompanhar até em casa, mas acontece que eu moro a cinco quarteirões daqui e vou sempre a pé para casa e acho que não teria problema nenhum, contanto que você não fique abusado. Já fui abusada demais por hoje. Você tem que jurar que não vai ser abusado."

"Juro", disse Coverly.

Ela ficou falando sem parar enquanto arrumava as coisas para fechar a lanchonete e quando terminou ela pôs um chapéu e um casaco e saiu com Coverly na chuva. Ele adorou a companhia dela. Uma nova-iorquina, ele pensou — acompanhando a balconista da lanchonete na chuva. Quando chegaram no prédio dela ela o lembrou da promessa de não ser abusado e ele não pediu para subir, mas convidou-a para jantar com ele alguma noite. "Bem, eu adoraria", ela disse. "Domingo é minha única noite de folga, mas se você puder no domingo eu adoraria jantar com você no domingo à noite. Tem um restaurante italiano muito simpático ali do lado e a gente pode ir lá... eu nunca fui, mas essa minha ex-amiga me contou que é muito bom... uma comida excelente, e se você puder me buscar por volta das sete..." Coverly ficou a observá-la atravessando o saguão iluminado até a porta interna, uma garota magra e não muito graciosa, sentindo, com a certeza com que o cisne reconhece sua fêmea, que estava apaixonado.

21

Nordeste (escreveu Leander). Vento voltando de sudoeste. Terceira perturbação equinocial da temporada. Nem tudo no amor é entusiasmo e rebeldia. — No sótão a música de harpa quebrada da água gotejando em baldes e panelas havia se iniciado e, sentindo-se resfriado e exposto à visão sombria do rio na chuva, ele afastou seus papéis e desceu as escadas. Sarah estava em Travertine. Lulu estava fora. Ele foi até a sala dos fundos, onde ficou completamente entretido em preparar e acender a lareira — observando como o fogo começava, inspirando o perfume da lenha limpa e sentindo o calor chegar-lhe até as mãos e então atravessar suas roupas. Quando estava aquecido ele foi até a janela olhar o tempo fechado. Ficou surpreso ao ver um carro passando o portão e subindo pela rampa da entrada. Era um dos velhos sedãs do ponto de táxi da estação.

O carro parou junto à porta lateral e ele viu uma mulher se inclinar para a frente e conversar com o motorista. Ele não reconheceu a passageira — discreta e grisalha — e imaginou que fosse uma amiga de Sarah. Observou-a da janela. Ela abriu a porta do carro e caminhou, através da fina cortina de chuva que caía das calhas rachadas, até a porta. Leander ficou contente de ter companhia e foi até o corredor e abriu a porta antes que ela tocasse.

O que viu foi uma mulher comum, o casaco escurecido nos ombros pela chuva. O rosto era comprido, o chapéu enfeitado alegremente com penas brancas e duras, como as penas usadas nas bolas de badminton, e o casaco estava gasto. Leander tinha visto, pensou, centenas iguais a ela. Eram o timbre da Nova Inglaterra. Dedicadas, devotas e duras, pareciam haver temperado seus espíritos com a relva que cresce nas pastagens altas. Eram as mulheres, pensou Leander, em cuja lembrança os barcos das frotas de pesca da cavala eram batizados: Alice, Esther, Agnes, Maybelle e Ruth. O fato de haver penas em seu chapéu, um alfinete feio de conchas espetado no colo liso, de haver algo de feminino, qualquer ornamento em tal desestimulante figura, pareceu a Leander comovente.

"Entre", disse Leander. "Imagino que esteja procurando a sra. Wapshot."

"Creio que o senhor é o cavalheiro que estou procurando", ela disse com um olhar tão atribulado e tímido que Leander baixou os olhos para as próprias roupas. "Sou a srta. Helen Rutherford. É o sr. Wapshot?"

"Sim, sou Leander Wapshot. Entre, saia da chuva. Vamos até a saleta. Acendi a lareira." Ela seguiu Leander pelo corredor e ele abriu a porta que dava na sala dos fundos. "Sente-se", ele disse. "Sente-se na poltrona vermelha. Junto ao fogo. Deixe suas roupas secarem um pouco."

"Vocês têm uma bela casa, sr. Wapshot", disse ela.

"É grande demais", disse Leander. "Sabe quantas portas temos nesta casa? São cento e vinte e duas. Ora, por que veio me procurar afinal?"

Ela aspirou pelo nariz como se estivesse resfriada ou houvesse chorado e começou a desafivelar uma valise pesada que trazia.

"Seu nome me foi passado por um conhecido. Sou representante oficial do Instituto de Autoajuda. Ainda temos algumas vagas para homens e mulheres qualificados. O dr. Bartholomew, diretor do instituto, divide o conhecimento humano em sete ramos. Ciência, artes — tanto as artes da cultura como as artes do bem-estar físico —, religião..."

"Quem lhe passou o meu nome?", perguntou Leander.

"O dr. Bartholomew acredita que é mais uma questão de inclinação que de formação", disse a desconhecida. "Muitas pessoas que tiveram a sorte de receber uma educação universitária não são consideradas qualificadas pelos critérios do dr. Bartholomew." Ela falava sem ênfase nem sentimento, quase apavorada, como se houvesse se dado conta de alguma outra coisa, e mantinha os olhos fixos no chão. "Educadores do mundo inteiro e algumas das cabeças coroadas da Europa aprovaram os métodos do dr. Bartholomew e o ensaio do dr. Bartholomew

163

sobre 'A ciência da religião' faz parte da Biblioteca Real da Holanda. Aqui eu tenho uma fotografia do dr. Bartholomew e..."

"Quem lhe passou o meu nome?", Leander perguntou novamente.

"O papai", ela disse. "O papai me deu o seu nome." Ela começou a torcer as mãos. "Ele morreu no verão passado. Oh, ele era tão bom para mim, ele era como um papai de verdade, não havia uma coisa no mundo que ele não fizesse por mim. Ele foi o meu melhor namorado. Aos domingos a gente costumava passear de mãos dadas. Ele era terrivelmente inteligente mas foi passado para trás. Tiraram tudo dele. Mas ele não tinha medo, não tinha medo de nada. Uma vez fomos a um show em Boston. Era meu aniversário. Ele comprou os ingressos mais caros. Era para ser na orquestra mas quando chegamos para sentar puseram a gente no balcão. A gente pagou por lugares na orquestra — foi o que ele me disse — e vamos descer e sentar na orquestra. Então ele pegou na minha mão e descemos e ele disse ao funcionário — ele era uma dessas pessoas obstinadas —, a gente pagou para sentar na orquestra e vamos sentar na orquestra. Sinto tanto a falta dele que não consigo pensar em outra coisa. Ele nunca me deixava sair sem ele. E então no verão passado ele morreu."

"Onde você mora?", perguntou Leander.

"Em Nahant."

"Nahant?"

"Sim. O papai me contou tudo."

"Como assim?", disse Leander.

"O papai me contou tudo. Ele me disse que vocês chegaram de noite, como ladrões, ele dizia, e contou que o sr. Whittier pagou tudo e a mamãe não me deixou mamar o leite da maldade."

"Quem é você?", disse Leander.

"Sou sua filha."

"Ah, não", disse Leander. "Isso é mentira. Você é uma maluca. Saia já daqui."

"Eu sou sua filha."

"Não", disse Leander. "Você inventou isso tudo, você e aquele pessoal de Nahant. Vocês inventaram tudo isso. Agora saia já da minha casa. Deixe-me em paz."

"Você caminhava pela praia", ela disse. "O papai se lembrava de tudo e disse que você acreditaria em mim e me daria dinheiro. Ele lembrava até do terno que você usava. Ele disse que você tinha um terno xadrez. Ele disse que vocês passeavam na praia e pegavam conchas."

"Saia já da minha casa", disse Leander.

"Eu não vou embora enquanto você não me der algum dinheiro. Você nunca procurou saber se eu estava viva ou morta. Agora eu quero dinheiro. Depois que o papai morreu eu vendi a casa e fiquei com algum dinheiro e então eu tive que assumir o serviço dele. É duro para mim. É duro demais para mim. Eu não sou forte. E tenho que trabalhar mesmo com o tempo ruim. Quero algum dinheiro."

"Eu não vou lhe dar nada."

"Foi o que o papai falou. Ele disse que você ia tentar se esquivar para não me ajudar. O papai disse que você falaria isso mesmo, mas ele me fez jurar que eu viria vê-lo." Então ele se levantou e pegou a valise dela. "Deus será seu juiz", ela disse já se levantando, "mas eu conheço os meus direitos e posso levá-lo aos tribunais e sujar o seu nome." Então ela saiu pelo corredor e quando ela chegou à porta Leander chamou por ela. "Espere, espere, espere, por favor", e atravessou o corredor. "Posso lhe dar uma coisa", disse ele. "Tenho algumas coisas sobrando aqui. Tenho uma corrente de relógio de jade e um cordão de ouro e posso lhe mostrar a sepultura de sua mãe. Fica na cidade."

"Eu cuspiria nela", ela disse. "Eu cuspiria nela." Então ela saiu andando até onde o táxi a esperava e foi-se embora.

22

Uma semana ou dez dias depois de seu jantar com Betsey, Coverly mudou-se para o apartamento dela. Isso exigiu um bocado de persuasão da parte de Coverly mas a resistência dela o cativou e parecia expressar a seriedade com que ela encarava a si própria. A alegação dele se baseou — indiretamente — no fato de que ela precisava de alguém para cuidar dela, no fato de que ela não tinha, conforme ela mesma admitira, a carapaça que a cidade exigia. O sentimento de Coverly diante do desamparo dela era poético e absorvente e quando pensava nela em sua ausência era com um misto de piedade e beligerância. Ela estava só e ele a defenderia. Havia isso e havia o fato de que a relação deles desabrochou com grande evidência lógica, e o casamento informal ou união, levado a termo numa cidade grande e estranha, deixou Coverly muito feliz. Ela era a amada; ele era o amante — nunca houve dúvida alguma quanto a isso e isso se ajustava à disposição de Coverly e conferiu à sua corte e à vida deles dois juntos a vivacidade de uma perseguição. A busca que ela empreendera por amizades tinha sido árdua e frustrante e foram essas mesmas frustrações e exasperações que Coverly se viu em condições de reparar. Não havia nela nenhuma pretensão — nenhuma lembrança de bailes de caçadores nem de javalis — e ela estava pronta e ansiosa para lhe preparar o jantar e aquecer seus ossos à noite. Ela fora criada pela avó, que queria que ela fosse professora, e odiava tanto o sul que acabou aceitando o primeiro emprego que a levasse dali. Ele reconheceu seu desamparo, mas reconheceu, em nível muito mais profundo, sua excelência humana, as comoventes qualidades de uma andarilha, pois era isso que ela era e admitia ser e embora desempenhasse todos os papéis do amor não dizia a ele que estava apaixonada. Nos fins de semana eles faziam caminhadas, passeavam de metrô e de ferryboat, e conversavam sobre seus planos e preferências, e no auge do inverno Coverly a pediu em casamento. A reação de Betsey foi estabanada, chorosa e amável, e Coverly escreveu sobre seus planos numa carta para St. Botolphs. Queria se casar assim que passasse no concurso para o serviço público e fosse designado para alguma das plataformas de lançamento de foguetes onde empregavam os compiladores. Ele anexou uma fotografia de Betsey, mas não levaria a noiva para St. Botolphs até tirar férias. Tomou tais precauções pois lhe ocorrera que o sotaque sulista de Betsey e seus modos algo irrequietos podiam não agradar Honora e a coisa sensata a fazer seria casar e fazer um filho antes que Honora conhecesse a esposa. Leander talvez tenha percebido isso — suas cartas para Coverly expressaram congratulações e afeto — e podia passar por sua cabeça que com Coverly casado eles podiam todos ir para a Rua da Fartura. Isso lá no fundo de seus pensamentos. Sarah ficou magoada ao saber que Coverly não se casaria na Igreja de Cristo.

Coverly passou com louvor no concurso em abril e ficou surpreso ao saber que o Instituto MacIlhenney faria uma cerimônia de formatura. Isso aconteceu no quinto andar do mesmo edifício num conservatório de piano onde duas salas foram anexadas para fazer um auditório. Todos os colegas de Coverly compareceram com as famílias ou esposas, e Betsey pôde estrear um novo chapéu. Uma senhora, desconhecida de todos, tocou "Pompa e circunstância" no piano e conforme os nomes eram chamados eles iam para a frente do salão e pegavam seus diplomas das mãos do sr. MacIlhenney. Então desceram ao quarto andar e encontraram a sra. MacIlhenney postada diante de um serviço de chá alugado e uma bandeja de biscoitos dinamarqueses. Coverly e Betsey se casaram na manhã seguinte na Igreja da Transfiguração. Mittler foi a única testemunha e passaram a lua de mel de três dias numa ilha onde Mittler possuía um chalé que emprestou para eles. Sarah escreveu a Coverly uma longa carta sobre o que ela mandaria da fazenda quando ele se estabelecesse — a porcelana cantonesa e as cadeiras pintadas — e Leander escreveu uma carta em que dizia, entre outras coisas, que fazer um filho era fácil como soprar uma pena pousada no joelho. Honora enviou um cheque de duzentos dólares, mas não escreveu nenhum bilhete.

Coverly entrou para o serviço público e foi qualificado como compilador. Ele sabia, àquela altura, a localização da maioria das plataformas de lançamento de foguetes do país e assim que se estabelecesse mandaria buscar Betsey para começarem a vida de casados. Embora o status de Coverly fosse de servidor civil seu posto era numa base militar e o translado oferecido foi da aeronáutica. Suas ordens chegaram em código. Uma semana após o casamento ele embarcou num velho C-54 com assentos inteiriços e se viu, no dia seguinte, num campo de pouso nos arrabaldes de San Francisco. Seu palpite na época era que seria enviado para o Oregon ou que voaria de volta para alguma base no deserto. Ele telefonou para Betsey e ela chorou ao ouvir sua voz mas ele garantiu que dali a uma semana ou dez dias estariam juntos outra vez numa casa só para eles. Ele era muito dedicado à esposa e se deitava todas as noites em seu catre militar com o espectro de Betsey, dormia com a sombra dela nos braços e despertava a cada manhã com uma poderosa saudade de sua Vênus de lanchonete e esposa. Houve um certo atraso na segunda etapa de sua jornada e ele foi mantido na base aérea de San Francisco por quase uma semana.

Todos nós, homens e rapazes, sabemos como é uma caserna provisória e não há necessidade de nos alongarmos sobre sua precariedade. O fato de Coverly ser um civil não lhe conferia nenhuma liberdade e fosse ele ao clube dos oficiais ou ao cinema precisava fazer relatórios de seu paradeiro ao posto de comando do regimento. Ele podia ver dali as colinas de San Francisco do outro lado da baía e, pensando que aquela cidade — ou algum terreno de manobras das redondezas — seria seu destino, ele escreveu esperançoso a Betsey sobre a vinda dela para o oeste. "Estava frio no alojamento ontem à noite e como eu queria que você estivesse na cama comigo para me aquecer." E assim por diante. Ele estava morando com uma dúzia de homens que pareciam haver sido retirados de instalações permanentes no Pacífico por serem considerados inaptos para o serviço. O mais articulado deles era um mexicano que não suportara a comida do exército porque não levava pimenta. Ele contava sua história para quem quisesse ouvir. Vinha emagrecendo desde que começara com a comida da caserna. Ele sabia qual era o problema. Precisava de pimenta. Comera pimenta a vida inteira. Até o leite da mãe era apimentado. Implorara aos cozinheiros do exército e aos médicos que lhe dessem pimenta mas eles não levavam suas súplicas a sério. Escrevera para a mãe e ela lhe enviara um envelope com algumas sementes de pimenta que ele havia plantado ao redor de uma casamata de artilharia antiaérea onde o solo era fértil e batia bastante sol. Ele as regara e cuidara delas e quando tinham acabado de brotar o oficial no comando mandara arrancá-las. Era pouco militar fazer uma horta junto a uma casamata. Essa ordem deixou o mexicano arrasado. Ele perdeu peso; ficou tão pálido que precisou ir para a enfermaria; e agora estava sendo dispensado do exército por incapacidade mental. Ele que teria servido feliz a bandeira, dizia, se pudesse pôr pimenta na comida. Suas queixas pareciam bastante razoáveis mas acabavam cansando noite após noite e Coverly costumava ficar fora do alojamento até o apagar das luzes.

Fazia suas refeições no clube com os oficiais, perdia ou ganhava uns trocados nas máquinas, bebia um copo de gengibirra no bar e ia ao cinema. Assistia a faroestes, fitas de máfia, histórias de amor feliz ou infeliz tanto em cores brilhantes quanto em preto e branco. Uma noite estava vendo um filme quando os alto-falantes anunciaram: "Atenção, atenção, todos. Os seguintes homens devem se apresentar no bloco 32 com bagagem. Soldado Joseph Di Giacinto. Soldado Henry Wollaston. Tenente Marvin Smythe. Sr. Coverly Wapshot...". A plateia vaiou e assobiou e entoou: "Vocês vão se dar maaaaal", conforme eles foram saindo no escuro. Coverly pegou sua valise e seguiu até o bloco 32 e foi conduzido com o resto dos homens até a pista de pouso. Cada um tinha uma teoria sobre o próprio destino. Estavam indo para o Oregon, Alasca ou Japão. Nunca ocorrera a Coverly que pudesse ser mandado para fora do país e ele ficou preocupado. Depositava suas esperanças no Oregon, mas resolveu que se fosse para o Alasca Betsey poderia se encontrar com ele por lá. Assim que embarcaram no avião as portas foram trancadas e taxiaram na pista e decolaram. Era um avião velho e viajava a uma velocidade conservadora, imaginou Coverly, e se o destino fosse o Oregon chegariam antes de amanhecer o dia.

169

O avião estava quente e abafado e ele acabou dormindo, e acordando ao amanhecer e olhando pela janela ele viu que estavam em pleno Pacífico. Voaram para oeste o dia todo, jogando dados e lendo a Bíblia, que era só o que tinham para ler, e ao anoitecer viram as luzes de Diamond Head e pousaram em Oahu.

Coverly recebeu um beliche em outro alojamento provisório e disseram que se apresentasse na pista pela manhã. Ninguém veio dizer se suas viagens terminariam ali, mas ele imaginou, pela cara dos funcionários do posto de comando, que ainda tinha chão pela frente. Despachou sua valise e pegou uma carona num jipe até Honolulu. Fazia uma noite quente, malcheirosa, de trovão nas montanhas. Vieram-lhe lembranças de Thaddeus e Alice, de Honora e do velho Benjamin e ele refez os passos de tantos Wapshot, mas isso não era grande consolo. Havia metade do mundo entre ele e Betsey e todos os seus planos de felicidade e filhos, e a honra do nome da família pareceu-lhe cruelmente suspensa ou destruída. Ele viu num muro uma placa que dizia: ENVIE POR AVIÃO UMA TIARA DE FLORES PARA SUA NAMORADA POR APENAS TRÊS DÓLARES. Seria uma forma de expressar todo o seu carinho por Betsey e ele perguntou a um soldado perto do velho palácio onde podia conseguir uma daquelas. Ele seguiu a indicação do soldado e tocou a campainha de uma casa onde uma mulher gorda em trajes de dormir o deixou entrar. "Eu queria uma dessas de três dólares", disse Coverly com tristeza.

"Bem, você veio ao lugar certo, querido", ela disse. "Vamos, entre. Entre e beba alguma coisa que eu vou cuidar de você em um minuto." Ela o pegou pelo braço e o levou até uma sala onde outros homens estavam bebendo cerveja.

"Oh, sinto muito", disse Coverly de repente. "Deve haver algum engano. Sabe como é, eu sou casado."

"Bem, isso não faz a menor diferença", disse a mulher gorda. "Mais da metade das minhas meninas é casada e eu mesma fiquei dezenove anos casada."

"Foi um engano", disse Coverly.

"Bem, decida-se", disse a mulher gorda. "Você entra aqui dizendo que quer uma de três dólares e estou fazendo o melhor que posso por você."

"Oh, me desculpe", disse Coverly, e foi embora.

De manhã ele embarcou em outro avião e viajou o dia inteiro. Pouco antes de escurecer sobrevoaram a pista e Coverly pôde ver, na luz tempestuosa, um atol comprido, em forma de cimitarra, com uma linha de arrebentação de um dos lados, um amontoado de construções e uma plataforma de lançamento de foguetes. A pista era curta e o piloto fez três tentativas antes de aterrissar. Coverly saltou pela porta e atravessou a pista até um escritório onde um funcionário lhe passou as ordens. Ele estava na Ilha 93 — uma instalação que era metade militar, metade civil. O serviço duraria nove meses com duas semanas de férias num acampamento de repouso em Manila ou Brisbane; era só escolher.

23

Moses foi promovido e comprou um carro e alugou um apartamento. Trabalhou duro no escritório e ainda tinha que levar muito trabalho para casa que o sr. Boynton lhe passava. Via Beatrice praticamente uma vez por semana. Essa era uma combinação agradável e irresponsável pois ele descobriria muito em breve que o casamento de Beatrice havia ido por água abaixo muito antes de ele ter posto os pés no Marine Room. Chucky estava saindo com a garota que cantava na banda e Beatrice gostava de falar sobre sua perfídia e ingratidão. Ela dera dinheiro a ele para organizar a banda. Ela o apoiara. Chegara mesmo a comprar roupas para ele. Beatrice queria ficar brava, mas não era de sua natureza. O modo delicado como formava suas palavras parecia excluir qualquer aspecto mais profundo das atribulações humanas. Ela tivera problemas — muitos aliás — mas não conseguia passar isso na voz. Estava pensando em viajar e falou em começar uma vida nova no México, na Itália ou na França. Disse que tinha um bocado de dinheiro mas se fosse mesmo assim Moses se perguntou por que ela continuava com aquele armário de papelão estropiado e usava aquelas peles esfiapadas. Chegando inesperadamente no apartamento dela certa noite, Moses só pôde entrar depois de se acalmar no corredor por um bom tempo. Pelo barulho lá dentro ele deduziu que ela estava recebendo outro visitante e quando por fim ela o deixou entrar ele ficou se perguntando se aquele seu rival estaria escondido no banheiro ou espremido no armário. Mas ele não estava nem um pouco preocupado com a vida que ela levava e ficou ali tempo suficiente para fumar um cigarro e então saiu para ver um filme.

Foi um tipo de relacionamento útil e pacífico o bastante até Moses começar a se desinteressar e então foi Beatrice quem se tornou ardente e exigente. Ela não podia procurá-lo em seu escritório mas telefonava para o apartamento dele, às vezes tarde da noite, e quando ele ia vê-la ela chorava e contava de sua mãe, artificial e socialmente ambiciosa, e da austeridade de Clancy. Ela mudara do apartamento para um hotel e ele ajudara a carregar as malas. Mudou-se então desse hotel para outro e ele tornou a ajudá-la. Certa noite quando ele acabara de chegar do jantar ela telefonou dizendo que tinha arranjado um trabalho como cantora em Cleveland, Moses podia levá-la até o trem? Ele disse que iria. Ela falou que estava em casa e lhe deu outro endereço e ele pegou um táxi.

O endereço era de uma delicatéssen. Ele achou que talvez a mãe dela, em circunstâncias de certa forma desfavoráveis, tivesse alugado um apartamento na sobreloja, mas não havia nenhuma entrada de apartamento e ele resolveu olhar dentro da delicatéssen. Sentada lá nos fundos, de chapéu e casaco e cercada de malas, estava Beatrice. Ela chorava e seus olhos estavam vermelhos. "Oh, obrigada por você ter vindo, Moses querido", ela disse, mais delicada que nunca. "Eu estarei pronta num minuto. Só quero tomar fôlego."

O cômodo onde ela estava era a cozinha da delicatéssen. Havia duas outras pessoas ali. Beatrice não explicou quem eram nem as apresentou mas Moses reconheceu uma delas como a mãe de Beatrice. A semelhança era notável, embora ela fosse uma mulher bastante robusta com um rosto corado e bonito. Usava um avental por sobre o vestido e seus sapatos estavam cambaios. A outra mulher era magra e velha. Essa era Clancy. Ali estavam as origens das lembranças esplêndidas e infelizes de Beatrice. Sua governanta era uma cozinheira de delicatéssen.

As duas mulheres estavam preparando sanduíches. De vez em quando falavam com Beatrice, mas ela não respondia. Elas não pareciam ligar para o seu rosto manchado de lágrimas ou para o seu silêncio e a atmosfera na cozinha era a de um antigo e desgastado desentendimento. O contraste entre as histórias que Beatrice lhe contara de sua infância infeliz — a mãe severa e elegante — e as luzes brancas da delicatéssen tornaram o dilema dela agudo e comovente como os apuros de uma criança.

Era uma boa delicatéssen. O cheiro ácido de picles emanava dos barris perto da porta. Clancy espalhara serragem fresca pelo chão — e ficara com um pouco ainda grudado em seu avental — e da porta até os fundos do lugar, do chão até o teto, havia latas empilhadas de legumes e frutas, camarões, caranguejos, carne de lagosta, sopas e frangos. Havia perus assados e outras aves nas redomas, presuntos, empanados em forma de turbante nas cestas de pães, pepinos fatiados no vinagre, pasta de queijo, rolinhos de arenque, salmão defumado, peixe branco e esturjão, e a partir dessa abundância de aromas ácidos e apetitosos a pobre Beatrice inventara uma infância infeliz com uma mãe de coração duro e uma governanta austera.

Um breve soluço escapou de Beatrice. Ela pegou um lenço de papel de uma caixa na mesa e assoou o nariz. "Se você puder chamar um táxi e levar as minhas malas, Moses querido", ela disse. "Estou fraca demais." Ele sabia o que havia naquelas malas — o guarda-roupa vagabundo — e quando as ergueu pareciam conter chumbo. Ele levou as malas até a calçada e parou um táxi e Clancy foi atrás com um saco grande de papel cheio de sanduíches. "Para ela comer no trem", disse Clancy a Moses. Beatrice não falou nada nem para a mãe nem para a

173

cozinheira e no táxi soluçou ainda mais e continuou assoando o nariz no lenço de papel.

Moses levou as malas dela até a estação e as colocou no trem para Cleveland e então Beatrice lhe deu delicadamente um beijo de despedida e rompeu num choro sentido. "Oh, querido Moses, fiz uma coisa horrível, e preciso lhe contar. Você sabe como eles estão sempre investigando as pessoas, quero dizer, eles perguntaram de você para todo mundo, e um homem veio me ver uma tarde e eu contei uma história comprida sobre como você se aproveitou de mim e prometeu se casar comigo e levou todo o meu dinheiro mas eu precisava dizer alguma coisa porque senão eles pensariam que eu sou alguma imoral se eu não dissesse nada e sinto muito e espero que nada de mau aconteça a você." Então o condutor berrou todos a bordo e o trem partiu rumo a Cleveland.

24

E agora chegamos ao naufrágio do *Topaze*.

Aconteceu no dia 30 de maio — a primeira viagem do ano. Durante duas semanas Leander e seu ajudante contratado — Bentley — ficaram arrumando o barco. Os lilases floresciam e em St. Botolphs havia cercas vivas de lilases — havia alamedas e bosques inteiros deles florescendo ao longo de toda a River Street e crescendo selvagens nas frestas dos celeiros do outro lado da colina. A caminho do cais de manhã bem cedo Leander viu que as crianças que iam para a escola levavam ramalhetes de lilases. Perguntou-se se elas levavam os ramalhetes para dar às professoras, que por sua vez deviam ter lá suas mudas de lilases, ou se usavam para enfeitar as salas de aula. Durante aquela semana inteira ele viu crianças levando lilases para a escola. De manhã cedo no décimo terceiro dia ele também cortou um lilás e levou ao cemitério e então desceu até o *Topaze*.

Bentley trabalhara para Leander antes. Era um rapaz com experiência de marujo e má fama. Era conhecido de todos co-

174

mo filho ilegítimo de Theophilus Gates e uma mulher que se autoproclamava sra. Bentley e que morava numa casa dividida com outra família perto da fábrica de talheres. Era um desses marujos tenazes, taciturnos e competentes, que põem tudo abaixo uma vez por mês. Senhorias de diversas cidades o admiraram por seu asseio, sobriedade e engenho até que uma dada noite de chuva ele aparecia com três garrafas de uísque num saco de papel e bebia uma atrás da outra. Então quebrava todas as janelas, mijava no chão e explodia num tal vulcão de amargura e obscenidades que a polícia precisava ser chamada e assim ele precisava começar tudo de novo, em outra cidade ou em outro cômodo mobiliado.

Outro passageiro ou membro da tripulação naquele dia era Lester Spinet, um cego que aprendera acordeão no Instituto Hutchens. Foi ideia de Honora que ele fosse trabalhar no *Topaze*, e ela mesma pretendia lhe pagar um salário. Leander naturalmente gostou de ter música a bordo e maldisse a si mesmo por não gostar do som que o cego fazia com a bengala nem da aparência dele. Spinet era graúdo, tinha uma cabeçorra e o rosto inclinado para cima, como se alguns traços de luz ainda atingissem seus olhos. Spinet e Bentley aguardavam Leander naquela manhã quando ele chegou ao ancoradouro e embarcaram alguns passageiros, inclusive uma senhora com ramalhetes de lilases embrulhados em jornal. O céu e o rio estavam azuis e era tudo, ou quase tudo, que um feriado devia ser, apesar do clima um tanto fechado ou úmido e de haver, mesclado com o cheiro dos lilases que vinha das margens do rio, uma espécie de cheiro parecido com o de papel molhado. Podia vir uma tempestade.

Em Travertine ele pegou mais passageiros. Dick Hammersmith e seu irmão estavam no píer em trajes de banho, mergulhando atrás de moedas, mas o movimento estava fraco. Quando apontou na direção do canal ele viu que a praia em frente à Mansion House estava lotada e escutou os gritos de uma criança que o pai mergulhava na água. "O papai não vai machucar você, o papai só quer mostrar como a água está boa", dizia o homem enquanto a criança chorava cada vez mais alto e desesperadamente. Ele passou o canal entre Hale e Gull Rock e adentrou a aprazível baía, a enseada verde na costa, azul nas águas profundas e arroxeada como vinho a quarenta braças. O sol brilhava e o ar estava morno e perfumado. Da cabine ele podia ver os passageiros se acomodando no convés da proa com o charme e a inocência das multidões domingueiras. Logo se dispersariam, ele sabia, assim que ele avançasse contra o vento, e fez uma curva aberta depois do canal para ficar na companhia deles o máximo possível. Havia famílias com crianças e famílias sem, mas naquele dia pouquíssimos velhos compraram bilhetes. Rapazes fotografavam suas garotas e pais fotografavam esposas e filhos e embora Leander nunca tivesse tirado uma foto na vida sentiu-se delicadamente comovido com aqueles fotógrafos ou com qualquer um que fizesse o registro de uma coisa tão jovial como a travessia até Nangasakit. Havia entre os passageiros, ele imaginava, algum homem de peruca ou aplique, e ao virar o barco contra o vento ele viu o sujeito prender os cabelos à cabeça com um boné. Ao mesmo tempo várias mulheres seguraram suas saias e chapéus, mas o estrago estava feito. A brisa fresca dispersou todos. Agarraram seus jornais e quadrinhos e levando consigo as cadeiras mudaram para sota-vento ou para a popa e Leander ficou só.

Essa solidão lembrou a Leander de Helen Rutherford, a quem ele encontrara na noite anterior. Ele havia ficado trabalhando até escurecer no barco e fora jantar no Grimes. Enquanto comia virou a cabeça e a viu diante da vitrine, lendo o cardápio ali pregado. Ele se levantou de sua mesa e saiu para falar com ela — não sabia o que diria — mas assim que o reconheceu ela recuou assustada, dizendo: "Fique longe de mim, fique longe de mim".

Naquele crepúsculo de primavera a praça estava deserta. Estavam os dois sozinhos. "Eu só quero...", começou Leander.

"Você quer me machucar, você quer me machucar."

"Não."

"Quer, sim. Você quer me fazer mal. O papai falou que você faria isso. O papai me disse para ter cuidado."

"Por favor, preste atenção."

"Não se aproxime. Não chegue mais perto ou vou chamar a polícia."

Então ela se virou e passou apressada pelo edifício Cartwright como se o ar suave do anoitecer estivesse repleto de pedras e mísseis — em seu passo manco, esquisito e assustador — e quando ela já tinha virado numa travessa Leander voltou à padaria para pagar o jantar.

"Quem é a maluca?", perguntou a garçonete. "Ela estava andando por aí dizendo a todo mundo que tinha um segredo que poria fogo no rio. Ah, como eu odeio maluco."

Quando Bentley chegou à cabine, Leander viu que ele estivera bebendo. Considerando seus próprios hábitos, ele desenvolvera um bom faro para o cheiro de fruta podre que ficava na boca dos outros. Bentley ainda mantinha o asseio excepcional de um homem sempre em tentação e profundamente familiarizado com a preguiça. O cabelo cacheado reluzindo de brilhantina, o rosto pálido sempre escanhoado e com pequenos cortes de navalha no pescoço, ele lavava e esfregava o macacão até gastar e ficar bem perfumado de sabão, mas mesclado ao sabão havia o cheiro de uísque e Leander se perguntou se teria que fazer a viagem de volta sozinho.

Ele pôde ver então os muros brancos de Nangasakit e ouvir a música do carrossel. No ancoradouro havia um velho com um cartão no chapéu anunciando os cardápios de quatro, cinco ou seis pratos do jantar da Nangasakit House. Leander saiu da cabine e berrou seu próprio refrão. "Viagem de volta às três e trinta. Viagem de volta às três e trinta. Vocês têm bastante tempo para voltar para o barco. Viagem de volta às três e trinta. Têm bastante tempo para passear e voltar..." O último a sair do barco foi Spinet, que desceu até o píer tateando com sua bengala. Leander voltou à cabine, comeu um sanduíche e caiu num sono pesado.

Quando acordou faltava pouco para as três. O ar estava bem escuro e ele viu que vinha uma tempestade. Despejou um pouco de água numa bacia e refrescou o rosto. Saindo para o convés ele viu a neblina a cerca de dois quilômetros no mar aberto. Ele precisava de ajuda para fazer a viagem de volta e pôs o boné e foi até o Ray's Café, onde Bentley costumava beber. Bentley não estava mesmo em condições. Não estava nem mesmo no bar mas sentado numa salinha dos fundos com uma garrafa e um copo. "Acho que vosssê pensssa que eu esstou bêbado", começou ele, mas Leander simplesmente sentou exausto, imaginando onde arranjaria outro imediato em quinze minutos. "Você acha que eu não pressto mas eu tenho uma menina em Fort Sill, Oklahoma", disse Bentley. "Ela acha que eu presto. Eu a chamo de papagaia. Ela tem um narigão. Vou voltar para Fort Sill, Oklahoma, e amar a minha papagaia. Ela tem dois mil dólares no banco para me dar. Você não acredita, não é? Você acha que eu não presto para nada. Você me acha um bêbado, mas eu tenho essa menina em Fort Sill, Oklahoma. Ela me ama. Ela quer me dar dois mil dólares. Eu a chamo de papagaia. Ela tem um narigão..." Não era culpa dele, Leander sabia, ser um bastardo, mas Leander precisava de um imediato e foi até o bar e perguntou a Marylyn se o irmãozinho dela não faria a viagem de volta por um dólar. Ela disse claro que sim, claro que o garoto estava louco para ganhar uns trocados, e telefonou à mãe e a mãe abriu a porta da cozinha e gritou pelo garoto mas não o encontraram e Leander voltou para o seu barco.

Ficou observando os passageiros embarcarem com interesse e alguma ternura. Traziam troféus — coisas que tinham ganhado —, cobertores finos que não evitariam que o frio do outono chegasse a seus ossos; pratinhos de vidro para amendoins e geleia; e bichos feitos de linóleo e papel, alguns com olhos de diamantes. Havia uma garota bonita com uma rosa no cabelo e um homem com a esposa e três crianças, todos vestindo camisas feitas com o mesmo tecido floral. Helen Rutherford foi a última a embarcar, mas ele estava na cabine e não a viu. Ela usava o mesmo chapéu em forma de vaso, enfeitado com penas de peteca, a mesma concha espetada no colo, e levava a mesma valise velha.

Helen Rutherford andara tentando vender a sabedoria do dr. Bartholomew nas casas de Nangasakit durante uma semana. Naquela manhã, seu último dia, ela fora parar numa vizinhança que lhe parecera mais rica do que qualquer outra do pequeno balneário. As casas eram pequenas — verdadeiros bangalôs — e no entanto todas sugeriam pelas mansardas e gradis e corrimãos e varandas arqueadas com treliças lembrando respiradouros de calabouço que não eram casas de veraneio; eram lugares onde homens e mulheres levavam suas vidas e onde crianças eram concebidas e criadas. Aquela visão a teria deixado animada não fossem os cachorros. O lugar era cheio de cachorros; e começou a parecer a Helen que sua vida era um martírio para os cães. Assim que ela pisava na calçada ouvia os cachorros começando a latir, enchendo-a de timidez e pena de si mesma. De manhã até a noite os cães cheiravam seus calcanhares, lanhavam seus tornozelos, mordiam a barra de seu melhor casaco cinza e uma vez tentaram fugir levando sua valise. No momento em que ela chegava a um novo bairro cães que até então estavam pacificamente tomando sol nos quintais ou dormindo junto do fogão, cães que estavam mascando ossos ou sonhando acordados ou brincando com outros cães, abandonavam suas ocupações pacíficas e soavam o alarme. Ela sonhara muitas vezes que era dilacerada por cães. Sentia-se como uma peregrina e as solas de seus sapatos eram tão finas que ela parecia estar praticamente descalça. Estava cercada, dia após dia, de casas desconhecidas e pessoas e animais hostis, e como a uma peregrina de quando em quando lhe davam uma xícara de chá e um pedaço de bolo envelhecido. Seu fardo era pior que o de uma peregrina pois só Deus sabia onde ficava sua Roma, quando surgiria seu Vaticano.

O primeiro cachorro que veio para cima dela aquele dia foi um collie que rosnou em seus calcanhares, som que a deixava mais apavorada do que um latido alto e direto. Ao collie juntou-se um cãozinho que pareceu simpático, embora fosse impossível saber ao certo. Fora outro igualmente simpático que estraçalhara seu casaco. Um cachorro preto juntou-se a esses dois e depois um cão policial, latindo e arfando como um cão dos infernos. Ela andou meia quadra, seguida pelos quatro cães, e então todos menos o collie retomaram seus afazeres. O collie seguiu ainda um pouco atrás dela, rosnando a cada passo. Ela esperava que alguém abrisse a porta e chamasse o bicho de volta, rezava para isso. Ela se virou para falar com ele. "Vai para casa, cachorrinho", disse. "Vai, meu bom cãozinho, vai para casa, cachorrinho." Então ele atacou a manga do casaco e ela o golpeou com a valise. Seu coração batia tanto que ela achou que fosse morrer. O collie cravou os dentes no couro velho da valise e começou um cabo de guerra. "Deixe essa pobre senhora em paz, seu vira-lata safado", Helen ouviu alguém dizer. Uma desconhecida apareceu à sua direita com uma chaleira de água e jogou no cachorro. O bicho foi uivando pela rua. "Agora entre aqui um minutinho", disse a desconhecida. "Agora você entra e me conta o que está vendendo e aproveita para descansar os pés."

Helen agradeceu à desconhecida e seguiu-a até uma daquelas casinhas. Sua salvadora era uma mulher de estatura baixa com olhos de um belo e opaco azul e um rosto muito corado. Apresentou-se como sra. Brown e para receber Helen tirou o avental e o pendurou nas costas de uma cadeira. Era uma mulherzinha com um corpo empinado de modo extravagante. Seios e nádegas justos no vestido de ficar em casa. "Pois então me conte o que você está vendendo", disse ela, "e eu vejo se vou querer."

"Eu sou representante oficial do Instituto de Autoajuda do dr. Bartholomew", disse Helen. "E ainda temos algumas vagas para homens e mulheres qualificados. Para o dr. Bartholomew, formação universitária não é requisito. Ele entende que..."

"Ora, isso é muito bom", disse a sra. Brown, "porque eu não sou o que você chamaria de uma mulher de estudo. Eu fiz o segundo grau na Nangasakit, que é uma das melhores escolas do mundo — reconhecida internacionalmente — mas a educação que eu aprendi lá nem se compara à educação que eu trago de berço. Eu sou descendente direta da Madame de Staël e de muitos outros homens e mulheres muito bem-educados e notáveis. Talvez você não acredite, vai pensar que eu sou louca, mas se reparar naquele retrato na parede — é um postal de um retrato de Madame de Staël — e depois reparar no meu perfil vai perceber a semelhança, sem dúvida."

"Existem muitos retratos coloridos de homens e mulheres famosos da história", disse Helen.

"Vou parar do lado do retrato dela para você ver bem a semelhança", disse a sra. Brown, e atravessou a sala e parou ao lado do cartão. "Imagino que agora você deve ter visto a semelhança. Você está vendo, não está? Você deve estar vendo. Todo mundo vê. Ontem veio um homem vendendo aquecedor de água e me disse que eu podia ser irmã gêmea da Madame de Staël. Falou que podíamos ser gêmeas idênticas." Ela ajeitou o vestido de ficar em casa e voltou para a beirada de sua cadeira. "Ser descendente direta de Madame de Staël e de vários outros homens e mulheres notáveis", disse ela, "é a minha educação de berço. Eu tenho gostos muito caros. Se eu entro numa loja para comprar um livrinho e vejo um livrinho de um dólar e outro de três dólares o meu olho vai direto para o que custa três. Eu sempre gostei de coisas caras. Ah, eu tinha grandes aspirações! Meu bisavô era um negociante de gelo. Ele fez fortuna vendendo gelo para os negros em Honduras. Não era homem de confiar em banco e levou todo o dinheiro para a Califórnia e converteu em barras de ouro e na volta seu navio afundou numa tempestade no cabo Hatteras, com o ouro e tudo. Claro que o ouro ainda está lá — dois milhões e meio de dólares — e é todo meu, mas você acha que os bancos daqui me emprestam o dinheiro para o resgate? Nem em sonho. Eu tenho mais de dois milhões e meio de dólares no fundo do mar e não encontro um homem ou mulher nesse canto do país com iniciativa ou senso de honra para me emprestar o dinheiro para resgatar minha própria herança. Semana passada fui a St. Botolphs para encontrar uma senhora rica, Honora Wapshot, e ela me..."

"Ela é parente de Leander Wapshot?"

"É o mesmo sangue. Você o conhece?"

"Ele é meu pai", disse Helen.

181

"Ora, por tudo o que é mais sagrado, se Leander Wapshot é seu pai por que você fica de porta em porta tentando vender livros?"

"Ele não me assumiu." Helen começou a chorar.

"Ah, ele não assumiu, é? Bem, falar é fácil, fazer é que são elas. Passou pela minha cabeça renegar os meus, mas eu não saberia como fazer isso. Sabe o que a minha filha — a minha própria filha — fez no Dia de Ação de Graças? Estávamos todos à mesa e então ela pegou o peru, um peru de cinco quilos, e jogou no chão e pulou em cima e depois chutou o peru daqui até ali e depois pegou a travessa com calda de amora e jogou tudo para o alto — foi calda de amora até o teto — e aí ela começou a chorar. Bem, pensei em deserdá-la mas falar é fácil, e se eu não consigo renegar uma filha minha como pode Leander Wapshot renegar a dele? Bem", disse ela, levantando-se e pondo de novo o avental, "preciso voltar a cuidar da minha casa e não posso ficar mais conversando mas meu conselho é que você vá até o velho Leander Wapshot e diga a ele para lhe dar um bom par de sapatos. Ora, quando vi você na rua com os cachorros atrás e os furos dos seus sapatos achei que seria cristão da minha parte ajudar mas agora que sei que você é uma Wapshot parece que os seus podem muito bem vir em seu socorro. Adeus."

Leander soou o apito de sua última viagem. Da cabine ele podia ver a chuva caindo sobre a montanha-russa. Viu Charlie Matterson e seu irmão gêmeo colocarem uma lona sobre a última seção de carros a descer. O carrossel ainda estava girando. Ele viu passageiros num dos barcos do Moulin Rouge erguendo a vista surpresos, ao emergirem da boca de um ogro de gesso, com a chuva que começava. Viu um rapaz cobrir todo prosa a cabeça da namorada com um jornal. Viu pessoas nas casas alugadas da orla acendendo seus lampiões de querosene. Achou triste que chovesse na primeira viagem daquelas pessoas após tantos anos sem sair de casa. Não havia fogão ou lareira nos chalés. Não havia como escapar da umidade e do barulho pungente da chuva pois as paredes de madeira dos chalés, impregnadas e tesas de sal, ressoavam ao toque como a pele de um tambor e mal você sentava para uma partida de uíste o teto começava a pingar. Haveria uma goteira na cozinha e outra sobre a mesa de jogo e outra em cima da cama. Os veranistas podiam ficar esperando o carteiro, mas quem haveria de escrever-lhes? — e nem podiam escrever cartas para si mesmos porque os envelopes estariam todos grudados. Apenas os amantes, com seus leitos badalando alegremente, seriam poupados dessa melancolia. Na praia Leander viu os últimos grupos se renderem, um avisando o outro para não esquecer o cobertor, o abridor, a garrafa térmica e a cesta de piquenique, até não restar mais ninguém ali além de um velho que gostava de nadar na chuva e um rapaz que gostava de andar na chuva e cuja cabeça estava repleta de Swinburne e cujo apelido era Bananas. Leander viu o japonês que vendia ventarolas e coçadores de costas levar para dentro suas lanternas de seda e papel. Viu pessoas nas entradas dos restaurantes e garçonetes nas janelas. Um garçom guardava as mesas nuas do Pergola Cantonese Restaurant e ele viu uma mão abrindo uma cortina da Nangasakit House, mas não conseguiu ver o rosto que olhava para fora. Viu como as ondas, que vinham batendo com força na praia, amainaram com a chuva e mal atingiam a costa. O mar estava calmo. Então o velho, com água pela cintura, de repente parou e lutou para se manter no raso, sentindo puxar a correnteza da tempestade no mar. Ele viu como Bananas ficou contente diante desses sinais de perigo. Então o mar, com o fragor de um rochedo, recuou além da linha da areia até despontarem as pedras do fundo do porto, formando uma onda que, ao quebrar (a primeira de um temporal que se faria ouvir a noite inteira), estrondeou na praia e correu atrás dos calcanhares do velho. Ele soltou o cordame e soou o apito. Spinet começou a tocar "Jingle bells" quando o *Topaze* avançou mar adentro.

Havia um canal em Nangasakit — um quebra-mar de granito coberto de junco e uma boia sonora balançando a sudoeste ao contato da qual se formava uma espuma branca. O sino da boia, Leander sabia, com aquele vento podia ser ouvido da orla. Podia ser ouvido pelos jogadores de baralho que rearranjavam seus vasos e vasilhas conforme as goteiras do teto, pelas velhas senhoras na Nangasakit House e até pelos amantes, mais alto que o badalar alegre dos sininhos dos postes da cama. Eram os únicos sinos que Leander sempre ouvia em seus sonhos. Ele amava todos os sinos: do jantar, de mesa, de entrada, o de Antuérpia e o de Altoona, todos sempre o revigoravam e consolavam mas aqueles sinos de cama eram os únicos que soavam no lado escuro de sua mente. Agora aquela música encantadora ficava para trás, mais distante e mais fraca, perdida sob o ranger do velho casco e o rugir do mar quebrando contra a proa. Estava feio fora da baía.

O *Topaze* encarou as ondas, como um velho cavalo de balanço. Ondas vieram quebrar na janela da cabine e assim Leander teve que ficar com uma toalha na mão para conseguir enxergar. A água que entrara pelo convés começou a escorrer pela cabine. Estava um tempo horrível. Leander pensou nos passageiros — a garota com a rosa no cabelo e o homem com as três crianças, todos com camisas do mesmo tecido do vestido de verão da esposa. E quanto aos passageiros dentro da cabine? Estariam apavorados? Estavam, praticamente, disfarçando discretamente seus temores em especulações ociosas. Procurando seus chaveiros e trocados, ele sugeriu a seus comandados que se tivessem algum talismã, um dólar de prata ou medalha de são Cristóvão, que o esfregassem com os dedos. Valei-nos, são Cristóvão! Ajustaram as ligas das meias, quem usava, apertaram nós dos sapatos e das gravatas e se perguntaram por que seu senso de realidade estaria suspenso. Pensaram em coisas agradáveis: campos de trigo e auroras boreais, cinco minutos depois que a luz citrina do ocaso acaba e a neve começa a cair, ou em esconder ovos coloridos embaixo do sofá na Páscoa. O rapaz olhou para a garota com a rosa no cabelo, lembrando-se como fora generosa abrindo as pernas para ele e agora como lhe parecia linda e delicada.

No meio da baía Leander corrigiu o curso para Travertine. Era a pior parte do trajeto, e ele estava preocupado. O mar não parava de castigar o costado. O impacto fazia tremer o casco na crista de cada vaga e no oco das ondas o barco derivava a bombordo. Ele apontou a proa para Gull Rock, que então pôde ver claramente, as fezes das gaivotas por cima e o balanço do junco do mar conforme as ondas subiam e engolfavam a pilha de granito. Passando o canal ele iria bem, sem mais nada pela frente senão o contrafluxo tranquilo do rio até em casa. Concentrou-se nisso. Podia ouvir as cadeiras do convés batendo na amurada e o barco já engolira tanta água que começava a adernar. Então o vergueiro do leme estourou com o estalo de um tiro e ele sentiu a força do leme esvanecendo em suas mãos.

Havia um leme reserva na popa. Ele pensou depressa. Colocou o barco a meia velocidade e entrou na cabine. Helen o viu, e começou a gritar. "Ele é um demônio, ele é um demônio do inferno, aquele ali. Ele vai nos afogar. Ele tem medo de mim. Por dezoito semanas, dezenove na segunda-feira, eu fiquei ao deus-dará. Ele tem medo de mim. Estou de posse de certas informações que o poriam na cadeira elétrica. Ele vai nos afogar." Não foi o medo que o deteve, mas uma impressionante lembrança de como a mãe dela era adorável — da fazenda perto de Franconia e da colheita do feno num dia de trovoadas. Ele voltou para a cabine e um segundo mais tarde o *Topaze* se chocou contra Gull Rock. A proa se dobrou para dentro como uma casca de ovo. Leander procurou a corda do apito e soou o sinal de perigo.

Ouviram o apito onde antes fora a saleta e agora era o bar da Mansion House e se perguntaram o que Leander estaria querendo. Sempre fora pródigo com seu apito, apitando em festas de aniversários de crianças e em bodas ou mesmo ao avistar um velho amigo. Foi um dos garçons na cozinha — um estranho no lugar — quem reconheceu o sinal de perigo e correu

185

para a varanda e deu o alerta. Ouviram no iate clube e alguém mandou sair a velha lancha. Assim que Leander viu a lancha zarpar do ancoradouro do clube voltou para a cabine, onde a maioria dos passageiros estava vestindo coletes salva-vidas, e contou-lhes a novidade. Sentaram-se calmamente até a lancha emparelhar com eles. Ele ajudou todos a embarcar, inclusive Spinet, inclusive Helen, que soluçava, e a lancha barulhenta partiu.

Ele desatarraxou a bitácula da base e tirou os binóculos e uma garrafa de bourbon do armário. Então foi até a proa para conferir o estrago. O buraco era grande e o mar incessante continuava ameaçando o resto contra as pedras. Enquanto ele observava o barco começou a se desvencilhar das pedras e ele sentiu a proa assentar. Correu de volta para a proa. Estava muito cansado — quase dormindo. Seus humores animais pareciam esgotados com seu fôlego, seus batimentos cardíacos atrasavam. Sentia os olhos pesados. À distância viu um bote vindo buscá-lo remado por um rapaz — um desconhecido — e através dessa sensação de torpor ou exaustão ele sentiu como se observasse a aproximação de alguém de beleza incomum — um anjo, ou um fantasma dele mesmo quando jovem e entusiasmado. Azar, veterano, disse o desconhecido, e a ilusão de fantasmas e anjos se dissipou.

Leander entrou no bote. Ficou olhando o *Topaze* se afastar das pedras e virar para o canal com o mar batendo na popa; e abandonado e esquecido o barco pareceu, como as lendas inextinguíveis das civilizações subaquáticas e do ouro submerso, perfurar o lado mais obscuro de sua mente com uma imagem da inestimável solidão do homem. Seguia à deriva rumo ao canal, mas não chegaria até ele. A água alcançava-lhe a proa. E então, com graça maior que de costume ao navegar, a popa se ergueu — houve estalidos de cadeiras do convés caoticamente chocando-se contra a cabine — e lá se foi o *Topaze* para o fundo do mar.

25

Leander escreveu para os dois filhos. Ele não sabia que Coverly estava no Pacífico e sua carta demorou três semanas para ser encaminhada para a Ilha 93. Moses nem chegou a receber a carta do pai. Ele fora demitido por motivos de segurança dez dias depois que Beatrice partiu para Cleveland. Era uma época em que essas demissões eram sumárias e sem explicação e se havia algum tribunal de apelação Moses não teve, na época, a paciência ou o bom senso de procurar. Uma hora depois de ser demitido ele já se dirigia para o norte com todos os seus bens no porta-malas do carro. O anonimato da notícia conferiu à demissão proporções oraculares, como se alguma árvore ou pedra ou voz da caverna tivesse apontado para ele, e a dor de ser condenado ou expulso por uma força oculta explicava sua fúria. Ele estava então longe das pastagens verdes do bom senso. Estava furioso com o que tinha sido feito a ele e furioso consigo mesmo por ter fracassado em chegar a bom termo com o mundo além de profundamente aflito com seus pais, pois se Honora ficasse sabendo que ele fora demitido por motivos de segurança ele sabia que iriam sofrer.

O que ele fez foi ir pescar. Talvez quisesse retomar os prazeres das viagens a Langely com Leander. Pescar foi a única coisa que lhe ocorreu que talvez pudesse trazer de volta o bom senso. Dirigiu sem parar de Washington até um lago de trutas em Poconos que visitara antes e onde se podia alugar um chalé ou uma cabana estropiada como o acampamento de Langely. Jantou um pouco, bebeu quase meio litro de uísque e foi nadar no lago gelado. Sentiu-se bem melhor e foi dormir mais cedo, pensando em acordar antes de amanhecer e pescar no rio Lakanana.

Acordou às cinco e seguiu para o norte em direção ao rio, tão ansioso para ser o primeiro pescador a chegar quanto Leander para ser o primeiro a entrar na mata. O céu apenas começava a inundar-se de luz. Ele ficou frustrado e perplexo então quando alguém num carro à sua frente desligou o motor e parou no trecho de estrada que dava no rio. Então o motorista saiu às pressas do carro e olhou para Moses em tal estado de pânico e agonia que Moses se perguntou — ainda tão cedo — se não teria encontrado um assassino. Então o desconhecido tirou o cinto, abaixou as calças e se aliviou ali mesmo em plena manhã. Moses pegou sua vara de pescar e sorriu para o estranho, feliz de ver que não era outro pescador de trutas. Por algum motivo, o estranho também sorriu para Moses, que tomou a trilha até a água e não viu nenhum outro pescador o resto do dia.

O lago Lakanana desembocava no rio e as águas, reguladas por um dique, eram profundas e turbulentas e em muitos lugares ultrapassavam a altura de um homem. O declive abrupto do terreno e o leito de granito do rio faziam com que ali não houvesse trégua no barulho da água. Moses pescou uma truta de manhã e duas mais tarde naquele mesmo dia. Aqui e ali se via correr paralelamente ao Lakanana uma trilha para cavalos e apareceram uns cavaleiros mas só muito mais tarde alguns pararam para perguntar a Moses o que ele havia pescado.

O sol então já estava abaixo da linha das árvores e o início da noite pareceu aprofundar a ressonância das águas. Era hora de Moses ir embora e ele estava recolhendo sua linha e jogando fora as iscas quando ouviu os cascos dos cavalos e o ranger de couro de alguns cavaleiros. No momento em que ele tirava as botas um casal de meia-idade parou para perguntar se ele tivera sorte. Foi a urbanidade do casal que impressionou Moses — pareciam terrivelmente deslocados. Eram ambos gorduchos e grisalhos — a mulher troncuda e o marido colérico, ofegante e obeso. O dia havia sido quente mas eles vestiam com esmero roupas escuras de montaria — chapéu-coco, chicote, xadrez tattersall, e assim por diante. Tudo aquilo devia ser bastante incômodo. "Bem, boa sorte", disse a mulher com uma voz animada, esganiçada, de meia-idade, e virou o cavalo de costas para o rio. Com o canto do olho Moses viu o cavalo se empinar mas quando virou a cabeça tinha subido tanto pó com a agitação dos cascos que ele não viu como ela caiu. Ele correu até a margem e segurou o cavalo rebelde pela rédea enquanto o marido começava a berrar: "Socorro, socorro. Ela morreu, ela morreu, mataram ela". O cavalo se empinou de novo enquanto Moses estava com a rédea na mão. Ele soltou e o animal galopou para longe. "Vou buscar ajuda, vou buscar ajuda", berrou o marido. "Tem uma fazenda ali atrás." Ele foi a meio-galope para o norte e a poeira baixou, deixando Moses com o que parecia ser uma morta desconhecida.

Ela estava ajoelhada, de bruços na terra, as abas da casaca separadas sobre a parte traseira da calça, larga e gasta, e as botas curvadas para dentro como de criança, tão despida de sua humanidade, tão derrotada — Moses lembrou-se das notas mais agudas da voz dela — em sua tentativa de desfrutar o dia do início do verão, que ele sentiu uma pontada de asco. Então foi até ela e mais por respeito a seus próprios sentimentos do que por qualquer outra coisa — mais pelo desejo de fazê-la voltar a ter a forma de uma mulher do que para salvar sua vida — endireitou as pernas dela e ela virou e com um baque desabou de costas. Ele tirou o casaco e colocou embaixo da cabeça dela. Um corte na testa, em cima do olho, estava sangrando e Moses foi buscar água e limpou a ferida, satisfeito por estar ocupado. Ela estava respirando, reparou, mas isso esgotava todo o seu conhecimento médico. Ajoelhou-se ao lado dela perguntando-se de que forma e quando viria o socorro. Acendeu um cigarro e olhou para o rosto da desconhecida — pastoso e redondo e gasto de tanta ansiedade com a comida, o horário dos trens e a compra de bons presentes úteis de Natal. Era um rosto que parecia declarar sua história simplesmente — tinha só uma irmã, não tinha filhos, podia ser inflexível em matéria de asseio e provavelmente colecionava bichos de cristal ou miniaturas de xícaras de café inglesas. Então ele ouviu cascos e couro e o marido compungido apeou em meio a uma nuvem de poeira. "Não tem ninguém na casa. Perdi muito tempo. Ela devia estar recebendo oxigênio. Ela provavelmente vai precisar de uma transfusão. Precisamos chamar uma ambulância." Então ele se ajoelhou ao lado dela e pôs a cabeça em seu peito, chorando: "Oh, querida, meu amor, minha amada, não me deixe, não me abandone".

Então Moses correu até seu carro e, saindo um pouco da mata, chegou à argila mole da trilha para cavalos onde o homem ainda estava ajoelhado perto da esposa. Então, abrindo a porta, conseguiram juntos erguê-la e deitá-la no banco do carro. Ele voltou para a estrada, os pneus patinaram na lama, mas ele conseguiu sair e foi cumprimentado quando chegaram ao asfalto. Ouviram-se engasgos e grunhidos de tristeza vindos do banco de trás. "Ela está morrendo, ela está morrendo", soluçava o desconhecido. "Se ela viver, eu vou recompensá-lo. Dinheiro não é problema. Por favor, depressa."

"Vocês parecem um pouco velhos demais para cavalgar", disse Moses.

Ele sabia que havia um hospital na cidade seguinte e foi bem até ficar preso, na estrada estreita, atrás de um lerdíssimo caminhão carregado de galinhas. Moses tocou a buzina mas isso deixou o caminhoneiro ainda mais enfurecido e como Moses poderia explicar que a vida de uma mulher por um fio dependia da boa vontade dele? Ultrapassou o caminhão no alto de uma colina mas isso só fez despertar a malevolência no motorista e, motor roncando colina abaixo, engradados de galinhas balançando freneticamente de um lado para outro, ele tentou, sem sucesso, voltar a ficar na frente de Moses. Chegaram por fim às ruas cheias de folhas da cidade e à rua do hospital. Muita gente caminhava pelo meio-fio e então Moses viu placas penduradas nas árvores anunciando uma festa no jardim do hospital. Estavam sem sorte. O hospital estava cercado de barracas, luzes e música de uma feira do interior.

Um policial os deteve quando tentavam se aproximar do hospital e acenou para que fossem até o estacionamento. "Precisamos ir ao hospital", gritou Moses. O policial se inclinou para eles. Era surdo. "Tem uma mulher morrendo aqui atrás", berrou muito alto o desconhecido. "É uma questão de vida ou morte." Moses passou pelo policial e atravessou a feira, aproximando-se de um edifício de tijolos, obscurecido pela sombra das árvores. O lugar parecia uma mansão vitoriana e devia ter sido mesmo uma, reformada agora com escadas de incêndio e uma chaminé de tijolo. Moses desceu do carro e entrou correndo pelo pronto-socorro até uma sala vazia. Dali entrou num corredor onde encontrou uma enfermeira grisalha levando uma bandeja. "Estou com uma emergência no carro", disse ele. Não havia compaixão no semblante dela. Ela respondeu com o olhar consternado de amargura que trocamos quando estamos muito cansados, ou exacerbados demais pelo próprio azar, para nos importarmos se nosso próximo vai morrer ou não. "Que tipo de emergência?", perguntou ela indiferente. Outra enfermeira chegou. Não era mais nova mas não estava tão cansada. "Ela caiu de um cavalo, está desacordada", disse Moses. "Cavalos!", exclamou a velha enfermeira. "O dr. Howard acabou de chegar", disse a segunda enfermeira. "Vou chamá-lo agora mesmo."

Minutos depois um médico veio pelo corredor com outra enfermeira e tiraram uma maca do pronto-socorro descendo pela rampa até o carro e Moses e o médico ergueram a mulher inconsciente e a colocaram na maca. Conseguiram fazer isso ainda naquele crepúsculo de verão, cercados pelo alarido das barracas e pelo som de músicas. "Sou Charles Cutter. Vou lhe pagar o que você pedir. Mande todo mundo para casa. Mande-os embora. Eu pago. Diga pelo menos para pararem com a música. Ela precisa de silêncio."

"Isso não podemos fazer", disse tranquilamente o médico, com um forte sotaque nortista. "É assim que arrecadamos o dinheiro para continuar com o hospital." No hospital começaram a cortar as roupas da mulher para tirá-las e Moses foi para o corredor, seguido pelo marido. "Você vai ficar, você fica mais um pouco comigo, não é?", ele perguntou a Moses. "Ela é tudo para mim e se ela morrer, se ela morrer eu não vou saber o que fazer." Moses disse que ficava e foi pelo corredor até uma sala de espera vazia. Uma placa de bronze grande na porta dizia que a sala de espera era um presente de Sarah P. Watkins e de seus filhos e filhas, mas era difícil ver o que exatamente os Watkins tinham doado. Havia três móveis revestidos de um tecido que imitava couro, uma mesa e algumas revistas velhas. Moses esperou até o sr. Cutter voltar. "Ela está viva", ele soluçou, "ela está viva. Graças a Deus. A perna e o braço estão quebrados e ela bateu a cabeça. Liguei para minha secretária e pedi que ela enviasse um especialista de Nova York. Ainda não sabem se ela vai sobreviver ou não. Só depois de vinte e quatro horas. Oh, ela é uma pessoa tão adorável. Ela é tão boa e adorável."

"Sua esposa vai ficar bem", disse Moses.

"Ela não é minha esposa", soluçou o sr. Cutter. "Ela é tão boa e adorável. Minha esposa não é nenhuma das duas coisas. A gente já passou por tantas dificuldades, nós dois. A gente nunca pediu muito. Nem ficamos tanto tempo juntos. Não deve ser castigo, não é? Não pode ser castigo. A gente nunca fez mal a ninguém. A gente só fazia essas viagenzinhas todo ano. É o único tempo que a gente tem juntos. Não pode ser castigo." Ele secou as lágrimas e limpou os óculos e voltou para o corredor.

Uma enfermeira jovem apareceu na porta, olhando para a feira lá fora e para a noite de verão, e um médico se juntou a ela.

"O B2 acha que vai morrer", disse a enfermeira. "Ele quer um padre."

"Eu chamei o padre Bevier", disse o médico. "Ele não estava." Ele põe uma das mãos nas costas magras da enfermeira e deixa a mão descer passando pelas nádegas.

"Oh, sou capaz de gostar disso", disse a enfermeira, animada.

"E eu também", disse o médico.

Ele continuou acariciando-lhe o traseiro e o desejo pareceu tornar a enfermeira melancólica e em termos humanos muito mais bonita e o médico, que antes parecia bastante cansado, pareceu revigorado. Então, da penumbra do interior do lugar, ouviu-se um rugido sem palavras, um grunhido de cuspir, extorquido ou por extrema angústia física ou por colapso da esperança razoável. O médico e a enfermeira se afastaram e sumiram no escuro do fim do corredor. O grunhido elevou-se em grito, berro, e para escapar daquilo Moses saiu do edifício e

192

atravessou até a beirada do gramado. Estava em terreno elevado e sua vista alcançava até as montanhas, então escurecidas por uma contraluz — um amarelo brilhante que se vê nas terras mais baixas nas noites mais frias de fevereiro.

Nas árvores à sua esquerda a feira ou festa havia atingido seu ritmo delicado e interiorano. Uma orquestra sobre um praticável tocava "Smiles" e no segundo refrão um dos músicos baixou o instrumento e cantou um verso no megafone. Fieiras com lâmpadas — brancas ou de um vermelho ou amarelo esmaecido — estavam penduradas de barraca em barraca para iluminar com a força frágil de uma vela a escuridão dos bordos. A vozearia já não estava alta e os homens pedindo hambúrgueres e os anúncios da roda da fortuna não chamavam tanta atenção. Ele foi até uma barraca e comprou um copo de café de uma linda caipirinha. Quando ela lhe deu o troco deslocou o açucareiro dois dedos para cá e para lá, olhou para o vidro com um suspiro e puxou o avental. "Você não é daqui!", perguntou ela. Ele disse que era. A garota saiu de trás do balcão para atender outras pessoas que reclamavam do sereno frio da montanha.

Na barraca ao lado um rapaz atirava bolas de beisebol numa pirâmide de pinos de madeira em forma de garrafas de leite. Sua pontaria e velocidade eram soberbas. Ele mirava aquelas garrafas, afastava-se um pouco, apertando os olhos como um atirador, e então mandava a bola nelas com uma energia cheia de maldade. Elas iam caindo, garrafa após garrafa, e uma pequena multidão de garotas e rapazes se formou para assistir à performance mas, no final, o arremessador se virou para eles, todos disseram adeus, adeus, Charlie, adeus, e foram embora, de braço dado. Ele parecia não ter amigos.

Depois do arremessador de beisebol havia uma barraca que vendia flores colhidas dos jardins da cidade e havia tômbola e bingo e o palco de madeira onde os músicos seguiam, sem intervalos, com sua seleção dançante. Moses ficou surpreso ao ver como eram velhos. O idoso pianista, o saxofonista corcunda e grisalho e o baterista que devia pesar uns cento e trinta quilos

193

pareciam apegados a seus instrumentos segundo os ritos, conveniências e costumes de um longo casamento.

Quando terminaram a última seleção um homem anunciou um talento local e Moses viu uma criança, na beira do praticável, esperando sua vez. Parecia uma criança mas quando a banda tocou a fanfarra ela ergueu as mãos, foi até o foco de luz e começou um elaborado sapateado, marcando dolorosamente o ritmo e lançando, de quando em quando, um sorriso malicioso para o público. As placas em seus sapatos prateados produziam um som metálico que vibrava as tábuas da plataforma e ela parecia ter deixado sua juventude nas sombras. Maquiada, base e ruge, absorta nos mecanismos de sua dança e na obrigação de flertar, seu viço perdido e toda a amargura e a frustração de uma meia-idade lasciva pareciam sentar-se em seus ombros. No final ela se curvou diante de escassos aplausos, sorriu seu sorriso vulgar mais uma vez e correu para as sombras onde a mãe esperava com um casaco para cobri-la e com palavras de estímulo — e quando ela saiu no escuro Moses viu que ela não devia ter mais que doze ou treze anos.

Ele jogou seu copo de papel numa lixeira, e terminando seu circuito pela feira viu, andando em meio ao cheiro forte de pasto e noite de verão, um grupo, talvez uma família, no qual havia uma mulher de saia amarela. A cor da saia despertou nele um anseio, uma pontada que o fez ranger os dentes, e ele se lembrou de que fora apaixonado por uma garota que tinha uma saia da mesma cor embora não lembrasse o nome dela.

"Preciso de um especialista, um especialista em cérebro", Moses ouviu o amigo gritar quando voltou ao hospital. "Frete um avião se necessário. Dinheiro não é problema. Se ele quiser trazer um assistente, diga para ele trazer. Sim. Sim." Ele estava usando o telefone de um escritório do outro lado do corredor da sala de espera que havia sido doada pela família Watkins e que ficara às escuras já que ninguém se dera ao trabalho de acender a luz. Raras luzes pareciam acesas em todo o hospital. O amante angustiado e mais velho estava sentado entre máquinas de escrever cobertas e calculadoras e quando encerrou a

194

conversa ergueu os olhos para Moses e, ou porque a luz atingiu seus óculos ou porque seu humor mudara, pareceu bastante formal. "Quero que você se considere na minha folha de pagamento por conta de hoje de manhã", disse ele a Moses. "Se você tiver outros compromissos, pode cancelar, seguro de que vou mais do que recompensá-lo. O hospital me cedeu um quarto para passar a noite e quero que você vá à hospedaria e traga meus artigos de toalete. Eu fiz uma lista", ele disse, passando a lista a Moses. "Calcule a sua quilometragem e fique atento ao tempo e garantirei que você seja amplamente reembolsado." Então ele pegou de novo o telefone e pediu um interurbano e Moses saiu no corredor escuro.

Ele não tinha nada para fazer e ficou contente de retornar à hospedaria, não tanto pelo louvável senso de caridade e solicitude mas pelo desejo de adquirir uma perspectiva sensível dos acontecimentos das últimas horas. De volta à hospedaria ele ofereceu ao gerente — como bom Wapshot — o relato mais sucinto do que havia acontecido. "Ela sofreu um acidente", disse. Ele subiu as escadas até o quarto que fora ocupado pelo pobre sr. Cutter e sua amante. Todos os itens da lista estavam bem visíveis — todos menos uma garrafa de uísque de centeio mas depois de olhar no armário do banheiro e atrás dos livros nas estantes ele olhou embaixo da cama e encontrou um bar bem fornido. Tomou um trago de uísque escocês no copo das escovas de dentes. Quando chegou ao hospital, o sr. Cutter continuava no telefone. Ele cobriu o bocal com a mão. "Agora durma um pouco, meu garoto", disse mesclando paternalismo com formalidade. "Se você não tiver onde dormir, volte para a hospedaria e peça para lhe darem um quarto. Apresente-se aqui às nove. Lembre-se de que dinheiro não é problema. Você está na minha folha de pagamento." Moses voltou à trilha dos cavalos para buscar sua vara de pescar, que encontrou intacta a não ser pelo orvalho e passou a noite em sua cabana alugada.

195

26

No dia seguinte, ao anoitecer, a amante do sr. Cutter retomou a consciência, e pela manhã Moses conseguiu que seu carro fosse levado para Nova York e para lá voou com o sr. Cutter e a paciente num avião-ambulância fretado. Ele não tinha bem certeza da posição que ocupava na folha de pagamento do sr. Cutter, mas também não tinha nada melhor para fazer. Foi ao endereço de Coverly assim que chegou a Nova York, sem saber que o irmão estava na Ilha 93. Betsey estava em casa e ele a levou para jantar. Não era a garota com quem ele teria se casado, mas achou-a suficientemente simpática. Um dia ou dois mais tarde teve um encontro com o sr. Cutter e alguns dias depois foi empregado na Fiduciary Trust Company Bond School com um salário melhor do que recebia em Washington e com um futuro mais promissor. A carta que Leander lhe escrevera estava no chão do vestíbulo de seu apartamento em Washington e dizia o seguinte:

"Ligeiro contratempo com o *Topaze* no dia 30. Todos desembarcados sem molhar os pés. Afundou no canal e foi removido como risco à navegação pela Guarda Costeira na terça. Chegamos à praia e fomos atendidos na Mansion House. Ele agora está no seu ancoradouro (do *Tern*) e continua o mesmo desde o incidente. Flutuando mas incapaz de navegar. Beecher calcula que o conserto ficará em quatrocentos dólares. Sem recursos até o momento e Honora não coopera. Pode ajudar? Por favor, tente, meu filho, e veja o que pode fazer. São dias difíceis para o seu velho e f__o pai.

"O *Topaze* perdido, como ganharei a vida? Um velho esquisito como eu começa a valorizar o tempo que resta nesta terra mas sem o *Topaze* os dias passam sem propósito, sentido, cor, forma, apetite, glória, sordidez, pesar, desejo, prazer ou dor. Crepúsculo. Aurora. Tanto faz. Sinto esperança às vezes de manhã cedo mas logo perco. Único ânimo é escutar as corridas de cavalos no rádio. Se apostasse poderia rapidamente obter a quantia para consertar o *Topaze*. Falta-me até mesmo o trocado para uma aposta decente.

"Sempre fui generoso. Em várias ocasiões dei grandes somas a desconhecidos em dificuldades. Uma nota de cem a um taxista na Parker House. Cinquenta dólares a uma velha senhora que vendia lavanda na igreja da Park Street. Oitenta dólares a um desconhecido num restaurante que dizia que o filho precisava ser operado. Outras doações esquecidas. Joguei pão na água, por assim dizer. Nenhuma recompensa até hoje. É de mau gosto lembrar a você que jamais poupei esforços com a família. Um velame novo para seu barco. Trezentos dólares em bulbos de dália. Sapatos ingleses, cogumelos, flores de estufa, contas do iate clube e bufês coloniais consumiram boa parte da minha âncora.

"Tente ajudar o velho pai se tiver recursos. Se não, pergunte aos conhecidos. Existe sempre um gastador em cada grupo de homens. Às vezes um jogador. O *Topaze* é bom investimento. Já deu lucros consideráveis a cada temporada, exceto uma. Espera-se grande volume de negócios este ano em Nangasakit. Boa chance de quitação do empréstimo em agosto. Perdoe o tom lacrimoso da carta. Ria e o mundo rirá com você. Chore e chorará sozinho."

O ancoradouro que Leander mencionou era uma âncora-cogumelo com uma corrente no rio ao pé do jardim, e o velho barco podia ser visto dali. A sra. Wapshot certa tarde ficou olhando para o *Topaze* enquanto colhia sálvia. Sentiu uma agitação mental e talvez fosse seu corpo querendo dizer que ela teria uma visão. E na verdade tantas das suas ideias haviam se tornado realidade que a sra. Wapshot tinha o direito de chamá-las de visões. Anos e anos atrás, quando passava pela Igreja de Cristo, alguma força estranha pareceu detê-la diante do terreno baldio ao lado da igreja e ela tivera a visão de uma casa paroquial — tijolos vermelhos com janelas de folhas estreitas e um belo jardim. Ela havia começado a mobilização para uma casa paroquial na mesma tarde e um ano e meio depois sua visão — tijolo por tijolo — era uma realidade. Sonhara com cochos, obras de caridade e passeios agradáveis para materializá-los o quanto antes. Agora, voltando do jardim com um buquê de sálvia, ela olhou para a trilha que levava até o rio onde o *Topaze* jazia ancorado.

Fazia uma tarde cinzenta ao longo da costa, mas não desprovida de excitações — talvez viesse uma tempestade, e a perspectiva pareceu agradar-lhe, como se ela guardasse na língua, tal qual um grão de pimenta, o sabor do velho porto e do anoitecer tempestuoso. O ar estava salgado e ela podia ouvir o mar quebrando em Travertine. O *Topaze* estava escuro, era óbvio, escuro e parecia sem salvação naquela luz — um desses cascos de navio que vemos cercados por coral em rios urbanos, mantidos boiando por alguma ternura ou esperança vã, portando às vezes placas de Vende-se e às vezes morada derradeira de um velho e louco eremita banguela cujo covil é forrado de fotos de beldades de pele perolada e pernas abertas. A primeira coisa que lhe passou pela cabeça quando viu o barco escuro e vazio foi que ele não voltaria a navegar. Ele jamais cruzaria a baía outra vez. Então a sra. Wapshot teve sua visão. Ela viu o barco apoiado no ancoradouro do jardim, o casco brilhante de pintura nova e a cabine toda iluminada. Viu, ao virar a cabeça, mais de uma dezena de carros estacionados no milharal. Viu até alguns deles com placas de outros estados. Viu uma placa pregada na trilha: VISITE O S.S. TOPAZE, A ÚNICA LOJA DE PRESENTES FLUTUANTE DA NOVA INGLATERRA. Imaginou-se descendo pela trilha e atravessando o ancoradouro até embarcar. A cabine estava recém-pintada (os salva-vidas tinham sumido) e os lampiões acesos sobre várias mesinhas, iluminando a carga de cinzeiros, isqueiros, baralhos, arranjos de arame para flores, vasos, bordados, copos pintados à mão e cigarreiras que tocavam "Contos dos bosques de Viena" quando abertas. A visão era detalhada e também esplendidamente iluminada e aquecida, pois ela viu ainda um fogão Franklin de um dos lados da cabine com fogo na grelha e o perfume de fumaça de lenha mesclado ao aroma dos sachês, linho japonês e aqui e ali o cheiro de gordura de uma vela acesa. O S.S. *Topaze*, pensou ela novamente, a Única Loja de Presentes Flutuante da Nova Inglaterra, e então

198

deixou o crepúsculo tempestuoso retomar o barco escuro e entrou em casa muito feliz.

27

Leander não entendeu por que Theophilus Gates não quis lhe emprestar o dinheiro para consertar a proa do *Topaze* mas concedeu todo o dinheiro que Sarah quis para transformar a velha embarcação numa loja flutuante de presentes. Foi o que aconteceu. No dia seguinte à sua visão Sarah foi ao banco e no dia seguinte vieram os carpinteiros e começaram o conserto no ancoradouro. Os comerciantes começaram a vir — três ou quatro por dia — e Sarah montou um estoque no *Topaze*, gastando dinheiro, como ela dizia consigo, como um marujo embriagado. Sua felicidade ou êxtase era genuína embora fosse difícil entender por que encontrava tanta alegria num lote de cães de porcelana com flores pintadas nas costas, as patas moldadas para servir de apoio a cigarros. Talvez pudesse haver uma certa vingatividade em seu entusiasmo — um modo furtivo de expressar seus sentimentos sobre a independência e a santidade de seu sexo. Nunca fora tão feliz. Mandara pintar placas: VISITE O S.S. TOPAZE, A ÚNICA LOJA DE PRESENTES FLUTUANTE DA NOVA INGLATERRA, e espalhara em todas as estradas que davam na cidade. Planejava abrir o *Topaze* com um chá de gala e uma promoção de porcelana italiana. Centenas de convites foram impressos e postados.

Leander arranjou uma grande confusão sozinho. Peidou na varanda e mijou na macieira diante dos barcos no rio e dos comerciantes de porcelana italiana. Disse estar envelhecendo depressa e mostrou como seus ossos estalavam alto quando ele se agachava para tirar um fio do tapete. Lágrimas escorriam de seus olhos sempre que ouvia uma corrida de cavalos no rádio. Ainda se barbeava e se lavava toda manhã, mas tinha cada vez mais o cheiro de Netuno e tufos de cabelo grisalho saindo das orelhas e narinas antes que conseguisse lembrar de apará-los.

199

Suas gravatas estavam todas manchadas de comida e cinza de cigarro, e no entanto, quando acordava com o vento no meio da noite e ficava deitado na cama e recompunha seu trajeto ao redor da bússola escura, ainda lembrava como era sentir--se jovem e forte. Enganado por aquela corrente de ar frio ele se levantava da cama pensando apaixonadamente em barcos, trens e mulheres voluptuosas, ou em alguma imagem — uma rua molhada coberta de folhas de olmo amarelecidas — que parecia representar revanche e força. Vou escalar a montanha, pensava. Vou matar o tigre! Vou esmagar a serpente com o calcanhar! Mas o vento fresco morreu com o nascer do dia. Ele sentiu dor no rim. Não conseguiu voltar a dormir e ficaria mancando e tossindo mais um dia inteiro. Os filhos não lhe escreveram.

Na véspera da abertura do *Topaze* como loja de presentes, Leander foi visitar Honora. Sentaram na varanda.

"Você vai querer uísque?", perguntou Honora.

"Sim, por favor", disse Leander.

"Não tem", disse Honora. "Coma um biscoito."

Leander olhou para o prato de biscoitos e viu que estava cheio de formigas. "Acho que as formigas atacaram o seu biscoito, Honora", ele falou.

"Isso é ridículo", disse Honora. "Eu sei que você tem formigas na propriedade, mas nunca tive formigas em casa." Ela pegou um biscoito e comeu, com formiga e tudo.

"Você vai ao chá da Sarah?", perguntou Leander.

"Não tenho tempo a perder em lojas de presentes", disse Honora. "Tenho aula de piano."

"Achei que fosse de pintura", disse Leander.

"Pintura!", disse Honora zombeteira. "Ora, eu parei de pintar na primavera. Os Hammer estavam em dificuldades financeiras e então comprei o piano deles e agora a sra. Hammer vem e me dá umas aulas duas vezes por semana. Não é nada fácil."

"Talvez esteja no sangue", disse Leander. "Lembra a Justina?"

"Que Justina?", perguntou Honora.

"Justina Molesworth", disse Leander.

"Ora, claro que eu me lembro da Justina", disse Honora. "Como não?"

"Quis dizer que ela tocava piano na loja", disse Leander.

"Bem, eu não tenho nenhum interesse em tocar piano em loja", disse Honora. "Sinta essa brisa refrescante", ela disse.

"É mesmo", disse Leander. (Não tinha brisa nenhuma.)

"Sente-se na outra cadeira", ela disse.

"Estou bem confortável aqui, obrigado", disse Leander.

"Sente-se na outra cadeira", disse Honora. "Acabei de mandar trocar o estofamento. Mas", disse ela enquanto Leander obedientemente mudava de cadeira, "você não vai conseguir ver a janela dali e talvez fosse melhor ficar onde você estava mesmo."

Leander sorriu, lembrando que conversar com ela, mesmo quando era moça, fazia com que ele se sentisse como se tivesse apanhado. Perguntava-se quais seriam os motivos dela. Lorenzo havia escrito em algum ponto de seu diário que se você encontrava o diabo tinha que cortá-lo ao meio e passar entre os pedaços. Isso descrevia bem o jeito de Honora embora ele considerasse ainda se não seria o medo da morte que determinava o caminhar de caranguejo da prima na vida. Podia ser que por haver se desviado das coisas da vida que, por sua própria força — amor, incontinência e paz de espírito —, nos jogam na cara os fatos da nossa mortalidade ela talvez tivesse encontrado o segredo de uma velhice espirituosa.

"Honora, você me faria um favor?", ele perguntou.

"Não vou ao chá da Sarah se é o que você quer de mim", disse ela. "Eu já disse que tenho aula de música."

"Não é isso", disse Leander. "É outra coisa. Quando eu morrer quero a fala de Próspero no enterro."

"Que fala é essa?", perguntou Honora.

"Nossos festejos terminaram", disse Leander, levantando-se da cadeira. "Esses nossos atores, conforme antecipei, eram todos espíritos e se dissiparam no ar, no ar rarefeito." Ele decla-

mava, e seu estilo declamatório se baseava em parte nos shakes-
pearianos de sua juventude, no tom bombástico e cantado dos
locutores de boxe e em parte ainda no estilo dos extintos con-
dutores de carroças e bondes que entoavam os nomes dos lugares de seus itinerários. A voz elevou-se e ele passou a ilustrar a
poesia com alguns gestos bem literais. "... e, tal como o tecido
sem fundo desta visão, as torres altas nas nuvens, os palácios
suntuosos, templos solenes, o próprio grande globo em si, sim,
com tudo o que contém, hão de se dissolver e, como essa diáfa-
na cerimônia, sem deixar rastros." Ele deixou as mãos caírem.
A voz baixou. "Somos essa coisa de que são feitos os sonhos; e
nossa pouca vida é cercada de sono." Então disse adeus e se foi.

Bem cedo na manhã seguinte Leander viu que naquele
dia não haveria refúgio ou paz para ele na propriedade. Para o
rebuliço de um grande grupo de senhoras — aumentado pela
venda de porcelana italiana — não havia escapatória. Ele decidiu visitar seu amigo Grimes, que estava morando num asilo
de idosos em West Chillum. Era uma viagem que havia anos
ele planejava fazer. Foi a pé até St. Botolphs depois do café da
manhã e de lá tomou o ônibus para West Chillum. Do outro
lado de Chillum o motorista disse a ele que tinham chegado à
Twilight Home e Leander saltou. Olhando-se da rua o lugar
parecia uma daquelas academias da Nova Inglaterra. Havia um
muro de granito, equipado com pedaços afiados de pedra para
afastar os vagabundos que quisessem ali descansar. A rampa era
sombreada de olmos, e os edifícios a que dava acesso eram feitos de tijolos vermelhos em linhas arquitetônicas e, fosse qual
fosse a intenção quando os fizeram, agora pareciam deveras
sombrios. Ao longo da rampa Leander viu velhos carpindo o
meio-fio. Ele entrou no edifício central e foi até um escritório,
onde uma mulher perguntou o que ele queria.

"Quero ver o sr. Grimes."

"Não permitimos visitas durante a semana", disse a mulher.

"Eu vim de St. Botolphs", disse Leander.

202

"Ele está no dormitório norte", ela disse. "Não diga a ninguém que eu deixei você entrar. Suba aquela escada."

Leander atravessou o corredor e depois subiu uma escada larga de madeira. O dormitório era um quarto grande com uma fileira dupla de camas de ferro de cada lado de um corredor central. Havia velhos deitados em menos da metade das camas. Leander reconheceu seu velho amigo e foi até a cama onde ele estava deitado.

"Grimes", disse ele.

"Quem está aí?", o velho abriu os olhos.

"Leander. Leander Wapshot."

"Oh, Leander", Grimes exclamou e as lágrimas lhe escorreram pelo rosto. "Leander, velho camarada. Você é o primeiro amigo que vem me ver desde o Natal." Ele abraçou Leander. "Você não sabe como é importante para mim ver um rosto familiar. Você não imagina a importância disso."

"Bem, achei que era hora de lhe fazer uma visitinha", disse Leander. "Eu já queria vir fazia tempo. Alguém me disse que vocês tinham uma mesa de bilhar por aqui e achei por bem vir e jogar um pouco com você."

"Nós temos uma mesa de bilhar", disse Grimes. "Venha, venha, vou mostrar para você." Ele pegou Leander pelo braço e o levou para fora do dormitório. "Aqui temos todo tipo de recreação", disse ele entusiasmado. "No Natal eles nos deram vários discos de gramofone. Temos horta. Temos muito ar puro e exercícios. A gente trabalha na horta. Você não quer ver a horta?"

"Você é quem manda, Grimes", disse Leander sem vontade. Ele não queria ver horta nem nada ali na Twilight Home. Se pudesse ficar sentado calmamente durante uma hora em algum lugar e conversar com Grimes já se sentiria recompensado pela viagem.

"Plantamos todo tipo de hortaliças", disse Grimes. "Temos legumes frescos direto da horta. Vou primeiro lhe mostrar a horta. Depois vamos jogar um bilhar. A mesa não é lá muito boa. Vou lhe mostrar a horta. Vamos. Venha."

203

Saíram do edifício central por uma porta dos fundos e atravessaram a horta. Pareceram a Leander as hortas rígidas e deprimentes de um reformatório. "Veja", disse Grimes. "Ervilha. Cenoura. Beterraba. Espinafre. Logo teremos milho. A gente vende milho. Talvez você venha a comer em sua casa o milho que plantamos, Leander." Ele levara Leander até um milharal que estava começando a brotar. "Precisamos fazer silêncio agora", disse ele num sussurro. Atravessaram o milharal até o limite da horta e subiram num muro de pedra com uma placa de Não Ultrapasse e entraram numa mata baixa. Em um minuto chegamos a uma clareira onde havia uma cova rasa cavada na argila.

"Está vendo?", sussurrou Grimes. "Viu? Nem todo mundo sabe disso. É uma vala comum. É aqui que eles nos enterram. Esses dois aí adoeceram no mês passado. Charlie Dobbs e Henry Fosse. Uma noite os dois morreram. Na hora eu suspeitei do que estavam fazendo mas queria ter certeza. Vim até aqui na manhã seguinte e me escondi na mata. Conforme eu esperava, por volta das dez veio um sujeito gordo com um carrinho de mão. Com Charlie Dobbs e Henry Fosse dentro. Pelados. De ponta-cabeça. Eles nem se gostavam, Leander. Mal falavam um com o outro. Mas ele os enterrou juntos. Oh, não consegui mais olhar para aquilo. Não quis mais ver. Nunca mais me senti bem depois disso. Se eu morrer de noite eles vão me jogar pelado num buraco ao lado de alguém que eu não conheço. Vá embora e conte para todos, Leander. Conte para os jornais. Você sempre teve lábia. Vá agora e conte tudo..."

"Sim, sim", disse Leander. Ele recuou, mata afora, fugindo daquela clareira e de seu amigo histérico. Passaram pelo muro de pedra e caminharam de volta pelo milharal. Grimes agarrou o braço de Leander. "Vá agora e conte para todo mundo, conte para os jornais. Salve-me, Leander. Salve-me..."

"Sim, eu vou, Grimes, claro, eu vou."

Lado a lado os dois velhos atravessaram a horta e Leander disse adeus a Grimes diante do edifício central. Então desceu a rampa, obrigando-se a um esforço para não dar a impressão de que estava com pressa de ir embora. Ficou aliviado assim que passou o portão. Levaria muito tempo até o ônibus chegar e quando apareceu o primeiro ele gritou: "Ei, pare, pare, pare para mim".

Ele não podia ajudar Grimes; não podia, percebeu quando o ônibus foi se aproximando de St. Botolphs e ele viu a placa VISITE O S.S. TOPAZE, A ÚNICA LOJA DE PRESENTES FLUTUANTE DA NOVA INGLATERRA, não podia ajudar nem a si mesmo. Torceu para que o chá houvesse terminado mas quando chegou à propriedade ainda viu muitos carros estacionados no gramado e nas laterais da rampa de entrada. Ele deu uma volta na casa e entrou pelos fundos e subiu para o seu quarto. Já era tarde e pela janela ele podia ver o *Topaze* — à luz de velas — e ouvir as vozes das senhoras que bebiam chá. Aquela visão o fez sentir que estava sendo ridicularizado; que estavam fazendo um espetáculo público dos seus erros e reveses. Lembrou-se então de seu pai com ternura e medo como se temesse, desde sempre, um fim como o de Aaron. Achou que as senhoras falavam dele e bastou parar junto à janela para ouvir. "Ele enfiou o barco em Gull Rock em plena luz do dia", disse a sra. Gates enquanto descia pela trilha até o ancoradouro. "Theophilus acha que ele estava bêbado."

Que coisa mais frágil é o homem. Como era possível, com toda a valentia e virilidade, que um sussurro transformasse sua alma em cinzas? O gosto de alumínio na casca da uva, o cheiro do mar, o calor do sol de primavera, bagas azedas e doces, um grão de areia em seus dentes — tudo isso que ele chamava de vida parecia que lhe vinha sendo tomado. Onde estavam os serenos crepúsculos da velhice? Ele teria preferido arrancar os próprios olhos. Vendo candelabros em seu barco — ele que o trouxera de volta para casa depois de tanta tormenta e temporal — sentia-se espectral e emasculado. Então foi até a gaveta de sua escrivaninha e tirou de sob a rosa seca e a tiara de cabelo sua pistola carregada. Foi até a janela. Os fogos do dia ardiam como uma conflagração numa cidade industrial e acima da cúpula do celeiro ele viu a estrela da tarde, delicada e arredondada como uma lágrima humana. Deu um tiro pela janela e então caiu no chão.

Havia subestimado o barulho das xícaras de chá e o falatório das senhoras e ninguém no *Topaze* ouviu o disparo — apenas Lulu, que estava na cozinha, pegando mais água quente. Ela subiu pela escada dos fundos e avançou pelo corredor até o quarto dele e gritou quando abriu a porta. Quando escutou a voz dela, Leander se ajoelhou. "Oh, Lulu, Lulu, eu não queria machucar você. Não é com você. Não quis assustá-la."

"Você está bem, Leander? Você se machucou?"

"Eu sou um bobo", disse Leander.

"Oh, pobre Leander", disse Lulu, ajudando-o a ficar em pé. "Pobre coitado. Eu falei que ela não devia ter feito isso. Quantas vezes na cozinha eu não falei que isso magoaria você, mas ela não quis me ouvir."

"Eu só queria ser respeitado", disse Leander.

"Pobre coitado", disse Lulu. "Coitadinho de você."

"Você não vai contar para ninguém o que aconteceu aqui", disse Leander.

"Não."

"Jura?"

"Juro."

"Jure que não vai contar para ninguém o que viu aqui."

"Juro."

"Sobre a Bíblia agora. Deixe-me achar a Bíblia. Cadê a minha Bíblia? Onde está aquela minha Bíblia velha?" Então ele passou a procurar freneticamente pelo quarto, levantando e revirando livros e papéis e deixando as gavetas abertas e olhando nas estantes e baús, mas não conseguiu encontrar a Bíblia. Havia uma bandeirinha americana presa ao espelho acima de sua escrivaninha e ele a pegou e acenou com ela para Lulu. "Jure sobre a bandeira, Lulu, jure pela bandeira americana que você não vai contar a ninguém o que viu."

"Eu juro."

"Eu só quero ser respeitado."

28

Embora a administração da Ilha 93 fosse metade militar, metade civil, os militares, encarregados do transporte, da comunicação e das provisões, geralmente mandavam nos civis. Assim Coverly foi certa tarde chamado ao escritório de comunicações militar e deram a ele uma cópia de um cabograma enviado por Lulu Breckenridge. SEU PAI ESTÁ MORRENDO. "Sinto muito, colega", disse o oficial. "Você pode tentar ir até as comunicações mas acho que eles não vão poder fazer nada por você. O seu contrato é de nove meses." Coverly jogou o cabograma na lixeira e saiu do escritório.

Era depois do jantar e as latrinas estavam sendo incineradas e a fumaça subia por entre os coqueiros. Dali a vinte minutos começaria um filme. Quando Coverly se afastou um pouco do escritório, começou a chorar. Sentou-se à beira do caminho. A luz estava mudando e a luz muda rapidamente nas ilhas e era aquela hora em que a domesticidade primitiva de uma colônia de homens sem mulher começa a se afirmar; limpeza, escrever cartas e os trabalhos manuais com que os homens conservam alguma razão e dignidade. Ninguém reparou em Coverly porque não era nada de mais um homem sentado à beira do caminho e ninguém viu que ele estava chorando. Ele queria ver Leander e chorou ao pensar que todos os seus planos o tinham levado àquele disparate de ilha tropical pouco antes de começar um filme enquanto seu pai estava morrendo em St. Botolphs. Ele nunca mais veria Leander outra vez. Então resolveu tentar ir para casa e secou suas lágrimas e foi até o escritório de transportes. Lá havia um jovem oficial que, apesar dos trajes civis de Coverly, pareceu desapontado por ele não lhe prestar continência. "Eu queria um transporte de emergência", disse Coverly.

"Qual é a natureza da sua emergência?" Coverly reparou que o oficial tinha um tique do lado direito do rosto.

"Meu pai está morrendo."

"Você tem provas disso?"

"Chegou um cabograma lá nas comunicações."

"O que você faz?", perguntou o oficial.

"Sou um dos compiladores", disse Coverly.

"Bem, você pode conseguir uma dispensa de uma semana. Tenho certeza que não vai conseguir um transporte de emergência. O major está no clube mas sei que ele não vai ajudar. Por que você não vai falar com o capelão?"

"Vou falar com o capelão", disse Coverly.

Então ficou escuro e começou o filme e todas as estrelas estavam suspensas na escuridão suave. A capela ficava a uns quatrocentos metros dos escritórios e quando ele chegou lá viu um lampião de gasolina acima da porta e atrás do lampião uma placa grande que dizia BEM-VINDO. A construção era uma homenagem e tanto ao engenho humano. Amarraram bambus a um andaime e cobriram com esteira de folha de palmeira — e tudo segundo as linhas tradicionais de uma igreja do interior. Havia até um campanário de folhas de palmeira e o lugar tinha uma evidente atmosfera de abandono. A entrada estava cheia de placas de BEM-VINDO, assim como o interior da capela, e numa mesa junto à porta havia papéis de carta gratuitos, revistas bolorentas e convites ao repouso, à recreação e à oração.

O capelão, um primeiro-tenente chamado Lindstrom, estava ali, escrevendo uma carta. Ele usava óculos com aros de metal sobre o rosto fraco e singelo, e era um homem dos pequenos lugares da terra — cidadezinhas com sua inocência, preconceitos e intrigas mesquinhas — e parecia ter trazido, intacto ao atol, o cheiro de lençóis secando numa manhã de março e a austera e amarga piedade com que agradecia a Deus, no jantar de domingo, pela lata de salmão e pela garrafa de limonada. Convidou Coverly para sentar e ofereceu papel de carta e Coverly disse que precisava de ajuda.

"Não me lembro do seu rosto", disse Lindstrom, "de modo que acho que você não é da minha congregação. Nunca esqueço um rosto. Não sei por que os homens não vêm até aqui para louvar. Acho que tenho uma das melhores capelas do Pacífico Oeste e no domingo passado só vieram cinco homens ao culto. Estou tentando ver se consigo trazer um daqueles fotógrafos

208

do quartel para fazer uma foto do lugar. Acho que devia sair uma fotografia desta capela na revista *Life*. Eu a divido com o padre O'Leary, mas ele não me é de grande auxílio quando há trabalho envolvido. Parece não se importar com o lugar onde seus homens rezam. Ele está lá na mesa dos oficiais, jogando pôquer, neste exato momento. Não tenho nada a ver com o que ele faz no tempo livre dele mas não acho que um ministro do Evangelho deva jogar baralho. Eu nunca peguei num baralho. Claro que não tenho nada a ver com isso, mas também não aprovo os métodos dele para atrair a congregação. Ele trouxe vinte e oito homens aqui no domingo passado. Eu contei. Mas sabe como ele fez isso? No sábado iam servir uísque e ele tirou os homens da fila e os obrigou a virem confessar. Sem confissão, nada de uísque. Assim qualquer um enche uma igreja. Eu deixo papel de carta e as revistas e pintei sozinho os cartazes de Bem-Vindo e sempre que a minha esposa manda biscoito — minha esposa faz biscoito de aveia; ela podia ficar rica se abrisse uma padaria —, então quando a minha esposa manda biscoito eu coloco num pratinho aqui mas é o máximo que eu faço."

"Eu quero um transporte de emergência", disse Coverly. "Quero ir para casa. Meu pai está morrendo."

"Oh, sinto muito, meu filho", disse Lindstrom. "Sinto muito mesmo. Não tenho como lhe arrumar um transporte de emergência. Não sei por que eles mandam vocês aqui. Pode ir falar com o major diretamente. Alguém conseguiu transporte de emergência no mês passado. Pelo menos foi o que ouvi dizer. Você vai falar com o major que eu fico rezando por você."

O major estava jogando pôquer e bebendo uísque no clube dos oficiais e deixou a mesa de jogo grosseiramente, mas era um beberrão amistoso ou sentimental, e quando Coverly disse que o pai estava morrendo ele pôs um braço em seu ombro, caminhou com ele até o escritório de transportes e tirou um funcionário do meio do filme para dar suas ordens.

Ele partiu antes da alvorada num velho DC-4, impregnado de combustível e com uma mulher em trajes de banho pintada

209

na fuselagem. Dormiu no chão. Chegaram a Oahu no tumulto de um crepúsculo de verão com relâmpagos faiscando na montanha. De lá ele partiu rumo a San Francisco em outro avião às onze da noite seguinte. Jogavam dados e o avião sem isolamento era muito frio e Coverly ficou no assento inteiriço enrolado num cobertor. O ronco dos motores lembrou-lhe o *Topaze* e ele adormeceu. Quando acordou o céu estava rosado e o encarregado das funções de comissário distribuía laranjas e disse que dava para sentir o cheiro da terra no vento. Um céu de nuvens sólidas se formou ao se aproximarem da costa e puderam ver as colinas queimadas do verão de San Francisco. Depois de algumas horas para passar a alfândega militar Coverly pegou carona num bombardeiro até Washington e de lá foi para St. Botolphs de trem. Pegou um táxi na estação até a propriedade e na metade da manhã viu, pela primeira vez, as placas na estrada, no tronco do olmo, VISITE O S.S. TOPAZE, A ÚNICA LOJA FLUTUANTE DE PRESENTES DA NOVA INGLATERRA. Ele desceu do táxi e olhando em volta viu o pai, que procurava trevos-de-quatro-folhas na grama junto ao rio, e correu para ele. "Ah, eu sabia que você viria, Coverly", exclamou Leander. "Sabia que você ou Moses, um dos dois, viria", e abraçou o filho e pôs a cabeça no ombro dele.

PARTE 3

29

Na virada do século havia mais castelos nos Estados Unidos do que em toda a Alegre Inglaterra nos tempos do reinado do Bom Rei Artur. A busca de uma esposa levou Moses a um desses últimos estabelecimentos ainda em atividade — a grande maioria fora transformada em museu, ou foram comprados por ordens religiosas ou demolidos. Esse era um lugar chamado Clear Haven, domínio de Justina Wapshot Molesworth Scaddon, uma velha prima de St. Botolphs que se casara com um milionário das lojas de conveniência. Moses a encontrara num cotilhão ou num baile ao qual fora com um colega da Bond School e através dela conhecera sua filha adotiva, Melissa. Melissa pareceu a Moses, no instante em que a viu, ser, a seus olhos, uma mulher linda e das mais desejáveis. Cortejou-a e quando se tornaram amantes a pediu em casamento. A seu ver, a súbita decisão não tinha relação alguma com as condições do testamento de Honora. Melissa aceitou se casar com ele desde que ele viesse morar em Clear Haven. Ele não fez objeção. O lugar — fosse o que fosse — seria onde passariam o verão e ele tinha certeza de que conseguiria convencê-la a se mudarem para a cidade no outono. Assim, numa tarde chuvosa, ele tomou o trem para Clear Haven, com planos de amar Melissa Scaddon e com ela se casar.

Os conservadores gostos suntuosos que Moses adquirira em St. Botolphs se revelaram os mesmos gostos suntuosos dos banqueiros de Nova York, e por baixo de sua capa de chuva parda Moses usava as roupas peculiares e opacas daquele antigo porto. Estava quase escuro quando ele partiu, e a viagem através dos cortiços do norte, e a chuva que pegava e devolvia como uma rede a fumaça e a imundície da cidade o deixou melancólico e inquieto. O trem que ele tomou corria pela margem do rio e, sentado do outro lado, ele observava a paisagem que em sua profusão de anomalias o teria preparado para Clear Haven se ele precisasse de preparação, pois nada mais era o que tencionara ser ou o que viria a acabar sendo no final e a casa que pretendera expressar orgulho familiar era agora um velório, a casa que pretendera expressar orgulho mundano era agora uma pensão, irmãs ursulinas viviam no castelo que pretendera expressar o orgulho da avareza, mas através dessa erosão de propósitos Moses pensou enxergar em toda parte a impressão da doçura e da ingenuidade humanas. Era um trem de subúrbio e o comboio rangia de estação em estação, embora a certa distância da cidade as paradas fossem rareando e ele visse de quando em quando da janela aquelas famílias amontoadas que esperavam na plataforma por um trem ou um passageiro e que, com aquela luz fraca, a chuva e suas atitudes, pareciam ter sido obrigadas a ficar juntas por algum motivo triste e urgente. Apenas dois passageiros continuavam no trem quando chegaram a Clear Haven e só ele desembarcou.

A chuva apertara, a noite estava escura e ele foi até uma sala de espera que chamou sua atenção por um minuto pois havia uma fotografia grande na parede, emoldurada em carvalho, do seu destino. Bandeiras tremulavam nas muitas torres de Clear Haven, os contrafortes eram cobertos de hera espessa e levando em conta o motivo de sua ida até lá aquilo não lhe pareceu nada ridículo. Justina aparentemente tomara providências quanto à sala de espera pois havia até um tapete no chão. As tábuas das paredes eram tingidas da cor do mogno e os canos que deviam aquecer o lugar no inverno se erguiam graciosamente, dois a dois, até sumirem como serpentes por furos no teto. Os bancos em todas as paredes interrompiam-se a intervalos regulares com graciosas volutas de madeira torcida que serviam aos viajantes como descansos para os braços e evitavam que as coxas de desconhecidos se tocassem. Ao sair da sala de espera ele encontrou um único táxi estacionado. "Eu levo você até o portão", disse o motorista. "Não posso levar você até a casa mas deixo você no portão."

O portão, Moses viu quando desceu do táxi, era de ferro e estava trancado com uma corrente e um cadeado. Havia um portão menor à esquerda e ele foi até lá e avançou debaixo da chuva pesada até as luzes do que imaginou ser uma guarita ou uma cabana. Um homem de meia-idade veio atender — estava comendo — e pareceu alegrar-se quando Moses disse seu nome. "Eu sono Giacomo", disse ele. "Io sou Giacomo. Vieni conmigo." Moses entrou atrás dele numa garagem antiga, com aquela umidade característica de concreto frio que atinge diretamente os ossos. Ali, iluminado, havia um Rolls-Royce com a janela de trás em forma de meia-lua como o toalete em West Farm. Moses entrou na frente enquanto Giacomo começou a forçar a bomba de combustível e levou algum tempo até conseguir dar a partida. "Está quase finita", disse Giacomo. "Não presta mai à notte." E assim partiram como um navio de guerra em meio à chuva. Não havia limpador de para-brisa ou Giacomo não o usava e subiram contra o vento e sem farol a rampa de entrada. Então de repente Moses viu as luzes de Clear Haven. Pareciam centenas delas — eram tão numerosas que iluminavam o caminho e lhe deram confiança. Moses agradeceu a Giacomo e se protegeu da chuva com a valise até a varanda enorme, toda entalhada no travejamento como o pórtico de uma catedral. A única campainha que ele viu era um aparato em forma de folhas e rosas de ferro fundido, tão sofisticado e antigo que ele ficou com medo de que pudesse cair em sua cabeça se o tocasse, e então ele bateu na porta com o punho. Uma empregada abriu para ele e ele entrou numa espécie de rotunda e ao mesmo tempo Melissa apareceu por outra porta. Ele descansou a bagagem, deixou escorrer a chuva da aba do chapéu e abraçou sua amada.

Suas roupas estavam úmidas e um tanto mofadas. "Imagino que você queira se trocar", disse Melissa, "mas não temos muito tempo..." Ele reconheceu em seu olhar de aflição e prazer misturados a expectativa de alguém que apresenta uma parte de sua vida a outra mas sente a insegurança de que elas possam se atritar e obrigar a uma escolha ou a uma separação. Ele sentiu essa expectativa quando ela pegou em seu braço e o conduziu através de um salão onde se ouvia o som de cada passo sobre o mármore preto e branco. Não era do feitio de Moses, mas a verdade é que ele não olhou nem para a esquerda, de onde vinha o rumor de uma fonte, nem para a direita, onde inalou o suave cheiro de terra de uma estufa, sentindo, como a prima Honora, que aparentar naturalidade em qualquer ambiente era um traço de caráter.

Ele estava de certo modo com a razão ao resistir à própria curiosidade, pois Clear Haven havia sido construído com o propósito de impressionar forasteiros. Ninguém jamais contara o número de cômodos — ninguém, isto é, a não ser uma prima vulgar e ambiciosa que passara uma tarde de chuva contando, achando que o esplendor podia ser traduzido em números. Ela chegara à soma de noventa e dois mas ninguém sabe se ela contou os aposentos de empregados, os banheiros, e os cômodos estranhos e quase sem uso, alguns dos quais sem janelas, criados pelas muitas reformas do lugar, que tinha crescido como reflexo das obstinadas e excêntricas mudanças de opinião de Justina. Quando ela comprou o grande salão da Villa Peschere em Milão enviou uma mensagem ao arquiteto, dizendo para anexá-lo à pequena biblioteca. Ela não teria comprado o salão se soubesse que lhe ofereceriam a sala de estar do Château de la Muette na semana seguinte, e voltou a escrever para o arquiteto pedindo que a anexasse à pequena sala de jantar e avisando que acabara de comprar quatro fontes de mármore representando as quatro estações. Então o arquiteto respondeu dizendo que as fontes tinham chegado e como não havia lugar para elas na casa se ela aprovava a ideia dele de um jardim de inverno a ser anexado ao salão de Milão. Ela respondeu de volta aprovando e comprou na mesma tarde uma pequena capela que podia bem ser anexada ao quarto pintado que o sr. Scaddon lhe dera de aniversário. As pessoas costumavam dizer que ela havia comprado mais ambientes do que saberia usar; mas ela de fato usava

215

todos. Não era dessas colecionadoras que deixam suas melhores peças apodrecendo em depósitos. Na mesma viagem também comprara um piso de mármore e algumas colunas em Vincenzo mas a aquisição mais impressionante que ela encontrou para Clear Haven nessa ou em qualquer uma de suas últimas viagens foram as pedras e vigas do grande Windsor Hall. Era a esse salão expatriado que agora Melissa conduzia Moses.

Justina estava sentada junto à lareira, bebendo xerez. Ela teria, segundo Leander, uns setenta e cinco anos na época, mas seu cabelo e suas sobrancelhas eram pretos retintos e no rosto, emoldurado por cachos perfeitos, usava muito ruge. Tinha olhos esgazeados e sagazes. O cabelo era alto acima da testa numa construção nitidamente antiquada que lembrou a Moses o falso frontão do edifício Cartwright em St. Botolphs. Eram do mesmo período. Mas lembrava-lhe mais que tudo justamente o que havia sido — uma astuta dançarina de cabaré.

Ela cumprimentou Moses com ostensivo desinteresse, o que não era surpresa numa mulher cuja desconfiança dos homens era ainda mais declarada que a da prima Honora. Seu vestido era exuberante e simples e sua voz imperiosa e rouca abarcava toda uma oitava de ambições sociais recompensadas. "Conde D'Alba, general Burgoyne e sra. Enderby", ela disse, apresentando Moses aos demais na sala. O conde era um homem alto, de pele escura, com narinas cavernosas e peludas. O general era um velho numa cadeira de rodas. A sra. Enderby usava um pincenê cujas lentes em forma de losango pendiam tão frouxas da ponte do nariz que lhe conferiam uma aparência inchada. Tinha os dedos sujos de nanquim. Melissa e Moses foram até umas poltronas junto à lareira mas estas eram tão abstrusamente proporcionadas que Moses teve que se esticar todo para conseguir sentar e descobriu, ao recostar-se, que suas pernas não chegavam ao chão. Uma empregada lhe serviu um copo de xerez e um pratinho em que havia ainda uns poucos amendoins velhos. O xerez estava intragável e quando ele o provou Melissa sorriu para ele que se lembrou do que ela contara sobre a parcimônia de Justina e lamentou não ter trazido um pouco de uísque na valise. Então uma empregada apareceu no umbral distante e tocou uma espécie de carrilhão e todos atravessaram o salão até uma sala iluminada por velas.

O jantar era uma tigela de sopa, uma batata cozida, um pedaço de peixe e uma espécie de torta, e a conversa, que devia seguir os ditames de Justina, sofreu com o fato de que ela parecia estar ora cansada, ora alheia, ora irritada com a chegada de Moses. Quando o general contou a ela sobre a doença de uma amiga ela expressou sua ideia fixa sobre a perfídia dos homens. Sua opinião era que o marido da amiga era responsável pela doença dela. Solteiras — ela disse — eram muito mais saudáveis do que casadas. Terminado o jantar voltaram todos para o salão. Moses ainda estava com fome e esperava que tivesse ocorrido algum problema na cozinha e que se ele fosse mesmo morar em Clear Haven não esperassem que se contentaria com aquela ração miserável. Justina jogava gamão com o general e o conde estava ao piano e começou uma seleção daquelas músicas lacrimosas que são tocadas em coquetéis e são tão límpidas em sua amorosidade, tão indiferentes e anelantes em sua afirmação da paixão que ofenderiam os ouvidos de um homem apaixonado. De repente todas as luzes se apagaram.

"O fusível principal queimou outra vez", disse Justina, jogando seus dados à luz da lareira.

"Quer que eu arrume?", perguntou Moses, ansioso por causar boa impressão.

"Não sei", disse Justina. "São muitos fusíveis."

Melissa acendeu uma vela e Moses a seguiu por um corredor. Eles podiam ouvir o falatório na cozinha onde a criadagem riscava fósforos à procura de velas. Ela abriu uma porta que dava em outro corredor e começou a descer um lance de escadas de madeira até um porão com cheiro de terra. Encontraram a caixa de força e Moses trocou o fusível velho por um novo, embora tenha percebido que a fiação em alguns deles estava desencapada ou mal isolada com fita adesiva. Melissa apagou a vela e voltaram ao salão, onde o conde retomara sua música desiludida e onde o general aproximou sua cadeira de rodas de Moses e levou-o até uma cristaleira perto do fogo onde havia algumas becas acadêmicas emboloradas que o falecido sr. Scaddon usara quando recebera o diploma honorário de Princeton.

Moses gostou da ideia de que o palácio e o salão fossem fruto das lojas de conveniência de sua juventude com seus aromas estimulantes e depravados. Suas lembranças mais vívidas eram das garotas — a garota com acne no balcão de cosméticos, a garota voluptuosa que vendia ferramentas, a garota indolente do setor de doces, a beldade recatada que vendia lona e a prostituta da cidade de cabelos oxigenados, em liberdade condicional, na liquidação de brinquedos — e se não havia nenhuma relação visível entre tais lembranças e o salão de Clear Haven a relação prática era indiscutível. Moses reparou que quando o general falava de J.P. Scaddon evitava a expressão "loja de conveniência" e falava apenas em "comércio". "Ele foi um grande comerciante", disse o general, "um homem fora de série, um homem distinto — até seus inimigos admitiam. Durante os quarenta anos em que ele foi presidente da empresa seus dias eram preenchidos das oito da manhã até às vezes depois da meia-noite. Quando digo que ele era distinto, quero dizer que ele se destacava pela própria energia, por seu poder de discernimento, sua coragem e imaginação. Ele possuía todas essas qualidades num grau fora do comum. Nunca esteve envolvido em negócios escusos e o mundo do comércio como vemos hoje em dia deve um bocado à imaginação dele, à inteligência dele e ao seu refinado senso de honra. Ele tinha, evidentemente, uma folha de pagamento que incluía mais de um milhão de pessoas. Quando ele abriu as lojas na Venezuela e na Bélgica e na Índia sua intenção não era enriquecer ainda mais nem enriquecer seus acionistas, mas aumentar o padrão de vida das pessoas em geral..."

Moses escutou o que o general dizia mas a ideia de que iria para a cama com Melissa conferira àquele dia uma luz e uma alegria tão obsedantes que foi um esforço conter seu ardor para não virar impaciência enquanto ouvia aquele louvor ao milionário falecido. Ela era linda, no grau de beleza que instila pensamentos elevados até no menino da mercearia ou no mecânico

218

da oficina. O tom intenso de ouro escuro de seus cabelos, suas escápulas e seu colo e seus olhos que pareciam negros à distância exerciam tamanho poder sobre Moses que, enquanto ele a observava, o desejo parecia obscurecer e dourar a imagem dela como as camadas acumuladas de verniz sobre uma velha pintura, e ele agradeceria se algum ferimento leve lhe ocorresse, pois aquele profundo sentido de envolvimento que experimentamos quando vemos uma mulher adorável — ou ainda uma mulher que só pode contar com a amabilidade de suas intenções — tropeçar no degrau de ferro de um trem ou na calçada — ou quando, num dia de chuva, vemos o saco de papel em que ela leva suas compras rasgar-se e cair tudo no chão e em poças do meio-fio, laranjas, talos de aipo, filões de pão, frios fatiados em celofane —, aquele profundo sentido de envolvimento que pode ser explicado por uma lesão ou perda estava presente em Moses sem nenhuma explicação. Ele já se levantava da poltrona quando a velha senhora ordenou:

"Hora de dormir!"

Ele havia subestimado a força do desejo, que lhe transtornara as feições, e fora pego em flagrante. De sob suas sobrancelhas tingidas Justina olhava para ele com ódio. "Vou lhe pedir que leve o general até o quarto dele", ela disse. "O seu quarto é no fim do corredor, assim não haverá nenhum inconveniente. O quarto de Melissa fica do outro lado da casa" — disse ela triunfante e fez um gesto para enfatizar a distância — "e não é conveniente que ela leve o general lá para cima..."

O desejo estampado em seu rosto o traíra uma vez e ele não queria agora ser traído pela frustração ou pela raiva e abriu um sorriso — praticamente radiante — mas se perguntava como, naquele labirinto de quartos, faria para encontrar o caminho até a cama dela. Não podia sair batendo de porta em porta nem abri-las e provocar uma gritaria de empregadas ou deparar com a sra. Enderby tirando o terço. Ele podia criar uma confusão envolvendo os criados — até mesmo o conde D'Alba — e propiciar um escândalo que terminaria com sua expulsão de Clear Haven. Melissa estava sorrindo tão amavelmente que ele achava que ela teria um plano e ela o beijou com decoro e sussurrou: "Pelo telhado". Então ela falou para que todos ouvissem. "Vejo você de manhã, Moses. Bons sonhos."

Ele empurrou a cadeira de rodas do general para dentro do elevador e apertou o botão do terceiro andar. O elevador subiu devagar e com os cabos produzindo um som pesaroso, mas novamente revigorado em sua obstinada alegria Moses estava insensível ao poder premonitório dos ascensores ou elevadores — os elevadores de vastas construções, castelos, hospitais e depósitos — que, hesitantes e dolorosos ao ouvido, parecem tangenciar nossos conceitos de danação. "Obrigado, sr. Wapshot", disse o velho quando Moses conduziu sua cadeira até a porta. "Daqui em diante posso me virar sozinho. Estamos muito contentes de tê-lo conosco. Melissa estava muito, muito infeliz e inquieta. Boa noite." De volta a seu próprio quarto Moses arrancou as roupas, escovou os dentes e saiu na sacada, onde a chuva continuava a cair, produzindo sobre a grama e as folhas um som granulado. Ele abriu um sorriso com todo o amor do mundo e tudo o que isso implicava e então, em pelo, começou a subir no telhado.

Aquela parecia ser a maior das improbabilidades em Clear Haven mas, considerando-se o que ele buscava, um homem nu se arrastando pelos telhados não representava na verdade nada de muito irregular ou embaraçoso. A chuva em sua pele e em seu cabelo parecia fresca e suave e o caos dos telhados escorregadios se encaixava perfeitamente naquela imagem do amor; e havia sido nos telhados de Clear Haven, vistos apenas pelos pássaros ou por um avião desgarrado, que o arquiteto deixara exposta a complexidade de sua tarefa — de certo modo, de sua derrota — pois ali toda a majestade aleatória do lugar aparecia destrinchada, retificada e confusa; ali, escondidos na chuva, estavam os segredos do arquiteto e a maioria de seus fracassos. Telhados pontiagudos, planos, piramidais, com claraboias de vidro colorido, com chaminés e bizarros sistemas de drenagem estendiam-se por quatrocentos metros ou mais, reluzindo aqui e ali à luz de uma trapeira como os telhados de uma cidade.

Pelo que ele conseguia ver na escuridão chuvosa a única maneira de chegar ao outro lado da casa era ultrapassar aquela distante fileira de janelas altas e ele ia naquela direção quando um pedaço de arame, esticado em determinado trecho do telhado, derrubou-o. Era uma velha antena de rádio, imaginou com benevolência, uma vez que não se machucara, e retomou seu caminho. Minutos depois passou por uma toalha encharcada de chuva e um frasco de loção bronzeadora e ainda mais adiante havia uma garrafa vazia de vermute, fazendo com que o telhado parecesse uma praia onde alguém, seguramente a seu ver sem o conhecimento de Justina, esticara o esqueleto ao sol. Conforme se aproximava da borda da primeira trapeira iluminada ele viu diretamente o interior de um pequeno quarto, coberto de imagens religiosas, onde uma velha criada passava roupa. As luzes da janela seguinte eram róseas, e olhando de relance ele ficou surpreso ao ver o conde D'Alba em pé diante de um espelho sem nenhuma peça de roupa no corpo. A janela seguinte era a da sra. Enderby, que estava sentada à escrivaninha, vestida como no jantar, escrevendo num caderno. Ele já estava fora do alcance da luminária da escrivaninha quando seu pé direito, procurando apoio, pisou no vazio da escuridão chuvosa e só balançando e jogando seu peso sobre as telhas ele conseguiu evitar de cair lá de cima. O que não vira fora um poço de ventilação que atravessava os três andares e que teria sido o seu fim. Ele espiou pelo poço, aguardando a química de seu corpo alarmado se acalmar e prestando atenção para descobrir se a sra. Enderby ou outra pessoa ouvira o barulho que ele fizera ao se jogar de bruços. Estava tudo quieto e ele fez o resto da escalada mais devagar, enfim chegando à sacada do quarto de Melissa onde ficou do lado de fora, observando-a escovar o cabelo. Ela estava sentada diante do espelho da penteadeira e sua camisola era transparente a ponto de, na penumbra do quarto, ele conseguir ver a inteireza de seus seios, que se afastavam um pouco quando ela se inclinava para o espelho.

"Você está encharcado, querido, você está encharcado", ela disse. Sua expressão era obscura e lasciva; ela aproximou a boca para ser beijada e ele desatou os laços da camisola que caiu até a cintura e ela empurrou a cabeça dele dos lábios para que saudasse seus seios. Então, nua e desinibida, ela atravessou o quarto e entrou no banheiro para terminar sua toalete e Moses ficou ouvindo os sons de água corrente e do abrir e fechar de gavetas, sabendo que era sensato da parte do amante ser capaz de calcular esses atrasos particulares. Ela voltou, andando na direção dele em plena glória, e apagou as luzes por onde passava em seu caminho, e de madrugada, enquanto ele acariciava seu traseiro macio ouvindo o crocitar dos corvos, ela disse que ele precisava ir e ele escalou pelado de volta o caos dos telhados.

Já era dia claro quando Moses, incapaz de pegar no sono, vestiu-se e saiu do quarto. Descendo a escada, viu na luz forte da manhã que tudo o que parecera suntuoso era na verdade sujo e velho. O revestimento de veludo do corrimão estava remendado, havia cinzas de charuto no tapete da escada e ao banco bordado do patamar faltava um pé. Chegando à rotunda Moses viu um grande rato cinza. Trocaram um olhar e então o rato — gordo ou arrogante demais para sair correndo — entrou na biblioteca. Faltavam cristais no candelabro, sumiram lascas de mármore do piso e o salão parecia um velho hotel onde o luxo e a elegância haviam desertado e deixado em seu lugar velhos, velhas e remediados. O ar estava vencido e as arcas dispostas a intervalos regulares ao longo da parede tinham rodelas brancas de copos outrora ali apoiados. À maioria dessas arcas faltava um puxador ou peça. Continuando pelo corredor Moses se deu conta de que nunca tinha visto tantas arcas e se perguntou o que haveriam de conter. Perguntou-se se os Scaddon compraram todas pelo correio, encomendaram-nas a algum negociante ou sucumbiram à avidez por aqueles objetos volumosos, ornamentados e, até onde ele conseguia ver, inúteis. Perguntou-se mais uma vez o que haveria dentro de tantas arcas, mas não abriu nenhuma e saiu por uma porta de vidro que dava para um vasto gramado.

As mulheres que Moses amou pareciam estar no céu da manhã, repleto de luzes, no rio, nas montanhas e nas árvores, e com luxúria dentro das calças e paz no coração ele caminhou feliz sobre a grama. Abaixo da casa havia uma antiquada terma romana, com bancos de mármore e água jorrando de bocas de leões e, sem nada melhor para fazer, Moses resolveu nadar. O dia que começara brilhante de repente escureceu e começou a chover, e Moses voltou para a casa para tomar o café da manhã e conversar com Justina.

Moses havia escrito a Leander sobre Justina e a resposta de Leander viera sem saudações e com o seguinte título: "A ascensão de uma p___ta mercenária". Sob o cabeçalho ele escrevera: "Justina: filha de Amos e Elizabeth Molesworth. Filha única. Pai cavalheiro esportista. Bem-apessoado mas incapaz de cumprir obrigações domésticas. Abandonou mulher e criança. Nunca mais se soube dele. Elizabeth sustentou-se e à filha costurando para fora. Trabalhava dia e noite. Acabou com a vista. Boca sempre cheia de alfinetes. A pequena Justina me parecia adotada desde o princípio. Um gosto acentuado por coisas aristocráticas. Pedaços de veludo. Penas de pavão etc. Única brincadeira de criança que se permitia era brincar de rainha na maior elegância. Deslocada numa cidade como St. Botolphs. Muito ridicularizada. Foi levada como aprendiz de dançarina por Gracie Tolland. Aprendeu a balançar no Eastern Star Hall em cima da farmácia; também armazém. O lugar tinha cheiro de cera líquida. Depois ela tocou piano no cinema que tinha no velho templo maçônico e na loja de conveniência de J.P. Scaddon. Músicas como 'Waltz me around again Willie'. Um piano sempre muito desafinado.

"J.P. Scaddon então era concorrente de lojas como Woolworth e Kresge. Milionário mas continuava visitando as lojas do interior. Viu Justina castigando o marfim. Foi amor à primeira vista! Levou-a para Nova York. Amy Atkinson foi sua aia. Depois ele casou com Justina. Os jornais omitiram qualquer alusão a St. Botolphs, à mãe costureira, ao passado de dançarina. Parecia ter nascido adulta na alta sociedade. Justina preparada para brigar por uma posição social na cova dos leões de Nova York. Virou benfeitora do hospital de cães e gatos. Sempre com fotografia nos jornais, cercada de aduladoras muito agradecidas. Um dia lhe pediram uma pequena quantia para o Repouso do Marujo da cidade. Recusou. Quis cortar todo vínculo com a terra natal quando melhorou de vida. Sem filhos. Casarão na Quinta Avenida. E uma casa de campo. Clear Haven. Todos os sonhos realizados."

Mais tarde naquela manhã Moses encontrou Justina no jardim de inverno — uma espécie de estufa em forma de domo numa das extremidades do castelo. Muitas janelas estavam quebradas e Giacomo as consertara enfiando travesseiros nos vãos. Parecia que um dia houvera ali canteiros de flores junto às paredes e no centro do ambiente havia uma fonte e uma piscina. Quando Moses entrou ali e pediu para falar com ela, Justina sentou numa cadeira de ferro.

"Quero me casar com Melissa."

Justina levou a mão àquela fachada de cabelos negros que parecia o edifício Cartwright e suspirou.

"Pois então por que não casa? Melissa tem vinte e oito anos. Ela pode fazer o que ela quiser."

"Nós gostaríamos da sua aprovação."

"Melissa não tem dinheiro nem esperanças", disse a velha. "Ela só tem suas pérolas. E o valor de revenda das pérolas é uma tristeza e é quase impossível fazer seguro delas."

"Isso não teria importância."

"Você não sabe quase nada dela."

"Só sei que quero me casar com ela."

"Acho que algumas coisas do passado dela você deveria saber. Os pais dela foram assassinados quando Melissa tinha sete anos. O sr. Scaddon e eu ficamos muito contentes de adotá-la — ela tem um gênio tão doce — mas também tivemos nossas desavenças. Ela foi casada com Ray Badger. Você sabia disso?"

"Ela me contou."

"Ele virou um alcoólatra sem que Melissa, creio eu, tivesse culpa disso. Ele tinha ideias bastante elementares sobre o casamento. Espero que você não pense assim."

"Não tenho certeza se entendi."

"O sr. Scaddon e eu dormíamos em quartos separados sempre que possível. Sempre em camas separadas."

"Entendo."

"Mesmo na Itália ou na França."

"Ainda vai levar um tempo até podermos pensar em viajar", disse Moses, querendo mudar de assunto.

"Acho que Melissa nunca se sentirá capaz de viajar", disse Justina. "Ela não saiu mais de Clear Haven depois do divórcio."

"A própria Melissa já me contou isso."

"Parece ser uma vida muito confinada para uma mulher jovem", disse Justina. "Ano passado comprei-lhe uma passagem para viajar pelo mundo. Ela chegou a concordar, mas quando já haviam embarcado toda a bagagem dela e estávamos bebendo vinho na cabine ela resolveu que não podia ir mais. Ela ficou muito agoniada. Voltamos para Clear Haven naquela mesma tarde." Ela sorriu para Moses. "Os chapéus de Melissa deram a volta ao mundo."

"Entendo", disse Moses. "Melissa me contou isso também e eu gostaria de morar aqui até o nosso casamento."

"Isso pode se arranjar facilmente. O seu pai ainda é vivo?"

"Sim."

"Deve estar muito velho. Minhas lembranças de St. Botolphs não são boas. Saí aos dezessete anos de lá. Quando me casei com o sr. Scaddon devo ter recebido umas cem cartas de gente da cidade, pedindo uma ajuda financeira. Isso não melhorou minhas recordações. Tentei ajudar. Durante muitos anos ajudei crianças — artista ou pianista — e paguei estudos, mas nenhuma delas deu certo." Ela afastou as mãos com um gesto triste como se soltasse os estudantes de uma grande altura. "Tive que me livrar de todas. Vocês moravam perto do rio, não é? Eu me lembro da casa. Imagino que vocês tenham relíquias de família."

"Sim." Moses não estava preparado para isso e respondeu com alguma hesitação.

"Você saberia me dizer por alto de que se trata?"

"Berços, cômodas altas, cômodas baixas, coisas assim. Cristais."

"Eu não tenho interesse em cristal", disse Justina. "No entanto, nunca colecionei mobília americana e sempre tive vontade. E louça?"

"Meu irmão Coverly saberia dizer melhor", disse Moses.

"Ah, sim", disse Justina. "Bem, quanto a mim, não vejo problema em você e Melissa se casarem. Acho que a sra. Enderby está na sala dela agora e você pode marcar uma data com ela. Ela enviará os convites. E cuidado com aquela pedra solta do piso. Você pode tropeçar e acabar se machucando." Moses encontrou a sra. Enderby e depois de ele escutar algumas histórias mofadas da juventude dela na Riviera ela lhe disse que ele podia se casar dali a três semanas. Ele procurou Melissa mas as empregadas disseram que ela ainda não descera e quando ele começou a subir a escada até a parte da casa onde ela estava ouviu a voz de Justina atrás de si. "Desça, sr. Wapshot."

Melissa só desceu para o almoço e essa refeição, embora não satisfatória, foi servida com dois tipos de vinho e se arrastou até as três. Depois do almoço ficaram passeando no terraço abaixo das torres como duas figuras num prato pintado e procurando alguma privacidade nos jardins deram com a sra. Enderby. Às cinco e meia, quando já era hora de Moses ir e ele abraçou Melissa, uma janela numa das torres foi escancarada e Justina chamou: "Melissa, Melissa, diga ao sr. Wapshot que se ele não se apressar vai perder o trem".

Depois do serviço na segunda-feira Moses encheu duas malas e uma caixa de papelão com suas roupas, colocando entre as camisas uma garrafa de bourbon, um pacote de biscoitos e um pedaço de um quilo e meio de queijo Stilton. Novamente foi o único passageiro do trem a descer em Clear Haven mas dessa vez Giacomo estava lá com o velho Rolls-Royce para recebê-lo e levá-lo colina acima. Melissa o esperava na porta e naquela noite ele seguiu o padrão de sua primeira noite ali exceto pelo fusível que não queimou. Moses conduziu o general na cadeira de rodas até o elevador às dez da noite e subiu novamente pelos telhados, só que dessa vez fazia uma noite muito aberta, estrelada e ele conseguiu enxergar o poço de ventilação que quase o matara. Novamente ao amanhecer o dia ele voltou para o seu próprio quarto e nada podia ser mais agradável do que ver a mata fechada e as colinas do interior ao amanhecer do alto dos telhados de Clear Haven. Ele foi para a cidade de trem, voltou à tarde para Clear Haven, bocejou sugestivamente durante o jantar e empurrou a cadeira do general até o elevador às nove e meia da noite.

30

Enquanto Moses comia essas maçãs douradas, Coverly e Betsey se mudaram para uma base de lançamento de foguetes chamada Remsen Park. Coverly só passou um dia na propriedade da família. Leander obrigou-o a voltar para a esposa — e foi ele também trabalhar na fábrica de talheres dias depois. Coverly voltara para Betsey em Nova York e, com um atraso de poucos dias, acabou enfim transferido para essa nova base. Dessa vez foram juntos. Remsen Park era uma comunidade de quatro mil casas idênticas, ladeada a oeste por um acampamento militar. O lugar não podia ser criticado por ser uma cidade pequena ou grande. Praticidade, conveniência e pressa fizeram brotar lugares assim quando o programa espacial se acelerou; mas as casas eram secas durante as chuvas e aquecidas no inverno; tinham cozinhas bem equipadas e lareiras para a alegria doméstica e o vigoroso esforço de autopreservação nacional era mais que justificativa para o fato de serem todas iguais. No coração da comunidade havia um grande shopping center com tudo o que você pudesse desejar — tudo dentro de edifícios com paredes de vidro. Isso, sim, a alegria de Betsey. Ela e Coverly alugaram uma casa, mobiliaram e escolheram os quadros nas paredes, e completaram o enxoval com porcelana azul e branca e cadeiras pintadas que Sarah mandou de St. Botolphs.

Estavam em Remsen Park havia pouco tempo quando Betsey disse que estava grávida. Sentiu enjoo de manhã e ficou na cama até mais tarde. Quando se levantou, Coverly tinha ido trabalhar. Deixara café para ela na cozinha e lavara a própria louça. Tomou café da manhã tarde, junto à janela da cozinha para poder ver as casas de Remsen Park que iam até o horizonte como o padrão de um tecido. A mulher da casa ao lado saiu para levar o lixo para fora. Era uma italiana, esposa de um cientista italiano. Betsey deu bom-dia e a chamou para vir tomar um café mas a italiana sorriu sem graça e voltou para a própria cozinha. Remsen Park não era um lugar amistoso.

Betsey esperava que corresse tudo bem com sua gravidez. Ocupava seus pensamentos com uma atitude de oração, tão involuntária quanto o impulso com que xingou ao prender o dedo na janela. Santo Deus, pensou rapidamente, faça com que eu seja logo mãe. Ela queria filhos. Queria cinco ou seis. Sorriu de repente, como se seu desejo enchesse a cozinha com o amor, a confusão e a vitalidade de uma família. Trançava já o cabelo da filha, Sandra, uma menina linda. Os outros quatro ou cinco estavam na sala. Eram felizes e sujos e um deles, o menininho com o pescoço comprido de Coverly, segurava com as duas mãos um caco de louça, mas Betsey não lhe dava bronca, Betsey nem fingia estar brava com a louça quebrada, pois o segredo da personalidade clara e flexível dele era o fato de que nunca seu crescimento fora tolhido por considerações mesquinhas. Betsey sentia-se dona de um talento inato para criar filhos. Ela poria o desenvolvimento da personalidade acima de tudo. As crianças-fantasma que brincavam ali ao seu lado jamais receberiam dos pais outra coisa senão amor e confiança.

Terminadas as tarefas da casa era hora de Betsey pegar o ferro de passar e levar para consertar o fio. Ela andou até sair do Círculo K, desceu a rua 325 e foi até o shopping center onde entrou no supermercado, não porque precisasse de alguma coisa mas porque a atmosfera do lugar lhe agradava. Era imenso e muito iluminado e a música saía das altas paredes azuis. Comprou um pote gigantesco de manteiga de amendoim ao som de "Danúbio azul" e depois uma torta de nozes-pecã. O caixa pareceu ser um rapaz simpático. "Sou nova aqui", disse Betsey. "Acabamos de nos mudar de Nova York. Meu marido esteve fora no Pacífico. Moramos numa daquelas casas no Círculo K e estava pensando se você não poderia me dar uma informação. O fio do meu ferro está esfiapado, e acabou de estragar de vez anteontem quando eu estava passando as camisas do meu marido, e fiquei pensando se você não saberia de alguma loja de eletrodomésticos ou assistência técnica por aqui, para amanhã eu já poder usar porque amanhã é o dia em que eu faço a compra do mês e pensei em vir aqui e comprar meus mantimentos e depois pegar o ferro na volta para casa."

"Bem, tem um lugar a quatro, não, cinco lojas daqui, nessa mesma rua", disse o rapaz, "e acho que eles podem consertar para você. Uma vez mandei consertar meu rádio lá e eles não são ladrões como algumas pessoas que vêm aqui." Betsey agradeceu gentilmente e saiu para a rua e perambulou até a loja de materiais elétricos. "Bom dia", disse Betsey entusiasmada, pondo o ferro no balcão. "Sou nova aqui e, quando o fio do meu ferro de passar roupa estragou ontem enquanto eu passava as camisas do meu marido, pensei que simplesmente não sabia aonde levar para consertar mas hoje de manhã parei no mercado Grand Food e o caixa, aquele simpático com um cabelo bonito, ondulado, e de olhos castanhos, me recomendou vocês e então vim direto para cá. Bem, o que eu queria era vir para o centro e fazer compras amanhã à tarde e buscar o meu ferro na volta para casa porque ainda preciso passar algumas camisas para o meu marido usar amanhã à noite e eu queria que o ferro já estivesse pronto. É um ferro bom e paguei um bom dinheiro por ele em Nova York onde a gente morava embora o meu marido estivesse fora no Pacífico. Meu marido é compilador. É claro que eu não consigo entender como o fio de um ferro tão caro foi estragar em tão pouco tempo e fico pensando se vocês não poderiam me arranjar um fio extra porque eu uso muito esse ferro. Passo todas as camisas do meu marido, sabe como é, ele é alto funcionário do departamento de compilação e precisa usar uma camisa limpa por dia e eu tenho as minhas coisas pessoais também para fazer." O sujeito prometeu a Betsey um fio durável e ela perambulou de volta ao Círculo K.

Mas seus passos foram ficando mais lentos conforme se aproximava de casa. Sua família de crianças-fantasma se dispersara e ela não conseguia mais chamá-las de volta. Sua menstruação estava só uma semana atrasada e a gravidez talvez não fosse um fato consumado. Comeu um sanduíche de manteiga de amendoim e um pedaço da torta de nozes-pecã. Sentia saudade de Nova York e pensou novamente que Remsen Park era um lugar pouco amistoso. Mais tarde naquele dia a campainha tocou e um vendedor de aspirador de pó estava na porta. "Ora, entre", disse Betsey toda animada. "Vamos entrando. Não tenho aspirador ainda nem tenho dinheiro para comprar no momento. A gente acabou de se mudar de Nova York, mas vou comprar um assim que tivermos dinheiro e se você já tiver uns bicos novos talvez eu compre de você porque estou decidida a comprar um aspirador novo mais cedo ou mais tarde e vou precisar de todos os acessórios. Estou grávida e uma mãe jovem não pode fazer todas as tarefas da casa sem o equipamento adequado; todo aquele sobe e desce. Você quer um café? Imagino que deva estar cansado e com os pés doendo de andar por aí o dia inteiro com essa sacola pesada. Meu marido é do departamento de compilação e eles fazem ele trabalhar duro também, mas é outro tipo de cansaço, é só o cérebro, mas eu sei bem o que é ficar com bolhas nos pés."

O vendedor abriu seu mostruário na cozinha antes de beber o café e vendeu a Betsey dois bicos e um galão de cera líquida. Então, como estava cansado, e aquela era sua última visita do dia, sentou-se. "Eu fiquei morando sozinha em Nova York todo o tempo que o meu marido passou no Pacífico", disse Betsey, "e acabamos de nos mudar para cá e é claro que eu fiquei feliz com a mudança mas não estou achando o lugar muito amistoso. Quero dizer, não achei tão amistoso quanto Nova York. Em Nova York eu tenho muitos amigos. Claro, já me enganei com amizades, uma vez. Está me entendendo? Tinha um pessoal, os Hansen, que eram meus vizinhos de porta. Eu achava que eram meus amigos de verdade. Achei que finalmente tinha feito amigos para a vida inteira. Eu os via todo dia e toda noite e ela não comprava um vestido sem pedir a minha opinião e eu cheguei até a emprestar dinheiro para eles e eles estavam sempre dizendo que me adoravam, mas eu acabei sendo tapeada. Que tristeza quando descobri!" A cozinha já estava na penumbra e o rosto de Betsey parecia tomado de emoção. "Hipócritas", ela disse. "Mentirosos e hipócritas."

O vendedor arrumou suas coisas e foi embora. Coverly chegou em casa às seis. "Olá, docinho", ele disse. "Por que está aí no escuro?"

"Bem, acho que estou grávida", disse Betsey. "Acho que estou grávida. Estou uma semana atrasada e hoje de manhã me senti estranha, com tontura e enjoo." Ela sentou no colo de Coverly e encostou a cabeça em seu ombro. "Acho que vai ser menino. Na minha opinião, é menino. Claro que não adianta contar com o ovo antes da galinha botar, mas se formos ter um menino uma das coisas que eu vou querer comprar é uma boa poltrona porque vou amamentar esse bebê e queria uma boa poltrona para sentar com ele no colo."

"Pois pode comprar a poltrona", disse Coverly.

"Então, eu vi uma bela poltrona na loja de móveis há alguns dias", disse Betsey, "e depois do jantar por que não vamos dar uma volta para eu mostrar para você? Não saí de casa o dia inteiro e uma caminhada vai fazer bem para você, não? Não seria bom esticar um pouco as pernas?"

Depois do jantar eles foram dar seu passeio. Uma brisa fresca soprava do norte — diretamente de St. Botolphs — e fez Betsey se sentir vigorosa e alegre. Ela pegou no braço de Coverly e na esquina, embaixo da luz fluorescente da rua, ele se inclinou e deu-lhe um beijo de língua. Quando chegaram ao shopping center Betsey já não conseguia se concentrar na poltrona. Cada terno, vestido, casaco de pele ou móvel precisava ser avaliado, cada preço e estilo tinha que ser adivinhado e um juízo devia ser emitido sobre se deveria ou não compor a visão de Betsey da felicidade. Sim, ela disse a um suporte para vasos, sim, sim, para um piano de cauda, não para um aparador, sim para uma mesa de jantar e seis cadeiras, ponderadamente como são Pedro examinando o coração dos homens. Às dez horas voltaram a pé para casa. Coverly despiu-a com ternura e tomaram banho juntos e foram para a cama pois ela era sua potchque, sua fleutchque, sua notchque, sua motchque, sua tudo aquilo que as palavras de St. Botolphs deixavam por dizer. Ela era sua pequena esquilinha.

31

Nas três semanas que antecederam o casamento, Moses e Melissa enganaram Justina tão bem que a velha senhora gostou de ver como diziam boa-noite um para o outro no elevador e diversas vezes durante o jantar ela se referiu à parte da casa de Melissa como sendo uma parte da casa onde Moses jamais estivera. O treinamento de Moses como alpinista evitou que se exaurisse em suas excursões noturnas sobre os telhados mas uma noite haviam bebido vinho no jantar e ele se afobou, tropeçou outra vez no arame e se estatelou, de comprido, nas telhas e machucou o peito. Então, com a dor lancinante na pele, sobreveio-lhe um profundo abatimento físico e ele descobriu em si mesmo um indisfarçável desgosto por Clear Haven e todos os seus truques e a determinação de provar que o campo do amor não era algo bizarro; e consolou-se pensando que em poucos dias poderia colocar a aliança no dedo de Melissa e entrar em seu quarto pela porta. Por algum motivo, ela o fizera jurar que não a apressaria para sair de Clear Haven, mas ele achava que no outono ela mudaria de ideia.

Na véspera do casamento Moses veio da estação com um

fraque alugado dentro de uma mala. Na entrada da casa encontrou Giacomo, que estava colocando as lâmpadas nos soquetes ao longo da rampa. "Sono duzenta e cinquanta lampada!", exclamou Giacomo. "Parece dia santo." Ao crepúsculo as luzes deram a Clear Haven o aspecto jovial de uma quermesse no interior. Quando Moses levou o general para cima o velho quis lhe oferecer um trago e alguns conselhos, mas ele se desculpou e partiu telhado afora. Estava no final do trajeto da capela à torre do relógio quando ouviu a voz de Justina, bem perto dele. Vinha da janela de D'Alba. "Não consigo ver nada, Niki", ela disse, "sem os meus óculos."

"Psiu", disse D'Alba, "ele vai escutar."

"Bem que eu queria encontrar os meus óculos."

"Psiu."

"Ah, não acredito nisso, Niki", disse Justina. "Não acredito que eles seriam capazes de me decepcionar assim."

"Lá está ele, ali", disse D'Alba quando Moses, que vinha se arrastando no escuro, avançou até se esconder atrás da torre do relógio.

"Onde?"

"Ali, ali."

"Avise a sra. Enderby", disse Justina. "Avise a sra. Enderby e peça para ela chamar o Giacomo e mande ele trazer a espingarda de espantar corvos."

"Você vai acabar matando-o, Justina."

"Um homem capaz de uma coisa dessas merece levar um tiro."

O que Moses sentiu ao ouvir essa conversa foi uma extrema irritação e impaciência, pois uma vez começada sua travessia ele não dispunha mais de fleuma para ser interrompido, ou ao menos para ser interrompido por Justina e pelo conde. Ele estava a salvo na torre do relógio e enquanto ficou por ali escutou a sra. Enderby e então Giacomo se juntarem aos outros.

"Não tem nessuno ali", disse Giacomo.

"Bem, atire mesmo assim", disse Justina. "Se houver alguém, você assusta. Se não, não tem problema nenhum."

233

"Non é bom, signora Scaddon", disse Giacomo.

"Atire logo, Giacomo", disse Justina. "Ou você atira logo ou me passa essa espingarda."

"Espere, vou tapar os ouvidos com alguma coisa", disse a sra. Enderby. "Espere até que eu..."

Então se ouviu o ensurdecedor estrondo da espingarda de Giacomo e Moses escutou o tiro acertar no telhado perto dele e à distância o som de vidro se quebrando.

"Oh, por que estou tão triste?", perguntou Justina com queixume. "Por que estou tão triste?" D'Alba fechou a janela e, quando acendeu as luzes do quarto e as cortinas cor-de-rosa se fecharam, Moses retomou sua escalada. Melissa correu chorando para os braços dele quando ele saltou na sacada de seu quarto. "Oh, querido, achei que tinham acertado em você", ela exclamou. "Oh, meu bem, achei que você tivesse morrido."

Coverly não pôde se ausentar de Remsen Park, mas Leander e Sarah foram ao casamento. Devem ter saído de St. Botolphs de madrugada. Emmet Cavis levou-os no carro funerário. Moses adorou vê-los e sentiu-se orgulhoso, pois eles desempenharam seus papéis com a maravilhosa singeleza e graça da gente do interior. Quanto aos convites do casamento — Justina tirou o pó de seu velho livro de endereços, e a pobre sra. Enderby, usando um chapéu e um véu, escreveu nos quatrocentos envelopes e durante uma semana apareceu à mesa do jantar com os dedos sujos de tinta e a blusa manchada, e olhos vermelhos de cotejar os endereços de Justina com um exemplar do Registro Social que devia ter sido impresso no máximo em 1918. Giacomo postou os convites com sua bênção ("Bella raggazza, a signorina Scaddon") e os convites chegaram às construções de arenito do East Fifties que tinham sido transformadas de residências em lojas de gravatas italianas, galerias de arte, antiquários, prédios de apartamentos sem elevador e escritórios de organizações como a União dos Falantes de Língua Inglesa e a Svenskamerikanska Förbundet. Afastando-se mais do centro e

234

ainda mais a leste os convites foram recebidos por porteiros de fraque de edifícios de apartamentos de dezoito ou vinte andares onde os nomes dos amigos e conhecidos de Justina não acenderam nenhuma fagulha na lembrança de ninguém. Os convites da Quinta Avenida foram entregues a mais apartamentos e ateliês de moda, pensões decadentes, escolas para moças e nos escritórios da Sociedade Histórica Americana Irlandesa e da Amizade Sino-Americana Ltda. Ficaram expostos à fuligem entre outras correspondências não recolhidas (velhas cobranças da Tiffany e exemplares da *The New Yorker*) em casas cujas portas estavam lacradas com tapumes. Chegaram às mesas gastas de jardins da infância progressistas onde as crianças podiam rir e chorar e caíram por estranhas passagens de casas que, construídas com fartura, haviam sido reformadas com parcimônia e onde as pessoas preparavam o jantar na sala da frente e na biblioteca. Convites foram recebidos no Museu Judaico, no campus do centro da Universidade Columbia, nos consulados da França e da Iugoslávia, na delegação soviética das Nações Unidas, em diversas fraternidades, clubes de atores, de bridge, modelistas e costureiras. Mais além da cidade, chegaram convites para as madres superioras da ordem das irmãs ursulinas, das clarissas descalças e das irmãs da misericórdia. Foram recebidos pelos supervisores de seminários e retiros jesuítas, por freis franciscanos, pela Sociedade de São João Evangelista e pelas irmãs paulinas. Foram entregues em mansões transformadas em clubes de campo, internatos, clínicas psiquiátricas, de cura de alcoolismo, spas, reservas de vida selvagem, fábricas de papel de parede, cervejarias e lugares onde os velhos e enfermos aguardavam rancorosamente pelo anjo da morte diante de seus aparelhos de televisão. Quando os sinos da igreja de São Miguel tocaram naquela tarde não havia mais que vinte e cinco pessoas na igreja e duas delas eram donas de pensões que tinham ido até lá por curiosidade. Quando chegou a hora Moses disse as palavras em voz alta e com plena convicção. Depois da cerimônia a maioria dos convidados voltou para Clear Haven e bailou ao som de um fonógrafo. Sarah e Leander dançaram majestosamente uma valsa e disseram adeus. As empregadas enchiam as velhas garrafas de champanhe com vinho branco Sauterne e quando o crepúsculo de verão começou e todos os candelabros foram acesos o fusível principal queimou outra vez. Giacomo consertou e Moses subiu a escada e entrou no quarto de Melissa pela porta.

32

Os locais de lançamento de foguetes em Remsen Park ficavam a cerca de vinte e cinco quilômetros ao sul e isso suscitava um problema moral pois havia centenas ou milhares de técnicos como Coverly que não sabiam coisa alguma sobre onde começavam e onde terminavam suas atribuições. A administração enfrentou o problema realizando lançamentos nas tardes de sábado. O transporte era oferecido para que todas as famílias pudessem levar seus sanduíches e cervejas às arquibancadas para escutar aquele ruído apocalíptico e ver aquele fogo que parecia fustigar as entranhas da Terra. Tais imagens não diferiam muito das de qualquer outro tipo de piquenique, só que não havia bolas para jogar para o outro nem bandas tocando; mas havia cerveja para beber e as crianças sumiam e se perdiam e as piadas que as pessoas contavam, enquanto esperavam acontecer uma explosão que era calculada para perfurar a atmosfera da Terra, eram bastante humanas. Betsey adorou tudo isso, mas não o suficiente para mudar sua sensação de que Remsen Park não era um lugar amistoso. Ela dava importância aos amigos e admitia isso. "Eu sou de uma cidadezinha na Geórgia", ela dizia, "um lugar muito amistoso, e sou uma pessoa que chega e faz amizade. Afinal, só se vive uma vez." Embora ela repetisse com frequência esse comentário, ele não perdia a força. Ela havia nascido; ela haveria de morrer.

Suas tentativas com a sra. Frascati continuavam esbarrando em sorrisos sem graça e ela convidara a mulher da outra casa — sra. Galen — para um café, mas a sra. Galen tinha vários diplomas e um ar de elegância e privilégio que deixou Betsey incomodada. Parecia-lhe que estava sendo avaliada e impiedosamente avaliada e viu que ali não havia espaço para amizade. Foi persistente e por fim acertou uma. "Conheci a mulher mais entusiasmada, mais simpática, mais amigável do mundo hoje, querido", ela contou a Coverly quando veio beijá-lo na porta. "O nome dela é Josephine Tellerman e ela mora no Círculo M. O marido dela é desenhista e ela contou que já morou em quase todas as bases de lançamento de foguetes dos Estados Unidos e ela é muito divertida e o marido também é simpático e ela vem de uma boa família e nos convidou para uma visita uma noite dessas para bebermos alguma coisa."

Betsey adorou a vizinha. Esse simples gesto de amizade trouxe-lhe todas as delícias e perigos do amor. No momento em que ela conheceu Josephine Tellerman, Coverly entendeu o quanto ela achava o Círculo K sombrio e sem graça. Agora ele ouviria falar da sra. Tellerman durante semanas e meses inteiros. Ficou contente. Betsey e a sra. Tellerman fariam compras juntas. Betsey e a sra. Tellerman falariam por telefone todas as manhãs. "A minha amiga Josephine Tellerman me disse que vocês têm umas costeletas ótimas", ela dizia no açougue. "A minha amiga Josephine Tellerman recomendou vocês", dizia na lavanderia. Até o vendedor de aspirador de pó, tocando a campainha dela no fim de um dia duro, achou que ela estava mudada. Ela continuou sendo amigável, mas não abriu a porta. "Oh, olá", ela diria. "Eu gostaria muito de falar com você mas infelizmente hoje à tarde não tenho tempo. Estou esperando um telefonema da minha amiga Josephine Tellerman."

Os Wapshot foram beber alguma coisa na casa dos Tellerman uma noite e Coverly de fato os achou simpáticos. A casa dos Tellerman era mobiliada exatamente como a dos Wapshot, incluindo o Picasso sobre a lareira. Na sala as mulheres falaram de cortinas, e Coverly e Max Tellerman conversaram sobre carros na cozinha enquanto Max preparava as bebidas. "Eu andei procurando carro", disse Max, "mas resolvi que não vou mais comprar este ano. Preciso economizar. E na verdade eu não vou precisar de carro. Sabe, eu pago a faculdade do meu irmão caçula. Meus pais são separados e eu me sinto responsável pelo garoto. Ele só pode contar comigo. Eu trabalhei a faculdade inteira — Jesus, já fiz de tudo um pouco — e não quero que ele passe por essa loucura aí fora. Quero que ele pegue leve por quatro anos. Quero que ele tenha tudo aquilo de que precisar. Quero que ele se sinta à altura de qualquer outro colega durante alguns anos..." Voltaram para a sala, onde as mulheres ainda falavam de cortinas. Max mostrou a Coverly fotos do irmão e continuou falando dele até que às dez e meia deram boa-noite e foram a pé para casa.

Betsey não era muito de jardim mas comprou umas cadeiras de lona para o quintal e um biombo de treliça para disfarçar a lixeira. Podiam sentar ali atrás nas noites de verão. Ela ficou satisfeita com o resultado e uma noite de verão os Tellerman vieram batizar — como Betsey disse — o quintal com rum. Era uma noite quente e muitos outros vizinhos também recebiam em seus quintais. Josie e Betsey ficaram falando de percevejos, baratas e ratos. Coverly falou apaixonadamente de West Farm e de pescar por lá. Ele não estava bebendo e não gostou do cheiro de rum que vinha dos outros, que estavam bebendo bastante. "Bebe, bebe", disse Josie. "É uma noite daquelas."

Foi uma noite daquelas. O ar estava quente e perfumado e da cozinha, onde preparava as bebidas, Coverly viu pela janela o quintal dos Frascati. Então reparou na filha dos Frascati num maiô branco que acentuava cada reentrância de seu corpo exceto a separação entre as nádegas. O irmão molhava-a com uma mangueira de jardim. Não faziam alarde, nenhum estardalhaço, não faziam nenhum som na verdade enquanto o rapaz zelosamente molhava sua linda irmã. Preparadas as bebidas Coverly levou-as para fora. Josie havia começado a falar da mãe. "Ah, eu queria que vocês conhecessem a minha mãe", ela disse. "Caras, vocês tinham que conhecer a minha mãe." Quando Betsey pediu que Coverly enchesse outra vez os copos ele disse que o rum tinha acabado. "Vai no shopping e compra uma garrafa, querido", disse Josie. "É uma noite daquelas. Só se vive uma vez."

"Só se vive uma vez", disse Betsey.

"Vou buscar", disse Coverly.

"Deixa que eu vou, deixa", disse Max. "Betsey e eu vamos lá." Ele ergueu Betsey de sua cadeira e foram juntos até o shopping center. Betsey sentia-se maravilhosa. É uma noite daquelas, era só o que ela conseguia pensar para dizer, mas o breu perfumado da noite e as casas cheias de gente onde as luzes começavam a se apagar e o som dos regadores automáticos e os trechos de música, tudo fez com que ela sentisse que a dor da viagem e o estranhamento e a mudança tinham passado e ensinaram a ela o valor da perseverança e da amizade e do amor.

Estava achando tudo uma delícia e — a lua no céu e o neon dos luminosos do shopping center — quando Max saiu da loja de bebidas ela achou Max um homem distinto, atlético e lindo. Andando para casa ele encarou Betsey com um olhar demorado e triste, abraçou-a e a beijou. Foi um beijo roubado, pensou Betsey, e era uma noite daquelas, era o tipo de noite em que se podia roubar um beijo. Quando eles chegaram ao Círculo K, Coverly e Josie estavam na sala. Josie ainda estava falando da mãe. "Nunca ouvi uma palavra dura, nunca uma cara fechada", ela dizia. "Ela era uma grande pianista. Ah, a casa estava sempre cheia. Domingo à noite todo mundo sentava em volta do piano e cantávamos hinos que todo mundo conhecia e nos divertíamos muito." Betsey e Max foram para a cozinha preparar as bebidas. "Ela foi infeliz no casamento", dizia Josie. "Ele era um bom filho da puta, não tem outra palavra, mas ela era muito filosófica, e esse era o segredo do sucesso; ela era filosófica com relação a ele e se você a ouvisse falar pensaria que era a mulher mais bem casada do mundo, mas ele era de fato um..." "Coverly", gritou Betsey. "Coverly, socorro."

Coverly se levantou correndo. Max estava perto do fogão. Tinha arrancado o vestido de Betsey. Coverly partiu para cima dele, acertou-o no queixo e o derrubou. Betsey gritou de novo e correu para a sala. Coverly estava em cima de Max, estalando os dedos. Com lágrimas nos olhos. "Bate de novo se quiser, pode me chutar", disse Max. "Estou fraco demais para reagir. Foi uma coisa muito feia que eu fiz, você tem razão, mas às vezes eu não consigo evitar e estou contente que passou e juro por Deus que nunca mais vou fazer isso de novo, mas, Jesus Cristo, Coverly, às vezes eu me sinto tão sozinho que não sei para que lado ir e se não fosse pelo meu irmão caçula para quem eu pago a faculdade acho que cortaria a garganta, Deus me perdoe, eu já pensei muito nisso. Olhando para mim, ninguém diz que eu sou suicida, não é? Mas, Deus me perdoe, quase sempre eu passo muito mal.

"A Josie é ótima. Ela leva na esportiva", disse Max, ainda deitado no chão, "e ela vai comigo na alegria e na tristeza, mas ela é muito insegura, sabe como é, ah, como ela é insegura e acho que é porque ela já morou em tantos lugares diferentes. Ela fica melancólica, sabe, e depois desconta em mim. Ela fala que eu me aproveito dela. Ela fala que eu não trago o dinheiro da comida. Não trago dinheiro para o carro. Ela precisa de vestidos novos e chapéus novos e não tem nada que ela não precise muito e depois fica toda magoada e sai comprando tudo loucamente e às vezes eu levo seis meses ou um ano até pagar todas as contas. Eu tenho dívidas em quase todos os estados. Às vezes eu acho que não vou mais aguentar. Às vezes penso em simplesmente fazer minha mala e cair na estrada. É o que eu acho, acho que tenho o direito de me divertir um pouco, um pouco de felicidade, sabe como é, então eu avanço um sinal aqui, outro ali, mas eu sinto muito pela Betsey porque você e ela têm sido muito bons amigos nossos mas às vezes eu não consigo evitar de me divertir um pouco. Acho que não tenho fibra o bastante. Acho que não vou aguentar continuar."

Na sala Josie abraçava Betsey. "Pronto, pronto, querida", dizia Josie, "pronto, pronto, pronto. Já passou. Não aconteceu nada. Deixa eu arrumar o seu vestido. Vou comprar um vestido novo para você. Ele bebeu demais, só isso. Ele tem aquela mão-boba dele. Ele tem aquela mão-boba e bebeu demais. Essa

240

mão dele, ele vive botando a mão onde não é chamado. Querida, essa não foi a primeira vez. Até quando está dormindo ele fica passando a mão até encontrar alguma coisa. Até dormindo, querida. Ponha-se no meu lugar, imagine o que eu não tive que aguentar. Graças a Deus, você tem um marido decente e bom como Coverly. Imagine o meu caso, pense na pobre da Josie tentando manter a pose e tendo que sair atrás dele por aí. Oh, como eu estou cansada disso. Estou cansada de ter que consertar as bobagens que ele faz. E se a gente consegue juntar algum dinheiro ele manda para o irmão em Cornell. Ele ama esse irmão caçula, mais do que ama a mim ou qualquer outra pessoa. Ele mima esse irmão. O sangue me sobe à cabeça. O outro vive lá feito um príncipe numa moradia com banheiro próprio e roupas da moda enquanto eu aqui fico cerzindo e remendando e esfregando o chão para não chamar uma faxineira para ele mandar a mesada do outro na faculdade ou comprar um abrigo esportivo ou uma raquete de tênis, sei lá eu. Ano passado ele ficou preocupado que o outro estava sem um casaco de inverno extraespecial e eu falei: Max, escuta aqui. Você aí se acabando de preocupação porque ele não tem um sobretudo, mas e eu? Você sabe se eu tenho um sobretudo novo? Já passou pela sua cabeça que a sua amada esposa também merece um sobretudo como o seu irmãozinho? Você já pensou nisso? E sabe o que ele disse? Ele disse que lá no norte onde fica a faculdade era mais frio do que em Montana onde a gente morava na época. Ele nem se abalou. Oh, é terrível ser casada com um homem que está sempre com a cabeça em outro lugar. Às vezes o sangue me sobe, de ver como ele mima esse irmão. Mas a gente tem que aceitar o que é bom e o que é ruim, não é mesmo? Em toda verdadeira amizade, sempre tem alguma nuvem de chuva. Vamos fingir que foi isso, querida, vamos fazer de conta que foi só uma chuva passageira. Vamos lá chamar os rapazes e fazer um brinde à amizade e o que passou passou. Vamos fazer de conta que foi uma chuva de verão."

Na cozinha elas encontraram Max ainda sentado no chão e Coverly perto da pia, estalando os dedos, mas Betsey foi até

Coverly e implorou num suspiro que ele esquecesse tudo aquilo. "Vamos ser amigos de novo", disse Josie bem alto. "Vamos, vamos, vamos, já passou. Vamos lá para a sala fazer um brinde à amizade e quem não beber é um ovo podre." Max seguiu-a até a sala e Betsey levou Coverly logo atrás. Josie encheu um copo grande com rum e Coca. "Pelos bons e velhos tempos", ela disse. "O que passou passou. À amizade." Betsey começou a chorar e todos beberam do mesmo copo. "Bem, acho que somos amigos de novo, não é?", disse Betsey, "e vou dizer uma coisa, vou dizer para provar que é verdade, vou contar uma coisa que andei pensando e que agora vai ser ainda mais importante. Sábado é meu aniversário e quero que você e o Max venham jantar e faremos uma verdadeira celebração com champanhe e black tie — uma festa para valer e acho que vai ser ainda mais importante depois desse probleminha."

"Oh, benzinho, esse é o convite mais doce que alguém já me fez", disse Josie, e ela se levantou e beijou Betsey e depois Coverly e segurou o braço de Max. Max estendeu a mão para Coverly e Betsey beijou Josie outra vez e deram boa-noite — suavemente, suavemente porque estava tarde, já eram mais de duas da manhã e as luzes da casa deles eram as únicas luzes acesas em todo o Círculo.

Josie não telefonou para Betsey de manhã e quando Betsey tentou ligar para a amiga a linha estava ocupada ou ninguém atendia, mas Betsey estava muito entretida com os preparativos da festa para se importar. Ela comprou um vestido novo e novos copos e guardanapos e na véspera da festa ela e Coverly jantaram na cozinha para manter a sala de jantar limpa. Coverly teve que trabalhar no sábado e só chegou em casa depois das cinco. Estava tudo pronto para a festa. Betsey ainda não tinha posto o vestido novo e ainda estava de penhoar com grampos no cabelo mas estava excitada e feliz e quando beijou Coverly disse que se apressasse e tomasse logo seu banho. A mesa estava posta com uma das toalhas, os velhos castiçais e a louça de West Farm. Havia pratos com frutas secas e outras coisas para comer com os coquetéis em todas as mesas. Betsey escolheu a roupa de Coverly e ele tomou banho e estava se vestindo quando o telefone tocou. "Sim, querida", Coverly escutou Betsey dizer. "Sim, Josie. Ah. Ah, quer dizer que vocês não vêm. Entendo. Sim, entendi. Bem, mas e amanhã à noite? Por que não deixamos para amanhã à noite? Entendi, ah, certo. Bem, mas por que você não dá uma passadinha hoje? A gente enrola o Max num cobertor e você pode ir embora depois de jantar se quiser. Entendi. Entendi. Sim, sei como é. Bem, até. Sim, até mais."

Betsey estava sentada no sofá quando Coverly voltou para a sala. As mãos dela estavam largadas no colo, seu rosto estava pálido e coberto de lágrimas. "Eles não vão poder vir", ela disse. "Max não está bem e pegou um resfriado e eles não vão poder vir." Então explodiu um soluço nela mas quando Coverly sentou a seu lado e pôs o braço em volta dela ela se esquivou. "Durante dois dias eu só fiz trabalhar e pensar na minha festa", ela exclamou. "Não fiz mais nada esses dois dias. Eu queria dar uma festa. Eu só queria dar uma festinha. Era só o que eu queria."

Coverly ficou dizendo que não tinha importância e lhe trouxe um copo de xerez e então ela resolveu telefonar para os Frascati. "Tudo o que eu quero agora é dar a festinha", ela disse, "temos toda essa comida e quem sabe os Frascati não gostariam de vir? Eles não têm sido muito bons vizinhos ultimamente mas talvez seja porque são estrangeiros. Vou convidar os Frascati."

"Por que não esquecemos tudo isso?", disse Coverly. "Podemos jantar sozinhos ou ir ao cinema ou algo assim. Podemos nos divertir juntos."

"Vou convidar os Frascati", disse Betsey, e foi até o telefone. "Aqui é Betsey Wapshot", ela disse animada, "eu pensei em telefonar antes mas sou uma péssima vizinha, desculpe. Andamos tão ocupados desde que nos mudamos e me envergonho por ter sido uma vizinha tão relapsa, mas estava pensando se você e seu marido não querem vir aqui hoje à noite jantar conosco."

243

"Obrigada, mas já jantamos", disse a sra. Frascati. Ela desligou.

Então Coverly ouviu Betsey ligando para os Galen. "Aqui é Betsey Wapshot", ela disse, "desculpe não ter telefonado antes, porque eu queria conhecer melhor você, mas estava pensando se você e seu marido não querem vir jantar aqui hoje."

"Oh, que pena", disse a sra. Galen, "mas é que os Tellerman... acho que são amigos de vocês... o irmão mais novo de Max Tellerman acabou de chegar da faculdade e eles vão trazê-lo para nos visitar."

Betsey desligou. "Hipócrita", ela soluçou. "Hipócrita. Ah, ela vai se dar mal, e agora está amiguinha dos Galen e não ia nem me contar, sua melhor amiga, ela nem teve coragem de me contar a verdade."

"Pronto, pronto, amor", disse Coverly. "Isso não tem importância. Não faz mal."

"Para mim é importante", exclamou Betsey. "É uma questão de vida ou morte para mim, isso sim. Eu vou lá e vou ver, simplesmente vou tocar lá e ver se a sra. Galen está falando a verdade. Simplesmente vou chegar e ver se Max Tellerman está de cama ou não. Vou lá conferir."

"Não vá, Betsey", disse Coverly. "Não vá, amor."

"Eu só vou tocar lá e ver, é o que eu vou fazer. Ah, eu já ouvi falar demais nesse irmão mas, na hora de apresentar, aí os velhos amigos não são bons o bastante. Eu vou lá conferir." Ela se levantou — Coverly tentou impedi-la, mas ela saiu. De penhoar e chinelos ela marchou, beligerante, rua acima até o grupo de casas seguinte. As janelas dos Tellerman estavam acesas, mas quando ela tocou a campainha ninguém atendeu e não se ouviu nenhum som. Ela deu a volta pelos fundos onde as cortinas não haviam sido baixadas e olhou para dentro da sala deles. Estava vazia mas com alguns copos de coquetel na mesa e perto da porta havia uma mala de couro amarelo com um adesivo de Cornell colado. E ali parada no escuro parecia que Betsey tinha sido atacada pelas Fúrias; que através de cada um daqueles incidentes — cada momento de sua vida — corria um fio cortante, o fio da solidão, e que quando ela achava que era feliz era apenas enganada pois debaixo de toda a sua felicidade jazia a dor da solidão e todas as suas viagens e amigos não eram nada e tudo era nada.

Ela voltou a pé para casa e mais tarde naquela noite teve um aborto espontâneo.

33

Betsey ficou dois dias no hospital e depois voltou para casa mas não parecia melhorar. Estava infeliz além de enjoada e Coverly achou que ela estava carregando algum fardo que não tinha relação com a vida deles dois — nem com o aborto espontâneo — mas com alguma coisa no passado dela. Toda noite ele preparava o jantar para ela quando chegava do laboratório e conversava ou tentava puxar conversa com ela. Quando ela já estava de cama havia duas semanas ou mais ele perguntou se podia chamar o médico. "Não ouse chamar o médico", disse Betsey. "Não ouse chamar o médico. O único motivo por que você quer chamar o médico é para ele vir e provar que não tem nada de errado comigo. Você só quer me deixar constrangida. É pura maldade isso." Ela começou a chorar mas quando ele sentou na beira da cama ela lhe deu as costas. "Vou preparar o jantar", ele disse. "Bem, não vá fazer nada para mim", disse Betsey. "Estou enjoada demais para comer."

Quando Coverly entrou na cozinha escura vislumbrou a cozinha iluminada dos Frascati onde o sr. Frascati bebia vinho e dava um tapinha no traseiro da esposa quando ela passava entre o fogão e a mesa. Ele fechou as venezianas e, escolhendo alguma refeição congelada, preparou-a do seu jeito, que não era lá grande coisa. Pôs o jantar de Betsey numa bandeja e levou para o quarto. Irritadiça, ela se ajeitou inclinada sobre os travesseiros e deixou que ele pusesse a bandeja em seu colo mas quando ele voltou para a cozinha ela gritou: "Você não vai nem querer comer comigo? Você não quer jantar junto comigo? Não quer nem olhar para a minha cara?". Ele levou o prato para o quarto e comeu em cima da penteadeira, contando-lhe as novidades do laboratório. A interminável fita em que ele vinha trabalhando estaria pronta em três dias. Ele tinha agora um novo chefe chamado Pancras. Trouxe para Betsey um prato de sorvete e lavou as mãos e foi até o shopping center comprar histórias de detetive para ela na loja de conveniência. Dormiu no sofá, coberto com um sobretudo e sentindo-se triste e lascivo.

Betsey continuou de cama mais uma semana e parecia cada vez mais infeliz. "Tem um médico novo no laboratório, Betsey", disse Coverly certa noite. "O nome dele é Blennar. Encontrei com ele na cantina. Ele é um sujeito simpático. É uma espécie de conselheiro matrimonial, e pensei se..."

"Não quero nem saber", disse Betsey.

"Mas eu quero que você escute, Betsey. Quero que você fale com o dr. Blennar. Acho que talvez ele possa nos ajudar. Vamos juntos. Ou você pode ir sozinha. Se você pudesse contar a ele os seus problemas..."

"Por que eu contaria a ele os meus problemas? Eu sei quais são os meus problemas. Odeio esta casa. Odeio este lugar, esse Remsen Park."

"Se você conversar com o dr. Blennar..."

"Ele é psiquiatra?"

"É."

"Você quer provar que eu sou louca, não é isso?"

"Não, Betsey."

"Psiquiatra é para louco. Não tem nada de errado comigo." Então ela saiu da cama e foi até a sala. "Ah, eu estou cheia de você, cheia desse seu maldito jeito cuidadoso, cheia daquele velho do seu pai com aquelas cartas asquerosas dele perguntando se tem novidade, se tem alguma boa notícia, se aconteceu alguma coisa. Estou cheia dos Wapshot e não estou nem aí que vão ouvir." Então ela foi para a cozinha e voltou com a porcelana azul e branca que Sarah havia mandado de West Farm e começou a quebrar tudo no chão. Coverly saiu da sala e foi até a escada dos fundos mas Betsey foi atrás dele quebrando o resto dos pratos lá fora.

Um dia depois do casamento eles embarcaram num vapor quase tão velho quanto o *Topaze* mas um bocado maior. Fazia um belo dia para navegar, ameno e claro, e com uma leve neblina suspensa em volta deles de modo que, exceto pelo rastro de espuma na popa, seu senso de direção e sua noção de tempo ficaram alterados. Passearam pelo convés, de mãos dadas, descobrindo na expressão dos demais passageiros muita generosidade e humor. Foram da proa até a amurada da popa onde puderam sentir o eixo vibrar sob os pés e onde muitos vapores quentes da cozinha e da sala de máquinas sopravam ao seu redor e viram as gaivotas, que iam de carona para Portugal. Não conseguiam divisar a ilha — havia muita neblina — e envoltos pelo solitário clangor de sinos marinhos vislumbraram o lugar — torres e chalés e dois meninos brincando de jogar bola na praia — que se ergueu à frente deles através da névoa.

O chalé ficava bem distante — um lugar da época de Leander —, um amontoado de doze ou dezesseis chalés, tão acabrunhados e esbatidos pelo tempo que pareceriam ter sido jogados ali para abrigar vítimas de algum desastre se não se soubesse que se destinavam às pessoas que todo ano faziam aquela peregrinação até o mar. A casa para onde eles foram parecia West Farm, um burgo habitado ou moradia que sucumbira a cada capricho e a cada novo meandro de uma família em crescimento. Desceram as malas e se despiram para nadar.

Não era temporada, era ou antes ou depois, e o hotel e a loja de presentes estavam trancados com chave e cadeado e eles desceram pela trilha, de mãos dadas, nus como no dia em que nasceram sem pensar em se cobrir, trilha abaixo, poeira e depois cinzas e depois areia fina como o mais refinado açúcar e áspera — de ranger os dentes — até uma areia mais grossa, úmida da maré alta e do mar, soando com a música de portas batendo. Havia uma rocha mar adentro e Betsey nadou até lá, Coverly seguiu-a através do farto caldo medicinal do Atlântico Norte. Ela sentou nua sobre a pedra quando ele se aproximou, penteando os cabelos com os dedos, e quando ele subiu na pedra ela mergulhou de volta no mar e ele a seguiu até a praia.

Então ele poderia ter urrado de júbilo, dançado uma jiga e cantado uma canção bem alto, mas caminhou em vez disso ao longo da beira do mar pegando resíduos marinhos e atirando-os além da arrebentação, onde ora flutuavam ora afundavam. Então se sentiu como que tomado por uma grande tristeza de contentamento — uma alegria tão boa que suavemente aqueceu, sua pele e seus ossos como as primeiras fogueiras do outono — e voltando então para ela, ainda recolhendo resíduos marinhos e os atirando longe, lentamente pois não havia pressa, e ajoelhando-se ao lado dela, ele cobriu sua boca com a dele e o corpo dela com o seu e então — com o corpo agitado e exaltado — ele pareceu enxergar uma visão abrasadora de alguma idade de ouro que floresceu em sua mente até que adormeceu.

Na noite seguinte quando Coverly chegou em casa, Betsey tinha ido embora. O único recado que deixou era um comprovante de cancelamento da conta conjunta deles dois. Ele perambulou pela casa na penumbra. Não havia nada ali que ela não houvesse tocado ou mudado de lugar, marcado com sua personalidade e seus gostos, e na luz cinzenta ele pareceu sentir uma premonição de morte, pareceu ouvir a voz de Betsey. Pôs um chapéu e foi caminhar. Mas Remsen Park não era um lugar para passeios. A maioria dos sons da noite eram ruídos mecânicos e o único bosque era uma pequena faixa verde do outro lado do acampamento militar e Coverly foi até lá. Quando pensava em Betsey pensava em cenas de viagem — trens e plataformas e hotéis e ela pedindo ajuda com sua bagagem a desconhecidos — e sentiu grande amor e compaixão. O que ele não conseguia entender era o peso de seu investimento emocional numa situação que já não existia. Contornando o bosque e voltando por dentro do acampamento e vendo as casas de Remsen Park ele sentiu muita saudade de St. Botolphs — saudade de um lugar cujas ruas eram digressivas e retorcidas como a mente humana, da água reluzindo por entre as árvores, de sons humanos ao anoitecer, até do tio Pipi saindo sem roupa do banheiro. Foi uma longa caminhada, passava da meia-noite quando ele voltou, e se atirou nu na cama de casal deles que ainda guardava o perfume da pele dela e sonhou com West Farm.

Agora o mundo era cheio de distrações — mulheres adoráveis, música, cinema francês, pistas de boliche e bares — mas a Coverly faltava a vitalidade ou a imaginação para se distrair. Foi trabalhar de manhã. Voltou para casa quando estava escuro, trazendo uma refeição congelada que ele descongelou e comeu direto da embalagem. Sua realidade parecia atacada ou contestada; seu dom para a esperança parecia prejudicado ou destruído. Existe um provincianismo em alguns tipos de angústia — um distanciamento geográfico como de uma vida passada num posto de encruzilhada —, um ponto onde a vida é vivida ou suportada com o mínimo de energia e de percepção e por onde o mundo quase sempre passa rapidamente como passageiros nos lindos trens de Santa Fé. Uma vida assim possui suas compensações — solitária a contemplar estrelas — mas é uma vida desprovida de amizade, associações, amor e até mesmo da factível esperança de fuga. Coverly afundou nesse eremitério emocional e então chegou uma carta de Betsey.

"Querido", ela escreveu, "estou voltando para Bambridge para visitar minha avó. Não tente me seguir. Desculpe ter sacado todo o dinheiro mas assim que eu arrumar um emprego vou devolver tudo para você. Você pode pedir o divórcio e se casar com outra pessoa que possa ter filhos. Acho que sou uma eterna andarilha e voltei para a estrada." Coverly foi até o telefone e ligou para Bambridge. A avó dela atendeu. "Eu quero falar com a Betsey", gritou Coverly. "Eu quero falar com a Betsey." "Ela não está aqui", disse a velha senhora. "Ela não mora mais aqui. Ela casou com Coverly Wapshot, e foi morar com ele em algum lugar." "Aqui quem está falando é Coverly Wapshot", berrou Coverly. "Bem, se você é Coverly Wapshot por que está me ligando?", perguntou a velha senhora. "Se você é Coverly Wapshot por que você mesmo não fala com a Betsey? E quando você falar com ela diga a ela que ela tem que ajoelhar para rezar. Diga que não conta se não ajoelhar." Então ela desligou.

34

E agora chegamos à parte insípida ou homossexual de nossa história e todo leitor desinteressado está convidado a pular esta passagem. Aconteceu assim. O superior imediato de Coverly era um sujeito chamado Walcott mas o encarregado de todo o departamento de compiladores era um rapaz chamado Pancras. Tinha uma voz sepulcral, dentes brancos bonitos e alinhados e um carro europeu de corrida. Nunca se dirigia a Coverly para mais que um bom-dia ou um sorriso de estímulo quando passava pela sala dos compiladores. Talvez superestimemos o poder dos disfarces e a marca da solidão e da indiferença seja mais ostensiva do que imaginamos. De todo modo, Pancras de repente se aproximou de Coverly certa tarde e ofereceu carona. Coverly teria aceitado de bom grado qualquer companhia, e o carro rebaixado de corrida exerceu um efeito considerável sobre sua disposição. Quando viraram na rua 325 para o Círculo K, Pancras disse que estava surpreso por não ver a esposa de Coverly na porta. Coverly disse que ela estava visitando parentes na Geórgia. Então você tem que vir jantar comigo, disse Pancras. Ele acelerou e partiram com o motor roncando.

A casa de Pancras era, é claro, exatamente igual à de Coverly mas ficava perto da base militar e ocupava um terreno maior. Era mobiliada com elegância e foi uma mudança agradável para Coverly sair da desordem de sua própria casa. Pancras preparou-lhe uma bebida e começou a rasgar seda para Coverly. "Eu venho querendo falar com você há muito tempo", disse. "O seu trabalho é excelente — brilhante na verdade — e eu queria dizer isso. Vamos mandar alguém para a Inglaterra dentro de algumas semanas — eu também vou. Queremos comparar nosso trabalho com o dos ingleses. Precisamos de alguém apresentável, alguém com algum traquejo social. Existe uma boa chance de você ser essa pessoa, se estiver interessado."

Essas palavras de estima deixaram Coverly feliz, embora Pancras ficasse lançando tantos olhares diretos e demorados que ele se sentiu incomodado. Seu amigo não era efeminado; longe disso. A voz dele era muito grave, seu corpo parecia ser todo coberto de pelos e seus movimentos eram bastante atléticos, mas Coverly de algum modo tinha a sensação de que se ele fosse tocado no traseiro seria capaz de desmaiar. Sentia que era ingratidão e desonestidade da sua parte aceitar a hospitalidade da casa deliciosa daquele homem e alimentar suspeitas sobre a sua vida privada; e para ser sincero ele estava gostando muito daquilo. Coverly não conseguia imaginar a consumação de nenhuma amizade mas soube aproveitar o clima de lisonja e ternura que Pancras criava e no qual parecia se deleitar. O jantar foi a melhor refeição que Coverly comia em meses e depois do jantar Pancras sugeriu que fossem dar uma volta pela guarnição militar e depois pelo bosque. Era exatamente o que Coverly teria pensado em fazer e assim foram andando noite afora e cortaram por dentro do bosque, conversando em tom amistoso e sério sobre seus empregos e seus prazeres. Então Pancras levou Coverly para casa de carro.

De manhã, antes de começar no trabalho, Walcott alertou Coverly sobre Pancras. Ele era veado. A notícia despertou em Coverly um misto de perplexidade, tristeza e resistência. Ele sentiu o que a prima Honora sentia pelos cavalos de carga. Ele não queria ser um puxador de carroça, mas não queria vê-los expostos à crueldade. Não viu Pancras por um dia ou dois e então, uma noite, quando estava prestes a comer seu jantar congelado direto da embalagem, o carro de corrida roncou no Círculo K e Pancras tocou a campainha. Levou Coverly de novo para jantar na casa dele e caminharam outra vez pelo bosque. Coverly nunca tinha conhecido ninguém tão interessado

251

em suas lembranças de St. Botolphs e ficou feliz de poder falar sobre o passado.

Depois de outra noite com Pancras ficou claro para Coverly quais eram as intenções de seu amigo, embora ele mesmo não soubesse como se comportar e não visse nenhum motivo para não jantar com um homossexual. Ele se dizia inocente ou ingênuo, mas isso era uma levíssima ilusão. O veado nunca nos surpreende de fato. Nós escolhemos nossas gravatas, penteamos o cabelo com água e amarramos nossos sapatos para agradar as pessoas que desejamos; eles também. Coverly tinha bastante experiência em amizade para saber que as atenções exageradas que vinha recebendo de Pancras eram amorosas. Ele queria ser sedutor e quando foram fazer sua caminhada depois do jantar emanou dele um turbilhão de elucubrações ou aflições eróticas. Haviam chegado à última casa e estavam diante das instalações do exército — alojamentos e uma capela e um caminho contornado com pedras caiadas e um homem sentado numa escada martelando para fazer uma pulseira a partir de um pedaço de resto de foguete. Era aquela terra de ninguém emocional da maioria das bases militares — tolerável sob a pressão da guerra, mas agora mais isolada e erma do que nunca. Passearam entre os alojamentos e chegaram ao bosque onde sentaram sobre umas pedras.

"Vamos para a Inglaterra daqui a dez dias", disse Pancras.

"Vou sentir sua falta", disse Coverly.

"Você vai junto", disse Pancras. "Já acertei tudo."

Coverly virou-se para o companheiro e trocaram um olhar de tamanha tristeza que ele achou que nunca mais fosse se recuperar. Era um olhar que o horrorizara algumas vezes — do médico em Travertine, do barman em Washington, de um padre à noite num barco, de um funcionário numa loja —, aquele olhar exacerbado de tristeza sexual entre homens; tristeza e o desejo perverso de fugir — de mijar na sopeira Lowestoft, escrever um palavrão atrás do celeiro e fugir para o mar com um marinheiro sujo, muito sujo —, de fugir, não das leis e dos costumes do mundo mas da sua força e vitalidade. "Só mais dez dias", suspirou o companheiro, e de repente Coverly sentiu um rumor difuso de desejo homossexual dentro das calças. Isso durou quase um segundo. Então o chicote de sua consciência estalou com tanta força que seu escroto quase doeu, diante da perspectiva de juntar-se àquele companheiro de olhos claros, e perambular no escuro como o tio Pipi Marshmallow. Um segundo depois o chicote desceu novamente — dessa vez por haver desdenhado uma condição humana. Era o destino do tio Pipi perambular pelos jardins e a visão de Coverly do mundo devia ser a de um lugar onde esse abandono era permitido. Então o chicote estalou mais uma vez, agora nas mãos de uma mulher adorável que o desprezava amargamente por conta de seu amigo e cujos olhos deram a entender que dali em diante ele nunca mais gostaria de garotas — aquelas criaturas matinais. Ele havia pensado com desejo em ir para o mar com um pederasta e Vênus virou as costas nuas para ele e saiu de sua vida para sempre.

Foi uma perda debilitante. Seus ares e confissões, suas lembranças e teorias sobre a bomba atômica, suas reservas secretas de Kleenex e de hidratante para as mãos, o calor de seus seios, seu poder de sucumbir e perdoar, aquela doçura do amor que passara pelo entendimento dele — tudo tinha ido embora. Vênus era sua adversária. Ele desenhara um bigode em sua boca delicada e ela mandara suas asseclas desdenhá-lo. Ela podia deixá-lo falar com uma mulher velha de quando em quando, mas era só isso.

Foi no verão — o ar estava cheio de sementes e pólen — e com aquela extraordinária ampliação da tristeza — era como se estivesse olhando por uma lente de aumento — Coverly viu a abundância de frutos silvestres e sementes de vagem no chão sob seus pés e pensou em toda a riqueza com que tudo na natureza era criado para fecundar sua espécie — tudo menos Coverly. Pensou em seus pobres pais, bondosos, lá em West Farm, que para sua felicidade, segurança e sustento dependiam de uma coragem que ele não tinha. Então pensou em Moses e desejou apaixonadamente encontrar o irmão. "Não posso ir com você para a Inglaterra", disse a Pancras. "Preciso ir me encontrar com o meu irmão." Pancras implorou e depois simplesmente se irritou e saíram do bosque um na frente do outro.

De manhã Coverly contou a Walcott que não queria mais ir para a Inglaterra com Pancras e Walcott disse que não havia problema e sorriu. Coverly lhe devolveu um olhar carrancudo. Era um sorriso de quem já entendera — ele devia saber sobre Pancras —, era um sorriso grosseiro, de um homem satisfeito por ter salvado a própria pele; era o tipo de sorriso bruto que mantinha de pé e alimentava todo um mundo doentio de ilusões, censuras e crueldades — e então, olhando mais de perto, ele viu que se tratava de um sorriso perfeitamente amistoso e contente, o sorriso no máximo de um homem que reconhece o que outro homem está pensando. Coverly pediu sua licença anual de dois dias e foi visitar Moses.

Saiu do laboratório ao meio-dia, fez a mala e pegou um ônibus até a estação. Algumas mulheres aguardavam o trem na plataforma mas Coverly evitou olhar para elas. Não tinha mais o direito de admirá-las. Não merecia sua amabilidade. Uma vez a bordo do trem fechou os olhos a tudo na paisagem que pudesse ser aprazível, pois uma bela mulher o deixaria muito mal com o desmerecimento dele e um homem atraente o lembraria da sordidez da vida em que estava prestes a se iniciar. Portanto só poderia viajar em paz na companhia élfica de homens com verrugas e mulheres briguentas — um lugar estranho onde os perigos da graça e da beleza estivessem proscritos.

Em Brushwick o assento a seu lado foi ocupado por um homem grisalho que trazia uma daquelas sacolas de sarja verde para carregar livros que eram usadas em Cambridge. O tecido verde gasto lembrou a Coverly o inverno da Nova Inglaterra — o modo de vida simples e tradicional —, o retorno para a propriedade no Natal e a noite com neve se acumulando sobre o lago de patinação e os latidos dos cães no caminho. Com a sacola de livros entre eles, o desconhecido e Coverly começaram a conversar. Seu companheiro era um acadêmico. Especialista em literatura japonesa. Estava estudando *Sagas samurais* e

254

mostrou a Coverly a tradução de uma delas. Era sobre um samurai homossexual e quando Coverly entendeu isso seu companheiro de viagem mostrou algumas gravuras dos samurais em ação. Então as válvulas do coração de Coverly rangeram e ele pareceu ouvir os próprios órgãos, como fazemos junto a uma porta, para ver se havia alguma excitação culpada por ali. Então, corando como Honora — enrubescendo como uma solteirona que vê as estruturas do alto edifício de sua castidade estremecerem — Coverly agarrou a mala e foi para outro vagão. Sentindo-se enjoado, foi ao toalete, onde alguém tinha escrito a lápis na parede uma solicitação homossexual para quem se posicionasse ao lado do bebedouro e assobiasse "Yankee doodle". Como ele poderia revigorar seu sentido de realidade moral; como poderia colocar palavras diferentes na boca de Pancras ou fingir que as gravuras exibidas eram de gueixas atravessando uma ponte na neve? Olhou para a paisagem pela janela, procurando ali, de todo o coração, algum resto de verdade útil e criativa, mas o que ele contemplou foi a escura planície americana da experiência sexual onde ainda vaga o bisão. Desejou que em vez de ter frequentado o Instituto MacIlhenney tivesse frequentado uma escola de amor.

Divisou a entrada e o frontão de tal escola e imaginou seu currículo. Haveria aulas sobre o momento do reconhecimento; palestras sobre o erro moral de confundir idolatria com ternura; simpósios sobre impulsos eróticos indiscriminados e sobre o complexo do homem e sobre a natureza demoníaca e haveria descrições da força da aflição para iluminar o mundo com cores mórbidas e adoráveis. Representações de Vênus fariam um cortejo diante dele e seriam marcadas conforme suas reações. Pobres homens que contavam com mulheres para assegurar sua natureza sexual confessariam seus pecados e angústias, e libertinos que abusaram de mulheres também dariam seu testemunho. Aquelas noites em que ele ficara deitado na cama, ouvindo os trens e a chuva e sentindo migalhas de pão embaixo do quadril e as manchas frias do amor — aquelas noites em que sua alegria suplantara seu juízo —, seriam explicadas em detalhe e ele aprenderia a apor uma interpretação exata e prática à imagem de uma mulher adorável ao crepúsculo levando flores para dentro de casa antes da geada. Ele aprenderia a avaliar com sensibilidade todas aquelas imagens ternas e adoráveis — mulheres costurando, pilhas de tecido azul no colo — mulheres cantando no fim de tarde para os filhos baladas daquela causa perdida, Charles Stuart — mulheres saindo do mar ou sentadas nas pedras. Haveria cursos especiais para Coverly sobre o matriarcado e sua influência sutil — ali ele teria que fazer a lição de casa —, cursos sobre os perigos da dedicação à esposa que, mascarada de amor, expressava ceticismo e amargura. Haveria palestras científicas sobre a homossexualidade e seu lugar flutuante na sociedade e sobre a verdade ou falsidade de sua relação com o desejo de morrer. A linha tênue em que amantes cessam de alimentar e começam a devorar um ao outro; o ponto crítico em que a ternura corrói a autoestima e o espírito parece descascar feito ferrugem que se coloca sob um microscópio e se amplia até ficar grande e reconhecível como uma viga de aço. Haveria gráficos do amor e gráficos da melancolia e os olhares sombrios que temos direito de lançar aos irremediavelmente libidinosos seriam examinados milimetricamente. Seria um curso difícil para Coverly, ele sabia, ele estaria sendo quase sempre testado, mas acabaria se formando. Um piano de parede tocaria "Pompa e circunstância" e ele marcharia pelo palco e receberia o diploma e então desceria a escada e passaria sob o frontão em plena posse de suas faculdades de amor e olharia a terra com sinceridade e com gosto, mundo sem fim.

Mas não existia tal escola, e quando ele chegou a Nova York, tarde naquela noite, estava chovendo e as ruas ao redor da estação pareciam exalar uma atmosfera de contravenção erótica. Arranjou um quarto de hotel e, buscando a verdade, concluiu que era apenas um homossexual virgem num hotel barato. Ele jamais se daria conta da semelhança que tinha com a prima Honora, mas, enquanto estalava os dedos e esticava o pescoço, sua linha de pensamento era como a da velha senhora. Se fosse pederasta, seria pederasta abertamente. Usaria pulseiras e uma rosa na lapela. Seria um militante da pederastia, um porta-voz e um profeta. Forçaria a sociedade, o governo e a lei a admitir a existência dos pederastas. Eles teriam clubes — não pontos de encontro escondidos em buracos, mas organizações declaradas como a União Anglófona. O que mais o incomodava era sua incapacidade de cumprir suas responsabilidades com os pais, e ele sentou e escreveu uma carta para Leander.

Um trem matinal levou Coverly para Clear Haven e quando ele viu o irmão pensou como era sólida aquela amizade. Abraçaram-se — estapearam-se mutuamente —, entraram no velho Rolls-Royce e um segundo depois Coverly saltou da angústia da aflição para um nível de existência que parecia saudável e singelo e o lembrava de coisas boas. Seria errado, perguntou-se, que lhe parecesse, em espírito, estar voltando para a casa do pai? Seria errado sentir-se como se estivesse de volta à propriedade, depois de uma simples viagem a Travertine para competir com o *Tern*? Passaram o portão e subiram pela rampa para estacionar enquanto Moses explicava que estava morando em Clear Haven só até o outono; que aquela era a casa de Melissa. Coverly ficou impressionado com as torres e suas ameias, mas não surpreso pois aquilo condizia com sua opinião de que Moses sempre tivera mais sorte do que ele. Melissa ainda estava no quarto, mas logo desceria. Eles fariam um piquenique na piscina. "Aqui é a biblioteca", disse Moses. "Aqui é o salão de festas, aqui é a sala de jantar principal, isto aqui é o que eles chamam de rotunda." Então Melissa desceu a escada.

Ela deixou Coverly sem fôlego; a pele dourada e o cabelo louro escuro. "É um grande prazer conhecê-lo", ela disse, e embora sua voz fosse agradável jamais poderia ser comparada à força de sua aparência. A Coverly ela pareceu ter uma beleza triunfante — a de um exército engalanado — e ele só conseguiu tirar os olhos dela quando Moses o empurrou para um banheiro onde vestiram seus trajes de banho. "Acho melhor usarmos chapéus", disse Melissa. "O sol está terrível." Moses abriu um

257

armário de casacos, passou um chapéu para Melissa e, vasculhando ali dentro, escolheu para si um tirolês verde com um rabo de raposa na fita. "Esse é de D'Alba?", perguntou. "Meu Deus, não", disse Melissa. "Maricas *nunca* usam chapéu." Era o que Coverly precisava saber. Enfiou-se no armário e pegou o primeiro chapéu que encontrou — um velho panamá que devia ter sido do falecido sr. Scaddon. Era grande demais para ele — caía por sobre as orelhas — mas com ao menos esse símbolo de sua virilidade masculina intacto ele foi andando atrás de Moses e Melissa até a piscina.

Melissa não nadou naquele dia. Sentou-se na beirada do mármore, estendendo a toalha para o almoço e servindo as bebidas. Não havia nada que ela fizesse ou dissesse que não fosse encantador e delicioso aos olhos do pobre Coverly e não o inclinasse à tolice. Ele mergulhou. Nadou a piscina toda quatro vezes. Tentou mergulhar de costas e falhou, respingando água em Melissa. Beberam seus martínis e conversaram sobre a propriedade, e Coverly, que não estava acostumado a beber, ficou tonto. Começou a falar sobre o desfile de Quatro de Julho, lembrou-se paralelamente da prima Adelaide e terminou contando dos lançamentos de foguetes nas tardes de sábado. Não mencionou que Betsey tinha ido embora e quando Moses perguntou dela ele falou como se ainda vivessem felizes juntos. Depois do almoço ele nadou toda a piscina outra vez e depois se deitou à sombra de um buxinho e adormeceu.

Estava cansado e não sabia, por um momento, onde estava quando acordou, vendo a água brotar das cabeças dos leões verdes e as torres e ameias de Clear Haven no alto do gramado. Jogou água no rosto. A toalha do piquenique ainda estava estendida na borda. Ninguém recolhera os copos dos coquetéis ou os pratos com ossos de frango. Moses e Melissa tinham ido embora e a sombra de um pinheiro atravessava a piscina. Então ele os viu descendo pela trilha do jardim, vindo da estufa onde haviam acabado de passar bons momentos, e havia tanta graça e delicadeza entre eles que ele achou que seu coração fosse se partir em dois; pois a beleza dela só despertava nele tristeza, apenas uma sensação de ruptura e desamparo, e pensando em Pancras pareceu-lhe que Pancras oferecera a ele muito mais que amizade — oferecera-lhe meios sutis de desfigurar e mitigar o encanto de uma mulher. Ah, ela era adorável, e ele a traíra! Enviara espiões ao reino dela em noites de chuva e encorajara o usurpador.

"Lamento que o tenhamos deixado sozinho, Coverly", ela disse, "mas você estava dormindo, você estava *roncando*..." Era tarde, hora de Coverly se vestir e pegar o trem.

Qualquer estação de trem num domingo à tarde parece estar perto do coração do tempo. Mesmo no auge do verão as sombras parecem ser de outono e as pessoas que ali se encontram — o soldado, o marinheiro, a senhora com flores embrulhadas num jornal — parecem escolhidas tão arbitrariamente na comunidade, parecem tanto pessoas visitadas por doença ou morte, que nos lembramos daquelas peças solenes em que, perto do final do primeiro ato, todos os personagens morreram. "Faz aquele seu sapateado, Coverly", pediu Moses. "Eu não sei mais o *soft shoe*." "Então faz o *buck and wing*." "Estou enferrujado, irmão", disse Coverly. "Não consigo mais." "Ora, tente, Coverly", disse Moses. "Ah, tente..." E lá se foi Coverly, plac-tiplac, tic-plac-titac, sapateando pela plataforma, terminando com uma pose desajeitada, uma mesura e um rubor. "Somos uma família muito talentosa", ele contou a Melissa. Então o trem chegou e seus sentimentos, como os pedaços de papel na plataforma, foram revirados no ar numa turbulência desesperadora. Coverly abraçou os dois — parecia estar chorando — e embarcou no trem.

Quando ele voltou à casa vazia em Remsen Park havia uma resposta de Leander à carta que ele escrevera de Nova York para o pai. "Anime-se", escreveu Leander. "O escritor também não é inocente, e nunca alegou ser. Fui homem de muito colega de escola. Luxúria de depósito de lenha. Domingos de chuva. Theophilus Gates tentava acender peidos com uma vela. Depois foi presidente do banco e seguradora Pocamasset. Tive experiência infeliz na mocidade. Desagradável de lembrar. Ocorrida depois do desaparecimento de papai. Fiquei amigo de um desconhecido no ginásio. Chamado Parminter. Parecia boa companhia. Espirituoso. Bom físico. O escritor vivia o período mais solitário da vida. Sem papai. Sem Hamlet. Levei Parminter para jantar em casa várias vezes. A velha mamãe ficou impressionada com as boas maneiras dele. Roupas finas. Fico feliz que você tenha um amigo tão cavalheiro, ela disse. Parminter trazia-lhe ramalhetes. Além de cantar. Boa voz de tenor. Deu-me um par de abotoaduras de ouro de aniversário. Com uma inscrição sentimental. Enrubesci. Logo eu.

"Vaidade foi minha ruína. Muito vaidoso com o meu físico. Sempre me admirava no espelho, em trajes sumários. Posava de gladiador moribundo. Discóbolo. Mercúrio em fuga. Culpa do amor-próprio, talvez. O castigo foi o que aconteceu a seguir. Parminter se dizia artista amador. Ofereceu dinheiro vivo para o escritor posar. Pareceu uma perspectiva agradável. Feliz de pensar em alguém admirando meus membros torneados. Fui na noite combinada ao tal estúdio. Subi escada estreita até sala fedorenta. Apertada. Parminter estava lá com vários amigos. Pediu-me que me despisse. Prontamente atendido. Fui muito admirado. Parminter e seus amigos começaram a se despir. Pareciam pederastas.

"O escritor pegou as calças e fugiu correndo. Noite chuvosa. Raiva. Perturbado. O pobre pau parecia atribulado por sensações contraditórias. Para cima e para baixo. Senti como se tivesse passado por uma máquina de torcer roupa. Tais sensações deram origem à pergunta: seria o escritor pederasta? Problemas sexuais eram um osso duro de roer nas trevas do século XIX. Perguntei-me: pederasta? No chuveiro depois dos jogos. Nadando em pelo com camaradas em Stone Hills. Em vestiários me perguntava: pederasta?

"Não quis mais ver Parminter depois da revelação. Nada fácil de relevar. Apareceu em casa na noite seguinte. Réu confesso. Sem vergonha. Ramalhetes para a velha mamãe. Olhos amendoados me encarando. Incapaz de explicar a situação. Para mamãe a lua poderia muito bem ser de queijo. Não que ignorasse essas coisas já que St. Botolphs produziu diversos desses espécimes mas nunca lhe passaria pela cabeça que um amigo tão cavalheiro pudesse pertencer à tal categoria. O escritor não queria enfrentar a situação com maldade. Concordou em jantar com Parminter no Young's Hotel. Esperava preservar o clima racional e imaculado. Uma despedida gentil numa encruzilhada. Você vai por ali. Eu por aqui.

"Parminter tinha o temperamento instável. Olhos de sabujo. Uma chaleira em ebulição. Bebeu muito uísque. Comeu pouco. O escritor escreveu um discurso de separação. Esperava continuar a amizade etc. Resultado líquido foi como cutucar a cobra com uma vara pontuda. Recriminações. Ameaças. Adulação. Etc. Pediu que eu devolvesse as abotoaduras. Acusado de galanteador. E também de ser um conhecido pederasta. Paguei minha parte da conta e fui embora do restaurante. Fui dormir. Mais tarde escutei meu nome sendo chamado. Pedrinhas na janela. Parminter no quintal me chamando. Pensei na hora na escarradeira. O pecado do orgulho, talvez. Fogo do inferno iminente. Tudo a seu tempo. Abri a porta do lavatório. Tirei a tampa do penico. Amplo suprimento de munição. Fui até a janela e joguei os dois recipientes no vulto do quintal. Fim.

"O homem não é simples. A companhia élfica do amor sempre está conosco. Aqueles que deixam o traseiro à mostra nas janelas voltadas para a rua. Que se masturbam nos chuveiros da ACM. Cavaleiros, poetas, astúcia nos naufrágios do amor. Vendedores de tecido. Pequenos comerciantes. Dóceis. Limpos. Voz suave. Brandura da astúcia. Sem gosto. Saudade do estudante que cortava a grama. Morrer pelos abraços do jardineiro. A vida tem problemas piores. Navios que afundam. Casas atingidas por raio. Morte de crianças inocentes. Guerra. Fome. Cavalos que fogem. Anime-se, meu filho. Você pensa que tem um problema. Chore só se rachar o crânio. Nem tudo no amor são tolices e arroubos. Lembre-se."

35

Seria, pensou Moses, um verão sentimental, pois do quarto podiam ouvir as fontes e quem se importava com as sopas e cremes aguados que costumavam servir no jantar? Melissa estava amando e contente e como Justina poderia se apoderar disso? Poucos dias depois do casamento a sra. Enderby chamou Moses em seu escritório e disse que ele teria de pagar trezentos dólares por mês pelo quarto e pela comida. Ele compreendeu então que amar uma mulher que não podia se mudar para outro lugar poderia vir a lhe criar problemas, mas foi apenas um temor passageiro e ele concordou polidamente em pagar a quantia. Algumas noites depois ele voltou da Bond School e encontrou a esposa, pela primeira vez desde que a conhecera, aos prantos. O presente de casamento de Justina havia chegado. Giacomo tinha retirado a espaçosa e ondulada cama de casal e trocado por uma bicama — estreita e dura como telha. Melissa estava na porta da sacada, chorando por isso, e então Moses achou que podia ter subestimado a profundidade da relação entre sua esposa de pele dourada e a anciã bem conservada, sua guardiã. Ele secou suas lágrimas e agradeceu a Justina pela cama durante o jantar. Depois do jantar ele e Giacomo devolveram a bicama ao depósito onde estivera e recuperaram a antiga cama. Observando Melissa se despir naquela noite (podia ver por sobre seu ombro à luz da lua o gramado e os jardins e a piscina) e evitando pensar que aquelas muralhas eram reais para ela, que ela pudesse achar que os espinhos nas rosas ao redor dos muros fossem perfurantes, ele perguntou se podiam ir embora no outono e ela o lembrou de que ele havia prometido jamais pedir aquilo.

Algumas manhãs depois, ao entrar no seu closet, Moses descobriu que todos os seus ternos tinham sumido com exceção do xadrez que usara no dia anterior. "Ah, já sei o que aconteceu, querido", disse Melissa. "Justina pegou todas as suas roupas e doou para um bazar da igreja." Ela saiu da cama, sem roupa, e entrou aflita no closet dela. "Foi isso que ela fez. Ela levou o meu vestido amarelo e o cinza e o azul. Eu vou até a igreja buscá-los."

"Você quer dizer que ela doou as minhas roupas para um bazar sem pedir?"

"Sim, querido. Ela nunca conseguiu entender que nem todas as coisas em Clear Haven são dela."

"Há quanto tempo isso vem acontecendo?"

"Há anos."

Melissa conseguiu readquirir suas roupas na igreja por alguns dólares e com isso esquecido ele conseguiu retomar sua vida sentimental. Moses já havia muito esquecera sua antipatia a Clear Haven que surgira quando ele tropeçara no telhado e já tinha começado a achar aquele um ótimo lugar para passar os primeiros meses de casado, pois até mesmo os bancos no jardim eram sustentados por mulheres com imensos seios de mármore e no saguão seus olhos sempre retornavam aos atraentes homens e mulheres nus em busca do fulgor amoroso. Estavam nas cadeiras bordadas, buscavam-se do alto de chaminés maciças, sustentavam as velas na mesa de jantar e o bojo da taça da qual Justina bebia a água para seus remédios. Ele parecia atrair até mesmo os lírios do jardim para seu retrato do amor e quando Melissa os colheu e os levou nos braços feito lenha, com aquele perfume dolente emanando daqui e dali, ele pulou de alegria. Noite após noite, eles beberam uísque no quarto, xerez no salão, suportaram sentados o maldito jantar e então foram juntos para a piscina, e estavam pedindo licença certa noite após o jantar quando Justina disse:

"Nós vamos jogar bridge."

"Nós vamos nadar", disse Moses.

"As luzes da piscina não estão funcionando", Justina disse. "Vocês não podem nadar no escuro. Vou mandar Giacomo consertar as luzes amanhã. Hoje vamos jogar bridge."

Jogaram bridge até depois das onze e, na companhia do velho general, do conde e da sra. Enderby, foi uma noite opressiva. Quando Moses e Melissa pediram licença na noite seguinte Justina nem hesitou. "As luzes da piscina ainda não estão

263

prontas", ela disse, "e eu estou com vontade de jogar mais bridge." Jogando bridge aquela noite, e na noite seguinte àquela, Moses sentia-se inquieto, e lhe pareceu significativo o fato de que ele era o único ali a sair de Clear Haven; que desde o casamento ele não vira um único forasteiro ou uma cara nova na casa e que, até onde ele sabia, nem mesmo Giacomo saía da propriedade. Ele reclamou disso com Melissa e ela disse que convidaria algumas pessoas para beber no sábado e pediu a permissão de Justina na noite seguinte durante o jantar. "Claro, claro", disse Justina, "claro que você quer convidar pessoas mais jovens, mas só posso deixar você convidar alguém depois que eu terminar de limpar os tapetes. Fiz uma estimativa e acho que estarão limpos dentro de uma ou duas semanas e aí você poderá dar sua festinha." No sábado de manhã Justina anunciou por intermédio da sra. Enderby que estava cansada e passaria o fim de semana no quarto, e Melissa, encorajada por Moses, telefonou para três casais que moravam nas redondezas e os convidou para beber alguma coisa no domingo. No final da tarde de domingo Moses acendeu a lareira no salão e trouxe as garrafas de seu esconderijo. Melissa preparou algo para comer e sentaram-se no confortável sofá da sala e ficaram aguardando os convidados.

Fez uma tarde chuvosa e a chuva conferia aos telhados intrincados do velho monumento um ar prazeroso. Melissa acendeu um lampião quando ouviu um carro subindo a rampa e desceu até o salão e atravessou a rotunda. Moses escutou a voz dela à distância, cumprimentando os Trenholme, e cutucou o fogo e ficou ali de pé enquanto um casal, que por sua juventude e modos simpáticos parecia inofensivo, entrava na sala. Melissa passou os biscoitos e quando os Howe e os Van Bibber se juntaram a eles a música insípida de suas vozes se mesclou aprazivelmente aos sons da chuva. Então Moses escutou da porta a voz rouca e forte de Justina.

"Que significa isso, Melissa?"

"Oh, Justina", disse Melissa gentilmente. "Acho que você conhece todas essas pessoas."

"Posso conhecê-las", disse Justina, "mas o que elas estão fazendo aqui?"

"Eu convidei para uns coquetéis", disse Melissa.

"Bem, isso é muito inconveniente", disse Justina. "Especialmente hoje. Eu disse a Giacomo que levasse todos os tapetes para limpar."

"Nós podemos ficar no jardim de inverno", disse Melissa timidamente.

"Quantas vezes eu já disse, Melissa, que não quero que você leve convidados ao jardim de inverno?"

"Vou chamar Giacomo", Moses disse a Justina. "Olha, deixe-me servir o seu uísque."

Moses deu o uísque a Justina e ela sentou no sofá e olhou com um sorriso encantador para as pessoas perplexas. "Se você insiste em convidar pessoas, Melissa", ela disse, "eu só queria que você pedisse o meu conselho. Se não tomarmos cuidado a casa vai se encher de punguistas e vagabundos." Os convidados foram recuando para a porta e Melissa os conduziu até a rotunda. Quando ela voltou sozinha ao salão sentou numa cadeira, não ao lado de Moses, mas de frente para sua guardiã. Moses nunca tinha visto uma expressão tão obscura em seu rosto.

A chuva havia cessado. Perto do horizonte as nuvens pesadas tinham se partido como se houvessem sido lanceadas e um brilho líquido brotava dos cortes, espalhava-se pelo gramado e atravessava as portas de vidro, iluminando o salão e o rosto da velha senhora. As cem janelas da casa reluziam por quilômetros. Irmãs ursulinas, observadores de pássaros, motoristas e pescadores admirariam a ilusão de uma casa banhada em chamas. Sentindo a luz em seu rosto e sentindo que aquilo lhe caía bem, Justina sorriu com seu sorriso mais narcisista — o olhar fixo aristocrata que fazia parecer que o mundo todo era coberto de espelhos. "Eu só faço isso porque te amo muito, Melissa", ela disse, e remexeu os dedos carregados de diamantes, esmeraldas e cristal na luz que esvaecia.

Então a quietude de um lago de trutas pareceu se instaurar na sala. Justina parecia seduzir com falsas promessas e Melissa observar sua sombra se derramar através da água até a areia, tentando encontrar nas palavras sorrateiras de sua guardiã alguma verdade. O rosto de Justina reluzia de ruge e suas sobrancelhas brilhavam de tinta negra e a Moses parecia que em algum ponto da maquiagem devia haver a imagem de uma mulher velha. O rosto dela estaria marcado, as roupas seriam negras, a voz seria estridente e ela costuraria mantas e agasalhos para os netos, levaria as rosas para dentro de casa antes da geada e falaria basicamente de amigos e parentes que tivessem partido desta vida.

"Esta casa é um grande fardo", disse Justina, "e eu não tenho ninguém que me ajude a suportá-lo. Eu adoraria dar tudo para você, Melissa, mas se você morrer antes de Moses ele vai vender a casa ao primeiro interessado."

"Eu juro que não", disse Moses com alegria.

"Ah, quem me dera ter certeza", ela disse num suspiro. Então se levantou, ainda radiante, e virou-se para a protegida. "Mas não deixe ficar nenhum ressentimento entre nós, querida, mesmo que eu tenha acabado com a sua festinha. Eu avisei sobre os tapetes, mas você nunca teve muito juízo. Eu sempre tive você na palma da minha mão."

"Isso eu não vou aceitar, Justina", disse Moses.

"Fique fora disso, Moses."

"Melissa é minha esposa."

"Você não é o primeiro marido e não será o último e ela já teve centenas de amantes."

"Você é má, Justina."

"Sou má, como você diz, e sou rude e grosseira e descobri, depois de me casar com o sr. Scaddon, que poderia ser tudo isso e coisa pior que ainda assim haveria bastante gente disposta a lamber minhas botas." Então ela se virou para ele novamente com seu melhor sorriso e ele viu como em seu apogeu teria sido poderosa aquela velha dançarina e como ela era agora tal qual uma velha princesa do Reno, uma exilada dos ducados abandonados do alto da Quinta Avenida e dos reinos empoeirados de Riverside Drive. Então ela se curvou e beijou Melissa e se retirou graciosamente da sala.

Os lábios de Melissa se franziram como que para deter as lágrimas. Moses se aproximou dela avidamente, achando que poderia tirá-la daquela atmosfera de ruptura que a velha deixara no ambiente, mas quando pôs as mãos nos ombros dela ela se esquivou.

"Você quer mais uma bebida?"

"Quero."

Ele pôs mais uísque e gelo no copo dela.

"Vamos subir?"

"Tudo bem."

Ela foi na frente; não o queria ao seu lado. O conflito comprometera sua graça e ela suspirou enquanto caminhava. Ela segurou o copo de uísque com as duas mãos na altura da cabeça como um cálice sagrado. Parecia exalar cansaço e dor. Era seu costume despir-se onde pudesse ser vista mas naquela noite em vez disso ela entrou no banheiro e bateu a porta. Quando voltou estava com um vestido cinza de briche que Moses nunca vira. Não tinha forma e era muito velho; ele podia ver os furos de traça. Uma fileira de botões de aço, parecendo barcos com as velas estendidas, ia do apertado pescoço à bainha solta, e a forma da cintura e os seios se perdiam nas dobras do tecido cinzento. Ela sentou à penteadeira e tirou os brincos, pulseiras e pérolas, e começou a escovar os cabelos para desmanchar os cachos.

Agora Moses compreendia que as mulheres podiam assumir várias formas; que estava em seu poder nas convulsões do amor assumir a forma de qualquer bicho ou maravilha da terra ou do mar — fogo, cavernas, a doçura do clima propício ao feno — e fazer explodir na mente, como a luz ou a água, sua imagística mais brilhante, e ele não se abalou com o fato de que esse dom para a metamorfose pudesse ser usado para todos os outros tipos de esquemas venais e mesquinhos de autoengrandecimento. Moses aprendera que era prudente não esquecer os disfarces mais comuns usados pelas mulheres que amava de modo que quando uma mulher apaixonada de repente parecesse, por algum motivo conhecido só por ela, transformada numa

267

solteirona ele estaria preparado e não correria o risco de perder a esperança que alimentava sua paciência, pois, se as mulheres podiam se metamorfosear a bel-prazer, ele descobriu que não conseguiam se manter nesses papéis por muito tempo e que se ele esperasse passar, pacientemente, um disfarce ou destempero ou uma falsa modéstia, logo aquilo se esvaneceria. Agora ele observava as mudanças que acometiam sua esposa de pele bronzeada, tentando descobrir o que ela afinal representava.

Ela representava a castidade — uma descontente e implacável castidade. Representava a solteirona infeliz. Ela olhou, com desdém, para o lugar no chão onde ele deixara as roupas caídas, desviando ao mesmo tempo os olhos de onde ele estava, nu em pelo. "Eu gostaria que você aprendesse a guardar suas coisas, Moses", disse ela com uma voz entoada que ele nunca ouvira. Continha a doçura forçada de uma mulher solitária e paciente, forçada por uma restrição das circunstâncias a tomar conta de um menino travesso. Quando ela já tinha feito tudo o que podia para remover o que havia de suave nos cabelos, levantou-se e foi a pequenos passos até a porta.

"Vou descer."

"Pode esperar um minuto, querida?"

"Acho que eu vou *descer* agora porque ainda posso ajudar. Afinal, as pobres empregadas têm muita coisa para fazer." Seu sorriso era pura hipocrisia. Saiu furtivamente do quarto.

A determinação de Moses de enxergar através daquele disfarce desajeitado colocou-o numa posição que beirava a tolice e enquanto ele se vestia seu rosto delineado brilhou com uma alegria falsa. Ela pararia de representar aquele papel à meia-noite, pensou ele, de modo que sua ansiedade devia esperar até lá; mas lá estava uma sensação de plenitude e força que parecia crescer à luz da luminária. Quando ele desceu até o salão, percebeu que as garrafas que ingenuamente deixara ali haviam sido apropriadas por Justina e que ele nunca mais as veria de novo. Tomou um copo de xerez de má qualidade e comeu um amendoim. Melissa estava entre os limoeiros, arrancando folhas mortas. Até mesmo fazendo isso ela parecia suspirar. Ela era agora uma parente distante, uma figura sombria, não mais fadada a desempenhar um papel importante na vida mas a resignar-se filosoficamente às pequenas coisas. Quando ela terminou de limpar os limoeiros pegou um cinzeiro da mesa e o esvaziou — ostensivamente — na lareira. Quando a campainha tocou, ela levou a cadeira do general até a porta, arrumando antes com ternura o cobertor em volta das pernas dele, e à mesa apenas beliscou a comida e conversou sobre o hospital de cães e gatos.

Jogaram bridge até as dez, quando Melissa bocejou delicadamente e disse que estava cansada. Moses pediu licença e ficou desolado ao notar os passinhos miúdos com que ela andava à sua frente pelo salão. Na escada ele pôs o braço em volta da cintura dela — teve que procurar por entre as dobras do vestido de briche — e beijou seu rosto. Ela não tentou se desvencilhar do braço dele. Já no quarto quando ele fechou a porta, isolando-os do resto da casa, ele esperou para ver o que ela faria. Ela foi até uma cadeira e pegou um folheto de uma lavanderia na cidade e começou a ler. Moses tirou gentilmente o papel das mãos dela e a beijou. "Tudo *bem*", ela disse.

Ele tirou a roupa, exultante, pensando que dali a mais um minuto ela estaria em seus braços, mas em vez disso ela foi até a penteadeira, pegou vários grampos de uma caixinha dourada, separou alguns fios de cabelo com os dedos, enrolou-os, apertou-os contra a cabeça e prendeu o cacho. Ele esperava que ela fosse fazer apenas uns poucos cachos e olhou para o relógio, imaginando se aquilo levaria dez ou quinze minutos. Ele gostava do cabelo dela armado e ficou observando com um mau pressentimento enquanto ela puxava os fios, enrolava e prendia na cabeça com um grampo. Isso não atrasou ou diminuiu sua esperança nem arrefeceu sua urgência, e tentando se distrair ele abriu uma revista e olhou algumas propagandas, mas com o reino do amor tão prestes a ser seu tais figuras não fizeram nenhum sentido. Quando todos os cabelos sobre a fronte estavam presos à cabeça ela começou a fazer o mesmo dos lados e ele viu que tinha uma longa espera pela frente. Ele se recostou na cama, virou-se com os pés para fora e acendeu um cigarro.

A sensação de plenitude e força em sua virilha estava no ápice, e banhos frios, longas caminhadas na chuva, quadrinhos de humor e copos de leite não lhe serviriam agora — ela começara a prender o cabelo da nuca —, quando o sentimento de plenitude sutilmente se tornou uma aflição, que se lhe espalhou do baixo-ventre até as vísceras. Ele jogou fora o cigarro, pôs uma calça de pijama e vagou até a sacada. Ouviu quando ela fechou a porta do banheiro. Então, com um suspiro de verdadeira angústia, ouviu quando ela abriu a torneira para o banho.

Melissa nunca demorava menos que quarenta e cinco minutos no banho. Moses muitas vezes esperava entusiasmado por ela, mas seus sentimentos naquela noite foram dolorosos. Permaneceu na sacada, lembrando os nomes das estrelas que conhecia e fumando. Quando, quarenta e cinco minutos depois, ele a ouviu destampar o ralo da banheira, voltou para o quarto e se deitou, com seu desejo atingindo novos picos de pureza e felicidade, na cama. Do banheiro vinham sons de frascos colocados sobre o vidro e do abrir e fechar de gavetas. Então ela abriu a porta do banheiro e saiu — não nua, mas completamente vestida com uma camisola grossa e passando um pedaço de fio dental entre os dentes. "Oh, Melissa", ele disse.

"Eu duvido que você me ame", ela disse. Era a voz fraca, sem ênfase, de uma solteirona e lembrou-o de coisas diáfanas: fumaça e pó. "Às vezes eu acho que você simplesmente não me ama nem um pouco", ela disse, "e obviamente você dá muita, muita ênfase ao sexo, ah, ênfase demais. O seu problema é que você não tem no que pensar. Quero dizer, você não se interessa de verdade pelos negócios. A maioria dos homens se interessa por negócios. J.P. costumava chegar em casa tão cansado do trabalho que mal conseguia terminar o jantar. Quase todos os homens estão cansados demais para pensar, todo dia, em amor de manhã, de tarde e de noite. Estão cansados e angustiados e levam vidas normais. Você não gosta do seu trabalho e então fica pensando em sexo o tempo todo. Não digo que você seja depravado. Você é, na verdade, um desocupado."

Ele ouviu o arranhar de giz. Sua alcova foi substituída pela atmosfera de uma sala de aula e suas rosas pareceram fenecer. No espelho ele viu o belo rosto dela — opaco e lascivo —, talhado para expressar paixão e doçura, e pensando nas capacidades dela ele se perguntou por que ela mesma as rebaixara. Que ele apresentava dificuldades — os voos e pousos forçados de uma disposição sentimental —, que às vezes peidasse e cutucasse os dentes com um palito, que ele não fosse brilhante nem lindo era evidente — mas ele não entendia. Ele não entendia, retomando as palavras dela, que direito tinha ela de dizer que o amor, que mantinha a mente dele aberta e fazia até uma goteira na chuva parecer música, era mero produto do ócio.

"Mas eu te amo", ele disse esperançoso.

"Tem homem que traz trabalho para casa", ela disse. "A maioria dos homens. A maioria dos homens que eu conheço." A voz dela parecia ressecar enquanto ele ouvia, parecia perder seus tons profundos conforme os sentimentos dela se estreitavam. "E a maioria dos homens de negócios", ela continuou com a voz fina, "têm que viajar muito. Ficam longe das esposas muito tempo. Eles têm outras válvulas de escape além do sexo. A maioria dos homens saudáveis. Eles jogam squash."

"Eu jogo squash."

"Você nunca jogou squash desde que eu te conheci."

"Eu jogava."

"Claro", ela disse, "se for absolutamente necessário você fazer amor comigo eu faço, mas acho que você deveria entender que isso não é tão crucial quanto você acha."

"Essa sua conversa empatou a foda", ele falou deprimido.

"Ah, como você é odioso e egoísta", ela disse, virando a cabeça para o outro lado. "Você só pensa em crueldade e maldade. Só quer me machucar."

"Eu queria te amar", ele disse. "Só de pensar nisso fiquei alegre o dia inteiro. Quando eu chego com ternura, você vai para a penteadeira e enche a cabeça de pedaços de metal. Eu estava cheio de amor", disse ele tristemente. "Agora estou cheio de raiva e violência."

"Imagino que todos os seus maus sentimentos se dirijam a

271

mim, não?", ela perguntou. "Eu já te disse que não posso ser tudo o que você quer. Não posso ser esposa, filha e mãe ao mesmo tempo. É pedir demais."

"Não quero que você seja minha mãe e minha filha", ele disse com a voz rouca. "Eu já tenho mãe e ainda terei filhos. Não vou sentir falta disso. Quero que você seja minha mulher e você se enche de grampos."

"Achei que já havíamos concordado", ela disse, "que não posso te dar tudo o que você quer..."

"Não tenho estômago para essa conversa", ele disse. Tirou o pijama e se vestiu e saiu. Desceu pela rampa e pegou a estrada para o centro de Scaddonville. Foram mais de seis quilômetros e quando lá chegou e viu as ruas escuras dobrou numa alameda que cruzava o bosque e ali uma noite amena de verão pareceu enfim aliviar seu tormento. Cachorros em casas distantes escutaram seus passos e ficaram latindo por muito tempo depois que ele se foi. O arvoredo dançou ao sabor do vento e as estrelas eram tão numerosas e claras que as linhas arbitrárias que formam as Plêiades e Cassiopeia em sua cadeira lhe pareceram quase visíveis. Parecia haver algo indestrutivelmente saudável num caminho escuro numa noite de verão — era um lugar e uma estação onde era impossível acalentar maus sentimentos. Na distância ele viu as torres escuras de Clear Haven e voltou pela rampa e foi para a cama. Melissa estava dormindo quando ele chegou e estava dormindo quando ele saiu de manhã.

Melissa não estava no quarto quando ele voltou à noitinha e, procurando esperançoso à sua volta alguma mudança no ânimo dela, reparou que o quarto deles passara por uma faxina completa. Isso em si podia até ser um bom sinal mas ele notou que ela tirara os frascos de perfume da penteadeira e jogara fora todas as flores. Lavou-se e vestiu um casaco leve e desceu. D'Alba estava no salão, sentado no trono dourado, lendo um quadrinho do Mickey e fumando um grande charuto. O conde gostava de quadrinhos, mas Moses desconfiou que o resto da cena era uma pose — uma alusão à tradição de J.P. de príncipe

272

mercador semianalfabeto. D'Alba disse que Melissa estava na lavanderia. Isso era novidade. Ela nunca chegara nem perto da lavanderia desde que Moses a conhecera. Ele desceu por um corredor descascado que se destacava do resto da casa como uma passagem detrás de um palco e conduzia por escadas sujas de madeira até o porão. Melissa estava na lavanderia, enfiando lençóis numa máquina de lavar. Seu cabelo dourado estava escuro de umidade. Não respondeu quando Moses falou com ela e quando ele a tocou ela disse: "Me deixe em paz".

Ela disse que a roupa de cama da casa não era lavada fazia meses. As empregadas continuavam tirando a roupa branca dos armários e ela descobrira que a tubulação da roupa suja estava entupida de lençóis. Moses sabia o suficiente para nem sugerir que ela mandasse os lençóis para uma lavanderia. Podia ver que a limpeza não era o propósito ali. Ela conseguira desacreditar sua própria beleza. Devia ter encontrado num armário de vassouras o vestido que usava e seus braços bronzeados estavam vermelhos da água quente. O cabelo dela estava frisado e sua boca fixa numa expressão de extremo desgosto. Ele a amava com paixão e quando viu tudo isso pareceu desiludir-se.

Exceto pela fotografia em sépia da mãe dela, sentada numa cadeira entalhada, segurando uma dúzia de rosas viradas para baixo, ele não conhecia a família de Melissa. Pais, tias, tios, irmãos e irmãs a quem às vezes se pode associar uma influência no caráter lhe eram desconhecidos e se ela estivesse agora possuída pela sombra de alguma tia seria uma tia que ele nunca vira antes. Observando-a enfiar lençóis na máquina de lavar ele desejou momentaneamente que ela não fosse órfã. Ela se esforçava como uma penitente e ele desistiu de tudo. Não havia se apaixonado por sua habilidade com a aritmética, seu asseio, seu pensamento racional nem por qualquer outra excelência humana. Mas porque percebera nela uma extraordinária beleza interior ou graça que satisfez seus desejos. "Você não tem mais o que fazer em vez de ficar aí sentado?", ela perguntou irritada. Ele disse que sim, sim, claro, e subiu a escada.

Justina encontrou-o no salão com grande cordialidade. Seus olhos estavam bem abertos e sua voz soou como um sussurro excitado quando perguntou se Melissa estava na lavanderia. "Talvez devêssemos ter lhe contado antes do casamento", ela disse, "mas você sabe que Melissa foi muito, muito..." — a palavra que ela buscava era muito dura e ela optou por uma modulação — "... ela nunca foi muito tratável. Venha", ela disse a Moses, "vamos beber alguma coisa. O conde D'Alba tem um pouco de uísque, creio. Precisamos de mais que xerez hoje à noite." A imagem que ela evocava era aprazível e embora Moses sentisse a lâmina afiada de sua maldade não tinha nada melhor para fazer do que andar no jardim e encarar as rosas. Ele atravessou o salão ao lado dela. O conde D'Alba sacou uma garrafa de uísque de debaixo do trono e todos beberam. "Ela está tendo um ataque?", D'Alba perguntou. Já estavam na metade da sopa quando Melissa apareceu, usando seu vestido de armário de vassouras. Quando ela veio para a mesa Moses se levantou mas ela não olhou na direção dele nem falou nada durante a refeição. Depois do jantar Moses perguntou se ela gostaria de dar uma volta mas Melissa disse que precisava estender os lençóis.

Justina encontrou Moses na porta na noite seguinte com uma expressão aborrecida e excitada e disse que Melissa estava doente. "*Indisposta* talvez seja uma palavra melhor", disse ela. Pediu a Moses que bebesse com ela e com D'Alba mas ele disse que subiria para ver Melissa. "Ela não está mais no quarto de vocês", disse Justina. "Ela se mudou para um dos outros quartos. Não sei qual. Ela não quer ser incomodada." Moses foi primeiro verificar o quarto deles para se certificar de que ela não estava lá e depois voltou para o salão, chamando bem alto o nome dela, mas não houve resposta. Tentou a porta do quarto ao lado e olhou dentro de um quarto com um dossel mas em algum momento do passado um grande pedaço do teto havia caído e os pedaços de gesso pendiam dessa cavidade. As cortinas estavam fechadas e a umidade do quarto era sepulcral — fantasmagórica ele teria dito se não sentisse um grande desdém por fantasmas. A porta seguinte que ele abriu dava num banheiro sem uso — a banheira cheia de jornais amarrados em pilhas — e o ambiente era funestamente iluminado através de um vitral, e a porta seguinte que ele abriu dava num depósito onde pedestais de latão e cadeiras de balanço, aparadores de carvalho e máquinas de costura, gaveteiros de mogno de design deplorável e outras peças de mobília austeras e ultrapassadas estavam estocadas até o teto, desde antes até, ele imaginou, da primeira visita de Justina à Itália. O lugar cheirava a morcegos. A porta seguinte que ele abriu dava num sótão onde havia um tanque de água tão grande quanto a piscina e havia uma harpa eólica presa à porta seguinte que ele abriu e com aquela música asmática e aérea que a harpa começou a tocar sua carne enrijeceu como enrijeceria com o sibilar de uma serpente. Essa porta dava na escada da torre e ele a subiu degrau por degrau até um salão com vigas e janelas ogivais e sem nenhuma mobília onde, sobre o aparador, havia este lema em ouro: AFASTA OS OLHOS DO CORPO E BUSCA A VERDADE E A LUZ. Ele desceu correndo a escada da torre e abriu a porta de um quarto de criança — de Melissa, ele imaginou — e, antes de outro quarto com teto desabado, a música tola da harpa eólica se extinguiu. Então impregnado daquele ar rançoso no nariz e nos pulmões ele abriu uma janela e enfiou a cabeça para fora, no crepúsculo de verão, onde pôde ouvir, lá embaixo, rumores do jantar. Enfim ele abriu a porta de um quarto limpo e iluminado onde Melissa, quando o viu, enterrou o rosto no travesseiro e chorou quando ele a tocou. "Me deixe em paz, me deixe em paz."

A invalidez dela, assim como sua castidade, parecia uma impostura, e ele lembrou a si mesmo que devia ter paciência, mas sentado junto à janela, olhando o gramado escurecer, sentiu-se muito abandonado por uma esposa que prometera tanto e que agora se recusava até a falar sobre o tempo, o movimento dos bancos ou a hora do dia. Ele esperou até anoitecer e depois desceu a escada. Perdera o jantar mas havia uma luz acesa na cozinha, onde uma velha irlandesa grandalhona, que esfregava os ralos, preparou-lhe algo para jantar e serviu numa mesa ao lado do fogão. "Parece que você está com problemas com a sua querida", disse ela com delicadeza. "Bem, eu também já fui catorze anos casada com o pobre sr. Reilly e não tem nada que eu não saiba sobre os altos e baixos do amor. Ele era baixinho, o sr. Reilly", ela disse, "e quando a gente morava em Toledo todo mundo dizia que ele era anão. Ele pesava no máximo cinquenta e seis quilos e olha só o meu tamanho." Ela sentou numa cadeira de frente para Moses. "Claro, na época eu não era tão gorda mas no final eu já dava três dele. Ele era desses homens que sempre parece um menino. O jeito de levantar a cabeça e tudo. Até hoje eu olho pela janela do trem numa cidade estranha e vejo aqueles homenzinhos e me lembro do sr. Reilly. A mãe teve ele na menopausa. Tinha mais de cinquenta anos quando ele nasceu. Olha, depois de casados a gente ia num bar tomar cerveja e não queriam servir ele, achando que era um menino. Claro, quando ficou velho o rosto foi ficando marcado e no final ele parecia um menininho seco, mas era muito carinhoso.

"Ele não se cansava daquilo nunca", ela disse. "Quando eu lembro dele, é fazendo aquilo — aquela cara triste de quem está amando. Ele sempre queria um pouquinho e era um amor — dizia coisas lindas enquanto fazia carinho e tirava a minha roupa. Ele gostava de manhã também. Depois penteava o cabelo para o lado esquerdo, fechava o cinto e saía para trabalhar o dia inteiro na fundição, todo feliz e convencido. Em Toledo ele voltava para jantar em casa no meio do dia e queria mais um pouquinho e não dormia sem mais outro tanto. Ele não dormia. Se eu acordava ele falando que tinha ouvido ladrão lá embaixo, nem adiantava falar. Na noite em que a casa da Mabel Ransome pegou fogo e eu fiquei acordada até as duas vendo o fogo ele nem ouviu o que eu disse. Quando ele acordava de noite com trovão ou o vento norte no inverno, ele também sempre acordava disposto.

"Mas nem sempre eu queria amor", ela disse com tristeza. "Azia, má digestão, às vezes me derrubava e eu tinha que tomar muito cuidado com ele. Tinha que escolher bem as palavras. Uma vez eu recusei sem pensar. Uma vez ele começou a me acarinhar e eu fui ríspida com ele. Esquece um pouco isso agora, Charlie, falei. Helen Sturmer diz que o marido dela só faz uma vez por mês. Por que você não tenta ser como ele? Bem, foi o fim do mundo. Você precisava ver a cara dele como fechou. Nunca vi ele tão contrariado em toda a minha vida. Bem, aí ele saiu de casa. Hora do jantar, nada dele aparecer. Fui dormir achando que ele voltava mas, quando eu acordo, a cama vazia. Quatro noites assim fiquei esperando ele voltar e nada dele aparecer. Até que por fim eu coloquei esse anúncio no jornal. Foi quando a gente morava em Albany. Por favor volte para casa Charlie. Só disse isso. Custou dois e cinquenta. Bem, coloquei o anúncio numa sexta à noite, no sábado de manhã ouço a chave dele na porta. Subiu todo sorridente com um buquê de rosas na mão e uma ideia na cabeça. Bem, eram dez da manhã e as minhas tarefas de casa não estavam nem na metade. Louça do café na pia e a cama por fazer. É muito difícil uma mulher querer amar antes de terminar seu serviço mas mesmo com as mesas sujas de pó eu sabia a minha obrigação.

"Às vezes era dureza para mim", ela disse. "Isso fez que a minha cabeça nunca evoluísse muito. Muita coisa que ele não me deixava conhecer, como quando acabou a guerra e a parada passou na nossa janela com o marechal Foch e tudo. Eu queria ver o desfile mas não pude. Ele estava em cima de mim quando Lindbergh cruzou o Atlântico e quando o rei inglês, não lembro o nome, perdeu a coroa por amor e fez um discurso falando isso no rádio, eu não ouvi. Mas quando hoje eu lembro dele é fazendo aquilo — aquela cara triste de quem está amando. Ele parecia nunca estar saciado, Deus abençoe, pobrezinho, está lá numa cova, numa cova fria."

Melissa só desceria no sábado, e, ao convidá-la para dar uma volta com ele depois do jantar, Moses reparou como ela hesitou na porta do terraço, como se temesse que aquela noite de verão pudesse ser o fim de sua impostura. Então ela foi mas manteve uma certa distância entre eles. Ele sugeriu que fossem caminhar pelo jardim, na esperança de que o aroma das rosas e o rumorejar das fontes prevalecessem, mas ela persistiu naquela distância entre eles, e quando saíram do jardim ela tomou uma trilha que passava por um pinhal que ele nunca tinha visto antes e que terminava num terreno que se revelou um cemitério de animais. Ali havia uma dúzia de lápides, cobertas de ervas, e Moses seguiu atrás de Melissa, lendo as inscrições:

Aqui jazem ossos e penas de um pássaro amável,
    Uma tarde fria de dezembro viu sua queda.
    Sua voz, elevada em doce canção, jamais se ouviu,
    Pois era um pássaro muito pequeno.

Aqui jazem os ossos de Sílvia Coelha.
Melissa Scaddon sentou-lhe em cima no dia 17 de junho
E ela morreu das contusões.

Aqui jazem os ossos do whippet Teseu.

Aqui jazem os ossos de Príncipe Collie,
Todos sentirão sua falta.

Aqui jazem os ossos de Aníbal.

Aqui jazem os ossos de Napoleão.

Aqui jazem os ossos de Lorna, a gata.

O terreno exalava a força de uma família, pensou Moses, e o fervor com que encaravam o próprio absurdo, e erguendo os olhos das lápides para o rosto de Melissa ele viu com esperanças que sua expressão parecia suavizada pelo cemitério pueril, mas resolveu esperar e saiu do lote atrás dela rumo a uma trilha que levava aos celeiros e às estufas, quando ambos pararam para ouvir a cantoria alta e melodiosa de algum pássaro noturno. Soava na distância, no lusco-fusco, com o brilho de uma faca, e Melissa ficou encantada. "Você sabe que o J.P. queria criar rouxinóis", ela disse. "Ele importou centenas e centenas de rouxinóis da Inglaterra. Ele tinha um tratador especializado em rouxinóis e viveiros especiais para rouxinóis. Quando voltamos da Inglaterra a primeira coisa que fizemos no navio depois do café da manhã foi descer ao porão e dar larvas de farinha para os rouxinóis. Morreram todos..."

Então olhando de volta para ela, para o teto do celeiro onde o rouxinol parecia estar empoleirado, Moses viu que não se tratava de um pássaro; era a canção plangente do ventilador enferrujado girando no vento da noite; e sentindo que essa descoberta talvez pudesse mudar o clima sentimental que o anoitecer, o cemitério e a canção prometiam ele a conduziu às pressas para a velha estufa e fez um leito com suas roupas espalhadas no chão. Mais tarde naquela noite, quando tinham voltado para a casa e Moses, sentindo os ossos leves e limpos de amor, esperava o sono chegar, ele tinha todos os motivos para se perguntar se ela já não havia se transformado em outra coisa qualquer.

Essa suspeita foi renovada na noite seguinte quando ele entrou no quarto deles e a encontrou na cama usando uma única meia e lendo uma história de amor que pegara emprestada de uma das empregadas e quando ele a beijou e se juntou a ela e sentiu em seu hálito um cheiro, nada mau, de doce. Mas na noite seguinte, vindo da estação, ao atravessar o gramado Moses se lembrou dos detalhes repulsivos do passado dela a que Justina gostava de aludir. Ela estava no terraço com Jacopo, um dos jardineiros jovens. Estava cortando o cabelo de Jacopo. Mesmo à distância a visão deixou Moses inquieto e triste, pois a insaciabilidade que ele adorava abria possibilidades de inconstância e ele sentiu por Jacopo um ódio assassino. Lúbrico e atraente e sorrindo enquanto ela lhe cortava os cabelos e os penteava, ele pareceu a Moses uma dessas figuras que pairam longe dos centros mais iluminados da nossa consciência e derrotam nosso amor pela sinceridade e nossa confiança na doçura da vida, mas Melissa logo mandou Jacopo embora quando ele chegou e demonstrou seu afeto por Moses cumprimentando-o efusivamente e ele não se preocupou com o jardineiro nem com nada até que, algumas noites depois, percorrendo o salão, ouviu risadas vindas do quarto deles e encontrou Melissa com um desconhecido bebendo uísque na sacada. Era Ray Badger.

Ora, a ambiguidade de visitar uma ex-mulher, imaginou Moses, não era problema dele. Seu rival, se é que Badger ainda era um rival, usava um terno engomado, era vesgo e tinha os cabelos pretos emplastrados. Ele tentou ser simpático, quando Moses se juntou a eles, mas as lembranças que dividia com Melissa — dera de comer aos rouxinóis — pertenciam ao passado de Clear Haven e Moses foi deixado fora da conversa. Melissa praticamente nunca falara em Badger e, se fora infeliz com ele, não foi o que pareceu naquela noite. Ela adorou sua companhia e suas recordações — adorou mas ficou triste, pois quando ele já tinha ido embora ela falou com sentimento sobre o ex-marido a Moses. "Ele é como um rapaz de dezoito anos", ela disse. "Sempre fez o que os outros queriam que ele fizesse e agora, aos trinta e cinco, ele se deu conta de que nunca expressou a si mesmo. Sinto tanta *pena* dele..." Moses guardou para si sua opinião sobre Badger e descobriu no jantar que Justina o defendia. Ela não falou com o convidado mas parecia profundamente comovida. Anunciou que estava vendendo as pinturas ao Metropolitan. Um curador viria almoçar no dia seguinte para avaliá-las. "Não confio em ninguém para cuidar das minhas coisas", ela disse. "Não posso confiar em nenhum de vocês."

Badger ofereceu um charuto a Moses depois do jantar e foram juntos para o terraço. "Imagino que você esteja se perguntando por que eu voltei", disse Badger, "e eu posso muito bem me explicar. Sou do ramo dos brinquedos. Não sei se você sabia disso, e acabei de tirar a sorte grande num negócio. Consegui a patente de um cofrinho — é uma cópia em plástico de um velho cofre de ferro — e a Woolworth me fez um pedido de sessenta mil unidades. Tenho uma confirmação do pedido de Nova York. Investi vinte e cinco mil do meu bolso nisso, mas agora surgiu a oportunidade de pegar uma patente de um revólver de brinquedo e eu repassaria o juro do banco por quinze mil. Estava pensando para quem vender e pensei em você e Melissa — li no jornal sobre o casamento — e pensei em vir aqui e oferecer a opção para vocês. Só com o pedido da Woolworth você já dobra o investimento e pode contar com mais sessenta mil das papelarias. Se você puder vir até o Waldorf amanhã no fim da tarde para bebermos alguma coisa, eu mostro a patente e o projeto e a correspondência com a Woolworth."

"Eu não estou interessado", disse Moses.

"Quer dizer que você não *quer* ganhar dinheiro? Ah, Melissa vai ficar muito decepcionada."

"Você ainda não falou sobre isso com Melissa."

"Bem, na *verdade* não, mas garanto que ela vai ficar muito decepcionada."

"Eu não tenho quinze mil dólares", disse Moses.

"Você está me dizendo que não tem quinze mil dólares?"

"Isso mesmo", disse Moses.

"Ah", disse Badger. "E quem sabe o general? Você sabe se ele tem algum?"

"Não sei", disse Moses. Ele seguiu Badger de volta ao salão e o viu oferecer ao velho um charuto e empurrar-lhe a cadeira de rodas até o terraço. Quando Moses contou a conversa a Melissa, em nada alterou sua atitude sentimental em relação a Badger. "Claro que ele não está no ramo de brinquedos", ela disse. "Ele nunca trabalhou na verdade. Ele simplesmente vai levando e eu sinto tanta pena dele."

O fato de Justina estar abrindo mão de seus tesouros artísticos por não conhecer ninguém digno de confiança tornou o dia seguinte ao mesmo tempo elegíaco e excitante.

O sr. Dewitt, o curador, era esperado à uma e calhou de ser Moses a levá-lo à rotunda. Era um homem esguio com um chapéu de feltro muitos números menor e que o deixava parecido com Boob McNutt. Moses se perguntou se ele não teria saído de uma festa com o chapéu errado. O rosto era magro e com marcas profundas — ele baixava ligeiramente a cabeça como se por trás das olheiras fosse míope — e a extensão e a triangularidade de seu nariz eram extraordinárias. O estreito e anguloso órgão era elegante e libertino — vício, suplício, dom diabólico — e reforçava a impressão geral de elegância e luxúria. Devia ter seus cinquenta anos — aquelas olheiras não se formariam da noite para o dia — mas se movia com graça e falava com alguma dificuldade, como se tivesse um fio de cabelo preso à língua. "Tudo menos porco, porco não!", exclamou, aspirando o ar rançoso da rotunda. "Estou simplesmente com o estômago virado." Quando Moses garantiu que serviriam frango ele pôs seus óculos de armação de chifre e, correndo os olhos pela rotunda, reparou no grande painel à esquerda da escada. "Uma falsificação encantadora", exclamou. "Claro que eu acho os mexicanos os melhores falsificadores, mas essa é deliciosa. Foi feita em Zurique. Havia uma fábrica lá no século XIX que descobriram pelo movimento de carga. O interessante deles é o uso farto do carmesim. Nenhum dos originais é tão brilhante." Então algum outro aroma na rotunda o fez lembrar de novo do almoço. "Tem certeza que não é porco?", ele perguntou de novo. "Meu estômago está uma desgraça." Moses garantiu que não e atravessaram o imenso salão até onde Justina os aguardava. Ela estava triunfantemente graciosa e usando todos aqueles tons exuberantes de ambição social que faziam com que sua voz parecesse um subir e descer de colinas até a sombra dos vales.

O sr. Dewitt apertou as mãos quando viu todos os quadros do salão mas Moses se perguntava por que seu sorriso fora tão fugaz. Levou sua bebida até o grande Ticiano.

"Impressionante, impressionante, de uma perfeição impressionante", disse o sr. Dewitt.

"Encontramos esse Ticiano num palácio arruinado em Veneza", Justina disse. "Um cavalheiro no hotel — um inglês, lembro bem — tinha notícia do quadro e nos explicou o caminho das pedras. Parecia uma história de detetive. A pintura era de uma condessa muito idosa e estivera na família dela por

282

muitas gerações. Não me lembro exatamente quanto pagamos, mas você pode olhar no catálogo, não, Niki?"

D'Alba pegou o catálogo e o folheou. "Sessenta e cinco mil", ele disse.

"Encontramos o Gozzoli em outra casa. Era a pintura favorita do sr. Scaddon. Encontramos por intermédio de outro desconhecido. Acho que o conhecemos no trem. A pintura estava tão suja e coberta de teias de aranha quando a vimos pendurada pela primeira vez num quarto escuro que o sr. Scaddon resolveu não levar mas depois nos demos conta de que não podíamos ser tão exigentes e na manhã seguinte mudamos de ideia."

O curador sentou-se e deixou que D'Alba enchesse seu copo e quando voltou até Justina ela estava se lembrando do palácio imundo onde ela havia encontrado o Sano di Pietro.

"São todas cópias e falsificações, sra. Scaddon."

"Isso é impossível."

"São cópias e falsificações, todas elas."

"Você só está dizendo isso porque quer que eu doe as pinturas para o seu museu", disse Justina. "É por isso, não é? Você quer todos os meus quadros de graça."

"Eles não têm valor nenhum."

"Nós conhecemos um curador na casa da baronesa Grachi", disse Justina. "Ele viu nossas pinturas em Nápoles onde elas foram embaladas para despachar no navio. Ele se ofereceu para autenticá-las."

"Elas não valem nada."

Uma empregada veio até a porta e tocou a campainha do almoço, e Justina se levantou, com o autocontrole subitamente renovado. "Seremos apenas cinco para o almoço, Lena", ela disse à empregada. "O sr. Dewitt não ficará. E você poderia telefonar para a garagem e dizer a Giacomo que o sr. Dewitt irá a pé até o trem?" Ela pegou no braço de D'Alba e atravessou o salão.

"Sra. Scaddon", o curador disse indo atrás dela, "sra. Scaddon."

"Não adianta", disse Moses.

"Qual é a distância até a estação?"

"Quase dois quilômetros."

"Você não tem carro?"

"Não."

"E não existe táxi por aqui?"

"Não aos domingos."

O curador viu a chuva pela janela. "Ah, mas que ultraje, essa é a coisa mais ultrajante por que eu já passei na vida. Eu só vim até aqui de favor. Eu tenho úlcera e preciso comer regularmente e vão dar quatro horas antes de eu chegar à cidade. Você não pode me arranjar pelo menos um copo de leite?"

"Infelizmente, não", disse Moses.

"Que horror, que horror, e como em nome de Deus ela pôde achar que essas pinturas eram verdadeiras? Como ela pôde se enganar assim?" Ele desistiu de tudo com um gesto e atravessou o salão até a rotunda, onde deixara o chapeuzinho que o deixava parecido com Boob McNutt. "Isso pode acabar me matando", ele disse. "Eu preciso comer regularmente e evitar qualquer excitação ou esforço físico..." E saiu na chuva.

Quando Moses se juntou aos demais no almoço não houve nenhuma conversa e o silêncio ficou tão opressivo que seu vigoroso apetite deu sinais de abatimento. De repente, D'Alba largou a colher e disse lamuriento: "Minha senhora, ah, minha senhora!".

"Modos", exclamou Justina. Então ela virou a cabeça para Badger e disse furiosa: "Por favor, tente comer com a boca fechada!".

"Desculpe, Justina", disse Badger. As empregadas retiraram os pratos de sopa e trouxeram um pouco de frango mas à visão do prato Justina as dispensou. "Não consigo comer mais nada", ela disse. "Leve a comida de volta para a cozinha e coloque-a na geladeira." Todos baixaram a cabeça, lamentando por Justina e privados de uma refeição, pois nas tardes de domingo as geladeiras eram trancadas a sete chaves. Ela pôs as mãos na beirada da mesa, encarando intensamente Badger, e se levantou. "Imagino que você vá voltar à cidade, Badger, e contar a todo mundo sobre o que aconteceu."

"Não, Justina."

"Se eu ficar sabendo que você disse uma palavra sobre isso, Badger", ela falou, "vou contar para todo mundo que eu sei que você esteve *preso*."

"Justina."

Ela partiu em direção à porta, não curvada mas ereta como nunca, com D'Alba a reboque, e quando chegou à porta estendeu os braços e exclamou: "Meus quadros, meus quadros, meus adoráveis, adoráveis quadros". Então se ouviu D'Alba abrindo e fechando a porta do elevador e depois o canto plangente dos cabos no poço enquanto ela subia.

Fazia uma tarde soturna e Moses passou-a lendo sobre sindicalismo na pequena biblioteca. Quando começou a escurecer ele fechou os livros e perambulou pela casa. A cozinha estava vazia e limpa mas as geladeiras ainda estavam trancadas. Ele ouviu música vindo do salão e pensou que era D'Alba que estava tocando, pois era música de salão; a lânguida música da tristeza ilusória e saudade falsa, ou da tarde caindo no bar e amendoins murchos; da azia e da gastrite e daqueles guardanapos de papel que ficam presos como folhas molhadas na base dos copos de coquetel — mas quando ele entrou na sala viu que era Badger. Melissa estava sentada ao lado dele no banco do piano e Badger cantava dolente:

> *Tenho a tristeza da pensão,*
> *Estou triste o tempo inteiro,*
> *Tenho a tristeza da pensão,*
> *Cercado do que não é meu.*
> *Na cama torta machuquei as costas,*
> *Soou o apito do trem que vai me levar de volta,*
> *Tenho a tristeza da pensão...*

Quando Moses se aproximou do piano ambos olharam para ele. Melissa soltou um suspiro profundo e Moses sentiu como se tivesse estragado um clima de namoro. Badger olhou para Moses com uma expressão de fastio e fechou o piano. Ele parecia sob o impacto de uma turbulência emocional que Moses teve que se esforçar para não interpretar mal. Levantou-se do banco do piano e saiu para o terraço, a imagem da tristeza e da contrariedade, e Melissa virou a cabeça e o seguiu com os olhos e toda a sua atenção.

Agora Moses entendia que se admitimos para os homens ritos sexuais vestigiais — que se a naturalidade da postura dele com um taco de hóquei quando lhe puseram um nas mãos pela primeira vez, se o prazer que ele sentia com o uniforme esportivo no armário de West Farm ou a sensação, durante um racha de futebol na chuva, de olhar, nos minutos finais de luz e jogo, no fundo do passado de sua espécie, tivessem alguma valia — deve haver ritos e cerimônias replicados para o sexo oposto. Com isso Moses não queria se referir à capacidade de se metamorfosear furtivamente, mas a outra coisa, ligada talvez ao poder que as mulheres bonitas têm de evocar paisagens — uma sensação de distância melancólica — como se seus olhos descansassem num horizonte que nenhum homem nunca viu. Havia provas concretas disso — a voz delas se suavizava e as pupilas de seus olhos se dilatavam, e elas pareciam estar se lembrando de alguma viagem feminina por águas femininas a uma ilha fortificada onde se envolviam pela natureza de suas mentes e de seus órgãos em alguns ritos secretos que renovariam seus encantadores e criativos estoques de tristeza. Moses não esperava jamais saber o que estava se passando na cabeça de Melissa mas quando viu suas pupilas dilatadas e um envesgar pensativo surgir em seu lindo rosto soube que seria inútil perguntar. Ela estava se lembrando da viagem ou tinha visto o horizonte e o efeito disso foi despertar nela anseios vagos e tempestuosos, mas o que o afligia era o fato de que, de alguma forma, Badger parecia se encaixar nessas lembranças da viagem.

"Melissa?"

"Justina é tão má com ele", disse Melissa, "e ela não tem esse direito. E você também não gosta dele."

"Eu não gosto dele", disse Moses. "Isso é verdade."

"Oh, eu sinto tanta pena dele." Ela se levantou do banco do piano e foi até o terraço atrás de Badger. "Melissa", disse Moses, mas ela sumiu no escuro.

Eram quase dez horas quando Moses subiu. A porta do quarto deles estava trancada. Ele chamou pelo nome da esposa e ela não respondeu e então ele ficou furioso. Então alguma parte dele que era tão pouco suscetível a abrir concessões quanto o seu orgulho sexual se inflamou e essa fúria pareceu se instalar em suas vísceras feito uma rocha. Ele deu socos na porta e tentou derrubá-la com os ombros e descansava desses esforços quando um ar frio, vindo da fresta entre a porta e o batente, lembrou-o de que Badger estava dormindo no quarto onde ele dormira a primeira vez que fizera a travessia pelo telhado.

Correu até a escada dos fundos e atravessou a rotunda e pegou o elevador para os aposentos do outro lado da casa. A porta de Badger estava fechada mas quando ele bateu ninguém respondeu. Quando ele abriu a porta e pisou no quarto a primeira coisa que ouviu foi o barulho forte da chuva na sacada aberta. Não havia sinal de Badger no quarto. Moses saiu pela sacada e subiu no telhado e como era de esperar, a menos de cem metros, e movendo-se com todo o cuidado, agachado e abrindo caminho com as mãos no ar como se estivesse nadando (devia ter tropeçado na velha antena de rádio), estava Badger. Moses chamou por ele. Badger começou a correr.

Parecia conhecer o caminho; de todo modo, desviou-se do poço de ventilação. Correu até o telhado piramidal da capela e então virou à direita e correu pelo trecho impermeabilizado com piche que cobria o salão. Moses veio pelo outro lado mas Badger se esquivou e voltou a erguer-se e começou a correr para a janela iluminada de D'Alba. No meio do caminho sobre o telhado plano, Moses alcançou-o e bateu com a mão no ombro dele.

"Não é o que você está pensando", disse Badger. Então Moses lhe deu um soco e Badger caiu sentado e deve ter caído sentado num prego porque deu um grito tão alto de dor que o conde enfiou a cabeça pela janela.

"Quem está aí, quem está aí?"

"Badger e eu", disse Moses.

"Se Justina ficar sabendo disso vai ficar louca", disse o conde. "Ela não gosta que ninguém fique andando no telhado. Pode provocar goteiras. E que diabos você está fazendo?"

"Já estou indo dormir", disse Moses.

"Ah, você não consegue dar uma resposta civilizada a uma pergunta sensata", disse o conde. "Estou terrivelmente, mas terrivelmente cansado desse seu senso de humor e Justina também. É uma decadência terrível para ela ter pessoas como você em casa depois de ter vivido a vida na mais alta sociedade, até com a realeza, e ela mesma me disse..." A voz foi sumindo conforme Moses seguiu caminhando junto ao beiral até chegar à sacada de Melissa, sentindo-se explodir de raiva. Então sentou no telhado com os pés na calha durante cerca de meia hora, elaborando uma obscena acusação da intratabilidade dela e parecendo descarregar isso na noite até que a fúria empedrada em seu ventre diminuísse. Então, percebendo que se precisava encontrar uma verdade aproveitável na situação teria que encontrá-la dentro de si mesmo, içou-se para dentro da sacada, despiu-se e deitou na cama onde Melissa estava dormindo.

Porém Moses se enganara a respeito de Badger. Nenhum pensamento lascivo passara por sua cabeça quando ele resolvera subir no telhado. Ele estava era muito bêbado. Mas havia algo de magnânimo no sujeito — um traço bruto de excelência humana — ou ao menos um vasto escopo de emoções propiciadoras de um cenário de conflito, e quando acordou logo cedo no dia seguinte ele censurou a si mesmo pela embriaguez e por seus planos mirabolantes. Pôde ver o mundo da janela então todo azul e dourado e arredondado como o olho de um touro mas todas as luzes em tons de safira do céu apenas refrescaram o espírito de Badger e estimularam nele um desejo de se esconder em algum lugar escuro e mal ventilado. O mundo, na luz parcial das primeiras horas da manhã, pareceu-lhe hipócrita e ofensivo como o sorriso de um vendedor que vai de porta em porta. Nada era verdade, pensou Badger; nada era o que parecia ser, e a enormidade de sua frustração — a sutileza com que a cor do céu escurecia enquanto ele se vestia — deixou-o furioso. Passou pela rotunda sem encontrar ninguém — nem mesmo um rato — e telefonou para Giacomo, embora não fossem seis horas, e Giacomo o levou até a estação.

O primeiro trem a chegar era de subúrbio e todos os passageiros eram operários do turno da noite, voltando para casa. Olhando para seus rostos sujos e cansados Badger sentiu-se nostálgico pelo que imaginou ser o modo de vida daquela gente humilde. Se tivesse sido criado com simplicidade sua vida teria tido mais sentido e valor, suas melhores capacidades teriam tido a chance de se desenvolver e ele não haveria desperdiçado seus talentos. Abatido pela bebida e pela autocensura, sentiu naquela manhã que era claro que os desperdiçara além de qualquer possibilidade de redenção, e imagens dos primórdios de sua vida — um menino bonito e entusiasmado, levando para dentro de casa as cadeiras do terraço antes de uma tempestade — surgiram e reforçaram sua autocondenação. Então no nadir da depressão foi como se uma luz brilhasse na mente de Badger, pois era a força de sua imaginação rebelando-se contra o puro desespero, para evocar coisas brancas em sua cabeça — cidades ou arcadas ao menos de mármore — sinais de prosperidade, triunfo e esplendor.

Antigas construções em cantaria pareceram pulular feito cogumelos sob o cabelo preto emplastrado de Badger, cidades e vilarejos de um mundo mais jovem, e ele viajou para a cidade com mais otimismo. Mas enquanto tomava a primeira xícara de café do dia na espelunca onde vivia Badger viu que essas civilizações de mármore branco nada podiam contra os invasores. Aquelas alvíssimas e arqueadas construções de princípio,

289

moralidade e fé — memoriais e palácios — eram invadidas por hordas beligerantes de homens seminus, vestidos com fedorentas peles de animais. Invadiam pelo portão norte e, enquanto Badger se aconchegava com sua xícara, testemunhou a ruína de cada um desses seus templos e palácios. Do lado de fora do portão sul os bárbaros cavalgavam, deixando o pobre Badger sem nem ao menos o consolo de uma ruína; deixando-o com uma nulidade e com a essência dele, que nunca foi melhor do que o perfume de uma violeta morta.

"*Mamma e Papa Confettiere arrivan' domani sera*", Giacomo disse. Ele estava atarraxando novamente as lâmpadas ao longo do fio que enfeitava as árvores da rampa de entrada. Melissa veio receber Moses na porta como fizera na primeira noite dele ali e lhe disse que velhos amigos de Justina chegariam na noite seguinte. A sra. Enderby estava no escritório, telefonando para convidar as pessoas, e D'Alba corria pelo salão com um avental, dando ordens a uma dúzia de empregadas que Moses nunca vira antes. O lugar estava de pernas para o ar. Portas tinham sido escancaradas revelando saletas que cheiravam a morcego e Giacomo pusera todos os travesseiros das camas nas janelas quebradas do jardim de inverno onde palmeiras e roseiras eram descarregadas de caminhonetes. Não havia onde sentar e comeram sanduíches e tomaram suas bebidas no salão onde a Orquestra Sinfônica de Scaddonville (oito senhoras) tirava da capa vincada a harpa e afinava seus instrumentos. Então a exultação do velho palácio de pernas para o ar na véspera de uma festa lembrou Moses de West Farm, como se esta casa, assim como a outra, estivesse no fundo da consciência deles — até mesmo nos sonhos das empregadas suspeitas, que exumavam e lustravam os velhos cômodos como se estivessem aperfeiçoando a própria sabedoria. Morcegos foram encontrados nas velhas cozinhas do porão e duas empregadas subiram a escada gritando com panos de prato na cabeça mas esse pequeno incidente não desanimou ninguém e só pareceu aumentar a atmosfera de extravagância, pois quem, nesses dias, era rico o bastante para ter morcegos na cozinha? Os grandes baús do porão estavam repletos de carne e vinho e flores e todas as fontes rumorejavam nos jardins e a água saía das bocas azinhavradas dos leões no repuxo e mil luzes ou mais se acenderam na casa e a rampa estava juncada de luzes como numa feira do interior e as luzes ardiam aqui e ali no jardim, abandonado e sem sombra, como as luzes dos corredores das pensões e, com todas as portas e janelas abertas às dez ou às onze e o ar da noite de repente esfriando e só havendo um fiapo de lua no céu sobre os campos mais vastos, Moses se lembrou de um lugar em tempo de guerra, uma pungência de salvo-condutos e despedidas, manchetes e bailes de adeus em portos cheirando a cerveja como Norfolk e San Francisco onde navios escuros esperavam os amantes ainda em suas camas e nada daquilo nunca mais poderia acontecer de novo.

E quem eram Mamma e Papa Confettiere? Eram os Belamonte, Luigi e Paula, os últimos do *haute monde* das *prezzo unico botteghe*. Ela era filha de um sitiante calabrês e Luigi fora criado nos fundos de uma barbearia em Roma que tinha cheiro de violetas e cabelo velho, mas aos dezoito anos economizara o suficiente para abrir uma loja de *prezzo unico*. Ele era o Woolworth, ele era o Kress, ele era o J.P. Scaddon da Itália e se fizera sozinho e era milionário, com *villas* no sul e castelos no norte, antes dos trinta. Aposentara-se aos cinquenta e nos últimos vinte anos passeara pela Itália com a esposa num Daimler, jogando pirulitos pela janela para as crianças na rua.

Deixaram Roma depois da Páscoa (a data foi anunciada nos jornais e no rádio) de modo que uma multidão se formou diante dos portões da casa deles para o primeiro doce gratuito da temporada. Foram para o norte, em direção a Civitavecchia, espalhando doces à esquerda e à direita — cem libras aqui, trezentas ali —, evitando Civitavecchia e todas as cidades maiores no caminho pois certa vez foram quase destroçados por uma multidão de vinte mil crianças em Milão e provocaram tumultos sérios em Turim e Livorno. O Piemonte e a Lombardia os viram passar e rumo ao sul seguiram viagem por Portomaggiore, Lugo, Ímola, Cervia, Cesena, Rimini e Pesaro, atirando punha-

291

dos de balas de limão, menta, bengalas de alcaçuz, dropes de anis e hortelã, ameixas cristalizadas e pirulitos de cereja pelas ruas que, conforme eles subiam Monte Sant'Angelo e desciam em Manfredonia, haviam começado a se cobrir de folhas caídas. Ostia foi fechada quando passaram por lá, assim como fechados foram os hotéis do Lido di Roma, onde espalharam o que restava do estoque entre os filhos de pescadores e caseiros, e virando para o norte voltaram para casa sob os belos céus de um inverno romano.

Moses levou uma valise para o trabalho de manhã e alugou um fraque na hora do almoço. Foi a pé da estação até o salão num crepúsculo do final do verão cujo ar já recendia a outono. Então ele pôde ver Clear Haven ao entardecer com todas as suas janelas iluminadas para Mamma e Papa Confettiere. Foi uma visão feliz e, saindo pela porta do terraço, ele ficou alegre de ver como o lugar estava modificado, como estava impecável e tranquilo. Uma empregada que viera até o salão com talheres de prata numa bandeja passou altiva e, exceto pelo murmúrio das fontes no jardim e pelo rumor da água subindo pelos canos nas paredes, a casa estava em silêncio.

Melissa se vestira e eles beberam uma taça de vinho. Moses estava no chuveiro quando as luzes se apagaram. Então todas as vozes do que até aquele momento fora um lugar tranquilo se ergueram aturdidas e pesarosas e alguém que ficara preso no velho elevador começou a bater nas paredes. Melissa trouxe uma vela acesa ao banheiro e Moses estava tentando vestir a calça quando a luz voltou. Giacomo estava por perto. Beberam outra taça de vinho na sacada, observando a chegada dos carros. Jacopo orientava-os para estacionar no gramado. Deus sabe de onde a sra. Enderby tirara tantos convidados, mas afinal tinha conseguido o bastante e o burburinho de conversas, mesmo lá do terceiro andar, parecia o mar de Travertine em outubro.

Devia haver umas cem pessoas no salão quando Moses e Melissa desceram. D'Alba estava numa extremidade e a sra.

Enderby na outra, apontando às empregadas pessoas com copos vazios, e Justina estava junto à lareira, ao lado de um casal de italianos idosos, morenos, roliços, alegres e que não sabiam, Moses descobriu ao cumprimentá-los, uma palavra de inglês. O jantar foi esplêndido, com três vinhos e charutos e conhaque depois no terraço, e então a Orquestra Sinfônica de Scaddonville começou a tocar "A kiss in the dark" e foram todos dançar.

Badger estava lá, embora não tivesse sido convidado. Viera a pé da estação depois do jantar e ficara pelas beiradas da pista de dança, um tanto embriagado. Não saberia dizer por que estava ali. Então Justina o viu e o olhar corrosivo que lançou para ele e o fato de que ela não estava usando nenhuma joia lembrou a Badger seu propósito. Aquela noite tinha para ele o sabor de um homem que encontra seu destino e o adora. Era seu melhor momento. Ele subiu as escadas e escalou novamente até o telhado (podia ouvir a música distante) que tantas vezes percorrera por amor mas que percorria agora com um senso de propósito muito mais intenso. Encaminhou-se até a sacada do quarto de Justina na extremidade norte da casa e penetrou no vasto aposento de teto abobadado e leito maciço. (Justina nunca dormia ali; dormia num pequeno catre atrás de um biombo.) A decisão de roubar-lhe as joias deve ter sido tomada de repente pois estavam todas ali empilhadas sobre o tampo rachado e descascado da penteadeira. Encontrou um saco de papel no armário dela — ela guardava papel e barbante — e encheu-o com as preciosidades. Então, confiando na Divina Providência, saiu ousadamente pela porta, desceu as escadas, atravessou o gramado com a música ficando cada vez mais distante e pegou o trem das onze e dezessete para a cidade.

Quando Badger embarcou no trem não tinha ideia de como faria para se livrar das joias. Talvez pensasse em tirar dos engastes algumas das pedras e vendê-las separadamente. O trem — o último — era de subúrbio e levava de volta para a cidade pessoas

293

que tinham vindo visitar amigos e parentes. Todo mundo parecia cansado; algumas pessoas estavam bêbadas; e, transpirando e cabeceando de sono no vagão superaquecido, pareceram, a Badger, comungar de uma grande intimidade e um grande cansaço. A maior parte dos homens havia tirado o chapéu mas os cabelos ainda estavam marcados pela pressão na cabeça. As mulheres estavam com suas melhores roupas mas as usavam de um modo equivocado e seus cachos já começavam a se desfazer. Muitas delas dormiam com a cabeça apoiada nos ombros dos maridos, e os aromas — e o relaxamento na expressão da maioria dos rostos que ele viu — fizeram Badger sentir como se o vagão fosse uma cama enorme ou um berço onde todos se deitavam juntos em estado de rara inocência. Compartilhavam os desconfortos do vagão, compartilhavam o mesmo destino e com todo o desmazelo e fadiga pareceram a Badger compartilhar uma certa beleza de pensamento e de propósito, e olhando para o cabelo pintado de ruivo de uma mulher na sua frente atribuiu a ela a capacidade de encontrar, um tom abaixo do nível da consciência, uma imagem da beleza e da grandeza como aquelas grandiosas e arruinadas construções de cantaria que se formavam na cabeça de Badger.

Ele amava a todos ali — Badger amava a todos ali — e o que fizera havia sido por eles, pois só haviam fracassado por incapacidade de ajudar uns aos outros e roubando as joias de Justina ele fizera algo para atenuar esse fracasso. A ruiva no banco da frente comoveu-o com amor, com amorosidade e compaixão, e mexia tanto nos cachos e com vaidade tão singela que ele imaginou que seu cabelo tinha acabado de ser tingido e isso por sua vez comoveu Badger como ele se comoveria ao ver uma criança delicadamente tirando as pétalas de uma margarida. De repente a ruiva se endireitou e perguntou com uma voz grossa: "Horas, horas?". As pessoas na frente dela a quem a pergunta era dirigida nem se mexeram e Badger se inclinou para a frente e disse que passava um pouco da meia-noite. "Muito obrigada, obrigada", disse ela muito efusiva. "Para mim, isso é ser cavalheiro." Ela fez um gesto na direção dos outros. "Nem me dizem as horas porque acham que eu estou bêbada. Foi um acidente." Ela apontou o vidro estilhaçado e uma poça no chão onde parecia ter deixado cair uma garrafa. "Só porque eu tive um acidente e deixei cair o meu uísque nenhum desses filhos da puta me diz as horas. Você é um cavalheiro, um legítimo cavalheiro, e se não fosse esse acidente de deixar cair o meu uísque eu te daria um trago." Então, tomada pelo balanço do berço de Badger, ela pegou no sono.

A sra. Enderby deu o alarme vinte minutos depois do roubo e dois policiais à paisana e um agente da seguradora estavam esperando por Badger quando ele desceu do trem na Grand Central. Como ele estava de fraque e carregava um saco de papel que parecia estar cheio de ferragens, não foi muito difícil localizá-lo. Seguiram-no, pensando que ele poderia levá-los a um receptador. Ele foi caminhando todo feliz pela Park Avenue até a igreja de São Bartolomeu e tentou entrar, mas as portas estavam fechadas. Então ele atravessou a Park Avenue, atravessou a Madison e subiu a Quinta Avenida até a catedral de São Patrício, onde as portas ainda estavam abertas e onde muitas faxineiras esfregavam o chão. Ele foi direto até o altar central, ajoelhou-se e disse o Agnus Dei. Então — a grade estava aberta e ele estava absorto demais para pensar em ser discreto — andou até o interior do presbitério e esvaziou o saco de papel sobre o altar. Foi preso pelos homens à paisana ao sair da catedral.

Ainda não era uma da manhã quando a polícia telefonou para Clear Haven a fim de avisar Justina de que eles estavam com suas joias. Ela repassou a lista da polícia cotejando-a com uma lista datilografada que havia sido colada na tampa da caixa de joias. "Uma pulseira de diamantes, duas pulseiras de diamante e ônix, uma pulseira de diamantes e esmeraldas" etc. Ela pôs à prova a paciência do policial quando lhe solicitou que contasse as pérolas do colar, mas ele contou. Então Papa Confettiere pediu música e vinho. "Danzare, cantare", berrou, e deu uma nota de cem dólares à orquestra de senhoras. Elas atacaram uma valsa e então os fusíveis queimaram pela segunda vez naquela noite.

Moses sabia que Giacomo estava por perto — vira-o no salão — mas foi até a porta do porão de todo modo. Um cheiro peculiar envolveu-o, mas ele não pensou a respeito, e não reparou no fato de que conforme descia pelo corredor dos fundos o suor lhe escorria pelo corpo. Abriu a porta do porão e deparou com um incêndio e uma lufada de ar quente que queimou todos os pelos do seu rosto e quase o engolfou. Então ele se arrastou até as cozinhas onde as empregadas limpavam o resto dos pratos e perguntou ao mordomo se havia alguém lá em cima. Ele disse que não tinha como ajudar e que não havia ninguém e então Moses lhes disse que saíssem dali; que a casa estava pegando fogo. (A sra. Wapshot teria ficado muito decepcionada com uma declaração tão sumária dos fatos; com grande habilidade ela teria conduzido todos os convidados e a criadagem até o gramado para verem a lua nova.) Então Moses ligou para os bombeiros do telefone da cozinha, percebendo, ao pegar o aparelho, que queimara feio a mão direita na maçaneta do porão. Seus lábios estavam inchados de adrenalina e ele se sentia estranhamente à vontade. Então atravessou correndo o salão onde os convidados continuavam valsando e contou a Justina que a casa estava pegando fogo. Ela demonstrou a mais perfeita compostura e quando Moses interrompeu a música ela pediu aos convidados que fossem até o gramado. Dali puderam ouvir as sirenes começando a soar no vilarejo. Havia muitas portas que davam para o terraço e os convidados se aglomeraram na saída do salão, longe das luzes da festa, pararam diante do fulgor rosado do fogo, pois as chamas já tinham atingido a torre do relógio e embora não houvesse sinais de fogo no salão a torre já ardia como uma tocha. Então ouviram os caminhões dos bombeiros vindo pela estrada e subindo a rampa e Justina atravessou o salão para recebê-los na porta da frente da mesma forma que cumprimentara J.C. Penney, Herbert Hoover e o príncipe de Gales, mas no meio do salão uma viga em algum ponto da torre se soltou de onde estava escorada, despencou do teto da rotunda e todas as lâmpadas da casa tremeluziram e apagaram de vez.

Melissa chamou sua guardiã no escuro e a velha senhora se juntou a eles — agora ela parecia curvada — e foi andando entre eles até o terraço onde D'Alba e a sra. Enderby lhe ofereceram o braço. Então Moses correu até a frente da casa para tirar os carros dos convidados. Pareciam ser a única coisa que valia a pena salvar. "Faz seis noites que eu estou tentando cumprir os meus deveres conjugais", dizia um bombeiro, "e toda vez que eu começo toca a maldita sirene..." Moses levou uma dúzia de carros do gramado até um trecho seguro e então atravessou a multidão, à procura da esposa. Ela estava no jardim com a maioria dos outros convidados e ele sentou ao lado dela junto à piscina e pôs sua mão queimada dentro da água. O fogo já devia estar visível a quilômetros, pois multidões de homens, mulheres e crianças vinham escalando os muros do jardim e afluindo a todos os portões. Então o salão veneziano pegou fogo, e o ferro lavrado do velho relógio, sinos e engrenagens começaram a dilatar-se e estalar com o que restava da torre. Um vento súbito levou as chamas para noroeste e então lentamente o jardim e todo o vale começaram a se encher de uma fumaça amarga. O lugar ardeu até de madrugada e parecia, à luz da manhã e só com as chaminés ainda de pé, o casco de um barco de rio.

Depois, na tarde seguinte, Justina, a sra. Enderby e o conde tomaram um avião para Atenas e Moses e Melissa foram felizes para Nova York.

Mas Betsey voltou, muito antes disso. Ao chegar em casa certa noite Coverly encontrou a luz acesa e tudo arrumado e sua Vênus com uma fita nos cabelos. (Ficara na casa de uma amiga em Atlanta e logo se decepcionara com ela.) Muito mais tarde naquela noite, deitados na cama, eles ouviram o barulho da chuva e então Coverly pôs uma cueca e saiu pela porta dos fundos e passou o quintal dos Frascati, o dos Galen, até chegar ao quintal dos Harrow, onde o sr. Harrow havia plantado uma roseira num canteiro em forma de meia-lua. Era tarde e todas as luzes estavam apagadas. Do jardim dos Harrow, Coverly tirou uma rosa e então voltou pelo quintal dos Galen e dos Frascati até sua casa e colocou a rosa entre as pernas de Betsey — onde ela se bifurcava — pois ela era outra vez sua potchque, sua fleutchque, sua notchque, sua pequena esquilinha.

PARTE 4

36

No início do verão Betsey e Melissa tiveram filhos e Honora foi tão bondosa quanto prometera ou ainda mais. Um procurador do banco Appleton trouxe a boa-nova a Coverly e Moses e eles concordaram em manter as contribuições de Honora ao Repouso do Marujo e ao Instituto para Cegos. A velha senhora não queria mais nada com o dinheiro. Coverly foi de Remsen Park para Nova York e planejou com Moses ir visitar St. Botolphs no fim de semana. A primeira coisa que fariam com o dinheiro de Honora seria comprar um barco para Leander e Coverly escreveu ao pai contando que iriam visitá-lo.

Leander largou o emprego na fábrica de talheres com o anúncio de que estava voltando ao mar. Acordou cedo no sábado de manhã e resolveu ir pescar. O esforço, antes de amanhecer, para enfiar as galochas lembrou-lhe como seus membros — ou o que ele chamava de sua mobília — estavam frágeis. Torceu o joelho e a dor brotou e se multiplicou e percorreu toda a sua estrutura. Ele pegou a vara de pescar trutas, atravessou o campo e começou a pescar na lagoa onde Moses vira Rosalie. Ficou absorto em sua própria destreza e no propósito de enganar um peixe com uma pena de pássaro e um pouco de cabelo. A folhagem era densa e pontiaguda e nos carvalhos havia todo um parlamento queixoso de corvos. Muitas árvores grandes da mata tinham caído ou sido cortadas ao longo da vida dele mas nada havia alterado aquela água deliciosa. A lagoa profunda, com o sol descendo por entre as árvores para iluminar as pedras do fundo, pareceu a Leander o lago Averno, separado pela mais fina película de luz daquela criação onde o sol aquecia suas mãos, onde os corvos reclamavam e discutiam sobre impostos e onde o vento se fazia ouvir; e quando ele viu uma truta pareceu-lhe ser uma sombra — um espírito dos mortos — e ele pensou em todos os seus companheiros de pescaria mortos que parecia celebrar entusiasmado ao vadear aquele riacho. Lançando a chumbada, recolhendo a linha, pegando moscas e falando sozinho, ele estava ocupado e feliz e pensou nos filhos; em como eles saíram pelo mundo e foram testados e encontraram suas esposas e agora seriam ricos e modestos e preocupados com o bem-estar dos cegos e de marujos aposentados e teriam muitos filhos para levar adiante o sobrenome.

Naquela noite Leander sonhou que estava num país estranho. Não havia fogo nem cheiro de enxofre mas ele se sentiu andando sozinho pelo inferno. A paisagem eram pilhas de rochas quebradas e erodidas junto ao mar, mas nos quilômetros que percorreu ele não viu sinal de água. O vento era seco e quente e o céu não tinha o brilho que tem o céu acima da água, mesmo a uma grande distância. Ele não ouviu barulho de ondas tampouco havia farol, embora naquele litoral talvez não houvesse mesmo luz. Milhares ou milhões de pessoas, com exceção de um velho só de sapatos, estavam ali descalças e nuas. Lanhavam os pés nas pedras e eles sangravam. O vento e a chuva e o frio e todos os outros tormentos a que eram expostas não lhes diminuía a suscetibilidade da carne. Estavam todas ou envergonhadas ou lascivas. Ao longo do caminho ele viu uma moça mas quando ele lhe sorriu ela se cobriu com as mãos, o rosto sombrio de angústia. Na curva seguinte viu uma velha estendida sobre o xisto argiloso. Seu cabelo era tingido e o corpo era obeso e um homem velho como ela lhe sugava os seios. Viu pessoas montadas umas nas outras à vista de todos, mas os jovens, com sua beleza e virilidade, pareciam mais contidos que os velhos e ele viu jovens, em vários lugares, amavelmente sentados lado a lado, como se a carnalidade fosse, naquele país estranho, uma paixão da velhice. Em outra curva do caminho um homem velho como Leander, nos paroxismos do erotismo, aproximou-se dele, com o corpo coberto de pelos malhados. "Este é o começo de toda sabedoria", ele disse a Leander, expondo as par-

301

tes inflamadas. "Este é o começo de tudo." Ele sumiu na trilha argilosa com o indicador enfiado no traseiro e Leander despertou ao som ameno do vento sul numa suave manhã de verão. Acordando, sentiu-se enjoado com a torpeza do sonho e grato pelas luzes e sons do dia.

Sarah disse que naquela manhã estava cansada demais para ir à igreja. Leander surpreendeu todos ao preparar-se para ir sozinho. Era uma visão, disse ele, que faria os anjos lá no céu começarem a bater as asas. Comungou cedo, felizmente, sem se convencer do valor de suas orações, mas satisfeito com o fato de que estava ajoelhado na Igreja de Cristo, e não em qualquer outro lugar no mundo, face a face com uma revelação das coisas da vida humana. "Louvamos a ti, bendito sê, adorado e glorificado", disse bem alto, perguntando-se o tempo inteiro quem era o barítono do outro lado do corredor e quem era aquela mulher bonita à sua direita com perfume de flor de macieira. Suas vísceras se agitaram e o pau coçou e quando a porta atrás dele se abriu ele se perguntou quem poderia ser tão tarde. Theophilus Gates? Perley Sturgis? Mesmo com o serviço chegando ao clímax do pão e do vinho ele reparou que a almofada dos coroinhas era pregada ao chão do presbitério e que o tecido do altar era bordado com tulipas mas reparou também, ajoelhado no genuflexório, que no tapete eclesiástico e malcheiroso havia algumas agulhas de pinheiro ou abeto que deviam estar ali desde o Advento, e isso o animou como se aquele punhado de agulhas secas tivesse caído da própria Árvore da Vida e o lembrou de sua fragrância e vitalidade.

Na segunda-feira de manhã por volta das onze o vento soprou do leste e Leander apressadamente pegou seus binóculos e calções de banho e fez um sanduíche e tomou o ônibus para Travertine até a praia. Despiu-se atrás de uma duna e ficou desapontado ao encontrar a sra. Sturgis e a sra. Gates preparando um piquenique justo na faixa de areia onde ele queria nadar e tomar sol sozinho. Ficou desapontado também com os olhares soturnos que lançou para as velhas senhoras que conversavam sobre produtos enlatados e sobre a ingratidão das noras enquanto as ondas falavam em voz alta de naufrágios e viagens e da semelhança das coisas; pois o peixe morto estava eviscerado como um gato e o céu estava rajado como o peixe e a concha era recurva feito uma orelha e a praia era debruada como a boca de um cachorro e os objetos flutuando na arrebentação se estilhaçavam e ruíam como as muralhas de Jericó. Ele entrou na água até os joelhos e molhou os pulsos e a testa para preparar a circulação para o choque da água fria e assim evitar um ataque cardíaco. À distância ele parecia estar se benzendo. Então começou a nadar — uma braçada de lado com metade do rosto na água, projetando o braço direito para o alto como a pá de um moinho — e nunca mais foi visto novamente.

37

Então, voltando para lhe dar um barco, seus filhos ouviram as palavras ditas em honra daqueles que se afogam no mar. Moses e Coverly foram de carro de Nova York sem as esposas e chegaram tarde à cidade no dia do funeral. Sarah só chorou quando viu os filhos, e abraçou-os para ser beijada, mas os modos e o linguajar da cidadezinha ajudaram-na a conter-se. "Foi uma associação bastante duradoura", ela disse. Sentaram-se e beberam um pouco de uísque na saleta, onde Honora se juntou a eles, beijou os rapazes e bebeu também. "Acho que é um erro fazer a cerimônia na igreja", ela disse a Sarah. "Todos os amigos dele já morreram. Só vai ter a gente lá. Seria melhor fazer aqui mesmo. E tem mais. Ele queria a fala de Próspero no enterro. Acho melhor seus meninos irem à igreja e darem uma palavra com o pastor. Perguntem a ele se não podemos fazer na capelinha e contem da fala de Próspero."

Os rapazes foram de carro até a Igreja de Cristo e o pastor os recebeu num escritório onde tentava fazer funcionar uma calculadora. Parecia impaciente com a pouca ajuda da Divina Providência em termos práticos. Rejeitou os pedidos de Honora amável e resolutamente. Estavam pintando a capela e não era possível usá-la e ele não podia permitir que se divulgasse Shakespeare numa cerimônia sagrada. Honora ficou desapontada ao saber da capela. Essa preocupação com a igreja vazia foi a forma que seu luto pareceu adotar.

Ela parecia velha e desnorteada naquele dia, seu semblante fatigado e leonino. Ela pegou uma tesoura e saiu pelo campo cortando flores para Leander — lisimáquias, centáureas, ranúnculos e margaridas. Ficou o almoço inteiro preocupada com a igreja vazia. Subindo a escada de pedra ela pegou no braço de Coverly — agarrou-o como se estivesse exausta ou frágil — e quando as portas foram abertas e ela viu a multidão parou pouco antes de entrar e perguntou bem alto: "O que toda essa gente faz aqui? Quem são todas essas pessoas?".

Eram o açougueiro, o padeiro, o menino que vendia jornal para ele e o motorista do ônibus de Travertine. Bentley e Spinet estavam ali, a bibliotecária, o chefe dos bombeiros, o fiscal de pesca, as garçonetes da padaria do Grimes, o sujeito da bilheteria do cinema em Travertine, o homem que operava o carrossel em Nangasakit, o carteiro, o leiteiro, o chefe da estação e o velho que afiava serrotes e o que consertava relógios. Todos os bancos foram ocupados e houve até quem ficasse em pé nos fundos da igreja. A Igreja de Cristo não via tanta gente desde a Páscoa.

Honora levantou a voz uma vez durante a cerimônia quando o pastor começou a ler o evangelho de são João. "Ah, não", ela disse bem alto. "A gente sempre leu Coríntios." O pastor mudou de tópico e não pareceu haver falta de cortesia na interrupção pois era o jeito dela e de certo modo o jeito de toda uma família e aquele era o funeral de um Wapshot. O cemitério ficava contíguo à Igreja de Cristo e foram todos caminhando até lá, atrás de Leander, dois a dois, subindo a colina até o lote da família naquela estupefação do luto com que acompanhamos nossos mortos à sepultura. Quando as orações terminaram e o pastor fechou seu livro Honora cutucou Coverly. "Vai lá, Coverly. Fala o que ele queria." Então Coverly foi até a beira da sepultura do pai e embora chorasse falou claramente. "Nossos festejos terminaram", disse ele. "Esses nossos atores, conforme antecipei, eram todos espíritos e se dissiparam no ar, no ar rarefeito. Somos essa coisa de que são feitos os sonhos; e nossa pouca vida é cercada de sono."

Depois da cerimônia os rapazes se despediram da mãe com um beijo, prometendo voltar logo. Seria a primeira viagem que fariam e Coverly de fato voltou, no Quatro de Julho, com Betsey e o filho, William, para assistir ao desfile. Sarah fechou sua loja de presentes flutuante tempo suficiente para desfilar no carro do Clube da Mulher mais uma vez. Seu cabelo estava branco e tinham restado apenas duas das sócias fundadoras, mas os gestos dela, a tristeza de seu sorriso e a expressão de quem achava que o copo de água em seu atril tinha gosto de arruda eram os mesmos. Muitas pessoas se lembrariam do Dia da Independência em que algum baderneiro estourara um rojão debaixo da égua do sr. Pincher.

Honora não estava lá e depois do desfile, quando Coverly telefonou para ver se podia levar Betsey e o bebê até Boat Street, Honora disse não. Ele ficou desapontado, mas não surpreso. "Uma outra hora, Coverly querido", ela disse. "Agora estou atrasada." Um novato que a observasse poderia imaginar que ela estava atrasada para sua aula de piano, mas depois que ela aprendera "The jolly miller" abandonara o piano e se tornara fã de beisebol. Agora ela estava atrasada era para o jogo em Fenway Park. Acertara com um taxista da cidade para levá-la e buscá-la uma ou duas vezes por semana quando os Red Sox jogassem em Boston.

Ela vai com seu chapéu de três pontas e suas roupas pretas para o jogo e sobe a rampa até seu lugar no camarote com o ardor de uma peregrina. A subida é longa e ela para e toma fôlego. Aperta uma das mãos espalmada contra o peito, onde o som da respiração é áspero. "Precisa de ajuda?", pergunta um desconhecido, achando que ela está passando mal. "A senhora precisa de ajuda?", mas aquela velha altiva e absurda não parece sequer

305

ouvi-lo. Ela senta em seu lugar, ajeita o programa e seu cartão de pontos e cutuca com a bengala um padre católico que está sentado ao seu lado. "Perdoe-me, padre", ela diz, "se eu parecer negligente no meu linguajar, mas é que eu fico louca..." Ela está sentada na luz clara da inocuidade e conforme o jogo avança ela leva as mãos em concha à boca e grita: "Sacrifício, seu boboca, *sacrifício!*". Ela é a imagem de uma velha peregrina que anda segundo suas próprias luzes pelo mundo, como devia ser, e que vê em sua mente uma nação nobre e pujante, erguendo-se como um homem forte depois de dormir.

Betsey adorou a loja flutuante de presentes e passou a maior parte da tarde lá com Sarah, admirando as boias de rede de pesca, transformadas em suportes de hera, os ferros de engomar pintados à mão e baldes de carvão, os jogos de mesa das Filipinas e os saleiros e pimenteiros em formato de cães e gatos. Coverly percorreu sozinho os cômodos vazios de West Farm. Vinha uma tempestade. A luz estava enfraquecendo e o telefone no corredor começara a tocar descontroladamente, sensível às variações aleatórias da carga elétrica. Ele viu os tapetes surrados, os tijolos, cuidadosamente embrulhados em pedaços de carpete, que evitavam que as portas batessem agora que o vento começava a ficar forte, e numa mesa de canto uma velha jarra de estanho, cheia de murta e doce-amarga, toda empoeirada. Na luz da tempestade os belos cômodos quadrados equivaliam a um modo de vida que parecia extraordinariamen-te desejável, embora pudesse ser a expectativa da tempestade a responsável pela intensidade dos sentimentos de Coverly. Lembranças de sua infância talvez estivessem envolvidas e ele se lembrou daqueles temporais — Lulu e o cachorro escondidos no armário de casacos — que mergulhavam o céu, o vale e os cômodos da casa na escuridão e da grande ternura com que eles tateavam buscando um ao outro, levando baldes e jarras e velas acesas de quarto em quarto. Vindo de fora ele ouviu o farfalhar das árvores, e o painel de teca no corredor — aquele famoso barômetro — produziu um som rangente. Então, antes que a chuva começasse, a velha casa pareceu ser não um modo de vida perdido ou a ser imitado, mas uma visão da vida vigorosa e fugaz como uma risada e algo como as condições segundo as quais ele vivia.

Mas Leander teve a última palavra. Abrindo o exemplar de Shakespeare de Aaron, depois que a chuva começara, Coverly encontrou a passagem marcada com uma nota escrita pelo pai. "Conselho aos meus filhos" dizia o seguinte:

Jamais ponha uísque em bolsas de água quente para atravessar fronteiras de estados ou países sob lei seca. A borracha estraga o sabor. Nunca faça amor de calças. Cerveja e uísque, não arrisque. Uísque e cerveja, com certeza. Jamais coma maçãs, pêssegos, peras etc. enquanto bebe uísque, exceto em longos jantares em estilo francês, que terminam em fruta. Outros alimentos têm efeito tranquilizante. Nunca durma à luz da lua. Cientistas provaram que provoca loucura. Se a cama estiver ao lado de uma janela em noites claras feche as cortinas antes de deitar. Nunca segure um charuto perpendicularmente aos dedos. Coisa de caipira. Charutos, sempre na diagonal. Tire o anel ou não, conforme preferir. Jamais use gravata vermelha. Ofereça pequenos tragos às mulheres para entretê-las. Efeitos de coisas mais pesadas sobre o sexo frágil são às vezes desastrosos. Tome banho frio toda manhã. É doloroso mas revigorante. E também reduz a volúpia. Corte o cabelo uma vez por semana. Use roupas escuras depois das seis da tarde. Coma peixe fresco no café da manhã sempre que possível. Evite ajoelhar em igrejas de pedras frias. Umidade eclesiástica faz os cabelos ficarem grisalhos prematuramente. Medo tem gosto de faca enferrujada e não deixe que isso entre em sua casa. Coragem tem gosto de sangue. Mantenha-se ereto. Admire o mundo. Aprecie o amor de uma mulher delicada. Confie no Senhor.

JOHN CHEEVER nasceu em Quincy, Massachusetts, em 1912. Depois de colaborar por muitos anos com a revista *New Yorker*, lança *A crônica dos Wapshot*, seu primeiro romance, em 1958, pelo qual recebe o National Book Award. Publicou ainda diversas coletâneas de contos — entre as quais *The Stories of John Cheever*, ganhadora do prêmio Pulitzer de 1979 — e os romances *The Wapshot Scandal* (1964), *Bullet Park* (1969) e *Falconer* (1977). Considerado um dos maiores contistas americanos, Cheever recebeu, dois meses antes de falecer, em 1982, a Medalha Nacional para Literatura da American Academy of Arts and Letters. De sua autoria, a Companhia das Letras já publicou a coletânea *28 contos de John Cheever*, organizada por Mario Sergio Conti.

1ª edição Companhia de Bolso [2011]

Esta obra foi composta pela Verba Editorial
em Janson Text e impressa pela Prol Editora Gráfica em ofsete
sobre papel Pólen Soft da Suzano Papel e Celulose